THE REMINDERS

리마인더스

THE REMINDERS

THE REMINDERS

리마인더스

밸 에미크 장편소설

윤정숙 옮김

소소의책

나의 질Jill에게

기억하는 것에는 힘이 필요하고 잊는 것에도 또 다른 힘이 필요하다.

둘 다 해내려면 영웅이 되어야 한다.

_제임스 볼드윈

마음의 평화를 위해서라면 내가 가진 무엇이든 주겠어.

_존 레넌

독자 여러분, 반갑습니다.

제 소설이 한국에서 출간되어 기쁩니다. 여러분이 이 책을 손에 들고 곧 읽으실 것이라서 더욱 기쁘고요. 여러분처럼, 지구 반대편에 있는 누군가가 제 상상 속에서 태어난 인물들과 만난다는 생각만 해도 너무 신납니다.

솔직히 제 소설 속의 인물들은 단순히 상상의 산물만은 아닙니다. 현실의 삶에서 영감을 받은 인물들이죠.

예를 들어 조앤은 제 두 살배기 딸을 힘들게 이해해가던 과정에서 탄생했습니다. 저는 각종 가정용 인테리어용품을 파는 가게에 딸을 데려갔고, 아이는 쇼핑 카트에서 떨어져 바닥에 머리가 부딪혔습니다. 제 책에 묘사된 사건과 아주 비슷하죠.

저는 제 딸에게 그런 일이 벌어진 것이, 아티스트로서 제 경력이 침체기를 겪는 것이 힘들었습니다. 조앤이라는 작은 소녀의 이야기를 시작하면서 이런 커지는 두려움에서 벗어날 수 있었습니다. 또한 조앤을 통해 어린 딸과도 연결될 수 있었습니다. 조앤은 개빈에게 희망을 주었던 것처럼 제게도 희망을 주었습니다. 개빈이라는 인물은 슬픔과 고통에 빠져 있다가 제때 조앤을 만나게 되죠.

이 이야기의 배경은 제 고향인 뉴저지 주 저지시티이지만 사실은 상실, 기억, 우정, 극복 같은 보편적인 문제들을 담고 있습니다. 존 레넌과 비틀즈에 대한 이야기이기도 하죠. 저는 그들의 음악이야말로 문화와 문화 사이의 차이를 메워준다고 확신합니다.

이 책이 여러분의 마음속 깊이 스며들기를 바랍니다. 여러분이 책을 읽기 시작하면 이 말의 의미를 깨닫게 될 것입니다.

감사합니다.

밸 에미크

역사상 가장 기억에 남는 인물들
(# 몇 년간 기억되었나)

- 예수 (1,980)
- 잔다르크 (582)
- 존 F. 케네디 (50)
- 존 레넌 (33)

※ 모두 이름이 'J'로 시작된다!

Come Together

(함께 뭉치다)

1

아빠가 나를 잊어버렸다.

나는 기타를 들고 계단에서 기다린다. 내 스니커즈 옆으로 개미 한 마리가 기어간다. 그냥 작은 녀석이다. 모두가 보면서도 기억하지 못하는 소녀보다는 아무도 알아차리지 못하는 작은 개미가 되고 싶다.

미스 캐롤라인이 함께 기다린다. 차 안에서 남자가 그녀를 기다리지만 내가 이곳에 있는 한 그녀는 어디에도 가지 못한다. "네 아버지에게 다시 전화해볼게."

그녀는 이미 아빠에게 메시지를 보냈기 때문에 전화기 버튼을 한 번만 누르면 되었다. 아무 말 없이 1분이 지난 후에 그녀가 귀에서 휴대전화를 떼고 아주 달콤한 목소리로 말한다. "걱정 마, 조앤. 금방 오실 거야."

그녀가 너무 친절해서 오히려 당황스러웠다. 다행히도 오늘이 '어린 연주자 과정'의 마지막 수업이라서 다시는 미스 캐롤라인을 볼 일이 없다.

"몇 시예요?" 내가 묻는다.

"5시가 돼가." 미스 캐롤라인이 말한다.

수업은 4시 30분에 끝났다. 보통 아빠와 나는 4시 40분에는 차를 타고 있었는데. "죄송해요."

"그냥 잊어버려, 조앤."

하지만 나는 잊어버릴 수가 없다. 그것이 문제였다. 아무것도 잊을 수 없다는 것.

오늘 아빠가 오지 않은 것이 문제가 아니다. 2011년 아빠와 나는 나뭇가지에 앉은 빨간 새를 보았다. 그래서 내친김에 2년 전인 2009년 4월 29일 수요일에 봤던 또 다른 빨간 새가 기억나는지 아빠에게 물었다. 아빠는 잠시 생각하다가 "그래"라고 말했지만 전혀 생각나지 않는 말투였다. 갑자기 아빠가 멀게 느껴졌다.

엄마도 그렇다. 엄마는 틈만 나면 "틀림없어"라고 말한다. 그래서 지난 6개월간 그 말을 몇 번이나 했는지 재빨리 세어보고는(스물일곱 번이었다) 엄마에게 몇 번인지 맞혀보라고 한다. 쉰 번보다 적고 열 번보다 많다고 힌트를 주면서. 하지만 엄마는 "어쩌라고?"라고 말하고는 그냥 가버린다.

사람들이 과거의 일들에 대해 이야기하면 나는 잘못된 부분을 짚어주고 그들은 얼굴을 찡그린다. 그러면 아빠가 내게 설명한다. 대부분의 사람들에게 기억은 동화 같은 것이라고, 그래서 진짜 인생보다 더 단순하고 재미있고 행복하고 짜릿하다고. 사람들은 어떻게 실제와 다른 일이 벌어진 척할 수가 있는 거지? 이해되지 않는다. 하지만 사람들은 자신이 그런 척하는 것도 모른다고 한다.

미스 캐롤라인이 계단을 내려가 차 안의 남자에게 뭐라고 이야기를 한다. 그들은 조용히 대화를 하고 남자가 자동차의 시동을 끈다. 그게 환경에는 좋으니까. 그리고 그는 낮잠을 자려는 할아버지처럼 자동차 의자에 기댄다.

미스 캐롤라인은 다시 계단을 올라온다. "뭘 그리니?"

나는 일기장을 덮는다. "아무것도 아니에요." 지금은 내 그림을 보여주고 싶지 않다. 존 레넌이 죽고 나서 아내 오노 요코가 그의 그림을 공개했던 것처럼 미래의 내 남편이 내가 죽은 후에 내 그림들을 사람들에게 보여주는 건 상관없지만.

존 레넌은 아빠와 내가 가장 좋아하는 뮤지션이다. 아빠는 내 이름을 '레넌'으로 지으려고 했지만 엄마가 반대했다. 아내라면 당연히 반대할 수 있는 거라면서. 그래도 아빠는 포기하지 않았고 내 이름은 '조앤 레넌 설리'가 되었다. 가운데는 중요한 이름을 넣기에 좋은 자리다. 존 레넌의 가운데 이름은 모두가 기억하는 윈스턴 처칠의 '윈스턴'이었다.

사람들은 온갖 이유로 뭔가를 기억하지 않는다. 그들은 배터리가 닳아서, 제대로 듣지 못해서, 그냥 바빠서, 나이가 많아서, 너무 피곤해서 기억하지 못한다고 말한다. 하지만 사실은 그들의 상자 안에 충분한 공간이 없어서 기억하지 못하는 것이다.

내가 다섯 살일 때 엄마가 내 작품을 담아둘 상자 하나를 사주었

다. 내 그림과 공작품이 집 안 여기저기에 흩어져 있는 것에 짜증이
났던 것이다. 엄마는 모든 것을 넣어두기에는 상자가 크지 않다면서
무엇이 가장 중요한지 결정하라고 했다. 사람의 뇌도 그렇다. 가장
중요한 기억들을 담아둘 공간밖에 없기 때문에 나머지 기억은 버린
다. 내가 기억의 상자에 들어갈 정도로 중요하지 않다니, '화이트 앨
범'에서 존 레넌이 '나는 외롭고 죽고 싶어'라고 노래한 것처럼 나도
우울하다. 내 뇌는 절대 공간이 부족하지 않기 때문에 어느 누구도
버리지 못한다. 불공평하다. 세상이 좀 공평했으면 좋겠다.

내가 존 레넌과 윈스턴 처칠처럼 항상 중요하고 결코 잊힐 수가
없다면 얼마나 좋을까. 하지만 나는 누군가의 기억의 상자에 들어간
후에도 안전하지 않다. 심지어 할머니의 상자에서조차.

2010년 2월 13일 토요일. 할머니의 새집에서.

"할머니, 저 조앤이에요."

할머니는 헷갈리는 듯하다. "내가 조앤인데."

"알아요, 할머니. 나도 조앤이에요. 난 할머니의 이름을 땄어요."

아빠가 나를 옆으로 밀어낸다. "할머니는 그냥 피곤하신 거야."

"할머니가 나를 기억하지 못해."

"아니, 기억해. 당연히 기억하지. 그냥······."

"할머니, 저예요."

할머니는 나를 떠올리기 위해 애쓴다. 정말 애쓴다. 하지만 나는 거
기에 없다.

할머니는 머릿속의 상자에서 나를 밀어내야 했다. 그래야 할머니

가 가장 좋아하는 노래 가사들을 담아둘 공간이 생기니까. 할머니는 돌아가시는 날까지(2011년 10월 8일 토요일) 노래 가사들을 기억했다.

나는 사람들의 기억을 돕기 위해 메모를 남기고 힌트를 주었다. 블루베리가 뇌에 좋다는 뉴스를 열심히 듣고는 엄마에게 블루베리를 사달라고 해서 가족 모두에게 먹게 했다. 하지만 시간 낭비였다. 할머니가 나를 잊는다는 것은 누구든 그럴 수 있다는 뜻이다. 심지어 아빠도.

"몇 시예요?" 내가 기타를 치며 묻는다.

"5시 5분."

어떤 차가 빠르게 다가오다가 우리를 그냥 스쳐간다. 나는 행복한 소리를 내고 싶은 기분이 아니어서 마이너 코드를 연주한다.

미스 캐롤라인이 화창한 하늘을 올려다본다. 구름이 떠 있다. "비가 내린 지 너무 오래됐어."

"6월 20일에 비가 왔어요. 목요일이었고 아직 3주가 지나지 않았죠."

"그래?"

"네, 맞아요."

그녀는 감동을 받은 것 같다. "항상 그렇게 잘 기억했니?"

"아뇨." 내가 말한다. "홈디포에 갔다가 바닥에 떨어져서 머리가 부딪혔어요. 그때부터 기억력이 좋아졌어요."

미스 캐롤라인은 웃지만 내 말은 정말이다. 내 친구인 와이엇은 만화책과 인터넷에 대해 모르는 것이 없다. 그런데 그 애가 그랬다. 내가 홈디포 바닥에 머리가 부딪힌 덕분에 자전적 기억력을 갖게 되었고 다시 홈디포 바닥에 머리가 부딪히면 기억력을 잃을 거라고. 그래서 나는 홈디포에는 가지 않는다.

그때 나는 겨우 두 살이었다(지금은 열 살이다). 아빠는 오렌지색 쇼핑 카트 뒤에 나를 세워두었다. 아빠가 한눈을 파는 사이에 나는 카트 너머로 몸을 숙였다가 떨어졌다. 머리가 콘크리트 바닥에 부딪혔고 아빠는 비명을 질렀다. 다른 운전자들과 싸울 때처럼은 아니고 오븐용 장갑 없이 토스터를 만졌을 때처럼. 아빠는 나를 콘크리트 바닥에서 들어 올리고 서둘러 홈디포 밖으로 나갔다.

하지만 나는 이런 이야기는 하지 않는다. 미스 캐롤라인은 클립보드를 들여다보느라 정신이 없었기 때문이다. 그녀의 손가락이 '비상전화'라고 적힌 부분을 미끄러져 내려간다.

"잭 설리가 누구지?" 그녀가 묻는다.

"할아버지요."

그녀가 마치 못생긴 남자에게 억지로 키스하려는 것처럼 입술을 내민다.

"집까지 걸어갈 수 있어요." 내가 말한다. "멀지도 않아요."

"그럴 수는 없어, 조앤."

그녀는 할아버지에게 메시지를 남긴다. 그녀는 이미 엄마에게도 전화했다. "전에도 이런 일이 있었니? 그러니까 누구와도 연락이 되지 않았던 적이 있어?" 미스 캐롤라인이 묻는다.

"아뇨." 내가 말한다. 정말이다. 때로 사람들은 내가 그렇게 빨리 모든 기억을 훑어본다는 사실을 믿지 못한다. 하지만 그건 엄마의 너저분한 서랍에서 펜을 하나 찾는 것과는 다르다. 기억을 훑어본다는 것은 불을 켜는 것과 비슷하다. 내 손가락 밑에 스위치가 있는 불 말이다.

"이렇게 하자." 미스 캐롤라인이 말한다. "5시 20분에 모두에게 다시 전화해보자. 그래도 연락이 되지 않으면 다른 방법을 찾아보자."

"어떤 방법이요?"

"다른 사람이 널 집에 데려다줄 수도 있잖아."

"누구요? 선생님 친구요?"

"아니." 미스 캐롤라인이 말한다. "암튼 섣불리 움직이지 말고 조금만 더 기다려보자."

그녀가 말하는 사람이 누군지, 왜 그 사람에 대해 말하고 싶어 하지 않는지 궁금하다. 그러다 '비상', '방법', '섣불리'라는 단어에 대해 생각한다. 미스 캐롤라인이 누구에게 전화하고 싶은 건지 알겠다. 나는 거리를 바라본다. 미스 캐롤라인을 쳐다보다가 무심코 눈물을 흘릴지도 모르니까.

나는 필사적으로 도망갈 것이다. 저지시티의 길은 거의 아니까. 하지만 집까지 가도 열쇠가 없다. 나는 아까 봤던 작은 개미를 찾기 위해 여기저기 둘러본다. 하지만 개미는 가버렸다. 그 개미가 가족에게 무사히 돌아갔기를 바란다.

가벼운 천둥소리 같은 것이 들려서 하늘을 올려다보지만 아직 해가 빛나고 있다. 우르릉 소리가 점점 가까워지면서 더욱 요란해진다. 엔진 소리다. 거리에 크고 하얀 밴이 나타났다. 밴은 경적을 울리더니 우리 앞에 선다. 차 옆에 '설리와 아들들'이라는 글자가 쓰여 있다. 차에서 할아버지가 내릴 거라고 생각했는데 아빠가 내렸다. 아빠는 유료 고속도로에서 사고가 났다고 말한다. 아빠는 마침 휴대전화도 꺼져 있었다면서 "정말 미안합니다"라고 한다. "애를 봐주셔서 정말 감사해요."

"아니에요, 괜찮아요." 미스 캐롤라인은 그렇게 말했지만 사실 전혀 괜찮지 않다. 아빠는 유료 고속도로에서 뭘 했던 거지? 원래는 스튜디오에서 일을 했어야 하잖아.

아빠가 나를 조수석에 태우고 안전벨트를 매준다. 뒤에 앉을 자리가 없어서 나를 앞자리에 앉혀준 것이다. 4년 전 여름에는 아빠의 낡은 밴 조수석에 앉아 아빠가 밴 뒷좌석에 드럼 싣는 모습을 봤는데. 아빠에게 보스턴에 함께 가고 싶다고 했지만 아빠는 "네가 더 크면"이라고 말했다. 이제 나는 더 컸지만 아빠는 작년에 차를 팔았고 더 이상 공연을 하지 않는다.

"왜 할아버지 밴을 타고 왔어?"

"오늘 밖에서 할아버지를 도와드렸어." 아빠의 말투를 들어보니, 무슨 말을 하고 싶은지 잘 모르는 듯하다. 아빠와 나 같은 작사가들은 단어를 신중하게 고른다.

밴 뒷좌석에는 마치 홈디포처럼 공구가 가득하다. 문득 내 재능 또는 특기 또는 질병…… 그걸 뭐라고 부르든, 그걸 없앨 유일한 방법은 홈디포뿐이라는 생각이 든다. 다른 사람들의 기억력을 좋아지게 할 수 없다면 내 기억력을 나빠지게 할 수밖에 없지 않을까.

"집에 가기 싫어." 내가 말한다.

"알았어." 아빠가 유쾌한 척했다. "어디 가고 싶은데?"

마침내 홈디포에 갈 때가 왔다. 높은 곳에서 뛰어내려 콘크리트 바닥에 머리를 부딪치면 많이 아프겠지만 잠깐일 거야. 그러고 나면 '생각나지 않아'라는 말이 무슨 의미인지 알게 되겠지? 그리고 항상 뭔가를 하겠다고 말하고는 아무것도 하지 않고 그냥 '잊어버렸다'고 변명할 수 있을 테고. '어린 연주자 과정' 수업이 끝난 딸을 데려와야 한다는 것을 잊은 것처럼.

하지만 사실은 홈디포에 가고 싶지 않다. 그냥 기분이나 좋아졌으면 좋겠다. 내 생일이 6개월 남았음을 잊거나 내 귀에 선탠로션 바르는 것을 잊거나 내가 싫어하는 말이 '잊어버려'임을 잊거나…… 그런 작은 일을 잊는 것은 괜찮다. 하지만 사람들이 나라는 존재를 계속 잊는다면 정말 마음이 아프다.

아빠가 빨간불 앞에서 차를 세우고 내 얼굴 앞에 손을 흔든다. 내 관심을 끌려는 것이다. 하지만 난 아빠를 쳐다보는 대신 바닥에서 신문을 집어 든다.

"안 그래도 네게 보여주려고 뒀어." 아빠가 말한다.

아빠가 보여주고 싶은 부분이 위로 올라오도록 신문이 접혀 있었다. "내 이름이 뭐지, 아빠?"

"무슨 말이야?"

"내 이름. 뭐냐고?"

아빠가 아주 천천히 대답한다. "조앤이지."

"맞아. 오늘은 알고 있네. 하지만 내일은 어떨지 누가 알겠어."

아빠가 한숨을 쉰다. 정말 피곤한 것 같다. "조앤, 늦어서 미안해. 그 말 말고 무슨 말이 듣고 싶은 거니?"

아빠가 내게 보여주고 싶다는 신문. 나는 무릎에 올려둔 신문을 내려다본다. 신문에는 작은 상자가 잔뜩 그려져 있고 그중 하나에 대문자로 다섯 단어가 인쇄되어 있다.

THE NEXT GREAT SONGWRITER CONTEST

(위대한 미래의 작사·작곡가 콘테스트)

다섯 단어 아래에 적힌 글자들을 모두 읽는 동안 멋진 생각이 떠오른다.

"어디로 갈까, 조앤? 말을 해줘야지."

마지막에 할머니는 나를 포함해서 많은 것을 잊었지만 음악만은 잊지 않았다. 가끔 아빠는 쇼핑 리스트에 적힌 아몬드 우유를 빼먹고 사오지 않지만 마이클 잭슨의 「빗 잇Beat It」에 나오는 기타 솔로 부분의 음은 항상 잊지 않고 흥얼거릴 것이다. 그 노래를 몇 년간 듣지 않았더라도. 음악에서 가장 멋진 부분이 바로 그것이다. 계속 연주된다는 것. 아빠는 마이클 잭슨을 한동안 잊고 있을 때도 그의 노래 하나를 듣고는 갑자기 자신이 얼마나 그를 좋아하는지를 떠올릴 것이다. 노래는 기억을 떠오르게 하는 '리마인더reminder'이기 때문이다.

"계속 이렇게 돌아다닐 수는 없어, 조앤."

"집으로 가, 아빠."

"집에 가기 싫다며."

"마음이 바뀌었어."

아빠는 운전대를 돌리면서 뭔가를 중얼거린다. 크고 하얀 밴이 운전대와 함께 돌아간다. 마치 헬리콥터의 꼭대기처럼 내 머리도 돌아가고 나쁜 기분도 모두 사라진다. 아빠, 엄마, 할아버지, 미스 캐롤라인, 그리고 세상 사람들이 결코 나를 잊지 않게 할 방법을 방금 찾아냈기 때문이다.

2

환각지라는 것이 있다. 팔을 잃은 사람이 아직도 팔이 있다고 느끼고 평소처럼 행동하는 것이다. 그렇다면 지금 내게 남은 것은 '환각사랑'이다.

우리는 4년을 함께 살았다. 2년은 시드니의 웨스트할리우드 아파트에서, 2년은 이곳 로스펠리스의 우리 집에서. 한 달 전에 그가 죽었고 나는 혼자다. 하지만 혼자라고 느끼지 않는다. 어떤 것은 3차원적이고 어떤 것은 눈에 보이지 않지만, 어쨌든 사방에 리마인더가 가득하다. 그것들 모두 말을 하고 공간을 차지한다.

예를 들어 내가 지금 앉아 있는 의자에는 사연이 많다. 우리는 로즈 볼에서 이 의자를 찾아냈다. 19세기 영국의 앤티크 의자로, 발은 사자 발 모양이고 몸체에는 꽃무늬가 있다. 안목이 뛰어난 시드(시드니의 애칭 - 옮긴이)는 쓰레기 더미에서 이런 보물을 찾아내곤 했다.

이 의자를 집에 들일 때가 기억난다. 의자가 정말 불편하다고 불평하는 내 목소리가 들린다. 시드니가 웃으면서 이 의자는 편하면 안 된다고 설명하는 소리도 들린다. 그가 내게 말한다. "이건 장식용이라고. 제발, 미스터 윈터스, 어디 앉아야겠다면 소파에 앉아." 그러면서도 그는 이 의자에 앉곤 했다. 그는 이 의자를 사랑했다.

하지만 난 이 의자를 사랑하지 않는다. 이제는. 내가 듣는 목소리가 진짜 시드니의 목소리가 아니라 그의 목소리와 비슷한, 조금 멀리서 들려오는 숨죽인 소리이기 때문이다.

나는 일어나서 의자를 질질 끌고 간다. 거실을 지나고 부엌을 거쳐 뒤뜰로 간다. 의자를 눕히고는 의자 다리에 부츠 신은 발을 올리고 힘껏 내리찍는다. 부러진 의자 발이 너덜너덜한 섬유에 대롱대롱 매달려 있다. 난 손으로 열두 번쯤 돌려서 의자 발을 떼어낸다. 나머지 의자 다리들도 그렇게 떼어낸다.

나는 파이어핏의 뚜껑을 열고 의자 다리들을 원뿔 모양으로 세운다. 그릴 근처의 녹슨 라이터에는 아직 연료가 남아 있지만 초록 불꽃은 앤티크 나무에 옮겨 붙지 못한다. 이쯤에서 그냥 포기할까. 아니면 다른 불쏘시개를 가져오거나.

우리 침대 아래의 밀짚 상자에서 메모지, 사진, 봉투가 나온다. 우리는 정말 감상적인 얼간이들이었다, 우리 둘은. 우리는 모든 것을 보관했다. 우리가 서로를 그린 조잡한 초상화들, 그리피스 공원에서 처음 하이크를 할 때 내 머리에 둘렀던 신발 끈(우리가 데이트를 시작할 무렵 내 머리카락은 길었다), 한쪽 날개에는 '스위스 항공', 다른 날개에는 '나를 데려가요'라고 적힌 내가 만든 종이비행기, 캐니언에서 우리만의 기나긴 만찬에 쓰였던 성냥갑.

나는 침대의 시트를 벗긴다. 그의 냄새가 맴돈다. 진짜인지 환각인지 모르겠지만. 리넨 시트를 기억의 상자에 던지고는 상자를 들고 우리 집의 굴곡진 부분들을 지나간다.

상자를 파이어핏에 던지고 다시 라이터를 댕긴다. 불꽃이 일더니 딱딱 소리를 내며 불길이 번진다. 나는 이글거리는 불길을 보면서 성취감을 느낀다.

몇 번이나 집 안을 들락날락하면서 모든 리마인더를 제거한다.

그가 쓰러져 있던 깔개.

그의 전화기.

무명작가의 숲 그림.

시드가 고르고 내가 매단 리넨 커튼들.

그의 고객에게 얻은 무선 스피커.

성공과 이해로 이끌어준다는 뉴에이지 도서들.

덴마크풍의 현대적인 커피 테이블에 깔끔하게 쌓여 있던 〈음식과 와인〉, 〈포브스〉, 〈에스콰이어〉 잡지들.

덴마크풍의 현대적인 커피 테이블.

이어버드는 내 것이지만 극장에서 프리뷰가 시작되기 전에 그와 한쪽씩 나눠 꼈던 적이 있다. 우리는 그렇게 이어버드를 나눠 끼고는 스테레오 드라이브인 영화관에서 영화를 즐겼다.

액자 속의 사진들, 둘의 랩톱들, 옷들, 좋아하는 머그잔, 스키 폴, 탁구공들, 읽지 않은 육아서들, 편지, 엽서, 생일 카드, 명함, 조문 카드, 어린이날 카드.

이 모든 것이 웃자란 잔디 위에 흩어진 채 불에 들어갈 순서를 기다린다. 아직은 불 위에 물건이 잔뜩 쌓여 있어서 자리가 없기 때문이다. 그러다 마침내 불 위의 물건들이 무너져 내린다. 하지만 아무런 일도 벌어지지 않는다.

시드니의 테니스 라켓을 불 위에 밀어 넣는다. 나는 쑤시고 찔러서 불 위의 물건 더미를 흐트러뜨리고 틈새로 공기가 들어가게 한다. 뭔가가 지글지글 소리를 내더니 마침내 고무에 불이 붙는다.

심지어 불 속을 들여다보는 것조차 기억이다. 우리는 여기로 칵테일을 들고 나와 나지막한 벽돌담에 발을 올렸다. 이 집을 산 직후였다. 뭔가 어른이 되었다는 기분에 여러 가지 계획을 세우기도 했다. 더 많은 여행과 통화에 대해서, 심지어 아기에 대해서도.

바지 밑단에 불꽃이 튄다. 거의 마지막 쇼핑에서 시드가 사준 바지다. 부츠 끈을 풀고는 치노 바지를 벗어 서쪽 하늘로 던진다. 바지는 떨어진 깃발처럼 불 위에 내려앉는다.

부엌에서 칵테일을 만든다. 진, 캄파리, 달콤한 레드 베르무트(40여 종의 약재가 포함된 혼성 포도주 - 옮긴이)로 만든 네그로니. 시드가 그 순간 마시던 것. 냉장고가 비어 있어 오렌지 껍질은 생략한다. 얼음을 꺼내기 위해 냉동실로 손을 뻗다가 문득 손목의 팔찌가 눈에 들어온다. 싸구려 가죽으로 만든 보기 싫은 팔찌다. 우리는 휴가 중에 멕시코에서 팔찌를 두 개 샀다. 각자 하나씩. 이제 이것만 남았다.

나는 금속 쥠쇠를 풀다가 손을 멈춘다. 팔찌에 코를 대고는 눈을 감고 숨을 들이쉰다. 과거가 깨어난다. 멕시코에서 시드니는 햇볕에 그을린 그링고(남미에서 미국인을 부르는 말 - 옮긴이)였다. 나는 그때의 추억이, 느낌이 생생하게 떠오를 만큼 오랫동안 기억을 떠올리지는 않는다. 단 몇 초지만 그것으로 충분하다. 일단 팔찌는 남겨두기로 한다.

지저분한 포크를 씻어 체리 빛의 칵테일에 담근다. 포크로 칵테일을 저으면서 창문으로 내가 저지른 짓을 본다. 아름답고 마구잡이다. 지그재그로 툭툭 튀는 분노한 오렌지색 불길이 사방에서 어둠을 비춘다.

나는 킥킥대며 밖으로 달려 나간다. 아마 공포 또는 기쁨 또는 광기겠지. 아니, 아마 그 모두이겠지만 나는 웃는다. 불길 앞에서 잔을 들어 올린다.

"잘 가." 내가 말한다.

"사랑해." 내가 말한다.

그러고는 말한다. "미안해."

사방에서 밤이 윙윙거린다. 울타리 너머로 목소리들이 들리고 이웃집 창가에서 누군가가 지켜본다. 뜨거운 바람이 내 목으로 불어온다. 나는 다시 불을 돌아본다. 이제 불은 구덩이에서 뛰쳐나와 포치의 차양을 타고 오른다. 나는 뒤로 물러나 칵테일을 마저 마시고는 우리의 모든 기억이 연기 속에서 솟아올라 밤의 어둠 속으로 사라지는 것을 지켜본다.

3

'위대한 미래의 작사·작곡가 콘테스트'의 마감일이 2주 앞으로 다가왔다. 하지만 방학이 시작되었기에 이제는 모든 시간을 작사· 작곡에만 쏟을 수 있다. 우승한 노래는 전 세계인이 찾는 아주 인기 있는 웹사이트에 스트리밍될 것이다. 신문 광고에 그렇게 나와 있었다.

콘테스트에서 우승하려면 사람들을 춤추거나 울게 만들 노래가 필요하다. 춤과 눈물은 음악이 줄 수 있는 가장 강력한 느낌들이다. 사람들은 춤출 때는 잊고 울 때는 기억한다. 춤추거나 우는 것, 잊거나 기억하는 것. 어느 쪽이 우승하는 데 유리할까? 잘 모르겠다. 그래서 댄스곡으로 시작한다.

당장 아빠의 스튜디오로 간다. 오렌지주스 병을 흔들듯이 G코드 위에서 기타 픽을 흔든다. 내 이름이 새겨진 기타 픽이다. 엄마의 친구인 시드니 아저씨가 선물한 것이다(2012년 9월 9일).

내가 어깨를 두드리자 아빠가 한쪽 귀의 헤드폰을 떼어낸다.

"어때?" 난 머릿속에 떠오른 댄스곡을 연주한다.

아빠는 별로 신나지 않은 듯하다. "칩 트릭의 「아이 원트 유 투 원트 미 I Want You to Want Me」 같아."

콘테스트에는 오리지널 곡을 내야 한다. 그러니까 다른 사람의 노래를 내면 안 된다는 의미다. 아빠는 모든 아티스트의 이름과 노래는 기억하면서 아빠가 가입한 웹사이트의 비밀번호는 기억하지 못한다. 어떻게 그럴 수가 있지?

아빠는 광고, TV 쇼, 영화에 들어가는 음악을 만든다. 정말 최고의 직업이다. 게다가 집에서 일한다. 우리 건물은 2층이지만 현재는 우리 가족만 살고 있다. 위층에는 우리 가족이 살고 아래층에는 아빠의 스튜디오가 있다.

아빠의 스튜디오에는 물건이 가득하지만 사람들이 짜증을 내지는 않는다. 아니, 설레어한다. 구석구석 자세히 들여다보고(포스터, 책, 기념품) 뭔가('CBGB OMFUG*가 무슨 의미예요?')를 물어본다. 스타일로폰(펜으로 연주하는 작은 신시사이저), 테레민(위에서 손을 흔들면 으스스한 귀신 소리를 낸다) 등 이상한 악기들. 아빠의 스튜디오는 노래가 만들어지는 공장이고 이상한 물건이 가득한 박물관이고 아무도 귀찮게 하지 않는 은밀한 은신처이고 어른의 삶을 미리 꿈꿔볼 수 있는 장소다.

나는 2층보다 여기가 좋다. 가구가 더 새것이고 소파가 더 편해서

---

* 1973년 뉴욕 시 맨해튼에서 개장하여 로큰롤의 역사를 개척한 라이브 클럽. CBGB-OMFUG는 '흥겨운 음악 미식가를 위한 컨트리, 블루그래스, 블루스와 기타 음악 Country, Bluegrass, Blues and Other Music for Uplifting Gormandizers'의 약자다. 이 클럽은 이름과 전혀 상관없는 음악 장르인 펑크와 뉴웨이브로 유명세를 탔다 - 옮긴이

만은 아니다. 이곳에서는 아빠와 함께 있을 수 있다. 아빠는 내게 옛날 노래를 가르쳐주고 드럼들을 두드리게 하고 아빠의 커피 잔도 채우게 한다.

그리고 아빠의 기타도 연주하게 한다. 10여 개의 기타가 있지만 나는 지금 연주하는 기타가 가장 좋다. 존 레넌이 좋아하던 깁슨 J-160E 기타다.

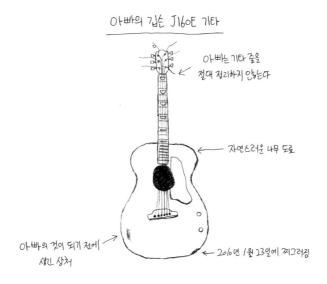

아빠의 깁슨 J160E 기타

아빠는 기타 줄을 절대 정리하지 않는다

자연스러운 나무 도료

아빠의 것이 되기 전에 생긴 상처

2010년 1월 23일에 찌그러짐

존 레넌의 노래는 슈퍼마켓과 엘리베이터와 공연장에서, 광고와 영화에서, 라디오에서, 인터넷에서 흘러나온다. 그 때문에 사람들은 그를 기억한다. 그는 영국과 미국에서 기억되고 있다. 아빠에게 듣기로는, 그는 일본에서 더욱 성공했다고 한다. 아빠는 그의 노래를 MP3, CD, 레코드, 카세트테이프로 가지고 있다. 나는 그냥 존 레넌만큼 멋진 노래만 만들면 된다. 언제까지나 연주되고 항상 사람들의 기억을 깨우는 노래를.

하지만 나 혼자는 불가능한 일이다. "도와줘, 아빠."

"지금은 안 돼."

아빠는 이미 헤드폰을 쓰고 컴퓨터를 쏘아본다. 노래를 믹싱하는 듯하다. 그러니까 각각의 악기를 완벽하게 세팅하고 있다는 의미다.

난 일기장을 넘기면서 지난 몇 달간 썼던 노래들 가운데 쓸 만한 것이 있는지 찾아본다. 내게 일기장은 내 기억의 두 번째 복사본과 같다. 아빠가 녹음한 모든 음악의 백업파일을 만드는 것처럼. 그렇게 복사본을 만들어두면 나쁜 일이 일어나도 중요한 뭔가를 잃지 않을 것이다. 조앤 할머니가 병들었을 때처럼 말이다.

할머니도 뮤지션이었다. 내가 들은 할머니의 마지막 노래들 중에 엘비스의 노래가 있었다('진실한 마음에 잔인한 짓을 하지 마세요'). 나는 할머니가 노래 가사대로 해주길 간절히 바랐다. 할머니가 나를 잊었을 때는 마치 할머니가 거대한 연필의 끝을 잡고 나를 문질러 지우는 느낌이었다. 내가 사람들에게 얼마나 의미 있는 사람인지를 더는 고민하지 않아도 된다면 정말 기분이 끝내줄 텐데. 콘테스트에서 우승하면 그 기분을 알게 되겠지.

나는 다시 아빠에게 말을 건다. "열 곡을 녹음해서 가장 좋은 것을 고르면 어때? 정말 멋지게 들리던 곳이 녹음 후에는 완전히 다르게 들릴 수도 있잖아. 어떻게 생각해? 매일 한 곡씩 녹음하면 10일 후에 완전히 완벽한 노래가 나오겠지? 그리고 크리스티나처럼 멋진 가수도 찾아야 하고. 그녀가 노래를 불러줄까?"

나는 말을 마쳤지만 아빠는 그것도 몰랐다. 나를 쳐다보지 않았기 때문이다. 아빠는 무릎을 내려다보다가 한참 만에야 말한다. "난 내일은 여기 없을 거야."

"알았어. 그럼 모레부터 하면 되지."

"조앤."

누군가가 내 이름을 불러주는 것이 좋다. 하지만 때로 내 이름이 불린다는 것은 뭔가 문제가 있다는 의미이기도 했다. "응?"

"제발 기타를 내려놔."

이제 정말 초조해진다. 아빠와 나는 대화 중에 악기를 연주하는 것을 좋아한다. 다른 사람들은 짜증을 내지만.

아빠는 무릎에 팔꿈치를 올리고 몸을 숙이고는 카펫을 내려다보며 머리카락을 잡아당긴다. "잘 들어." 아빠가 고개를 든다. 아빠의 눈이 왠지 슬프다. 아빠의 머리카락은 한쪽 방향으로만 뻗은 고슴도치의 가시처럼 허공에 뻗쳐 있다. "오늘은 할아버지 일을 도왔다고 했잖아. 음, 이제 매일 할아버지를 도울 거야. 아침부터 저녁까지."

"그럼 스튜디오는?"

아빠가 깊게 숨을 들이쉰다. 저건 나쁜 징조인데. 아빠가 말한다. "스튜디오는 닫을 거야."

2011년 4월 1일 금요일. 아빠가 나를 학교에 내려주고 도시락을 건넨다. "병아리콩이 떨어져서 머스터드 샌드위치를 만들었어." 내 얼굴이 벌겋게 달아오르자 아빠가 미소를 지으며 말한다. "오늘 만우절이잖아."

하지만 지금은 4월이 아니라 7월이다.

"무슨 말인지 모르겠어."

"난 뮤지션이 좋아." 아빠가 말한다. "너도 알지. 네 나이였을 때부터 난 뮤지션이 되고 싶었어. 오직 뮤지션만 되고 싶었지. 하지만 직업으로 삼는 건 다른 문제야. 이제 아빠가 새로운 직업을 얻었으니까, 우리 가족은 훨씬 좋아질 거야. 집도 고치고 널 학원에도 보내고. 넌 순식간에 고 3이 될 거야. 네 엄마는 여름마다 그렇게 열심히 일하지 않아도 될 거고. 쉴 수 있지. 그리고 기대해. 네 엄마는 벌써 휴가 계획을 세우고 있거든. 우리가 함께 비행기를 탔던 게 언제지?"

아빠는 해마다 텍사스에서 열리는 사우스바이사우스웨스트 축제에 참가하기 위해 비행기를 탄다. 지난여름 엄마는 나를 애리조나의 어느 의사에게 데려갔지만 아빠는 중요한 프로젝트를 마무리 짓느라 함께 가지 못했다. 그리고 지난달에 엄마와 아빠는 시드니 아저씨의 장례식에 참석하기 위해 로스앤젤레스까지 비행기를 탔다. 하지만 우리 셋이 함께 비행기를 탄 적은 없다. 단 한 번도.

작년에 우리는 휴가를 가기로 했지만 무슨 이유인지 가지 못했다. 그때 나는 엄마처럼 속상해하지 않았다. 비행기를 타면 멋질 것 같지만 사실 아주 지루하다. 녹음실과는 다르다.

"내 노래는 어떡해?" 내가 말한다. "아빠가 녹음해준다며."

"물론이지. 스튜디오를 빌릴 거야. 하지만 9월까지는 그럴 일이 없을 걸. 8월까지는 스튜디오를 빼지 않을 거니까. 아직 작업 중인 프로젝트들도 있고. 밤과 주말을 이용해서 끝내야지. 그 후에 네 노래를 작업하자."

이 스튜디오는 아빠가 장비를 들이기 전에는, 아빠가 빨간 전화기를 설치하기 전에는 빈 공간이었다 – 아빠는 전화가 오면 "몽키핑거 프로덕션입니다. 전 올리예요"라고 말했다. 나는 아빠의 멋진 물건들이 모두 어디로 갈지 생각해본다. 또한 내가 노래를 쓰고 싶거나 작업 중인 아빠 곁에 있고 싶으면 어디로 가야 할지 생각해본다.

"있지." 내가 눈물을 흘리기 전에 아빠가 말한다. "네가 콘코르디아 게임을 그만두고 플레이스테이션을 시작했을 때의 기분을 기억해봐. 넌 싫을 거라고 생각했지만 지금은 좋아하잖아? 처음에는 어렵겠지. 하지만 이게 최선이야. 난 그렇게 생각해. 정말이야."

아빠가 나를 안아준다. 난 아빠가 안아주는 것이 항상 좋았지만 오늘 밤은 왠지 무섭다. 마치 내 뼈를 으스러뜨릴 것처럼 꼭 안았기 때문이다.

"올리!"

벽에 달린 스피커에서 엄마 목소리가 울려 퍼진다. 아빠는 나를 놓아주고 미소를 짓는다. 하지만 가짜 미소다.

"올리! 빨리 와!"

엄마는 DVR 작동법을 몰라서 소리를 지르는 것이 아니었다.

아빠와 나는 위층으로 뛰어 올라간다. 잠옷용 셔츠 차림의 엄마는 팔짱을 끼고 거실의 텔레비전 앞에 서 있다. 엄마가 리모컨을 누르자 볼륨이 커진다. 뉴스 같았다. 뉴스에는 항상 교통사고를 당한 사람들, 병에 걸린 사람들, 스키를 타다가 허리가 부러진 사람들에 대한 슬픈 이야기가 나온다. 하지만 다음 날에는 새로운 이야기가 나오고 전날 나왔던 사람들에 대해서는 다시 들을 수가 없다. 그래서 난 뉴스가 싫다. 몸이 붙은 채로 태어났다가 분리 수술을 받은 쌍둥이가 어떻게 되었는지 궁금해하는 사람은 나뿐이다. 그들은 지금 괜찮나? 그리고 자기 우주선을 개발한 부자는 어떻게 되었지? 우주에 다녀왔나?

난 거실 TV에서 뉴스가 나오면 다른 곳으로 가곤 한다. 하지만 그날 밤에는 올랜도의 시월드에 침입해서 바다코끼리를 훔친 남자가 뉴스에 나왔다. 아주 흥미진진했다. 그는 바다코끼리를 바다에 풀어주고는 다른 동물들도 데려가기 위해 시월드로 돌아갔다가 경찰에 체포되었다. 물론 여자 앵커는 바다코끼리가 어떻게 되었는지는 알려주지 않았다. 대신 나는 바다코끼리가 헤엄치는 곳을 보여주는 웹사이트를 찾아냈다. 시월드가 바다코끼리의 몸에 감지기를 심어놓은 덕분이었다.

오늘 밤에는 여자 앵커가 이렇게 말하고 있다. "개빈 윈터스는 범죄 드라마인 「롱 암The Long Arm」 시즌 2에서 경찰인 보 켄드릭스 역을 맡았습니다. 공교롭게도 이 드라마는 오늘 밤부터 방영됩니다." 아빠는 엄마를 보고 엄마는 아빠를 보고 나는 텔레비전을 본다.

나는 개빈 윈터스를 만난 적이 없지만 그를 알고는 있다. 그는 엄마 아빠의 대학 친구이고 아빠와는 밴드 동료였다. 지금은 TV 탤런트이고 시드니 아저씨의 남자친구다. 시드니 아저씨는 우리 집에 종종 들르곤 했다. 하지만 지금 내가 보고 있는 개빈 윈터스는 내가 알

고 있는 개빈 윈터스가 아니었다. 오늘 밤 텔레비전 속의 그는 속옷
차림으로 거대한 불길 앞에 아주 가만히 서 있기만 한다.

4

새가 평화롭게 노래한다. 평소와 다름없이 경쾌한 멜로디다. 눈을 감고 반쯤 잠든 채로 잠깐 동안 내가 어디에 있는지를 잊으려 한다. 아마 모두 괜찮을 거야. 아마 모두 꿈이었을 거야.

하지만 잠에서 완전히 깨어난 나는 엉망이 되어버린 침실에서 시트가 없는 매트리스에 얼굴을 묻고 있는 것을 알아차린다. 날마다 잠에서 깨는 것은 가혹하다. 오늘은 특히.

한참 만에야 현실을 깨닫는다. 창밖의 새는 여전히 노래하고 있다. 시드니는 여전히 가고 없다. 나는 여전히 여기 있다. 우리 집은 아수라장이다. 모두 나 때문이다. 소방관들이 불은 진압했지만 칵테일을 마시고 싶다는 욕망은 꺼주지 못했다.

거실은 더욱 끔찍하다. 그냥 충격적이다. 거실 창밖에서 벌어지는 일도 마찬가지다. 보도에서 대여섯 명의 사람들이 긴 렌즈를 내게 향하고 있다. 커튼을 치면 집 안이 그렇게 또렷이 보이지 않을 텐데. 불행히도 커튼이 없다. 내가 태워버렸다.

나는 수건들을 창에 씌우고 소파에 앉는다. 바닥을 제외하면 거실에 앉을 곳은 소파뿐이다. 과장 없이 말하자면 인테리어가 엄청나게 변했다. 하지만 왠지 어울리는 듯하다. 시드니는 항상 우리가 단순해지기를 원했으니까.

어느 순간 전화기가 울린다. 이런 난장판 속에서 얼마나 앉아 있었던 걸까? 아마 갑작스러운 전화벨 소리에 깜짝 놀랄 만큼은 앉아 있었겠지.

친구의 전화다. 그런데 전화를 받아야 할까? 난 수건을 살짝 걷어 올리고는 우리 집의 경계선을 따라 줄지어 있는 기자들을 엿본다. 아무래도 내가 수적으로 열세다. 나는 전화를 받는다. "페이지."

"살아 있네." 그녀가 말한다.

"불행히도."

아무런 말이 없다. 아마 내 농담이 너무 섬뜩했겠지. 내 유머 감각은 엉망이다.

"잘 들어." 페이지가 말한다. "난 TV에서 널 보는 것이 좋아. 하지만 밤 뉴스에는 나오지 않았으면 좋겠어."

내 이웃이 자신의 집에서 나의 모닥불을 찍었던 모양이다. 분명히 그는 나를 위험에서 구하기보다는 사진을 찍는 것에 더욱 관심이 있었겠지. 그런 동영상을 찍는 건 완전히 LA다운 것이라고 말하고 싶지만 사실은 세계적인 유행이기도 하다.

영상은 남았어도 여전히 어젯밤이 비현실적으로 느껴진다. 그제 밤도 그끄저께 밤도 마찬가지다. 시드니를 잃은 이후 도저히 적응이 되지 않는다. 나는 일이나 오디션이 없으면 오후 늦게까지 잠옷을 입고 있었다. 하지만 밤이나 주말에는 시드와 함께였다. 이제 주말은 1주일 중에 가장 두려운 시간이 되었지만.

"괜찮아?" 그녀가 묻는다.

지난 몇 주간 내가 가장 많이 들은 질문이다. "응, 괜찮아."

"확실해? 집은 어때?"

"재떨이 냄새가 나지만 아직 서 있기는 해."

탁구공들이 그렇게 불에 잘 타다니. 누가 알았겠어? 포치는 지붕만 탔다. 불이 집 안으로 번지기 전에 소방차들이 도착했다.

"어떻게 된 거야?" 페이지가 묻는다.

"몰라."

"가구를 태우는 것 같던데."

"그냥 몇 가지 태웠어."

"개빈……."

그녀는 더는 말하지 않는다. 그녀가 무슨 말을 하겠는가? 지난밤에 느낀 것이 일탈이든 안도든 불길이 꺼지기도 전에 사그라져버렸다. 소방차의 사이렌 소리를 들은 무렵에는 미친 듯이 소화기를 찾을 만큼 제정신이 돌아왔다. 집에 소화기가 있다는 건 알고 있었지만 어디에서 봤는지는 기억나지 않았다. 나는 이미 몇 번이나 묻고 있었다. '내가 무슨 짓을 한 거지? 도대체 무슨 짓을 한 거지?'

내가 무슨 짓을 했든 아무것도 달라지지 않았다. 모든 것을 밖으로 힘들게 끌고 나갔지만 집을 완전히 비울 수는 없었다. 내 환각사랑은 계속된다.

"지금 어디야?" 페이지가 묻는다.

"집."

"거기 있으면 안 돼."

"그럼 어디로 가라고?"

"잠시 다른 사람 집에서 지내면 어때?"

하지만 도망갈 곳이 없다. 이제야 이 환각사랑을 떼어낼 수 없다는 걸 깨닫는다. 결국 그는 팔다리와 같은 존재다. 그는 나의 일부다.

"여기 와도 괜찮은데." 페이지가 말한다.

"뉴저지에?"

"응, 뉴저지. 괜찮지? 근데 너 언제 왔지?"

난 거기서 태어나 자랐다. 내 삶의 3분의 2를 거기서 보냈던 것이다. 하지만 그곳을 떠난 이후 딱 한 번밖에 다녀온 적이 없다. 그것도 벌써 여러 해 전에.

"잠시 LA를 벗어나야 해. 촬영은 끝났지? 그럼 여행이라도 해."

"에베레스트에 가볼까?"

"농담 아냐. 우리 집 아래층에 네 맘대로 왔다 갔다 할 수 있는 완전히 독립된 공간이 있거든."

"고마워, 페이지. 고마워."

"거절하지 마."

"그런 거 아냐."

"보고 싶어, 올리도 나도 네가 보고 싶어. 우리가 널 돌봤어야 하는데.”

그녀와 그녀의 남편은 지난달에 장례식에 왔다. 그 전까지는 몇 년간 대학 친구들을 만나지도 못했다.

“걱정하지 마.” 내가 말한다. “전화해줘서 고마워.”

창문 너머로 목소리가 들린다. 나는 파파라치든 뭐든 그들이 저기 있다는 사실을 벌써 잊고 있었다. 어떤 사람들은 평범한 옷차림이고 어떤 사람들은 촬영 준비를 마친 것으로 보인다. 그들을 보면서 정말 불이 났음을 실감한다. 내 상상이 아니었다.

“생각해볼 거야?” 페이지가 말한다.

“응.”

“약속하는 거지?”

내가 아직도 약속을 믿는지는 모르겠지만, 어쨌든 약속을 하고 우리는 인사를 나눈다.

나는 페이지의 전화를 거의 받지 않았지만 지금은 전화를 받은 것이 다행이다. 내 눈에 보이고 내 귀에 들리는 모든 사람이 유령은 아니라는 것을 잊기는 얼마나 쉬운지. 때로는 모든 것이 환상 같지만 이건 진짜 삶이다. 그리고 저 밖에는 나와 실제로 관계를 맺은 진짜 사람들이 있다.

페이지와 올리는 나와 시드니를 맺어준 사람들이다. 페이지는 시드니의 어린 시절 친구였다. 대학 시절 올리는 내 룸메이트였다. 아내의 친구가 남편의 친구와 데이트한다고 해서 뭔가 이루어지는 일은 거의 없다. 하지만 우리는 달랐다. 시드니와 나는 뉴저지가 아닌 이곳 캘리포니아에서 만났다. 우리는 서로가 새롭지만 익숙했다.

그리고 그것으로 충분하다.

이제 뒷마당으로 나가 얼마나 피해를 입었는지 확인해야 한다. 맨발로 걸어 나가려다가 너무 위험하다는 것을 깨닫는다. 부츠를 신고는 쓰러진 포치 지붕을 넘어 파티오로 나간다. 검회색의 그을음이 구덩이 주위를 에워싸고 있다. 저 정도면 괜찮다. 내가 밖으로 끌고 나간 물건들 중 4분의 3에는 불길이 닿지 않았다. 그것들은 마치 벼룩시장에 내놓은 물건처럼 멀쩡하게 잔디와 파티오에 널려 있다.

내 내면을 이렇게 마주하다니 초현실적이다. 밝은 태양 아래에서 그것들을 보는 것은 더욱 이상하다. 밤에는 내가 태우려던 것들이 그리 익숙하게 느껴지지 않았다. 하지만 훤한 대낮에는 그것들과 나의 유대 관계를 무시하기가 불가능하다.

잔디 위에 시드니의 더플백이 있다. 지난밤에 침실 벽장에서 꺼냈다. 시드니가 죽은 이후 그의 물건들이 눈에 띄지 않게 그 가방에 넣고는 열어보지 않았다. 지금까지도. 나는 무릎을 꿇고 가방을 연다.

그의 어머니 사진이 담긴 액자를 제외하면 대부분이 세면용품과 작은 소지품이다. 전동칫솔, 키엘 수분크림, 헤어페이스트, 검은 뿔테 독서 안경, 지갑(아직 현금이 가득하다), 몇 병의 약들. 감청색 후디 ― 후디에는 이에 씹혀서 딱딱하게 굳어진 하얀 끈이 달려 있다. 하지만 내 관심은 온통 가방 밑바닥에 있는 물건에 쏠린다. 바로 전기면도기다.

나는 검은색의 부드러운 케이스를 열고 차가운 금속 면도기를 움켜쥔다. 면도기를 켜자 팔로 진동이 느껴진다. 면도기를 끄자 손가락에 비처럼 파편들이 떨어진다. 진한 색의 짤막한 털들.

난 엄지로 톱니 모양의 면도기 가장자리를 쓸어본다. 검은 잔여물이 내 피부에 달라붙는다. 재처럼 이전에는 사람의 것이었던 뭔가, 살아 있었던 뭔가. 눈을 감고 그의 턱, 뺨, 얼굴을 그려본다. 그의 정확한 모습을. 그러지 말아야 한다. 어리석고 제멋대로인 마조히스트 같다. 하지만 정말 유감스러운 것은 기대만큼 완전하고 또렷하게 그의 얼굴이 보이지 않는다는 것이다. 기억보다는 상상이 그의 얼굴을 보여준다.

하지만 난 잊고 싶었다, 정말로? 지난밤에는 그래, 잊고 싶었다. 오늘은 모르겠다. 시드니에 대한 기억은 끝났다. 그와 나는 결코 새로운 기억을 만들지 못할 것이다. 자기 연민에서든 절망에서든 좌절에서든 별로 남지 않은 기억을 태운 것이 이제는 끔찍한 실수로 느껴진다.

이제 뭘 해야 할지 모르겠다. 치울 것이 너무 많다. 손도 대지 못하겠다.

간단한 일부터 시작한다. 면도기를 다시 케이스에 넣고 케이스를 가방에 넣은 다음 지퍼를 닫는다. 잔디에 손을 닦은 다음 반바지에 다시 닦는다. 희미하게 검은 자국이 남는다. 침을 뱉고 세게 문질러도 없어지지 않을 것이다. 얼룩은 남아 있다. 나는 이미 지쳤다.

일어서는 대신 웃자란 잔디에 계속 무릎을 꿇은 채로 집 뒤쪽을 바라본다. 내가 도로 집 안으로 걸어가 저 벽들 안에 머무는 것, 환각

사랑과 함께 집에 갇히는 것을 상상해본다. 설상가상으로 나를 엿보는 저 눈들과 함께, 나를 향한 원하지 않는 관심과 함께.

페이지의 말이 옳다. 더는 여기에 머물 수 없다.

5

포크로 잉글리시 머핀을 잘라 반쪽을 토스터에 넣는다. 엄마는 작은 메모지를 들고 부엌을 걸어 다니며 휴대전화로 통화를 한다.

집 전화가 울리고 내가 받는다. 하지만 엄마가 내 손에서 전화기를 빼앗아간다. 엄마는 전화기에 찍힌 번호를 보고는 통화음 소리를 줄인다.

나는 식탁에 앉는다. 그리고 토스터가 딩동 소리를 내거나 엄마가 흥분한 이유를 말해주기를 기다린다. 엄마가 먼저 입을 연다.

"알았어." 엄마가 그렇게 통화를 끝낸다. 엄마는 식탁에 메모지를 떨구고 의자에 엉덩이를 걸친다. "엄마 친구 멜리사야. 멜리사는 가보지 않은 곳이 없다니까. 우리더러 코스타리카에 꼭 가보라더라. 비행시간도 짧고 열대우림과 해변과 짚라인과 화산도 있대. 재미있겠지?"

"난 코스타리카에 못 가. 노래를 써야 한다고."

"아니, 내년 봄에 갈 거야. 3월에 1주일간. 4월까지는 우기가 시작되지 않는대. 엄마가 바로 항공편을 찾아볼게. 아직 시간이 있으니까 저렴하게 구할 수 있겠지."

토스터에서 소리가 나고 엄마가 내 머핀을 꺼낸다. 엄마는 버터나이프로 버터를 바른 다음 접시에 담아 갖다준다. 엄마는 만날 내 시녀가 아니라고 말하더니, 오늘 아침은 웬일인지 모르겠다.

"그런데 정말이야? 스튜디오를 닫는다면서?"

"네가 당황스럽겠지. 사실 우리 모두에게 당황스러운 일이기는 하지."

엄마가 저렇게 행복해 보이는 건 처음이다.

아니, 사실 엄마는 작년에 휴가를 계획할 때도 이렇게 행복해 보였다. 그러다 우리가 휴가를 가지 못하게 되었을 때는 정말 불행해 보였지만. 어쨌든 이런 상황이 나와 아빠를 당황스럽게 하는 것은 정말 사실이다.

"아빠는 아빠의 스튜디오를 좋아해." 내가 말한다. "그런데 왜 문을 닫는 거지?"

엄마는 대답을 하려고 입을 벌렸지만 잠깐 동안 아무 말도 나오지 않았다. "더는 유지할 수가 없어서."

엄마는 컴퓨터로 그래프를 만들고 영수증을 모두 챙겨두는 것을 좋아한다. 엄마는 우리가 보지 않는 TV 채널을 없앨 것이고 요금을 깎아주지 않으면 케이블 서비스를 취소할 것이다. 엄마는 11달러 69센트에 일반 두루마리 화장지 18개들이를 사는 것이 나은지, 9달러 39센트에 더블롤 12개들이를 사는 것이 나은지를 안다. 그래서 엄마가 스튜디오를 유지할 수 없다고 말하면 그 말을 믿어야 한다. 하지만 스튜디오는 유지할 수 없어도 코스타리카로 여행은 갈 수 있다고? 도저히 이해되지 않는다.

"엄마도 개인 강습으로 돈을 벌잖아." 내가 말한다. "그냥 스튜디오에 돈을 대주면 안 돼?"

"이제 그러고 싶지 않아."

"뭐?"

"그만 잊어."

"그럴 수 없잖아."

"그러면 네가 스튜디오에 돈을 대든지." 엄마가 말한다. 엄마는 버터나이프로 나를 가리킨다. 기분 나쁘게는 아니고 가르치듯이. 엄마는 그런 사람이다. 여름인데도 엄마는 거의 매일 아이들을 가르친다. 평소의 수입이 푼돈이라서 그렇다고 말한다. 게다가 엄마가 소파에서 읽을 책도 아주 많다.

빈둥대는 것을 싫어하기 때문에 엄마는 돈이 많아도 바쁘게 지낼 것이 분명하다. 엄마는 아빠를 집돌이라고 부른다. 아마도 그래서 엄마는 집순이가 되지 않고, 그래서 우리 가족의 비행기 표도 사려는 것 같다.

"오늘은 말썽 부리지 마." 엄마가 말한다. "손님이 올 거야."

"누가 오는데?"

"우리 친구 개빈이 잠시 우리랑 같이 지내기로 했어."

"지난밤 뉴스에 나왔던 개빈 아저씨?"

"그래. 그 개빈이야."

TV에 개빈 윈터스 아저씨가 나온 다음 엄마는 내게 방에 가서 잠옷으로 갈아입으라고 했다. 그건 엄마와 아빠가 단둘이 할 말이 있다는 의미였다. 나중에 엄마가 내 방에 왔는데 아무래도 운 것 같았다. 아마 시드니 아저씨를 생각했겠지. 엄마는 아저씨가 죽고 많이 울었지만 나중에는 아주 괜찮아졌다. 뭔가가 시드니 아저씨를 생각나게 하지만 않으면 말이다.

"왜 개빈 아저씨가 오는데?"

"내가 초대했어."

"하지만 왜?"

"지금 아저씨는 정말 힘든 시간을 보내고 있어." 엄마가 말한다. "그래서 여행을 하는 게 좋겠다고 생각했어."

"엄마는 여행을 너무 좋아해."

엄마가 나이프를 식기세척기에 떨군다. "오늘 밤에 아빠가 일을 마치고 공항으로 아저씨를 데리러 갈 거야."

엄마가 일이라고 말하는 순간 나는 아빠가 아래층에서 음악을 녹음하는 모습을 상상한다. 하지만 엄마가 말하는 일이란 '할아버지와 함께 공사를 하는 것'을 의미한다. 어느새 우리 집에서는 단어들의 의미가 달라지기 시작했지만 나는 아직 준비가 되지 않았다. 왜냐하면 스튜디오는 아직 문을 닫지 않았고 내 노래가 완성될 때까지는 문을 닫을 수도 없기 때문이다. 솔직히 아빠가 새로운 일을 하는 것이 그렇게 나쁘지는 않다. 그러면 스튜디오는 내 차지니까.

손님이 오기 전에 노래를 최대한 많이 만들고 싶었기 때문에 서둘러 머핀을 먹는다. 이제야 집에 레몬 냄새 같은 것이 나고 부엌 타일이 반짝거리며 커피 테이블 위의 물건들이 정리되어 있는 이유를 알았다.

식탁에 지저분한 접시를 남겨두고 부엌에서 나오다가 갑자기 아주 대단한 생각이 떠올랐다. "개빈 아저씨가 유명한가?"

아빠는 항상 유명해지는 것과 기억되는 것이 어떻게 다른지를 말해주었다. 유명해지기는 쉽지만 명성은 15분밖에 지속되지 않는다. 반면 기억에 남기는 어렵지만 훨씬 오래 지속된다. 하지만 누군가에게 기억되려면 먼저 유명해져야 한다. 그러니까 사람들이 내 이름을 기억하게 하려면 먼저 내 이름부터 알려야 한다는 의미다. 내가 콘테스트에서 우승하면 사람들이 내 이름을 알게 될 것이다(유명해진다). 그러면 그들이 내 이름을 잊지 않게 내 노래가 계속 그들의 기억을 일깨울 것이다(기억된다).

엄마는 거실의 컴퓨터 앞에서 정신이 없다. 아마 코스타리카에서 가장 가격이 괜찮은 호텔을 찾고 있겠지. "그가 유명한 건가?" 엄마가 말한다. "그는 TV에 나와. 내 생각에 조금 유명한 것 같기는 하다."

조금 유명한 것도 아주 많이 유명한 거지. "아저씨는 언제 도착해?"

스튜디오 문이 열리고 아빠와 개빈 아저씨가 들어왔을 때, 난 부츠 신은 다리를 꼬고 머리카락으로 눈을 가린 채 의자에 앉아 있다.

다리에는 쥐가 나고, 발에는 땀이 나며, 머리카락 사이로는 아무것도 보이지 않지만, 그래도 이러고 있으면 내가 인상적으로 보일 테니까.

"아, 조앤." 아빠가 말한다. "거기 있었구나. 못 봤어."

나는 의자에서 일어나 머리를 옆으로 내린다. 이미 개빈 아저씨에게 강렬한 인상을 주었으니, 이제는 그만 앞을 보고 싶었다.

"조앤." 아빠가 말한다. "이쪽은 개빈 아저씨야." 아빠가 '이쪽은'이라는 말을 길게 빼는 이유는 내가 몇 년간 아저씨의 이야기를 듣고 아저씨의 얼굴을 사진과 텔레비전으로 보고도 지금에야 만나는 것이 조금 이상하다는 것을 알기 때문이다.

2008년 3월 18일 화요일. 엄마와 나는 「아메리칸 아이돌American Idol」을 보려고 한다. 마침 광고가 시작되기에 나는 베지스트로 과자를 가지러 부엌으로 간다. 갑자기 엄마가 비명을 지르기에 난 거미가 나왔나 걱정한다. 그때 엄마가 말한다. "개빈이야!" 나는 TV를 본다. 어떤 광고에서 개빈 아저씨가 양복을 입고 멋진 차를 몰고 있다.

아빠는 마치 배를 통과시키기 위해 들어 올린 다리처럼 눈썹을 치뜨고 나를 쳐다본다. 아빠는 내가 동시에 두 곳에 존재한다는 것을 안다. 내 정신이 머무는 곳과 내 몸이 머무는 곳에.

내 머릿속에 떠올랐던 개빈 아저씨가 아니라 지금 내 앞에 있는 진짜 개빈 아저씨는 끝이 뾰족한 신발에 스키니 바지와 스트라이프 티셔츠와 감청색 슈트를 입고 있다. 아저씨의 머리카락은 거대한 파도처럼 물결친다. 아저씨는 피곤해 보인다. 등에는 커다란 백팩을 메고 있다. 아저씨는 천장에 닿을 만큼 키가 크고 눈은 푸르게 반짝인다. 아저씨에게는 초능력이 있을 것만 같다.

아저씨는 마치 자신이 카메라인 것처럼 나를 응시한다. 다른 사람이 내 사진을 찍을 때는 어떤 표정을 지어야 하지? 난 그냥 멍청하게 서 있다.

아저씨는 내가 무슨 공주라도 되는 것처럼 정중하게 절을 하고 말한다. "안녕, 조앤."

아저씨는 내 이름을 안다.

아저씨는 기타 거치대, 컨트롤 데스크, 업라이트 피아노, 드럼 세트를 둘러본다. 아저씨는 벽에 붙은 것들을 살펴보고 사각형의 창으로 작은 방을 들여다본다. 은색 마이크가 있는 방이다(아빠는 '방음부스'라고 부르지만 나는 '고요한 방'이라고 부른다).

"멋지네." 개빈 아저씨가 말한다. "코카콜라처럼 멋진 삶이네." 개빈 아저씨가 아빠에게 윙크하지만 아빠는 희미한 미소만 짓는다. 개빈 아저씨가 방금 했던 말은 아빠의 음악을 사용한 코카콜라 광고에 나온 것이지만 지금은 그런 멋진 광고들에 대해 생각하고 싶지 않다. 아빠의 스튜디오가 어떻게 될지 떠오를 뿐이니까.

키가 큰 개빈 아저씨가 나를 내려다본다. "너도 대단한 뮤지션이라며?"

혹시 내가 이미 유명해졌는데 나만 모르고 있는 건가?

아빠가 개빈 아저씨를 복도로 데려간다. "수건은 여기 있어." 아빠가 좁은 벽장을 가리킨다. "욕실은 저쪽에." 이제 우리는 복도 끝에 있고 아빠는 손님용 침실에 불을 켠다.

개빈 아저씨는 벽에 걸린 액자로 다가간다. 액자에는 'Awake Asleep(어웨이크 어슬립)'이라고 적힌 포스터가 들어 있다. 아빠와 개빈 아저씨가 대학 시절에 결성한 밴드의 이름이다. 아빠는 드러머였고 개빈 아저씨는 보컬이었다.

아빠와 나는 개빈 아저씨가 무슨 말이나 행동을 하길 기다렸지만 아저씨는 조금도 움직이지 않는다. 아저씨는 얼음땡 놀이를 아주 잘할 것 같다.

"여기에 시드니가 머물곤 했어?"

"몇 번." 아빠가 말한다.

"네 번이요." 내가 말한다. 네 번인데 왜 몇 번이라고 말해야 하지? "정확한 날짜도 알아요."

아빠가 나를 방 밖으로 밀어낸다. "위층에 가 있어."

"그가 여기에 머문 날을 모두 기억해?" 개빈 아저씨가 묻는다.

"네." 내가 말한다.

아빠가 내 어깨를 놓아준다. 개빈 아저씨가 바닥을 내려다보다가 나를 본다. "또 뭐가 기억나지?"

"모든 것이요."

개빈 아저씨는 믿지 못하겠다는 듯이 얼굴을 찡그린다. 아빠가 다시 나를 방 밖으로 밀어내지만 나는 버틴다. 개빈 아저씨가 나를 거짓말쟁이로 생각하는 것이 싫다. "2012년 9월 10일, 그날은 월요일이었어요." 내가 말한다. "시드니 아저씨는 넥타이 없이 회색 슈트를 입고 있었어요. 연한 회색 줄무늬가 있는 슈트였어요."

아빠가 더는 참지 못한다. "알았어, 조앤."

내가 문을 나가는데 개빈 아저씨가 말한다. "테드베이커군."

"뭐라고요?"

"테드베이커 옷이라고."

"아."

나는 그 자리에 얼어붙었다. 우리 모두가 얼어붙었다.

그러더니 개빈 아저씨가 미소를 지으며 말한다. "잘 자라, 조앤."

나는 미소 지으며 말한다. "안녕히 주무세요, 개빈 아저씨."

6

올리가 딸을 방 밖으로 쫓아내고 문을 닫는다. "미안해."

"딸이 예쁘네." 내가 말한다.

"골치 아픈 녀석이지만 그냥 내버려두지."

그 아이의 희귀한 기억력에 대해 들은 적이 있지만 실제로 보니까 완전히 달랐다. 솔직히 조금 놀랍기는 하다. 환각사랑에서 멀어지려고 여기까지 왔는데 오히려 그와 마주치게 되다니. 물론 조앤을 탓하는 것이 아니다. 그 애가 그에 대한 기억을 갖고 있는 것은 당연하니까.

시드니는 뉴욕에 오면 되도록 페이지 가족에게 들렀다. 그는 마케팅 중역이었기에 지난 몇 년간 자주 미국 동부 지역을 찾곤 했다. 그는 때로 사랑하는 친구 페이지를 만나기 위해 맨해튼의 호화로운 호텔을 포기하고 이곳 저지시티에 있는 이 소박한 방에서 지냈다.

그래서, 당연히, 이 상황이 놀랍지 않아야 한다. 하지만 나는 조앤은 생각지도 못했다. 내가 어디로 달아나느냐보다 무엇으로부터 도망치느냐에만 신경을 썼던 것이다.

아, 내가 너무 생각에 빠져 있었나 보다. 올리의 표정이 영.

"괜찮아?" 그가 묻는다.

"응. 과거로 돌아온 게 신기해서."

나는 벽에 붙어 있는 우리의 옛 포스터로 다시 돌아선다. 사실 나는 조앤이 나타나기 훨씬 전부터 이미 과거에 젖어들고 있었다. 여기로 오는 동안 그 존재감을 강렬하게 느꼈다. 올리가 뉴어크 공항에서 차를 몰고 여기로 오는 동안 차 안의 에어컨을 통해 새어드는 코를 찌르는 듯한 공장의 악취를 맡으면서. 몇 년간 잊고 있던 도시들의 이름이 붙은 고속도로 표지판을 보면서(웨스트오렌지, 유니언, 해컨색). 올리가 좌회전을 하기 위해 오른쪽의 저그핸들(교차로에서 우회전하여 주전자 손잡이 형태의 기하구조를 통해 돌아 나오게 함으로써 좌회전 차량을 처리하는 방식 – 옮긴이)에 들어서는 것을 보면서. 주유원이 주유해주는 동안 차에 앉아서. 던킨 도넛과 와와(주유소와 편의점을 겸하는 체인점 – 옮긴이)와 C타운을 지나면서. 그리고 마침내 올리의 동네로 들어서서 거대한 스크린에 투사된 CGI(컴퓨터를 통해 완전하게 제작된 2차원 또는 3차원의 이미지 – 옮긴이)처럼 생생하고 밝은, 인상적인 스카이라인을 보면서.

그리고 이제 다시 올리의 벽에서 옛날 포스터와 마주하면서. 그곳에 시드니가 모르는 나의 모습들이 아직 남아 있었다.

"우리 앨범들을 아직 가지고 있어?" 내가 묻는다.

올리는 거울이 달린 벽장 쪽으로 걸어간다. 그러고는 벽장을 열고 가지런히 꽂힌 CD와 레코드를 보여준다. 그가 작업한 CD와 레코드가 10여 장씩 꽂혀 있다. "맘껏 가져가." 그가 말한다.

하지만 이제는 필요 없다. 사실 요즘에는 그리 음악을 듣지 않는다. 그리움을 노래한 모든 노래를. 여기로 차를 타고 오는 동안 올리는 포크풍의 화음이 가득한 음악을 틀었다. 난 정말 미치도록 음악을 끄고 싶었다. 내가 음악을 껐다면 그가 나를 더욱 걱정했겠지만.

"한잔할래?" 올리가 묻는다.

"그래." 내가 그렇게 대답하며 뒤를 돌아본다. 페이지가 문틀에 기대어 있다. 그녀가 내내 우리를 지켜보았던 모양이다. 그녀는 내게 다가와 포옹한다. 이제 사람들은 나를 좀 더 세게 안아주곤 한다.

그녀가 나를 놓아주고 위아래로 훑어본다. "정말 야위었네."

"카메라 마사지 덕분이지."

"부러워."

"비벌리힐스에는 너 같은 몸매를 갖기 위해 돈을 쏟아붓는 엄마들이 많은데."

"나를 엄마라고 부르지 마."

그녀의 말이 농담임을 알아차리기까지 제법 시간이 걸렸다. 우리가 그만큼 소원하게 지냈다는 의미였다.

난 올리와 페이지를 유심히 본다. 한 달 전쯤 장례식에서 그들을 보았다는 사실이 거의 기억나지 않는다. 이제 나는 그들을 제대로 바라본다. 대학 시절 그들은 소문난 커플이었고 세월이 흐른 지금도 여전히 아주 많이 사랑하고 있었다. 올리는 수척하고 너저분하고 인상적이다. 페이지는 웃을 때조차 눈빛이 아주 신중하다. 이제 우리는 좀 더 나이 들어 보였다 – 내 눈에는 보였지만 실감나지는 않았다. 지금 우리는 1학년 기숙사에 모인 것 같았다.

"초대해줘서 고마워." 내가 말한다.

"와줘서 정말 고마워." 페이지가 말한다.

올리는 주머니에서 열쇠 꾸러미를 꺼낸다. "위층의 우리 집 문은 항상 열려 있어. 하지만 앞문으로 나갈 때는 데드볼트를 잠가야 해. 1층이니까."

"올리는 음악 장비를 도둑맞을까봐 편집증 환자처럼 챙긴다니까." 페이지가 말한다.

"알았어." 내가 말한다. "여기는 뭐랄까, 음악 천국 같아. 어린 시절에 내게도 오래된 카시오 시계가 있었는데."

"그래, 그것들은 아주 수요가 많지." 올리가 말한다.

"네가 작업 중인 곡을 듣고 싶어."

"당연히 그래야지."

올리가 작업하는 연주곡이라면 나도 참고 들어줄 수 있다. 나는 그가 스피커 소리를 높일 것이라고 예측한다. 원래 올리는 자신의 곡을 들려주고 싶어 안절부절못하곤 했으니까. 하지만 오늘 밤 그는 왠지 차분하다. 아마 나 때문이겠지만. 나에 대해 이야기하기보다는 그의 삶에 대해 듣는 편이 내게는 훨씬 나은데. 그는 그걸 모른다.

"마실 것을 가져올게." 올리가 그렇게 말하고는 가버린다. 침실에는 나와 페이지만 남았다.

"올리가 이곳에 대해 제대로 알려줬어?" 페이지가 묻는다.

"응. 물론이지."

이제 페이지와 나는 제대로 눈도 마주치지 못한다. 아마 나만 힘든 것이겠지. 내가 그녀를 살필수록 – 빛바래지 않은 미소, 자주 내쉬는 깊은 한숨, 아주 따뜻한 방 안에서도 계속 자신의 몸을 팔로 감싸는 모습 – 고통을 숨기기 위한 나의 빈약한 노력들이 더욱 생생하게 떠오른다.

"네가 올 줄은 몰랐어." 페이지가 말한다.

"그럼 갈까?"

그녀가 고개를 기울이고 나를 바라보다가 다시 내게 다가와 안아준다. "올리는 아침에 나갈 거야. 나는 강습을 해야 하지만, 어쨌든 집에서 하는 거니까."

"지금은 우리랑 한잔하지 않는 거야?"

"다음에 하자. 둘이 회포를 풀어야지." 그녀는 이미 잠옷을 입고 있다. 추리닝 바지와 낡은 티셔츠. "아, 그리고 올리가 말했는지 모르겠지만 샤워실 수도꼭지를 끝까지 올려야 뜨거운 물이 나와. 보일러에 문제가 있거든."

그녀는 문으로 물러나 멍하니 방 안을 들여다본다. 마치 오랫동안 여기에 살다가 이제야 제대로 보는 것처럼. "정말 이상하다." 그녀가 말한다.

"뭐가?"

"스튜디오가 문을 열었을 때는 시드니가 오더니 이제 스튜디오가 문을 닫으려니까 네가 왔네."

"닫아?"

페이지가 아래를 내려다보며 고개를 끄덕인다. "올리는 시아버지 일을 도울 거야."

그래서 그가 가슴에 '설리와 아들들'이라고 적힌 하늘색의 버튼 다운 셔츠를 입었던 모양이다. 그가 반어적인 제스처로 자신의 성을 자랑스럽게 내보이는 모습을 상상해본다. 아마 그래서 그는 자신의 최신 곡을 들려주지 않았겠지. 아마 최신 곡은 없을 테니까.

페이지가 저녁 인사를 하고는 가버렸다. 이제 나는 혼자다.

하지만 사실은 혼자가 아니다. 시드니가 바로 이 침대에서 잤으니까. 그도 저 포스터를 올려다보았을 것이다. 나는 4,800여 킬로미터를 날아오고도 여전히 그의 그림자에서 벗어나지 못했다.

나는 포스터에서 눈을 떼고는 가방의 짐을 푼다. 이 여행이 얼마나 길어질지, 어디로 향할지는 모르겠다. 어쨌든 1주일 치의 옷으로 충분할 거라고 생각했다. 나는 블레이저를 벗어 벽장에 걸어둔다. 시드가 입었다던 테드베이커 슈트도 여기에 걸렸을 것이다.

시드가 우리 침실에서 처음으로 그 옷을 입었을 때가 기억난다. 그 옷 덕분에 그의 희끗희끗한 수염과 은빛 관자놀이가 '품위 있어' 보였다.

시드는 옷이 많지 않았기 때문에 그의 테드베이커 슈트가 또렷이 기억난다. 그의 옷장은 소호의 부티크만큼이나 황량했다. 나는 그의 절제가 부러웠다. 또한 너무 싫기도 했다. 내 어수선함을 돋보이게 하니까.

나는 그 특별한 날에 대해 좀 더 기억을 떠올려본다. 시드니가 전신거울 앞에 서 있던 모습을 그려보지만 이미지가 너무 흐릿하다. 그날은 그리 특별한 날이 아니었다. 비정상적이거나 특별한 일은 일어나지 않았다. 그냥 평범한 날이고 가장 잊기 쉬운 날이었다.

이제 난 다시 과거로 들어선다. 무엇을 위해? 상처를 후벼 파면서 쾌감을 느끼는 것처럼 잃어버린 것을 파헤치면서 잠깐 전율을 느낀 것은 사실이다. 하지만 전율이 지나가도 상처는 남는다.

7

다음 날 아침 '시간 여행'과 '춤추기 위한 노래' 같은 스무 개의 멋진 노래 제목을 적은 뒤에, 기타가 더욱 부드럽게 울리도록 구부러진 집게손가락의 손톱을 다듬은 뒤에, 컴퓨터로 깡충 뛰어 올라가 바다코끼리가 헤엄치고 있는 곳(사우스캘리포니아의 힐튼헤드)을 확인한 뒤에 난 부엌으로 간다. 엄마와 개빈 아저씨가 식탁에 앉아 있다.

난 모두에게 내가 왔음을 알리기 위해 일기장을 세게 내려놓고 찬장을 연다. 오늘도 잉글리시 머핀을 먹어야 한다고 생각했기 때문이다.

"개빈 아저씨가 베이글을 사왔어." 엄마가 말한다.

개빈 아저씨가 종이봉투에서 통통한 베이글을 꺼낸다. "넌 플레인 베이글을 좋아한다며?"

난 거짓말하지 못한다. 개빈 아저씨가 내가 좋아하는 베이글을 알고 있다니 너무 흥분된다. 나는 아저씨에게 고개를 끄덕여 고맙다는 인사를 하고 토스터에 베이글 반쪽을 넣는다. 엄마가 내 일기장을 만지기에 식탁에서 일기장을 낚아챘다.

"괜찮아." 엄마가 말한다. "그냥 본 거야."

난 일기장을 들고 욕실로 간다. 내가 부엌을 비운 사이 그들이 내 이야기를 하고 있다.

"애리조나를 방문한 이후 일기를 쓰고 있어." 엄마가 말한다. "매 달 일기장을 바꾸지. 저 애와 같은 사람들에게는 일반적인 일이래."

애리조나에서 나를 진찰한 닥터 M은 나처럼 '매우 뛰어난 자전적 기억력HSAM'을 지닌 아이는 없었다고 했다. 닥터 M은 30여 명의 HSAM 보유자 가운데 아이는 나뿐이라고 했다. 그리고 그것이 나를 아주 특별하게 한다고도 했다. 하지만 내가 특별하다는 생각은 들지 않는다. 그냥 외로울 뿐. 나는 세상의 모든 사람, 특히 엄마 아빠와 친구들에게 HSAM이 있으면 좋겠다. 그래야 우리 모두 똑같은 기억들을 볼 수 있을 테니까.

나는 욕실에서 나와 복도에 멈춰 선다. 두 사람이 여전히 나에 대해 얘기하고 있기 때문이다. "넌 저 애를 의사에게 보이고 싶어 하지 않았다면서? 시드한테 들었어." 개빈 아저씨가 말한다.

"맞아." 엄마가 말한다. "하지만 의사에게 보이기를 잘했어. 그런데 전화가 너무 많이 와."

"전화?"

"내가 실수를 했거든."

"무슨 소리야?"

"조앤이 애리조나에서 진단을 받은 뒤에 페이스북에 그 일에 대해 포스팅을 했어. 아무 의도도 없이. 마침내 우리 애의 증상이 뭔지 알게 되었다는 안도감에. 하지만 그때 조앤이 참가한 연구가 발표되면서 HSAM이 언론의 주목을 받기 시작했어. 언론에 아이의 이름이 나가지는 않았지만 누군가가 온라인에서 내 포스트를 봤나 봐. 갑자기 낯선 사람들이 나와 페친이 되려고 하고, 대학이나 제약 회사 같은 데서 전화가 오더라고."

우리 집 전화벨이 많이 울리는 건 사실이다. 하지만 그게 모두 나 때문인 줄은 몰랐다. 엄마는 우리에게 필요 없는 물건을 팔려는 사람들이라고 했는데.

"내가 잘했어야 하는데." 엄마가 말한다. "올리와 나는 저 애가 평범하게 살기를 바라."

"걱정 마." 개빈 아저씨가 말한다. "괜찮을 거야. 어쨌든 세상에 정상적인 것은 없으니까."

잠깐 두 사람의 대화가 끊긴 틈에 나는 부엌으로 돌아간다. 그리고 내 베이글이 타기 전에 토스터로 간다. 나는 개빈 아저씨의 옆자리에 앉는다. 나는 한 번도 TV에 나오는 사람 옆에 앉아본 적이 없었다.

개빈 아저씨가 나를 쳐다본다. "옷이 멋진데."

엄마는 내가 집시처럼 옷을 입는다고 생각한다. 나는 같은 옷을 두 번 입는 것이 싫다. 그 옷을 입었던 날이 떠오르면서 오늘을 사는 대신 그날을 생각하게 되기 때문이다. 하지만 엄마가 새 옷을 계속 사주지 않기 때문에 나는 같은 옷을 다르게 입어야 한다. 오늘은 전날 입었던 티셔츠(6월 11일 화요일에 입었다가 아몬드버터를 묻혔다)에 검은 조끼(4월 26일 금요일에는 영화를 봤다)와 청바지(6월 24일과 25일)를 입었다. 하지만 아빠는 롤링스톤스의 기타리스트도 집시 같다고 했다. 그는 록의 신이다.

나는 개빈 아저씨가 시드니 아저씨의 팔찌를 하고 있는 것을 알아차린다. 이제 그는 내 접시를 내려다본다. "버터나 크림치즈는 안 먹어?"

"크림치즈를 싫어해요."

나는 크림치즈가 싫은 이유 – 젠장맞을 냄새가 나서 – 를 말하고 싶지만 개빈 아저씨가 욕을 어떻게 생각할지 모르겠다. 욕에 대한 아빠의 원칙은 이렇다. 노래를 좋아지게 하면 노래에 욕이 들어가도 괜찮다. 밥 딜런과 핑크 플로이드의 좋은 노래에 '젠장'이라는 말이 들어가고, 조니 캐시의 좋은 노래에 '개자식'이라는 말이 들어가며, 존 레넌의 「워킹 클래스 히어로Working Class Hero」라는 대단한 노래에는 정말 심한 욕이 들어갔다.

엄마가 남은 커피를 후루룩 마신다. 엄마는 어디에도 여행 가지 않으면서 여행용 머그잔에 커피를 담는다. 엄마가 개빈 아저씨의 보통 머그잔을 들어 올린다. "커피 더 줄까?"

개빈 아저씨는 전화기를 들고 있다. "미안, 전화 좀 받아야겠어."

아저씨가 일어선다. 반바지 아래로 색깔이 없는 으스스한 다리털이 드러났다. 아저씨는 문을 열고 스튜디오로 내려간다.

개빈 아저씨의 접시에는 베이글이 조금 남았다. 하지만 엄마는 접시들을 치우고 식탁에 엄마의 커다란 교과서들을 올린다. 오늘 우리 집에 찾아올 학생이 있는 모양이다. 엄마가 아이들과 그렇게 많은 시간을 보내는 것을 보면 사람들은 엄마가 아이를 좋아할 거라고 생각할 것이다. 하지만 레스토랑 같은 곳에서 아이를 보면 엄마는 심하게 짜증을 낸다. 엄마에게는 어른들의 시간이 필요하다면서.

오늘 내게 필요한 것은 글쓰기의 시간이다. 나는 일어나 일기장을 집어 든다.

"잠깐." 엄마가 말한다. "네 접시를 그냥 두는 거야?"

엄마는 어제는 내 시녀인 척하더니 오늘은 다시 평소로 되돌아갈 모양이다. 그렇게 해서 아빠가 스튜디오를 닫지 않고, 우리가 휴가를 가지 않게 된다면 뭐, 난 괜찮다. 하지만 엄마가 미소 짓는 것을 보면 우리가 비행기에 오르고 스튜어디스가 이륙을 위해 아이패드를 치우라고 말할 때까지 계속 코스타리카에 대해 떠들어댈 모양이다.

"어디 가?" 엄마가 묻는다.

"아래층에."

"아저씨를 방해하지 마, 알겠지?"

엄마는 아빠가 바빠도 그렇게 말했다. 그래서 난 개빈 아저씨가 무엇으로 그렇게 바쁜 것인지 생각해본다.

개빈 아저씨의 방문은 닫혀 있다. 나는 소파에 앉아 깁슨을 친다. 새로운 순서로 배치한 코드를 연주하다가 기분이 우울해지는 것을 깨닫는다. 나는 울기 위한 노래를 쓰고 있었다.

평소에는 연주를 하면서 아빠에게 어떻게 들리는지 물어보면 되었는데. 이제 아빠가 없으니 그다음으로 괜찮은 사람에게 도움을 받기로 한다. 바로 존 레넌이다.

존 레넌의 열 가지 작곡 법칙은 내가 그의 명곡 40곡을 꼼꼼히 들은 후에 찾아낸 것이다. 나는 무엇에 대한 노래를 써야 할지 모르겠다. 그럴 때는 4번 규칙을 따르는 것이 좋다. 바로 「노웨어 맨Nowhere Man」을 작곡하는 것이 아니라면 1인칭을 사용하라는 것이다. 다시 말해 노래 가사에서 그나 그녀나 '방갈로 빌'이 아닌, 내가 주인공이 되어야 한다는 의미다.

나는 할 일이 없었기에 아이패드를 집어 들고는 머릿속에 떠오르는 새로운 코드들을 연주하고 멜로디를 흥얼거리며 녹음을 한다. 아빠의 커다란 헤드폰을 쓰고 스튜디오 안을 돌아다니며 녹음된 곡을 계속 들어본다. 엄마가 아까 말했던 애리조나에 대해 생각하면서.

작년 7월의 세 번째 일요일에 투손의 대학에서 닥터 M을 만났다. 그는 내 머릿속에서 어떤 종류의 기억이 사진 같지 않은지를 알고 있었다. 다시 말해 내 두뇌에 모든 것을 집어넣을 수는 없고 단지 기억만 간직한다는 의미였다. 예를 들면 미국 제11대 대통령의 이름이나 부등변사각형의 면의 개수 같은 것에 대해서는 다른 사람들처럼 나도 공부를 해야 한다. 아니면 엄마가 '방을 나올 때는 불을 꺼'라고 말했다고 치자. 당연히 난 엄마가 그 말을 한 것은 기억한다. 하지만 내가 방을 나오는 바로 그 순간에 그 기억이 떠오르는 건 아니기 때문에 불 끄는 것을 잊을 수도 있다. 하지만 그런 사소한 망각에는 별로 신경 쓰이지 않는다. 나를 우울하게 하는 건 따로 있다. 사람들이 자신의 삶에서 벌어진 일들을 잊는 것 말이다.

나는 닥터 M에게 "HSAM은 아픈가요?"라고 물었다. 그가 "아프니?"라고 물었다. 나는 무슨 말을 해야 할지 몰랐다. 그러자 그가 말했다. "많은 HSAM 보유자들이 그러더라, 일기를 쓰면 도움이 된다고. 안도감이 든대. 그건 일종의 버리는 방법이기도 하지."

애리조나와 닥터 M에 대해 생각하다 보니 아이디어가 떠오른다. 나는 일기장을 펼치고 가사를 쓴다.

난 애리조나에 갔지,
똑똑한 남자를 만나러.
그는 걱정하지 말라고 하네.
그는 알고 있었지.

비치 보이스, 레드 핫 칠리 페퍼스, 캐티 페리 같은 아티스트들이 캘리포니아에 대한 노래를 많이 불렀다. 하지만 애리조나에 대한 노래는 하나밖에 떠오르지 않는다. 바로 비틀즈가 부른 「겟 백Get Back」이다. 어쩐지 내 노래가 제대로 가는 듯한 느낌이 든다.

개빈 아저씨는 애리조나에 가본 적이 있을까? 모든 배우들이 살고 있는 캘리포니아와 아주 가까운데. 그가 방에서 나오면 물어봐야지. 그리고 그 거대한 불길이 특수 효과이고 아저씨가 연기를 한 것이 아니라면 도대체 아저씨는 무엇 때문에 도망도 가지 않고 불 앞에 가만히 서 있었던 걸까? 나라면 도망갔을 텐데. 배우가 되면 재미있을 것 같다. 하지만 옛날 TV 쇼를 보는 사람보다는 옛날 음악을 듣는 사람이 더 많다. 그건 음악이 기억에 더 남는다는 의미다. 게다가 아빠가 작곡가라서 나도 작곡가가 되고 싶다.

아빠가 이 스튜디오에서 작곡하고 녹음한 수백 곡의 음악을 생각한다. 머릿속으로 여기서 녹음된 노래들이 들리고 여기서 벌어졌던 일들도 보인다. 아빠가 고용한 현악4중주단, 아빠가 드럼을 너무 세게 치는 바람에 벽에서 떨어졌던 그림, 정전으로 녹음된 음악이 지워지는 바람에 각각의 악기를 두 번씩 연주하며 녹음했던 일도.

이제 이 스튜디오가 어떻게 될지 생각하고 싶지 않다. 매 학년 교실이 바뀌던 것, 또는 쇼핑센터의 레스토랑이 문을 닫고 새로운 레스토랑이 문을 열던 것도 떠오른다. 이제 아빠가 물건을 치우면 이곳은 비워질 것이다. 그러면 새로운 사람들이 그들의 물건으로 이곳을 채우겠지. 하지만 내게 이곳은 비어 있는 대신 항상 채워져 있을 것이다. 내가 돌아서는 모든 곳, 내가 둘러보는 모든 것에서 누구도 보지 못하는 것을 보기 때문이다. 바로 기억이다.

8

"그래서, 뭐, 뉴저지에 있다고?" 여동생이 묻는다.

"응."

"엄마도 알아?"

"아직."

난 귀에서 전화기를 뗀다. 벽 너머로 기타 소리가 희미하게 들린다. 이 집에는 두 명의 뮤지션이 있고 그중 한 명은 해가 뜨기도 전에 나가버렸다. 저건 조앤이 틀림없다.

"여기로 오지 그랬어." 베로니카가 말한다.

그녀는 차분하게 말한다. 하지만 내가 남매간에 지켜야 하는 신성한 법칙을 깨뜨린 것은 아닌지 걱정스럽다. 그녀 말이 맞다. 나는 플로리다로 날아갈 수도 있었다. 베로니카는 1년 전쯤 마이애미에서 키웨스트로 이사를 갔지만 나는 아직 한 번도 찾아가지 않았다. 그녀의 집에 가면 그녀의 남자친구와도 어울려야 하는데, 그건 지금의 내게 너무 진이 빠지는 일이다.

"미안해." 내가 말한다.

"미안해하지 마."

아주 단순한 요구다. 하지만 여동생에 대한 기억은 대부분 사과로 시작된다. 아버지가 돌아가셨을 때 여동생은 아기였다. 그때부터 난 오빠들의 평범한 임무를 넘어서는 의무감을 느꼈다. 결코 이루지 못한 의무감.

"다음에 갈게." 내가 말한다.

"오고 싶으면 와."

"물론 가고 싶지. 어떻게 지내? 섬 생활은 어때?"

"오빠를 봤어." 베로니카가 말한다. "무슨 일이 있었는지 말해. 그 전에는 절대 전화를 끊지 않을 거야."

베로니카는 자신의 삶에 대해서는 결코 걱정하지 않는 듯하지만 내 인생에 대해서는 그렇게 되지 않는 모양이다. "장례식이 끝나고 함께 있어주겠다고 했잖아." 그녀가 말한다.

"걱정하게 해서 미안해. 지금은 괜찮아. 여기서 친구들과 함께 지내면서 조금씩 이겨나가야지."

"조금씩 이겨나간다고? 정말이야? 그런데 이제는 오빠 말을 못 믿겠어."

그녀 말이 맞다. 마치 나는 대사를 읽는 듯했다. 조문객들이 할 만한 대사 말이다. 사람들에게 내가 괜찮다는 확신을 주기는 정말 어렵다. 게다가 괜찮지 않은 것이 사실이기도 하고. 나는 내일 일은 무시한 채 순간순간에 아주 충실하다.

"오빠가 어떤지 알아."

나는 이런 식의 대화가 싫다.

"오빠는 뭔가를 떨쳐내는 법을 몰라." 그녀가 말한다.

여동생에게 이런 이야기를 듣는 것은 편치 않다. 우선 내 인생에서 가장 중요한 사람을 잃는 일은 떨쳐내야 할 뭔가가 아니다. 둘째, 우리의 남매 관계에서 조언을 해야 할 사람은 인생을 10년이나 더 경험한 나다. 셋째, 베로니카는 감정 같은 한심한 것에 시간을 낭비하는 것을 싫어하기 때문에 그녀가 내 감정에 대해 이야기한다는 것은 정말로 나를 걱정한다는 의미다. 그리고 마지막으로 그녀는 절대적으로 옳다.

"어유." 베로니카가 말한다. "또 생각 중이군."

내가 안부 전화를 해도 이런 식으로 들리겠지. 자주 전화를 하지는 않지만. "난 괜찮아. 진짜야. 그것 말고는 무슨 말을 해야 할지 모르겠어."

"아!" 그녀가 크게 탄식한다. "어젯밤에 드라마 봤어! 오빠, 멋지던데. 정말이야. 연기가 섬세하긴 한데 조금 산만하더라. 어쨌든 오빠에게서 눈을 뗄 수가 없었어. 오빠라서 그런 것만은 아냐."

"고마워." 베로니카가 허구의 나와 현실의 나에 대해 동시에 말하는 것에 안도한다. "정말 마음에 들었어?"

"정말 좋았어."

오늘 아침 휴대전화를 확인하기 전까지는 어젯밤에 드라마가 나가는 것도 잊고 있었다. 분명히 「롱 암」은 역대 최고의 시청자를 끌어들였다. 언론은 모두 '개빈 윈터스의 파이어 스턴트' 덕분이라고 여겼다. 그동안 우리의 시청률이 대단하지 않았던 것은 사실이다. 「롱 암」은 유명 케이블 채널에서 대대적으로 홍보한 고급스럽고 매력적인 범죄 드라마이고, 보 켄드릭스 형사는 지금껏 내가 연기한 캐릭터 중 단연 최고이기 때문에 「롱 암」의 낮은 시청률은 실망스러웠다. 난 그 드라마가 1주일 만에 잊힐 스캔들 때문이 아니라 드라마 자체의 매력으로 성공하기를 바란다.

"이해되지 않는 것이 있어." 베로니카가 말한다. "오빠는 악당으로 변하는 거야? 그쪽 방향으로 가는 것 같던데? 그런 거야?"

"사실은……."

"아냐, 말하지 마."

"내 사악한 쌍둥이 형제야."

"말하지 말라고."

시드도 그랬다. 그는 드라마 내용에 대해 아무 말도 못하게 했다. 그는 다른 사람들처럼 기다리고 싶어 했다. 그는 시즌 1을 함께 시청하면서 얼빠진 자부심이 가득한 눈으로 내가 나오는 모든 장면을 돌려 보았다. 이제 그는 드라마가 어떻게 끝날지 결코 모를 것이다.

"엄마도 최고라고 하셨어." 베로니카가 말한다. "알잖아, 엄마는 억지로 좋아하는 척하지 않는다는 걸."

"엄마한테 말했어?"

"드라마가 끝나고 딱 5초 뒤에 엄마가 전화를 했어. 그러고는 20분 동안 감상을 말했어. 친구분들까지 집에 초대해서 함께 봤대."

여기서 남쪽으로 한 시간 거리에 어머니의 오래된 집이 있다. 나는 지난 30년간 어머니가 자신의 환각사랑과 외롭고 고집스럽게 그집에서 함께 지내는 모습을 그려본다. 베로니카와 나는 조금 자라자마자 그곳을 떠나버렸다.

"엄마한테 바로 가볼 거지?" 베로니카가 묻는다.

"결국 거기로 가겠지."

그때 방문 두드리는 소리가 난다.

"잠깐만, 브이v."

조앤이다. 조앤은 등 뒤로 두 손을 돌리고는 한쪽 컨버스 운동화로 다른 쪽 컨버스 운동화를 밟아대고 있다. 조앤은 실버레이크의 힙스터들처럼 아무렇게나 옷을 입고 있다. 비록 조앤의 옷이 훨씬 덜 의도적이지만. 조앤의 헤어스타일, 스타일이라고 불러도 될지는 모르겠지만, 어쨌든 머리카락은 빗질도 하지 않고 아무렇게나 귀 뒤로 넘겨져 있다. 하지만 전반적으로 카오스 같은 모습을 단순 명쾌한 눈빛이 붙잡아주었다. 조앤의 눈에는 자신만만하고 위축되지 않는 뭔가가 있다.

"베로니카, 이번 주에 전화할게, 괜찮지?"

"언제든 괜찮아. 제발 아무 일도 일으키지 마."

더욱 거칠어진 그녀의 말. "알았어."

난 전화를 침대에 던져두고 조앤에게 모든 관심을 쏟는다.

"누구였어요?" 조앤이 묻는다.

"내 여동생."

"아."

아이가 등 뒤의 손을 앞으로 움직였다. 조앤의 손에는 일기장이 들려 있다. 의사가 쓰라고 했던 일기. 조앤 같은 희귀한 상태의 아이가 있으면 분명 두려울 것이다. 시드와 나는 아이를 가질 계획을 세우고는 우리의 모든 의료 기록을 병원에 제공했다. 나는 시드의 아버지가 심장 질환으로 죽은 것을 알고 있었다. 그러다 그때 처음으로 브레닛 가의 남자들이 얼마나 오랫동안 비슷한 운명을 겪어 왔는지를 알게 되었다. 그리고 바로 미래의 내 아이를 걱정하게 되었다. 그때 나는 내 옆에 앉아 있던 남자에 대해서는 결코 걱정하지 않았다.

조앤이 바닥을 내려다본다. "그거 아세요? 아저씨의 다리털은 낚싯줄 같아요."

"고맙다." 내가 말한다.

나는 조앤이 말하기를 기다리지만 그 애는 일종의 무아지경에 빠져 있다. 난 아이의 눈앞에다 손을 흔든다. "조앤? 괜찮아?"

조앤이 말한다. "할아버지랑 낚시 갔던 때를 생각했어요. 2011년 6월 5일 일요일이었죠."

"대단한데."

"뭐가요?"

"네가 어떻게 그런 걸 기억하는지. 2년 전의 그날이 무슨 요일이었는지도 알잖아. 나는 상상도 못하겠어."

조앤이 얼굴을 숨기려는 것처럼 일기장을 내려다본다. 내가 아이를 당황스럽게 했나? "낚시를 좋아하니?" 내가 묻는다.

"아뇨. 낚시는 비열해요. 할아버지가 그러셨어요. 물고기는 뇌가 작아서 우리처럼 고통을 느끼지 못한다고요. 하지만 그중 한 마리가 다른 물고기들과 다르다면 어떡하죠? 그리고 내가 잡은 물고기가 별로 고통을 느끼지 않는다는 사실을 어떻게 확인하죠?"

"무슨 말인지 알겠어." 하지만 나는 조앤이 내 방문을 두드린 이유는 아직 모른다. "내가 도와줄 일이 있어, 조앤?"

"네, 있어요, 개빈 아저씨."

조앤이 일기장을 가슴에 안고 복도를 걸어간다. 확실히는 모르겠지만 나더러 따라오라는 의미 같다.

9

　나는 소파에 앉은 개빈 아저씨 앞에서 내 노래를·연주한다. 닥터 M에 대한 네 줄짜리 가사를 노래하면서 자랑스럽기도 하고 당황스럽기도 하다. 내 목소리가 싫기 때문이다.

　"이게 끝이에요." 내가 말한다. 이제 박수를 쳐도 좋다는 뜻이었다.

　아저씨가 눈을 뜬다. 아저씨의 눈은 반짝이지만 촉촉하지는 않다. 아저씨는 그렇게 흥분하지 않은 목소리로 말한다. "아주 좋아."

　"울었어요?"

　개빈 아저씨는 좌우를 보다가 다시 나를 본다. "울었냐고?"

　"네."

　"아니, 울지 않았는데."

　나는 나지막하게 웅얼거렸다. 그러면 개빈 아저씨가 무슨 일이냐고 물어볼 거라고 생각했는데. 하지만 아저씨는 아무것도 묻지 않는다. 그래서 그냥 내가 말한다.

　"난 '위대한 미래의 작사·작곡가 콘테스트'에 제출할 노래를 쓰고 있어요. 거기서 우승하면 사람들이 나를 결코 잊지 못할 테니까요."

"무슨 말이야? 왜 너를 잊지 못해야 하는데?"

"모든 사람은 모든 것을 잊어요. 두 번째로 키스한 사람의 이름을 잊고 어린 시절 헤어진 쌍둥이들을 잊고 자신의 손녀조차 잊죠. 나는 아무것도 잊지 못하는데…… 너무 불공평하잖아요."

"그렇다고 치자."

"그러다 깨달았어요. 사람들의 뇌가 형편없는 것은 그들 잘못이 아니잖아요. 그래서 리마인더가 있는 거죠. 엄마는 공과금을 내는 건 절대 잊지 않아요. 달력에 표시해두니까요. 아빠는 잊지 않고 연기탐지기에 배터리를 갈아 넣고요. 배터리가 다 되어가면 탐지기가 삑삑대니까요. 그리고 아무도 마틴 루터 킹을 잊지 못하죠. 매년 그를 기념하는 날이 있으니까요. 노래도 마찬가지예요. 모든 사람, 심지어 우리 할머니도 존 레넌은 기억해요. 그의 노래들이 리마인더거든요. 내 노래도 리마인더가 되어 모두가 나를 기억해줄 거예요. 그런데 노래를 완성할 시간이 2주도 남지 않았어요."

개빈 아저씨는 컴퓨터처럼 얼어붙었다. 몇 초 만에야 아저씨가 다시 몸을 움직였다. "꽤 오랫동안 그런 생각을 했나 보네."

"네, 맞아요."

"하지만 우는 게 그것과 무슨 상관이지?"

"위대한 노래는 강한 감정을 느끼게 해요. 춤을 추고 싶다는 것도 그런 감정 중의 하나예요. 심지어 아기들도 춤을 추고 싶어 하잖아요. 또 슬퍼서 우는 것도 강한 감정이에요. 노래를 듣다가 자신의 삶을 떠올리며 울게 되잖아요. 그런데 어느 쪽이 상을 받을 가능성이 높을까요? 춤추는 것과 우는 것 중에서요."

개빈 아저씨가 가습기처럼 뭐라고 웅얼거린다. 그러다 이렇게 말한다. "솔직히 사람들은 춤을 추게 하든 울게 하든 신경 쓰지 않을 거야. 어차피 좋은 노래는 좋은 노래니까."

"무슨 말인지 모르겠어요."

"노래가 좋으면 다들 알잖아. 그건 네가 어떻게 할 수 없는 거야. 일종의 마법 같은 거지. 넌 그냥 마법이 벌어지게 해야 해." 그는 말을 멈추고 생각에 잠긴다. "아니, 내 말을 신경 쓰지 마. 난 몇 년 동안 노래를 만들지 않았거든."

"존 레넌은 마법을 믿지 않는다고 했어요."

"그 사람이 그렇게 말했어? 언제?"

"그의 노래 「갓God」에서요."

"아, 그래?" 개빈 아저씨가 말한다. "그가 말한 마법은 그런 게 아닐 텐데."

난 일기장을 내려다본다. 나의 단어들에도 마법이 담겼을까. 가끔 아빠는 대학 시절의 음악을 연주하고 개빈 아저씨의 가사가 얼마나 멋진지도 이야기한다. 아빠는 개빈 아저씨가 자신의 단어로 '삶을 담아냈다'고 말한다. 개빈 아저씨는 어웨이크 어슬럽의 멤버로 활동하던 시절 '밤은 나와 싸우러 왔다'고 노래했다. 그 의미는 모르겠지만 뭔가 느껴지기는 한다.

나는 개빈 아저씨에게 일기장을 건넨다. 그는 일기장이 아주 뜨거운 것처럼 조심스럽게 받아든다. 그러고는 똑똑한 남자를 만나기 위해 애리조나로 간다는 내용의 가사를 읽는다. 아저씨는 한참 동안 아무 말도 하지 않는다.

"똑똑한 남자가 누구지?" 그가 말한다.

"닥터 M이요."

"닥터 M이 널 울게 했니?"

"아뇨. 왜요?"

아저씨가 일기장을 건넨다. "너도 울지 않았다면서 어떻게 다른 사람을 울릴 생각이지? 뭐가 널 울게 하는데?"

"무서운 영화, 강아지, 충치……."

"그런 걸 노래에 넣어봐."

난 샬럿이 텍사스로 이사 가던 날(2010년 8월 7일 토요일)에 울었다. 몇 주 전에 드레스덴 선생님의 작문 시간에는 아직 글을 완성하지 못했는데 수업이 끝나는 바람에 울었다(2013년 5월 15일 수요일). 조앤 할머니에게 작별 인사를 하면서 울었다(2011년 10월 8일 토요일). 페퍼가 자러 갔다는 말을 듣고 울었다(2009년 3월 25일 수요일). 난 노래 때문에 눈물을 흘린 적은 없다. 하지만 다른 사람들이 노래 때문에 우는 것은 본다.

어느 금요일, 아빠는 운전을 하고 있었다. 아빠의 휴대전화에서는 존 레넌의 「마더Mother」가 흘러나오고 있었다. 엄마는 아빠의 목에 손을 얹고 토닥여주었다. 좁은 거울에 비친 아빠의 눈이 반짝였다. 아빠는 조앤 할머니의 집에서 우리 집으로 돌아가는 내내 아무 말도 하지 않았다.

그리고 아빠는 이런 말도 했다. "마음을 깊이 울리는 노래는 잊히지 않는 법이지." 내 노래가 모든 사람의 마음속 깊이 파고드는 것. 내가 정말 간절히 바라는 일이다. 그러려면 사람들을 울게 하는 것이 가장 좋은데.「마더」를 듣고 아빠가 울었던 것처럼.

개빈 아저씨가 나를 쳐다본다. "왜요?" 내가 말한다.

"미안하다." 아저씨가 눈을 깜박인다. "그냥 무슨 생각을 하고 있었어."

"나도요. 아저씨가 무슨 생각을 했는지 말해주면 나도 내 생각을 알려줄게요."

아저씨가 가볍게 숨을 내쉰다. 결코 터뜨리지 않을 웃음처럼. "너와 생각을 나누고 싶은지 모르겠다." 아저씨가 머리 위로 팔을 뻗는다. 그러자 팔찌가 손목 아래로 미끄러져 내려온다.

"그거 시드니 아저씨의 팔찌죠?"

아저씨가 팔을 내리고 팔찌를 쳐다본다. "맞아."

나도 그런 질문이 불편하다. 어떤 이름을 말하는 것만으로도 누군가는 침묵하기 때문이다. 누군가가 '할머니'라는 말을 하거나 시드니 아저씨에 대해 떠들면 나도 조용해지니까. 지금 개빈 아저씨처럼. 아저씨는 그냥 바닥을 내려다보면서 손목의 팔찌를 돌려댄다.

"넌 기억이 얼마나 보이는 거니?" 개빈 아저씨가 말한다.

"그 순간 무엇에 관심을 쏟았느냐에 따라 달라요. 왜요? 뭔가 알고 싶은 게 있어요?"

"아무것도. 그냥 궁금해서."

"괜찮아요. 난 뭔가를 기억하는 것이 좋으니까요."

아저씨가 고개를 흔든다. 아마도 예의를 지키려는 것이겠지. 마치 누군가가 마지막 케이크 조각을 먹으라고 하면 아무리 먹고 싶어도 '괜찮아요'라고 말하는 것처럼.

"좋은 생각이 났어요." 내가 말한다. "나는 시드니 아저씨에 대한 기억을 말해주고 아저씨는 내 일을 도와주는 거예요. 어때요?"

"어떤 일?"

"노래요. 평소라면 아빠가 도와줬을 테지만 지금은 여기 계시지 않잖아요. '위대한 미래의 작사·작곡가 콘테스트'의 웹사이트에 들어갔더니, 사이먼 앤 가펑클이나 티건 앤 사라, 또는 레넌 앤 매카트니처럼 팀으로 노래를 제출해도 된다고 했어요. 그러니까 아저씨는 매카트니가 되고 나는 레넌이 되는 거죠. 난 바다코끼리거든요*."

"바다코끼리는 폴이라고 생각했는데." 개빈 아저씨가 말한다.

"아뇨, 존이 바다코끼리예요. 아저씨는 '블랙버드' 어때요? 아마 폴도 '블랙버드'가 되었을 거예요. 우리, 신호도 만들어요. 내 신호는 이거예요." 나는 주먹을 쥐면서 둘째손가락과 가운뎃손가락은 그냥 펴서 마치 엄니처럼 아래로 향하게 한다.

"아저씨의 신호는요?" 내가 말한다.

---

* 「나는 바다코끼리 I Am the Walrus」는 영국의 록밴드 비틀즈가 1967년 11월에 발표한 노래다. 노래에 나오는 바다코끼리는 루이스 캐럴의 시 「바다코끼리와 목수」(『거울 나라의 앨리스』에 등장한다)에서 가져왔다. 레넌은 시에 나오는 바다코끼리가 악당이었다는 사실을 뒤늦게 알고는 경악했다. 레넌은 앨범 '글래스 어니언 Glass Onion'에서 「바다코끼리는 폴 The walrus was Paul」이라는 곡을 언급했다. 이는 엡스타인이 죽은 후 비틀즈를 규합할 수 있도록 도와준 매카트니에 대한 그만의 감사 인사였다 – 옮긴이

바다코끼리

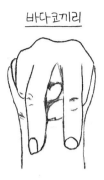

아저씨가 어쩔 줄을 모르기에 내가 도와준다. 난 아저씨의 손을 펼치고 엄지손가락은 서로 붙인 다음 손바닥을 날개처럼 퍼덕이게 한다.

블랙버드

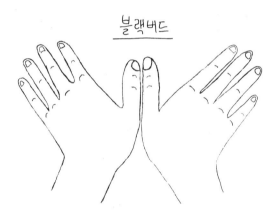

아저씨가 손을 내린다. "저기, 조앤, 널 돕고 싶지만 난, 저기……."

난 아저씨가 말을 마치기를 기다리지만 아저씨는 말을 끝맺지 않는다.

"우리는 이미 한참 동안이나 노래 작업을 했잖아요. 이제부터는 시드니 아저씨의 기억을 살펴보는 것이 공정하겠죠?" 내가 말한다.

"지금? 난 일이 있는데."

"처음부터 시작해볼게요. 내가 시드니 아저씨를 여자라고 생각했을 때부터요."

개빈 아저씨는 이곳을 나가고 싶은 듯도 하고 이곳에 남아 있고 싶은 듯도 하다. 그래서 나는 무슨 말을 해야 할지 모르겠다. 엄마가 항상 경고하듯이 지금 그만둬야 하는 건가? 하지만 아빠는 황야에서 길을 잃거나 예술가로서 경력을 쌓을 때는 그만두지 않는 것이 좋다고 말하는데.

개빈 아저씨가 소파에서 조금 느긋하게 말한다. "어느 해였지?"

"2008년이요. 월요일이었어요. 10월 27일이요."

아저씨가 아무 말도 하지 않기에 나는 계속 이야기한다.

"초인종이 울리고 엄마가 1층 현관에 나갔다 와요. 엄마는 끈에 묶인 상자를 들고 위층으로 돌아와요. 엄마 뒤에는 시드니 아저씨가 서 있어요. 엄마가 친구 시드니 아저씨가 함께 저녁을 먹으러 왔다고 말해요. 난 정말 놀라죠. 그때까지는 시드니 아저씨가 여자일 거라고 생각했거든요."

"상자에 뭐가 들었지?" 개빈 아저씨가 말한다.

"마카롱이요. 코코넛 마카롱 말고요. 내가 좋아하지 않는 마카롱이었어요."

"마카롱. 프랑스 것이지. 난 시드가 가르쳐줄 때까지 그게 뭔지도 몰랐어." 이제 아저씨가 재미있어 하는 듯하다. "계속해. 그는 뭘 입었지?"

"시드니 아저씨는 복숭아색의 버튼다운 셔츠를 청바지 안에 넣어입었어요. 갈색 구두를 신었고요. 끈이 없는 신발이에요. 바지는 접어 올렸고 양말은 신지 않았어요."

"그는 절대 양말을 신지 않았지." 개빈 아저씨가 소파 쿠션에 편안히 등을 기댄다. "너희 집에 들어와서 무슨 말이라도 했어?"

"'안녕, 조앤. 네 얘기를 정말 많이 들었어. 페이지, 조앤은 뿔이 있다고 했지? 난 뿔을 본 적이 없는데. 잠깐 만져봐도 될까?' 시드니 아저씨는 그렇게 말하고는 내 정수리를 만져요. 나는 '내게 유니콘에 대한 책이 있어요'라고 말해요. 시드니 아저씨는 '난 책도 좋아하고 유니콘도 좋아하는데. 저녁을 먹고 나서 내게 책을 읽어줄래?'라고 말하죠. 나는 '읽는 척밖에 못해요'라고 말해요. 시드니 아저씨가 '그럼 내가 읽어줄 테니까 넌 책장을 넘겨주렴'이라고 말하죠. 그때 아빠가 방에 들어오고 시드니 아저씨는 아빠와 얘기를 시작해요."

"정말 믿을 수가 없다." 개빈 아저씨는 아주 어려운 수수께끼를 풀려는 것처럼 이마를 움켜쥔다. "그는 정말 그렇게 말하는데."

난 웃고 싶다. 그래서 웃는다.

"그가 책을 읽어줬어?" 개빈 아저씨가 말한다.

"네, 책을 읽어달라는 말도 필요 없어요. 시드니 아저씨는 기억하고 있거든요. 난 아저씨가 책을 읽어줘서 기뻐요. 먼저 아저씨가 한 페이지를 읽고 나서 헛기침을 해요. 페이지를 넘기라는 거죠. 책을 모두 읽은 뒤에 아저씨는 언젠가 진짜 유니콘을 보고 싶다고 말해요. 나는 유니콘은 진짜가 아니라고 말해요. 아저씨는 '어떻게 알아?'라고 하고 나는 '사람들이 그랬어요'라고 말해요. 아저씨는 '나도 그런 말을 들었어. 하지만 그 사람들이 틀렸다면?'이라고 말해요. 나는 한참 동안 생각하죠. 아직도 나는 사람들이 가지 않는 아주 머나먼 곳에 정말 유니콘이 사는지 궁금해요. 언젠가 유니콘을 진짜로 보게 될지 모른다는 생각을 하면 흥분돼요."

개빈 아저씨는 내 말에 놀라지 않은 것처럼 고개를 끄덕인다.

"이 모든 일은 저녁식사 후에 벌어진 거예요." 내가 말한다. "이제 내 기억은 점점 앞으로 나아가고 있어요."

나는 개빈 아저씨가 다른 질문을 하기를 기다린다. 개빈 아저씨는 양말을 신고 있다. 정말 시드니 아저씨와는 다르다. 개빈 아저씨의 양말에는 회색, 초록색, 노란색 줄무늬가 있다. 마음에 드는 양말이다. 빌려 신고 싶다.

"아저씨?" 내가 말한다. 침묵이 한참 동안 지속되기 때문이다.

"그의 얼굴을 그려보고 있어." 개빈 아저씨가 눈을 감고 말한다. "어렵다."

"내가 그려볼까요?"

아저씨가 눈을 뜬다. "그럴 수 있어?"

난 일기장의 새 페이지를 넘긴다. 그리고 시드니 아저씨의 얼굴을 그리기 시작한다.

"사람들이 나더러 그림을 아주 잘 그린대요." 내가 말한다. "하지만 사실은 머릿속의 기억을 따라 그리는 것뿐이죠. 그래서 내가 사기를 치는 기분도 들어요. 존 레넌도 일기장에 그림을 그렸어요."

항상 얼굴을 그리는 데 시간이 가장 오래 걸리기 때문에 나는 도중에 그리기를 멈추고 개빈 아저씨에게 묻는다. "지금까지 어때요?"

개빈 아저씨가 똑바로 앉는다. 그러고는 내 일기장을 가져가 자신의 얼굴에 들이대고는 한참 동안 들여다본다. 내가 잘못 그린 것일까? 그때 개빈 아저씨가 그림 속 시드니 아저씨의 뺨을 만진다. 그러고는 한 손가락을 그림 속 시드니 아저씨의 귀에 대고 낮은 목소리로 말한다.

"시드니."

10

시드니가 조앤에 대해 모두 말해주었다. 머릿속에서 엄청난 것들과 하찮은 것들이 똑같은 공간을 차지하는 동시에 사소한 것들이 그렇게 많이 저장되다니. 그의 목소리에는 놀라움이 배어 있었다. 하지만 내가 조앤의 능력을 실감할 방법은 없었다. 이제 그 아이의 맞은편에 앉아 마침내 알게 된다. 그녀는 기적에 가까운 존재다.

우리는 한 시간 이상 대화하면서 5년 전에 이곳을 처음 찾았던 시드를 그려낸다. 처음에는 조심스러웠지만 이내 마음을 빼앗겼고 이제는 그만두고 싶지 않다.

"하나만 더." 내가 말한다.

조앤은 자신이 우리를 여기까지 이끌었다는 것을 알까. 그동안 나는 호기심이 점점 커져서 이제는 조앤을 거의 심문하다시피 다그친다. 그렇게 압박할 생각은 없었는데. 나는 계속 묻고 조앤은 계속 대답한다.

내 마지막 질문은 페이지와 올리가 우리를 맺어주려 했던 것과 관계있다. "네 엄마 아빠 말이야, 시드니에게 나에 대해 뭐라고 말했어? 네가 아까 무슨 영화 이야기를 했잖아."

"네, 시드니 아저씨는 개빈 아저씨가 책과 영화 같은 것에 관심이 있는지 궁금해했어요. 아빠는 대학 시절에 개빈 아저씨와 함께 영화를 봤다고 했어요. 그리고 개빈 아저씨가 만날 조로나 토로라는 사람을 흉내 냈다고 했어요."

"베니시오 델 토로야."

"맞아요."

영화 「유주얼 서스펙트 The Usual Suspects」에 등장하는 베니시오 델 토로는 심하게 혼잣말을 해대지만 아무도 그가 무슨 말을 하는지 모른다. 내가 그를 흉내 내면 항상 웃음이 터져 나왔다. 조앤은 모르겠지만 그녀가 들려준 이야기가 마치 작고 귀한 금화처럼 느껴진다.

그녀가 이제 일어선다.

"고마워." 내가 말한다.

조앤이 미소를 지으며 일기장을 집어 든다. "멋진 가사가 떠오르면 알려줄게요."

"그래, 좋아." 난 우리가 맺은 계약을 잠시 잊고 그렇게 말한다.

나는 우리의 계약을 이쯤에서 끝내고 싶다. 가만둬야 할 감정들을 마구 휘젓는 짓이기 때문이다. 하지만 과거를 그냥 내버려둘 수도 없다.

"궁금하다." 내가 말한다. "넌 시드니 아저씨에 대한 기억을 얼마나 갖고 있지?"

"시드니 아저씨는 2009년에 여기 왔어요." 조앤이 손가락을 꼽으며 말한다. "그리고 2010년에도요. 2011년에는 오지 않았죠. 그리고 2012년에 왔고 2013년에 한 번 더 왔어요."

"올해는 그를 한 번 봤어?"

"1월 26일에요."

"4월에도 찾아오지 않았어?"

조앤이 어깨를 으쓱인다. "아뇨. 1월에만 왔어요."

"잠깐만. 확실해?"

조앤이 눈썹을 찡그린다. 기분 나쁘게 하려던 것은 아닌데. 요즘 들어 무뎌진 내 머리보다는 조앤의 머리를 믿는다. 하지만 이건 틀림없는 사실이다. "지금 기억나네." 내가 말한다. "네 엄마의 생일에 저녁을 사준다고 했어. 두 사람은 아마 맨해튼에서 만났을 거야." 나는 만족스러웠다.

하지만 조앤이 고개를 흔든다. "아뇨, 그렇지 않아요. 엄마는 생일날에 아팠어요. 심하게 배탈이 나서 이틀 동안 일도 하지 않았어요. 밖에 나가지도 않았고요."

조앤이 너무 자신 있게 말해서 당혹스럽다. 내 열등한 기억력이 혐오스럽기도 하고. 하지만 너무 기분 나쁘면 안 되는데. 시드니는 너무 바빴기 때문에 시드니 자신조차도 스케줄을 파악하기 힘들어했다. 그래서 비서를 두었다. "미안." 내가 말한다. "내가 착각했나 봐."

조앤이 고개를 끄덕이고는 멜로디를 흥얼거리며 계단을 천천히 올라간다.

나는 내 방으로 물러나 침대에 쓰러진다. 반은 지치고 반은 활기차게. 담요를 덮고 낮잠을 자야겠다. 피로가 풀리고 활기도 솟게. 그러면 오늘 아침 일을 일시적인 판단력 저하나 부주의한 사치로 날려버릴 수 있겠지. 시드니에게서 빠져나올 방법을 찾기는커녕 오히려 시드니에게 단단히 붙잡히고 말았다. 내가 도대체 무엇 때문에 뉴저지에 왔는지 모르겠다.

아마 나는 스스로를 억누르는 데 지친 모양이다. 그 불이 내 안에 남아 있던 뭔가에 불을 붙인 듯하다. 이제는 시드니에 대한 새로운 기억을 만들지 못할 거라고 생각했다. 그런데 내 생각은 틀렸다. 다른 사람의 머릿속에서 시드니에 대한 새로운 기억을 찾아낼 수도 있으니까. 여기서 그와 만났던 사람이 조앤만은 아니었다. 페이지와 올리도 있다. 그리고 시드가 수많은 시간을 쏟았던 프로젝트에 대한 기억은 어떨까?

피곤한데도 잠이 오지 않는다. 그래서 실러 피어슨에 있는 시드의 비서에게 이메일을 보내 올해 초에 시드니가 뉴욕에서 만난 사람들의 연락처를 알려달라고 한다.

그러고는 샤워실로 들어간다. 오른팔의 팔찌에 물이 닿지 않게 조심하면서.

조앤이 들려준 이야기 덕분에 내가 진짜 시드니와 다시 연결되는 느낌이 든다. 난 슬픔으로부터 그렇게 빠르게, 그렇게 높게, 그렇게 자비롭게 일시적인 구원을 경험했다. 조앤은 나를 그날 밤으로 데려갔다. 조앤이 화장실에 갔거나 딴생각에 빠졌을 때의 기억이 비기는 했지만 그리 중요하지는 않다. 조앤의 기억은 현실감을 일으킬 만큼 생생하고 색다르다. 몇 초씩 시드니가 여기에 나와 함께 있는 듯한 느낌을 받는다.

조앤의 기억으로는 2008년 그날의 저녁식사에서 먼저 내 이름을 꺼낸 건 페이지였다. 시드니는 소모적인 관계를 끝낸 지 얼마 되지 않았고, 페이지는 그가 좋은 사람을 찾도록 도와주기로 했다. 그녀는 올리에게 "개빈은 어때?"라고 말했다.

몇 년 전에 올리가 내게 문자를 보내기는 했다. 아마 그날 이후 며칠이 지났을 때였을 것이다. 올리는 내게 시드를 만나고 싶으냐고 물었다. 난 밤늦게까지 바와 클럽을 전전하는 것에, 아침에 이름도 모르는 사람 옆에서 깨어나는 것에, 계속 젊고 매력적으로 보이려고 애쓰는 것에 지쳐 있었다. 그래서인지 저녁식사를 핑계 삼은 소개팅이 구식이면서도 참신하게 느껴졌다.

시드니는 직장 계정으로 '친애하는 윈터스 씨'로 시작하는 이메일을 보냈다. 난 당황스러웠다. 이 사람은 나와 만나려는 걸까, 아니면 내게 생명보험을 팔려는 걸까?

우리는 스시 집에서 만났다. 그는 거의 완전히 백발인데도 나이보다 젊어 보이려는 노력을 전혀 하지 않았다. 38세인 그는 머리카락 때문에 더욱 나이 들어 보였다. 우리는 다섯 살 차이였지만 열 살 이상 차이가 나는 듯했다.

그는 나이와 외모뿐 아니라 삶의 모든 면에서 뻔뻔할 정도로 솔직했다. 처음 만난 밤에 그는 가족과 연애사와 경력에 대해 무심히 털어놓았다. 그래서 나는 별로 흥분되지도 않고 결코 좋아지지도 않았다. 난 그의 회사인 실러 피어슨의 광고에 두어 번 오디션을 봤다고 말했다. 어쩌면 녹화 영상에서 나를 봤을지도 모른다고. 하지만 그는 그런 일은 불가능하다고 했다. 그랬으면 나를 기억했을 거라면서.

그는 내게 성대모사 같은 것을 하는지 물었다. 내가 그런 것은 못한다고 하자 그는 "베니시오 델 토로는 어때요?"라고 말했다. 아니, 어떻게 알았지? 그가 메뉴판을 가리켰다. 레스토랑의 이름은 「유주얼 서스펙트」의 등장인물 이름인 '고바야시'였다. 나는 그에게 "그러면 당신은 버벌킨트인가요? 내가 공포에 떨어야 하나요?"라고 물었다. 그가 사악한 미소를 지었다.

물론 그는 올리와 페이지에게 나에 대해 꼬치꼬치 물었을 것이다. 나도 그랬으니까. 조앤은 내가 모르는 것을 기억하고 있지는 않았다. 하지만 그녀는 모든 것을 완벽한 원으로 이어주었다. 그리하여 나는 시드가 나에 대해 듣던 2008년의 그날 설리 가족의 식탁에 함께할 수 있었다.

그와의 첫 번째 만남에서 기억나는 것이 또 있다. 시드는 5년 안에 내가 어디에 출연할지를 물었다. 시드가 진지하게 묻지 않았다면 그냥 웃어넘겼을 질문이었다. 당시 나는 거의 연기를 포기하고 있었다. 뭐, 나는 항상 거의 포기했지만 그때는 정말 심각했다. 여기저기서 줄줄이 고통스럽게 거절당하면서 미래는 비관적으로만 보였고 다른 대안들을 고민하고 있었다. 그런데 자신감이 넘치는 회색 머리의 남자가 정말 진심으로 진부한 질문을 던졌다. 난 제대로 대답하기 위해 곰곰이 생각했다.

전도유망하던 20대 초반에는 아마추어 영화감독으로 도전적인 작품도 만들고 가끔 큰돈을 벌어주는 여름 블록버스터에도 출연하기를 꿈꿨다. 하지만 당시에는 30대 초반이었기 때문에 하나의 소박한 목표를 가졌다. 바로 일하는 것. 난 건너편에 앉아 있는 진실한 남자에게 말했다. 5년 안에 난 TV에 꾸준히 출연하고 있을 거라고. 시드니는 고개를 끄덕이고 "그렇겠네요"라고 말했다.

난 모든 것이 이루어졌음을 깨닫는다. 4년 후에 TV 시리즈인 「롱암」에 출연하게 되었다. 그가 지금 여기 있다면 우연이 아니라고 말해주었겠지. 그는 어떤 꿈이든 마음속에 그릴 수 있다고 믿었다. 그는 하루도 빼먹지 않고 아침마다 명상을 했다. 마지막 아침에 하루만 명상을 빼먹기로 했다면 무엇이 달라졌을까? 내가 그를 침대에 붙잡아두고 나가지 못하게 했다면.

난 그 생각을 밀어낸다.

이제 샤워기의 물줄기가 뜨겁지 않다. 페이지의 말대로 보일러가 문제이거나 내가 여기에 너무 오래 있었던 것이겠지. 나는 물을 잠그고 물 밖으로 빼고 있던 오른팔을 내린다. 이제 하루를 맞아야 한다.

침대로 돌아와 전화기를 들고 받은메일함을 확인한다. 시드의 비서인 이사벨의 답장이 벌써 와 있었다. 이메일을 그냥 삭제할 것인지, 잠깐 동안 고민한다. 조금 들떴던 기분은 가라앉았고 더불어 용기도 사라졌다. 뉴욕 주위에 찍힌 시드의 발자국을 따라가는 건 무의미한 탐색일 뿐이다. 결국 내게는 아무것도 없으니까.

그러나 난 이메일을 연다.

이사벨은 당황한 듯했다. 내가 말한 날짜들에는 시드니가 뉴욕에 출장갈 일이 없었다고 한다. 그는 2월과 4월에 휴가를 갔다. 그녀는 이유를 모른다고 했다.

나는 의미를 파악하기 위해 이메일을 다시 읽는다. 갑자기 사악한 멀웨어처럼 조앤과의 대화가 떠오른다. 그녀는 내 기억을 반박했다.

이사벨의 전화번호가 이메일 하단에 적혀 있다. 난 전화번호를 클릭하고 금세 그녀가 받는다. "개빈, 잘 지내죠?"

"방금 이메일을 봤어요." 내가 말한다. "그런데 이상해요. 뉴욕에서 아무 프로젝트도 없었던 게 확실해요? 다른 사람들에게 물어봐줄래요? 뭔가 착오가 있는 것 같은데. 새로 고용된 사람들이 있다면서요."

"개빈, 무슨 말인지 모르겠어요. 99퍼센트 확실해요. 원한다면 다시 한 번 확인해줄게요. 하지만……."

"여행은요? 내가 그를 공항까지 태워다줬는데. 그는 어딘가로 갔어요. 그 무렵에 항공편이나 호텔을 대신 예약해주지는 않았나요? 그것도 확인해줄 수 있어요?"

"확인했어요." 이제 이사벨은 더욱 조심스럽게 말한다. "아무것도 없었어요. 지금 달력을 보고 있어요. 달력에 휴가로 표시해놓은 날짜들이 있어요. 그는 휴가를 내는 이유를 말해주지 않았어요. 어디로 간다는 말도 하지 않았고요."

"뉴욕에 간다고 했어요. 나한테 그렇게 말했다고요."

"내가 아는 건 이게 전부예요. 미안해요."

"이해되지 않아." 무심코 이런 말이 나왔다.

"불을 질렀다면서요. 여기도 힘들어요. 혹시 만나고 싶으면 알려
줘요, 알았죠? 개빈? 여보세요?"

나는 입술을 움직였지만 이번에는 아무 말도 나오지 않았다.

Gimme Some Truth

(진실을 말해줘)

11

나는 무릎에 일기장을 올리고 발은 물에 담근 채 하퍼의 집 수영장 가장자리에 앉아 있다. 다른 여자아이들이 얕은 수영장 가장자리에서 물을 튀기고 콩콩 뛰고 깔깔 웃는 동안 나는 내내 깊은 수영장 가장자리에 있다.

여기 혼자 앉아 있는 것이 이상해 보인다는 것을 알지만, 어쨌든 개빈 아저씨를 울릴 만한 가사를 거의 끝내가고 있다. 물론 어른들 옆에 앉을 수도 있다. 하지만 엄마가 코스타리카에 대해 떠드는 것을 또 듣고 싶지는 않다. 때로 나는 아이이고 싶지 않지만 그렇다고 어른도 되고 싶지 않다.

지금 곡 작업을 하지 않는다고 해도 그냥 혼자 여기에 앉아 있을 것이다. 하퍼는 몇 년 전에 교외인 이곳으로 이사를 왔지만 그래도 항상 나의 좋은 친구일 것이다. 하지만 그녀의 새로운 친구들과 어울리는 건 힘들다. 내가 '시폰chiffon'(실크나 나일론으로 만든, 속이 비치는 얇은 직물 - 옮긴이) 같은 단어를 모르면 그 애들은 나를 멍청이로 생각할 것이다. 하지만 내가 자신들이 모르는 '스타카토staccato'(악보에서 음을 하나씩 짧게 끊어서 연주하라는 말 - 옮긴이) 같은 단어를 말하면 나더러 똑똑한 척한다고 하겠지.

하퍼가 수영장 건너편에서 소리친다. "시간이 다 됐어, 록 스타."

나는 '록 스타'라고 불리는 게 좋다. 비록 그렇지 않은 척하지만. 하퍼도 그걸 알고 있다. 난 물이 튀지 않게 일기장을 수건으로 감싸고 수영장으로 들어간다.

그리고 다른 여자애들과는 멀찍이 떨어져서 곧장 하퍼에게로 헤엄쳐 간다. "어떤 단어가 '남편'과 운이 맞을까?"

하퍼가 젖은 머리카락을 입에 넣고 씹기 시작한다. 가장 좋은 생각을 떠올리기 위해서다. "어려운데."

"운율이 완벽할 필요는 없어." 내가 말한다. "그냥 대충 맞으면 돼."

"여기서 우승하면 돈을 얼마나 받아?"

"그런 대회가 아닌데. 난 그냥 모두가 내 노래를 듣고 내 이름을 알았으면 좋겠어."

"지루해." 하퍼가 그렇게 말하며 내게 물을 튀긴다.

친구들은 나와 나의 괴상한 기억력을 좋아하면서도 내가 모두에게 잊히기 싫어하는 이유는 이해하지 못한다. 모든 사람에게는 나름의 걱정거리가 있다. 하퍼는 시험에서 답이 하나라도 틀리는 것에 스트레스를 받고, 와이엇은 새로운 스타워즈 영화가 책들과 비슷하기를 바라며, 나베야는 뉴욕 자이언츠가 경기에서 지면 완전히 실망한다. 난 사람들이 어떤 일에 관심을 갖느냐가 중요하다고 생각한다. 난 스타워즈 책이 있는 줄도 모르기 때문이다.

나는 머리를 물속에 담갔다가 숨이 차올라 다시 물 위로 올라온다. "그 배우에 대해 들었어?"

"어떤 배우?" 하퍼가 말한다.

"「롱 암」에 나오는데…… 마당에서 크게 불을 질러 뉴스에도 나왔어."

"못 들었는데."

"정말 유명한 사람인데."

"이름이 뭔데?"

난 개빈 아저씨의 이름을 말해준다. 하퍼는 자신의 새 휴대전화로 그의 이름을 검색해보기로 약속한다. 그녀는 새 휴대전화에 어떤 노래도 저장하지 않았다. 와이파이가 연결될 때는 노래를 저장할 필요가 없다면서. 하지만 내 노래가 완성되면 하퍼가 휴대전화에 저장해주었으면 좋겠다.

하퍼가 입 안의 머리카락을 뱉더니 말한다. "아몬드."

"뭐?"

"'허즈번드'와 운율이 맞는 단어 말이야."

"그건 안 되겠어." 내가 말한다.

하퍼가 물에 입술을 대고 물거품을 불어댄다. "무엇에 대한 노래인지 알면 도움이 될 텐데."

난 하퍼의 이런 점이 마음에 든다. 끝까지 수수께끼를 포기하지 않는다. 그녀가 나를 놀릴 것을 알면서도 난 단서를 주기로 한다.

"기억에 대한 노래야."

그녀의 입이 반쯤 물에 잠겨 있어서 정확하게 들리지는 않았지만 분명 그녀는 "물론 그렇겠지"라고 말한다.

난 개빈 아저씨를 울릴 준비가 되었지만 아저씨는 침실에도 욕실에도 스튜디오에도 없다. 나는 마당을 엿보다가 아저씨의 뒤통수를 발견한다. 아저씨는 아빠의 스튜디오 헤드폰을 끼고 휴대전화를 들여다보며 테이블에 앉아 있다.

난 깁슨을 들고 마당으로 나가 개빈 아저씨의 어깨를 두드린다. 아저씨는 뒤를 돌아보고는 가슴을 움켜잡는다. 나 때문에 놀랐나 보다.

나는 손으로 바다코끼리의 엄니를 만든 다음 꿈틀꿈틀 움직여 보인다.

"아." 개빈 아저씨가 그렇게 말하고는 블랙버드의 날개를 퍼덕인다. 딱 한 번만. 아저씨는 다시 휴대전화를 들여다본다. "시드니가 정확히 1월 며칠에 왔지?"

"25일이요. 왜요?"

아저씨는 문자를 치느라 정신이 없다. 저렇게 많은 단어를 타이핑하다니, 책이라도 쓰나? 아저씨가 마침내 문자를 모두 치고는 휴대전화를 테이블에 올린다. "미안." 아저씨가 헤드폰을 벗는다. "무슨 일이야?"

이제 일을 시작할 시간이다. 그러니까 내가 하고 싶은 말을 할 때라는 의미다. "아저씨의 말에 대해 생각해봤어요. 그리고 노래 가사를 새로 썼어요."

전날 시드니 아저씨의 그림을 보여주었을 때 개빈 아저씨는 정말 슬퍼 보였다. 그래서 나는 깨닫게 되었다. 시드니 아저씨에 대한 가사를 써야 한다는 것을. 이 가사가 개빈 아저씨를 울게 하지 못한다면 어떤 가사에 아저씨가 울까?

우리는 함께였지, 당신과 나.
우리의 사랑은 하늘에 닿았어.
당신이 떠났을 때 내 심장은 깊이 가라앉았지.
이제 난 저녁을 건너뛰고 잠자리에 드네.

난 우리의 시간들을 생각하지.
우리가 키스했을 때 난 너무 기뻤어.
당신이 언젠가 내 남편이 되리라고 생각했어.
하지만 믿을 수 없는 일이 벌어졌지.

당신이 없는 집에 더는 머물 수 없어.
난 혼자이고 정말 무서워.
내가 가진 것은 기억.
기억.

계속 숨을 쉬지만 공기가 없어.

나는 계속 울어. 너무 불공평해서.

내가 가진 것은 기억.

기억.

나는 마지막 코드에서 손을 떼지 않고 박수를 기다린다. 하지만
아무 반응이 없다. 아저씨의 눈은 건조하기만 하다. 거슬린다. "울지
않네요."

"솔직하게 말해줄까?" 개빈 아저씨가 한참 동안 나를 쳐다보기에
난 의자에서 꼼지락거린다. "가사는 상당히 포괄적이야. 그런데 나
랑은 조금 먼 이야기지. 가사가 솔직하지 않게 느껴지기도 하고."

"별로라는 말을 그렇게 좋게 해주는 거잖아요."

"미안. 제대로 말해줄게. 노래에서 네 목소리가 들리지 않아. 넌
키스나 남편에 대해 노래하고 있잖아. 무슨 의미인지 모르겠어?"

"'남편'에 맞는 운을 찾기가 어려워요."

"코러스(후렴구 - 옮긴이)는 아주 달콤해." 개빈 아저씨가 말한다. "가
사가 멜로디와 어우러지고 네 이야기처럼 느껴져. 기억에 대해 노래
하기 때문이겠지. 그걸로 계속 끌고 가야 해."

내가 바라던 대로 나를 칭찬하는 말이 분명하다. 하지만 한 가지
문제가 있다. "분명히 울지 않은 거죠?"

"조앤, 눈물에 대해서는 잊어."

사람들이 뭔가에 대해 잊으라고 말하는 것이 싫다. 그건 그들이
나에 대해 전혀 모른다는 의미이기 때문이다. 하지만 개빈 아저씨의

다정한 미소를 보면서 화를 참는다.

"예전에 어떻게 가사를 썼어요?" 내가 묻는다.

아저씨가 콘크리트 바닥에서 돌 조각을 집어 손안에서 튕긴다. 그러다가 손바닥을 테니스 라켓 삼아 돌 조각을 벽돌 벽으로 날린다. "난 너처럼 악기를 연주하지 못했어. 그래서 어려웠지. 올리와 밴드가 곡을 녹음해주면 난 워크맨을 들고 이리저리 걸어 다녔어."

워크맨이 뭔지 안다. 아빠가 워크맨을 갖고 있고 나도 조앤 할머니의 노래를 워크맨으로 듣기 때문이다.

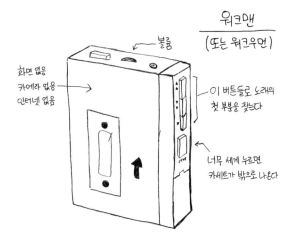

"뭔가가 떠오를 때까지 계속 음악을 들으면서." 개빈 아저씨가 말한다.

"뭔가가 떠오를 때까지 정말 시간이 오래 걸리면요?"

아저씨가 어깨를 으쓱인다. "난 서두르지 않았어. 아직도 그래. 그게 항상 좋은 건 아니지만." 아저씨는 방금 했던 말에 대해 생각하고 싶은 것처럼 잠깐 말을 멈췄다가 이어간다. "계속 생각에 몰두하기보다는 마음을 느긋하게 갖는 거야. 그냥 자연스럽게 떠오르게."

하지만 나는 마음이 급하기 때문에 느긋해질 수가 없다. 최고의 가사가 머릿속에 떠오를 때까지 기다릴 시간이 없다. 내가 대회에 함께 참가할 파트너를 잘못 선택한 것인지 걱정되기 시작한다. 내가 뭔가를 이야기할 때마다 개빈 아저씨는 그게 아니라고 말한다. 물론 아빠도 쉽지는 않다. 아빠는 가사보다 곡에 엄격하다.

아, 아빠. 아직 아빠에게는 내 노래를 들려줄 기회가 없었다. 매일 집에 늦게 돌아와 스튜디오에서 프로젝트를 마무리하느라 바쁘기 때문이다. 내 노래가 아빠의 마음에 깊이 파고들 만한지 확인하고 싶은데. 아빠는 다른 사람들의 생각을 가늠해볼 좋은 시험대인데다 아주 오랫동안 음악을 해왔기 때문이다.

하지만 지금은 개빈 아저씨에게 의지해본다. 아저씨는 내 노래에 대해 뭔가 멋진 말과 뭔가 멋지지 않은 말을 했지만 난 멋지지 않은 말에만 신경이 쓰인다. 내가 아빠나 개빈 아저씨나 다른 누군가에게 감동을 줄 수 있을까?

이제 내 머릿속에 다른 누군가의 목소리가 들린다. 개빈 아저씨의 목소리다. 그런데 내 머릿속에서만 들리는 소리가 아니다. 아저씨가 진짜로 노래를 흥얼거리고 있다. 나는 몇 초 만에 그것이 내 노래, 내 코러스임을 깨닫는다. 아저씨의 목소리가 너무나 진실되고 너무나 매력적이라서 내 팔에 소름이 돋고 등과 머리, 그리고 얼굴에 전율이 번진다.

"아저씨가 노래를 불러요." 내가 말한다.

"뭐라고?"

"스튜디오에서요. 아저씨가 불러요. 너무 듣기 좋아요. 난 아저씨처럼 부르지 못해요."

난 아빠와 개빈 아저씨의 앨범을 여러 차례 들었다. 앨범 상태는 좋지 않았지만 그래도 개빈 아저씨의 목소리는 귀를 사로잡았다.

"조앤, 난 거의 20년간 노래를 부르지 않았어. 별로일 거야."

"아빠가 녹음할 거니까 멋질 거예요."

개빈 아저씨는 아무 말도 하지 않는다. 됐어. 때로는 아무 말도 하지 않는 것이 '좋아'나 '그래'나 '있지, 조앤 레넌, 그거 최고로 멋진 생각이구나'라고 말하는 것만큼 좋다는 것을 알기 때문이다.

"그의 넥타이 색깔은 뭐야?" 개빈 아저씨가 묻는다.

오늘 개빈 아저씨는 시드니 아저씨에 대한 또 다른 기억을 듣고 싶은지 어떤지 모르겠다고 했다. 하지만 이제 나는 서서히 깨달아가고 있다. 개빈 아저씨가 내 작사를 돕게 하거나 노래를 부르게 하려면 기억을 들려줘야 한다는 것을.

"검은색이요." 내가 말한다. "시드니 아저씨는 검은 타이를 하고 있어요."

2009년 3월 14일 토요일. 엄마와 아빠와 시드니 아저씨가 정말 멋지게 옷을 차려입고 있다. 내 베이비시터는 엄마의 말에 귀를 기울이고 있고. 시드니 아저씨는 여러 색깔의 하트가 그려진 내 파자마를 바

라본다. 아저씨가 "조앤, 그 옷은 어디서 났지?"라고 말하고 나는 "몰라요. 엄마가 사왔어요"라고 말한다. 아저씨는 "나도 집에 똑같은 게 있는데"라고 말하고 나는 "정말요?"라고 말한다. 아저씨가 미소 짓는 걸 보고서야 난 아저씨가 농담을 하고 있음을 알아차린다. 박하 향이 난다. 아저씨의 입에 껌이 있다. 내가 껌을 하나 달라고 하자 아저씨가 하나를 건넨다. "5달러야." 이번에 나는 그 말이 농담임을 바로 알아차린다. 시드니 아저씨는 "좋아, 나한테 5달러 빚진 거다"라고 말한다. 아저씨는 주머니에 넣기엔 큰, 하얀 봉투를 들고 있고 양말도 신고 있다. 하지만 내려가는 양말을 계속 끌어 올리느라 별로 행복해 보이지는 않는다.

"나는 그 결혼식에 가고 싶었어." 내가 그 기억을 들려준 후에 개빈 아저씨가 말한다. "그게 정말 누군가를 좋아하는 방법이거든. 낯선 사람의 결혼식에서 데이트를 하는 거지."

"왜 가지 않았어요?"

"우리는 사귄 지 몇 달밖에 안 됐거든. 시드는 나를 옛 친구들에게 소개할 준비가 되지 않았어. 그는 나를 믿지 않았지."

"왜요?"

"왜냐하면 남자들은…….." 아저씨가 말을 멈춘다. "우리는 마음이 금세 변하곤 하거든. 그는 내가 진심인지 알고 싶어 했어."

"난 엄마 아빠에게 내 기타를 갖고 싶다고 했어요. 그랬더니 그냥 아빠의 기타 중에 하나를 치라더군요. 예전에 할아버지가 사준 실내 트램펄린처럼 1주일 만에 싫증을 내지 않고 기타를 계속 칠지 확인하고 싶었던 거죠. 시드니 아저씨도 그랬던 거죠?"

"정확해." 개빈 아저씨가 윙크를 한다. 부럽다. 나는 윙크를 하려고 해도 양쪽 눈이 모두 감기는데. "처음 몇 주 동안 시드는 나를 집에서 재워주지 않았어. 매일 밤 나를 쫓아냈지."

"그건 나빠요."

"내 생각도 그래. 하지만 그런 덕분에 마침내 그의 집에서 자게 됐을 때 정말 기뻤지. 이 이야기는 이쯤 하고 기억을 계속 들려줘. 제발."

나는 그렇게 오랫동안 말하는 것에 익숙하지 않았기 때문에 레모네이드를 좀 더 마신다. 엄마는 어떻게 그렇게 오래 말할 수 있는지, 어떻게 수강생들 앞에서 하루 종일 말할 수 있는지 궁금하다. "모두들 내게 '안녕'이라고 말하고 결혼식장으로 가요."

"날씨는 추웠어?" 개빈 아저씨가 말한다. "모두 재킷을 입었어?"

"네. 시드니 아저씨는 벨트가 달린 롱코트를 입고 있어요. 정말 멋져요. 그리고 헤드폰을 들고 있고요. 그런 헤드폰은 처음 봤어요."

나는 일기장에 그림을 그려서 개빈 아저씨에게 보여준다.

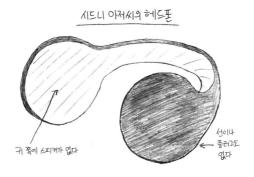

시드니 아저씨의 헤드폰

귀 쪽에 스피커가 없다

선이나 플러그도 없다

113

"헤드폰이 아냐." 개빈 아저씨가 조금 투덜댄다. "그의 귀는 늘 차가웠어. 로스앤젤레스 근처에서도 이런 걸 썼어. 상상이 되니?" 아저씨가 웃기 시작한다. "한번은 차를 주차시키고 있는데 주차요원이 이렇게 말하더라. '선생님, 머리띠가 떨어졌어요.'"

이제 개빈 아저씨는 미친 듯이 웃고 있다. 웃음에는 전염성이 있기 때문에 나도 거의 웃고 있다. 하지만 뭐가 그렇게 재미있는지 궁금하다. 웃음을 멈춘 개빈 아저씨가 팔짱을 끼고 눈을 감고 말한다. "다음에는 언제 그를 봤지?"

"그다음 날 아침, 어른들은 늦게 일어났어요. 아빠가 먼저 일어나 크레이프를 만들고 있어서 나는 정말 신났어요. 아빠는 아침을 아주 맛있게 만들거든요. 난 아빠에게 오늘은 뭘 하는지 물어요. 아빠는 시드니 아저씨가 일어나면 스튜디오 공사를 하러 갈 거라고 하죠. 공사는 거의 끝나가고 있어요. 그때 엄마가 일어나고 시드니 아저씨도 일어나요. 아저씨는 문으로 들어와요. 옷도 입었고 여행 가방도 끌고 오는 걸 보면 한참 전에 일어났나 봐요. 아저씨는 부엌으로 들어와 '좋은 아침'이라고 말해요."

"좋은 아침." 개빈 아저씨가 말한다. 아저씨는 아직 눈을 감고 있다. 나는 뭐라고 말해야 할지 몰라서 계속 기억을 들려준다.

"그때 아빠가 크레이프를 먹겠냐고 묻고 시드니 아저씨가 말해요. '아니, 먹으면 안 되는데…….'"

"'……하지만 먹어야지.'"

개빈 아저씨의 말이 맞다. 시드니 아저씨는 그렇게 말했다. "그리고 아빠가 커피를 어떻게 마실 건지 묻고 시드니 아저씨가 '크림 한 스푼, 설탕 잔뜩'이라고 말해요."

"당신은 설탕을 줄여야 해." 개빈 아저씨가 말한다.

"뭐라고요?" 내가 말한다.

"설탕 대신 스테비아를 먹으라고." 개빈 아저씨가 말한다. "당신은 그 맛에 익숙해져야 해."

난 마당을 둘러보지만 다른 사람은 없다. 그제야 나는 개빈 아저씨가 누구에게 말하는지를 깨닫는다.

"당신, 집에는 언제 올 거야?" 개빈 아저씨가 말한다.

나는 조용히 듣기만 한다.

"오늘 밤 늦게까지 촬영이 있어. 하지만 아침은 함께 먹을 수 있을 거야. 내가 침대로 가져다줄게. 난 당신이 침대에서 나오지 않았으면 좋겠어. 그럴 수 있잖아, 그지? 그냥 거기서 움직이지 마. 내가 당신이 원하는 뭐든 만들어줄게. 그럴 거지? 이번 한 번만."

새들만 지저귈 뿐, 대답은 없다. 나는 목소리를 높인다. "개빈 아저씨."

아저씨가 눈을 뜬다. 처음에는 햇빛 때문에 눈이 보이지 않지만 이내 나를 바라본다. 아저씨의 얼굴은 햇빛에 붉게 변한다. 아저씨는 손을 뻗어 휴대전화와 헤드폰을 집어 든다. "오늘은 이 정도면 충분하구나."

12

페이지의 말을 듣지 못했다. 그녀는 거기 서서 베이킹 접시 안의 뭔가에 방금 갈아낸 치즈를 뿌리며 입술을 움직이고 있다. 마치 누군가가 우리 사이에 유리벽을 세운 것 같다. 그녀의 말이 들리지 않는다.

시드의 죽음 이후 이런 일이 잦다. 누군가와의 대화 중간에 맥락을 놓치는 일이. 대화가 많이 진행된 후에야 정신을 차리곤 한다.

"그리고 바닥도 다시 해야지." 페이지가 말한다. "그래도 상관없어."

아, 맞다. 그녀는 부엌과 거실 사이의 반벽을 뜯어 집을 좀 더 개방적으로 바꾸고 싶다고 했다. "그거 멋진데."

"2010년 2월 8일부터 계속 이 이야기예요." 조앤이 식탁 의자에 앉아 말한다.

"맞아." 페이지가 인정한다. "하지만 마침내 그럴 수 있게 됐어."

나는 케일을 찢어 샐러드용 나무 그릇에 넣는다. 나는 요리하는 것이 즐겁지만 오늘 밤에는 별로 재미없다. 문득 지난달에 내가 얼마나 요리를 하지 않았는지, 얼마나 형편없이 먹었는지가 떠오른다.

다시 시드니 생각이 난다. 그의 비서와 나눈 비현실적인 대화도 떠오른다.

당황스럽다. 왜 시드니는 뉴욕에 출장을 간다고 거짓말을 했을까? 그 이유를 상상도 못하겠다. 아니, 사실 상상할 수는 있다. 실제로 상상도 해왔고. 다만 그런 기분 나쁜 가능성을 생각하고 싶지 않은 것뿐이다. 그는 나와 집에 있고 싶지 않았던 것이다.

"아저씨." 조앤이 말한다.

난 조앤의 손에 들린 껍질 벗기는 칼을 본다.

"오이는 껍질을 깎아야죠." 조앤이 설명한다.

"깜빡했어. 고마워."

오늘 오후에 조앤은 나를 과거로 초대했고 난 아무런 저항도 못했다. 서서히 시작되었던 시드와 나의 관계를 돌아보면서 그가 개방적이고 정직했던 것만큼이나 아주 조심스럽고 신중했음을 다시 깨닫게 되었다. 특히나 우리가 만나기 전에 이미 심하게 망가졌던 그의 심장에는 더더욱 조심스럽고 신중했다. 그래서 나는 그의 심장에 들어갈 만한 사람인지를 스스로 증명해야 했다. 그의 믿음을 얻기까지 얼마나 오랜 시간이 걸렸던가. 그 시간을 생각하면 그가 나의 믿음을 뒤흔들 만한 뭔가를 했으리라는 의심을 하기는 힘들다. 그래서 이런 상황이 이해되지 않는다.

페이지가 떠드는 동안 나는 다시 생각에 빠진다.

"이제 동네도 좋아지고 있어서 집에 돈을 써도 괜찮겠다는 생각이 들어." 그녀가 말한다. "그래도 아직 멀었지만. 우리가 처음 이사

왔을 때는 어땠는지 알아? 리버뷰파크에 농산물 직판장이 있다니, 정말 어처구니가 없어서."

이 동네에는 두어 개의 식료품점과 빨래방을 제외하면 소형 상점이 딸린 3~4층짜리 주거용 건물이 주를 이루었다. 이 동네의 건물들은 벽돌에서 치장 벽토와 비닐에 이르기까지 외관이 뒤죽박죽이다. 그중 설리네 집은 비닐로 꾸며져 있다.

"어쨌든 이만한 풍경은 드물지." 난 부엌 창문 밖을 가리킨다. 설리의 집은 하이츠라고 불리는 고지대의 동쪽 끝에 자리하고 있어서 허드슨 강 건너의 맨해튼까지 한눈에 들어온다.

"그래서 여기에 자리 잡은 거지." 페이지가 반쯤 농담처럼 말한다. 그녀는 에그플랜트 파마산을 오븐에 넣는다. "그때는 올리의 음악 활동을 위해 뉴욕 가까이에 있어야 했거든."

"가까이에 있어야 했다고? 무슨 의미야?" 조앤이 소리 지른다. "왜 그렇게 말해? 아빠는 앞으로도 뉴욕 가까이에 있어야 한단 말이야."

페이지는 딸의 말을 무시한다. 그녀는 조용히 오븐의 문을 닫고 무표정하게 나를 쳐다본다. "와인이나 마실까?"

"시드는 커다란 노란색 차가 있었어." 페이지의 얼굴이 포치 불빛에 번들거린다. 그녀와 나는 다시 마당에 나왔다. 배는 부르고 유리잔에는 와인이 담겼다. 눈앞에는 잠들지 않는 도시가 반짝인다. "그렇게 보기 싫은 차는 아직까지도 보지 못했어. 게다가 방향 지시등이 깨져서 깜빡이 대신 아이스캔디 막대를 써야 했다니까."

"말도 안 돼."

"정말이야." 그녀가 그렇게 말하고는 한바탕 웃음을 터뜨린다.

나도 웃는다. 하지만 내 웃음은 페이지의 웃음과 다르다. 나는 페이지의 머릿속에 남아 있는 10대 시절의 시드와 그의 보기 싫은 차에 대한 이미지가 부럽다. "그때 사진이 있어?"

"어디 있지. 찾아야 해."

페이지가 들려주는 이야기는 이미 아는 것이다. 새로운 뭔가를 기대하게 하는 조앤의 기억과는 다르다. 아니, 완전히 반대다. 난 옛 친구가 들려주는 옛이야기에서 예상치 못한 위안을 얻는다.

"그는 나를 학교에서 집까지 태워다주곤 했어." 페이지가 말한다. "그러다 언니가 그와 헤어지고 다른 사람과 사귀기 시작했지. 그래도 시드는 나를 계속 태워다주겠다고 했어. 로렌 언니가 정말 짜증을 내더라고. 언니는 1학년인 동생이 졸업반 학생과 함께 차를 타고 다니는 동안 버스를 타야 했지. 하지만 시드는 실연에 그렇게 속상해하는 것 같지 않았어. 처음부터 로렌 언니에게 그렇게 빠지지 않았거든."

"그에 대해 궁금하지 않았어?"

"그럴 정신이 없었어." 페이지가 말한다. "난 그를 사랑하고 있었거든. 우린 학교가 끝나고 아주 많은 시간을 함께 보냈지. 내 친구들은 질투했어. 그들은 시드와 내가 사귄다고 생각했거든. 그들이 그렇게 생각하게 내버려두었어. 그게 사실이길 바라기도 했고. 하지만 더는 그런 바람을 품을 수 없는 순간이 왔지."

"네가 그에게 키스했을 때?"

"아, 맞아." 페이지는 지나치게 겸손하게 말한다. "그는 나를 훤히 알았어. 내가 세련되지 못했거든. 그는 그냥 팔을 뻗어 나를 엉성하게 안아줬어. 그러고는 내가 여동생 같다고 했지. 그는 다음 날에도 아무 일 없었던 것처럼 나를 학교에서 집까지 태워다줬어. 로렌 언니가 부모님에게 말하지 않았다면 그는 계속 나를 태워다줬을 거야. 부모님은 내가 졸업반과 단둘이 오랜 시간을 보내는 걸 좋아하지 않았어. 그래도 아무것도 바뀌지 않았지만. 그는 여전히 나를 태워다줬어. 그는 우리 동네 끝에 나를 내려줬고 우리는 전화 통화도 했지."

그녀는 말을 멈추고 입 안을 깨문다. 그러고는 의자에 올린 발을 손으로 잡고 몸을 웅크린다. 그녀는 나이 많은 소년에게 반한 15세 소녀로 돌아간 듯하다.

"난 그의 졸업식에 갔어. 어딘가 사진이 있을 거야. 그해 여름 그가 안전요원으로 일하는 레크리에이션 센터에서 수영을 했고. 난 물에 빠진 척했지만 그는 구해주지 않더라. 그러다 그가 미시간으로 떠나게 되었어. 그는 전화하겠다고 했어. 처음에는 전화를 했지만 이내 연락이 끊겼지. 대학을 졸업하고 우리가 다시 가까워질 무렵 그는 서맨사와 사귀고 있었어. 그녀와 결혼할 생각까지 하고 있었지. 난 반대했지만. 대놓고 말이야. 결국 그는 그녀와 헤어졌고 내게 이유를 말해줬어."

귀뚜라미 소리가 요란하다. 아마 도시 귀뚜라미 한 마리겠지. 귀뚜라미 소리가 하도 끈질겨서 난 페이지의 말을 간신히 알아듣는다.

"그는 최고였어."

나는 아무 말도 하지 않는다.

"이해되지 않아. 그는 42세이고 완벽하게 건강했어."

그녀는 이유를 알고 싶어 한다. 나도 의사에게, 구글에, 나 자신에게 물었다. 하지만 기껏 가설들밖에 듣지 못했다. 가능한 원인과 결과들. 페이지가 듣고 싶어 하는 것은 그런 것이 아니지만 내가 들려줄 것은 그런 것이 전부다. "아마 부정맥이 원인일 거래."

항상 떠오르는 이미지가 스쳐간다. 깔개 위에 놓인 그의 맨발. 늦은 밤에 난 촬영이 있었다. 다른 날이었다면 그와 함께 일어났을지 모른다. 그날 아침 나는 9시가 지나도록 늦잠을 잤다. 그때까지는 기회가 있었다. 의사들은 그 정도면 충분했다고 말한다. 아직도 나는 거기에 홀로 누워 있는 그의 모습을 그린다.

나는 유리로 덮인 테이블에 손바닥을 올린다. 그녀가 눈을 비비고는 내 손을 잡는다.

"미안해." 페이지가 말한다. 그녀의 축축한 뺨이 흐릿한 불빛에 반짝인다.

그녀는 코를 훌쩍이면서 자신의 슬픔에 마침표를 찍는다.

처음에는 울음을 멈출 수가 없었다. 내 음식에서는 눈물 맛이 났다. 이제는 눈물을 참을 수 있게 되었다. 긍정적으로 발전한 것은 아니다. 그냥 다른 종류의 문제가 되어버린 것이다.

"다른 이야기나 하자." 페이지가 완벽한 타이밍에 말한다. "가족 휴가를 계획하고 있어."

"그거 좋은데. 어디로 가려고?"

"지금은 코스타리카를 생각하고 있어."

또 다른 리마인더. 내 노트북에는 사진들이 있다. 온천에서, 서핑 강좌에서, 커피 농장에서, 한적한 해변에서 찍은 사진들. "우리도 그곳을 좋아했는데." 내가 말한다.

"맞다. 너희도 갔지. 까먹었어. 미안해."

"괜찮아. 정말이야. 거의 모든 화제가 그를 기억나게 하니까."

"난 이번 휴가를 제대로 보내고 싶어." 페이지가 말한다. "이를테면 유서 깊은 곳에 가는 거? 조앤에게 어떤 문화를 경험하게 하는 거? 아니면 어느 해변에 들르는 거? 사실 내가 원하는 건 피냐콜라다와 시시껄렁한 책들이야. 몇 년간 스트레스가 심했거든."

"그래서 스튜디오는 정말 문을 닫는 거야?"

그녀가 목덜미의 머리카락을 정수리로 들어 올린다. 목에 바람이 통하도록. "우린 이제 그럴 때라고 생각했어. 시어머니가 돌아가신 뒤에 시아버지가 예전 같지 않으셔. 올리는 시아버지의 일을 도와야겠다고 생각했어. 스튜디오가 잘되었다면 달랐겠지. 하지만 이런 식으로 질질 끌어갈 수는 없어. 이제 올리는 안정적인 수입을 얻게 되었고 우리는 스튜디오를 세놓을 수 있게 되었어. 항상 근심 걱정 속에서 살아갈 수는 없잖아."

올리는 나와 알고 지내는 동안 내내 음악을 추구해왔다. 처음에는 가능성이 보였다. 또한 삶에 압도되거나 열정이 다해서 음악을 포기한 수많은 사람들보다 오래 버티기도 했고. 아까 그는 저녁을 게걸스럽게 먹어치우고 슬그머니 아래층으로 내려갔다. 녹음을 하기 위해서였다. 페이지는 그가 스튜디오 소파에 잠들어 있을지도 모른다고 했다. "올리는 어떻게 받아들이고 있어?"

"아무런 내색도 하지 않지만 당연히 힘들 거야. 하지만 누군가가 돈을 주고 어딘가에 그의 노래를 써줄 거라는 희망을 품고 음악에 자신을 쏟아붓기에는 이제 너무 지쳤어. 아, 가슴이 아파. 일을 그렇게 많이 하는데도 아무것도 얻지 못해."

나도 안다. 나도 「롱 암」에 캐스팅될 때까지 끊임없이 오디션을 봤다. 하지만 그렇게 열정을 쏟았던 배역을 하나도 따내지 못했다. 그래도 내가 과거에 연기를 포기할 위기였던 만큼이나 올리가 자신의 창조적인 삶을 아버지가 하는 막일로 대체하는 것은 상상하기 어렵다. 그에게 자세히 물어볼 기회가 없었다. 내가 만난 전직 아티스트들은 이미 반쯤 죽어버린 듯했는데.

"올리가 거기에 소질이 있다면야 뭐." 내가 말한다.

"솔직히 힘들어. 하지만 그는 새로운 출발에 들떠 있어. 마음의 평화도 찾았고. 사실 우리 모두 들떠 있기는 해."

그녀의 말을 믿어도 좋을지 모르겠다. "조앤은 어때? 저녁식사 전에 상당히 불안해 보였는데."

페이지가 한숨을 쉰다. "그 애는 모두 내 탓이래. 사실 스튜디오가 그렇게 오래 버틴 건 전부 내 덕분인데 말이야. 휴가나 집수리를 위해 여름 강좌를 하는 건 괜찮아. 하지만 되지도 않는 사업에 계속 돈을 쏟아붓는 짓은 그만하고 싶어."

계속 설명을 늘어놓는 걸 보면 그녀가 어느 정도 죄책감을 느끼는 듯하다. 올리도 페이지가 방금 내게 말한 모든 것을 알고 있을까?

"그런데." 페이지가 말한다. "조앤을 도와줘서 고마워. 평소에는 아빠가 도와주는데. 그 일을 대신해줘서 정말 고마워."

"얼마든지. 재밌기도 해. 난 한참 동안 음악을 떠나 있었잖아."

난 어둠을 응시한다. 여기서 바라보니 맨해튼의 고층 건물들이 낯설고 만만해 보인다. 내 마음은 항상 그랬듯이 그에게로 돌아간다. "뭐 하나 물어봐도 될까? 조앤에게 들었어. 시드니가 이곳에 마지막으로 들른 게 1월이라며."

"맞아. 왜?"

"2월과 4월에도 뉴욕에 간다고 했거든. 그때는 만나지 못했어?"

그녀가 기억을 뒤진다. "아니. 여기 왔다는 것도 몰랐어."

"이상해. 이제는 그가 뉴욕에 왔는지도 모르겠어." 그런 말을 입 밖에 내는 순간 의심이 더욱 커진다. "그가 계속 뉴욕에 온 건 어떤 프로젝트 때문이야. 그렇게 말했어. 동시에 여러 프로젝트를 진행했기 때문에 어떤 프로젝트인지는 기억나지 않아. 하지만 이상한 점이 있어. 내가 시드의 비서에게 물어봤는데, 올해에는 뉴욕에 출장을 가지 않았다는 거야. 그녀 말로는 프로젝트가 없었대."

페이지는 평소에 뭔가를 걱정할 때보다 이마를 더욱 많이 찡그린다.

"다른 수상한 점도 있어." 내가 말한다. "4월에는 네 생일이라서 너랑 외식을 했다고 말했어."

페이지의 눈에는 항상 온 세상의 걱정이 담겨 있었다. 하지만 실제로 어떤 문제에 직면하면 누구보다 상식적인 해결책을 내놓았다.

"아냐." 그녀가 말한다. "그런 일은 없었어. 내 생일에 올리와 외식을 하기로 했다가 취소했어. 내가 아팠거든."

조앤이 말한 대로다. 난 그렇게 많은 불일치가 단순히 악의 없는 오해로 설명되길 바랐다. 하지만 이제 그것은 희망 사항으로만 보인다.

"그가 1월에 여기 와서 일에 대해 뭐라고 말하지 않았어?" 내가 말한다. "무슨 이야기를 했는지 기억나?"

"확실하지는 않아." 페이지가 말한다. "여기에 있는 동안 집을 보고 싶어 했어. 하지만 정말 집을 봤는지는 모르겠어."

별로 놀라운 이야기는 아니었다. 우리는 다시 동쪽으로 이사 가는 것에 대해 종종 이야기했으니까. 하지만 내가 얼마나 노골적으로 기만당했는지 가늠조차 되지 않는다. 회색 머리의 내 남자가 내 면전에서 거짓말을 했다는 건 생각할 수도 없는 일이다.

나는 멍하니 바라본다. 멀리서 도시가 반짝인다.

"무슨 생각을 해?" 그녀가 묻는다.

"아무것도." 내가 말한다. 내 기분을 설명하고 싶지 않기 때문이다. 아직 증명할 수 없지만 마음속으로는 이미 알고 있다. 그는 저기 있다, 시드니, 그의 잔상. 그리고 나는 더 이상 선택지가 없다. 뒤를 쫓을 수밖에.

13

한낮에 깁슨을 베고 일기를 쓰는 대신, 깁슨을 안고 침대에 누워 있다.

개빈 아저씨는 노래에 나와 내 기억에 대해 좀 더 집어넣어야 한다고 했다. 나도 그러고 싶지만 그건 정말 힘든 일이다. 페퍼가 잠든 2009년의 어느 날처럼 슬픈 기억을 떠올린다고 하자. 그러면 이내 나는 동물병원의 로비로 돌아가게 된다. 엄마와 아빠가 페퍼와 함께 진료실에 들어가 있는 동안 안내 데스크의 여자가 내게 롤리팝을 건넨다. 그 롤리팝을 보는 순간 나는 2011년의 캠프로 돌아간다. 그 캠프에서는 내가 잃어버린 롤리팝이 하퍼의 머리카락에 붙어 있었다. 결국 나는 그 기억에 미소를 지으며 다시 오늘로 돌아오게 된다. 대회 마감일이 계속 다가오는데도 아직 모든 사람에게 기억될 노래를 만들지 못한 오늘로.

아빠는 내가 아기였을 때부터 뮤지션이 될 줄 알았다고 말하곤 한다. 그래서 나는 포기할 수 없다. 아빠는 기타로 노래들을 연주해주곤 했고 난 베이비바운서에 앉아 아빠를 바라보곤 했다. 내가 기타 줄에 손을 뻗으면 아빠는 다른 코드를 짚으며 내가 기타 줄을 튕기게 했다. 아빠는 그때 내 안에 음악 벌레가 있는 것을 깨달았다고 한다. 아빠에게도, 아빠의 엄마에게도 있던 벌레다. 나는 이 모두를 기억하기엔 너무 어렸지만 아빠의 이야기를 자주 듣다 보니 이제는 거의 내 기억 같다.

하지만 이제 아빠는 나를 도와주지 못하고 나 혼자서는 아무것도 못한다. 나는 일기장을 들고 깁슨을 움켜잡고는 엄마가 어떤 소년을 붙잡고 한창 강습 중인 부엌을 지나 스튜디오로 내려간다. 개빈 아저씨의 방문이 열려 있다. 나는 곧장 방 안으로 들어가 불을 켠다. 아저씨의 팔이 침대 밖으로 늘어져 있다.

"미안해요." 내가 말한다. "자는 줄은 몰랐어요."

아저씨가 일어나 앉아 블랙버드 신호를 하고는 모든 힘이 다한 것처럼 다시 침대에 눕는다.

바닥에는 사진 상자가 놓여 있다. 그 안에서 내가 아는 소녀가 나를 올려다본다. "우리 엄마예요?"

아저씨가 몸을 굴려서 침대 밖으로 고개를 빼고는 사진을 쳐다본다. "맞아."

머리카락을 일자로 자른 엄마는 노란 머리의 남자 옆에 앉아 있다. "시드니 아저씨예요?"

개빈 아저씨가 신음 소리를 낸다. 내 추측이 맞다는 의미다. 난 젊은 시드니 아저씨와 엄마를 보면서 사진을 찍는 순간 서로에게 무슨 말을 했을지 상상해본다. 어차피 난 결코 모를 것이다. 그래서 짜증이 난다.

"아빠는 조앤 할머니가 정말 젊었을 때의 사진들을 가지고 있어요." 내가 말한다. "난 그 사진들을 보면 좋으면서도 화가 나요. 그때의 할머니가 궁금하기 때문이죠."

아저씨는 내가 보고 싶지만 햇빛이 방해하는 것처럼 눈을 가늘게 뜬다.

"나는 할머니가 정말 좋아요." 내가 말한다.

아저씨가 고개를 끄덕이고 사진을 내려다본다. 난 시드니 아저씨에 대한 기억을 개빈 아저씨에게 말해주는 것이 좋지만 지금은 별로 그러고 싶지 않다. 우리 노래에 손도 대지 못했기 때문이다. "좋은 생각이 떠오르기만 기다리고 있지만 아무것도 떠오르지 않아요. 아저씨의 도움이 필요해요."

개빈 아저씨가 팔꿈치를 받치고 몸을 일으키더니 휴대전화를 들여다본다. 마치 휴대전화가 뭐라고 말한 것처럼 아저씨는 고개를 끄덕이고는 매트리스에 전화기를 던진다. "오늘은 안 되겠어. 할 일이 있어."

아저씨는 노인처럼 느리게 침대에서 나와 드레서 위의 빈 잔을 들고 밖으로 나간다.

이제 아저씨의 침실에는 나만 남았다. 난 구석에 쌓인 옷 더미로 더러운 양말 한 짝을 차버린다. 침실 탁자에 시리얼 그릇, 지갑, 휴대전화 충전기, 아빠의 서가에서 나온 책들이 놓여 있다. 책 중에는 유명록 스타들이 어떻게 최고의 곡을 썼는지에 대해 이야기한 『위대한 작곡가들』이 있다. 그 책에 존 레넌은 나오지 않는다. 그 책 덕분에 나는 존 레넌의 열 가지 작곡 법칙에 대해 써야겠다는 생각을 하게 되었다.

개빈 아저씨의 지갑을 열어본다. 운전면허증에는 그의 성이 윈터스가 아니라 디핀도프로 나와 있다. 생일은 1975년 3월 17일이고 키는 존 레넌과 똑같은 180센티미터다.

"거긴 돈이 별로 없는데." 개빈 아저씨가 말한다. 아저씨는 물이 가득 담긴 잔을 들고 있다.

난 지갑을 탁자에 던진다. "그냥 봤어요. 왜 봤는지는 모르겠어요."

아저씨는 별로 신경 쓰지 않는다. 이제 나는 아저씨의 배에 정신이 팔린다. 마치 커다란 와플 틀 같다. 아저씨는 아빠와 달리 문신도 털도 없다.

몸

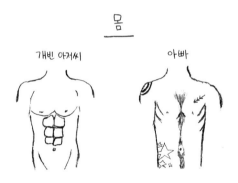

이제 다시 아저씨의 얼굴을 본다. 아저씨는 아픈 것 같다. "괜찮아요?"

"그 질문만 아니라면 뭐든 물어봐도 좋아." 아저씨는 물을 한참 마시고는 정말 목이 말랐다가 아주 맛 좋은 물을 들이켠 것처럼 소리를 낸다. "미안, 그 질문은 그냥 마음에 들지 않아서." 아저씨가 잔을 들여다보지만 물은 남아 있지 않다. "변화를 시도해보기는 했니?"

"아뇨. 어떡해야 하는데요?"

"밖에 나가. 산책을 해. 그냥 아무 일이나 하면서 네 노래에 집중하는 거야."

아마 그건 도움이 되지 않을 것이다. 왜냐하면 나는 무엇을 생각해야 할지 생각하느라 정말 힘들기 때문이다. 아무래도 하루를 몽땅 날릴 것 같다. 개빈 아저씨가 너무 바빠서 나를 도와주지 못하기 때문이다. 나는 문으로 걸어간다.

"어디 가니?" 아저씨가 말한다.

"변화를 시도해보지는 않을 거예요. 내게는 도움이 되지 않을 테니까요."

"잠깐." 개빈 아저씨가 크게 숨을 들이쉰다. 아이스크림 트럭에서 초코 타코를 달라고 했다가 모두 팔렸다는 말에 한숨을 쉬면서 스프링클이 뿌려진 바닐라 콘을 주문하는 것처럼. 개빈 아저씨는 아빠의 책을 하나 집어 든다. 내가 모르는 책이다. "라포르투나 카페에 가본 적이 있니?"

"아뇨." 내가 말한다. "그게 뭐예요?"

나는 드레서를 열고 최고의 기억이 담긴 옷들을 꺼낸다. 해변의 가판대에서 동물 인형을 뽑던 날에 입었던 반짝반짝한 반바지

(2012년 8월 2일 목요일), 할아버지를 따라 낚시하러 갔다가 내가 잡은 가자미를 풀어주고는 다시는 낚시를 하지 않겠다고 다짐했던 날에 신었던 여우 양말(2011년 6월 5일 일요일), 피아노 발표회에서 박수를 받은 날에 입었던 하얀 버튼다운 셔츠(2013년 4월 19일 금요일). 뉴욕 시는 야구 경기, 콘서트, 회의, 시상식 같은 중요한 이벤트가 열리는 특별한 곳이기 때문에 더욱 까다롭게 옷을 고르게 된다.

엄마가 개빈 아저씨에게 약간의 돈을 건네지만 아저씨는 받지 않는다. 나는 일기장을 챙기고 우리는 마침내 집을 나선다. 우리는 집 근처의 커다란 언덕을 내려가 호보컨 마을을 관통한다. 길을 건널 때마다 개빈 아저씨가 내 손을 잡는다. 드럼과 기타를 연주하느라 굳은살이 박인 아빠의 손가락과 달리 아저씨의 손가락은 물에 젖은 비누처럼 부드럽다.

우리는 기차역에 도착한다. 나는 2010년 5월 21일 금요일에 시드니 아저씨와 여기에 온 적이 있다고 말하고 싶지만 지금은 아무 말도 하지 않는다. 꾸물거리고 싶지 않기 때문이다. 우리는 계단을 내려가 지하로 간다. 개빈 아저씨는 구멍에 카드를 집어넣고 우리는 개찰구를 지나 기차에 오른다. 나는 아저씨의 모든 것을 따라한다.

우리는 다시 계단을 오른다. 이제 우리는 빅애플(뉴욕 시 - 옮긴이)에 있다. 빅애플은 정말 이상한 이름이다. 휴대전화를 멀찍이 들고 소리를 질러대는 여자, 비틀즈 셔츠를 입었기에 내가 하이파이브를 하려고 손을 치켜들었지만 그냥 지나쳐버리는 남자, 내게 '전 의류

20퍼센트 세일'이라고 적힌 전단을 건네는 남자처럼 볼 것이 너무 많다. 의류가 뭔지는 모르겠지만 20퍼센트 세일은 좋은 조건처럼 보인다. 우리가 쇼핑을 하러 온 게 아니라는 것이 정말 유감이다. 사실 난 우리가 여기 온 이유를 모른다. 우리는 '멋지고 신비한 여행' 중이다.

아빠처럼 뺨에 솜털이 보송보송한 개빈 아저씨가 선글라스 너머로 나를 내려다본다. "택시를 어떻게 잡는지 알아?" 아저씨가 묻는다.

우리는 길모퉁이에 서고 내가 손을 흔든다. 하지만 노란 잠수함 같은 택시가 쌩하고 지나가버린다.

"이렇게 해보자." 아저씨가 나를 어깨에 올리고는 길로 걸어 나간다. 우리는 택시가 우리 앞에 멈출 때까지 손을 흔든다.

2013년 7월 16일. 나는 처음으로 택시를 잡았다.

택시는 71번가에 우리를 내려준다. 이제 우리는 길에 서 있고 개빈 아저씨는 휴대전화를 확인한다. 우리는 철물점이라고 적힌 작은 가게로 향한다. 우리는 아주 복잡한 통로를 지나 그 작은 가게의 뒤쪽을 빙 돌아 다시 밖으로 나온다.

"뭐 하는 거예요?" 내가 묻는다.

"이곳에 스며드는 거지." 개빈 아저씨가 말한다.

"그냥 저 가게로 걸어 들어갔다가 바로 나왔을 뿐이잖아요."

"그래, 그랬지."

이제 우리는 컬럼버스애비뉴를 걸어 내려가고 개빈 아저씨는 다시 전화기를 들여다본다. 우리는 웨스트사이드 약국 앞에 멈춘다. 우리는 약국 안으로 들어가고 개빈 아저씨는 계산대로 향한다. 마치 물건 값을 치를 것처럼. 하지만 개빈 아저씨는 어떤 물건도 들고 있지 않다.

"여기 아는 사람이 있니?" 개빈 아저씨가 말한다.

나는 계산대 뒤에서 정신없이 다른 손님의 물건 값을 계산해주는 남자를 본다. 그는 안경을 썼고 머리숱이 적다. 나는 이 남자를 한 번도 본 적이 없다. 그때 난 그 남자의 머리 뒤에서 또 다른 얼굴을 본다. 내가 잘 아는 얼굴이다. 존 레넌. 벽에 걸린 사진에 그가 있다. 벽을 덮은 사진들 중에는 내가 아는 또 다른 얼굴들이 있다. 그들은 나도 알고 있을 만큼 유명한 사람들이다. 어떤 사진에서는 계산대 뒤의 남자가 그들을 한 팔로 감싸고 있다.

"도와드릴까요?" 계산대 뒤의 남자가 묻는다. 그는 할아버지인데도 아직까지 영어를 배우고 있는 것처럼 말한다.

"존 레넌을 좋아하세요?" 내가 말한다.

그는 미소를 짓고 벽에 붙은 사진을 돌아본다. "최고지."

"나랑 우리 아빠가 가장 좋아하는 사람이에요."

"여긴 존 레넌의 약국이야." 그 남자가 말한다. "우리는 친구였지."

"절대 그럴 리가 없어요. 거짓말이에요."

"사실인데."

"그러면 존 레넌이 이 가게에 왔다는 거예요?"

그는 내 앞쪽의 바닥을 가리킨다. "네가 서 있는 그 자리에 서 있었지."

나는 바닥을 내려다본다. 나는 존의 기억 안으로 들어온 기분이다. 여기서 1센티미터를 움직이는 것도 두렵다.

이제 우리는 붐비는 길에서 벗어나 조용한 길로 들어선다. 이곳에는 잔디 대신 나무들이 있다. 보도 위의 작은 나무 상자 안에서 자라난 도시 나무들이다. 우리가 살고 있는 저지시티의 도시 나무들보다 멋지다. 가지에 비닐봉지가 씌워져 있지 않기 때문이다.

내가 존 레넌의 발이 닿았던 곳에 발을 대보고 존과 그의 가족을 아는 사람을 만나다니. 도저히 믿기지 않는다. 나는 개빈 아저씨에게 "존이 그 약국에 갔다는 걸 어떻게 알았어요?"라고 묻는다.

"네 아빠의 책에서 읽었어. 그리고 그 전에 우리가 들어갔던 철물점 기억나? 그곳에 라포르투나 카페가 있었어. 존이 커피를 마시곤 했던 곳이지. 아마 거기서 가사도 썼겠지?"

"너무 멋져요." 존 레넌 박물관을 둘러본 기분이다. 어느 지점이 중요한지를 알려주는 표지판은 없지만 이 도시 전체가 박물관이다. 난 아빠에게 빨리 이 이야기를 해주고 싶지만 아주 혼란스럽기도 하다. "어떻게 이런 것이 작사에 도움이 된다는 거예요?"

개빈 아저씨가 손가락 끝을 찢어진 반바지의 뻑뻑한 주머니에 넣는다. 엄마가 내 청바지도 저렇게 잘라주면 좋을 텐데.

개빈 아저씨가 말한다. "나는 무슨 작업을 하든지 미리 조사를 많이 해.「롱 암」의 보 켄드릭스 역할을 맡았을 때도 시드와 함께 루이지애나로 날아갔지. 대본에서 보의 고향으로 설정된 곳이었지. 난 이틀 동안 그곳을 걸어 다녔어. 그가 어떻게 살았을지 상상하면서.”

“그럼 우리가 하고 있는 게 그거예요? 조사?”

“그런 셈이지. 잠시 동안 네 머릿속에서 빠져나오는 게 도움이 될지 모른다고 생각했어. 존 레넌은 그냥 집에 앉아 밤낮으로 노래를 쓰지 않았어. 그는 그의 삶을 살았지. 그는 여기저기 돌아다녔어. 커피도 마셨지. 약국에서 물건도 사고.”

“그는 계속 새로운 기억을 만들었어요.”

“바로 그거야.”

나는 잠깐 동안 그 말을 생각한다. “그래서 우리와 함께 지내는 거죠?”

그는 당황한 듯하다.

“‘네 머릿속에서 빠져나오라’는 건 엄마가 자주 하는 말이거든요.”

개빈 아저씨가 말한다. “아, 그래.”

우리는 계속 걷는다. 나는 길 위의 내 발을 보면서 나중에 이 기억이 얼마나 멋지게 느껴질지를 생각한다. 그러다 개빈 아저씨의 발이 사라진 것을 알아차린다. 1초 전만 해도 내 발 옆에 있었는데. 난 걸음을 멈추고 주위를 둘러본다. 그러고는 개빈 아저씨가 서 있는 곳으로 돌아간다. 아저씨는 길 건너에 있는 성처럼 크고 뾰족한 건물을 고갯짓으로 가리킨다. “존이 살았던 곳이야.” 아저씨가 말한다.

다코타.

아빠가 센트럴파크에 있는 스트로베리필드에 나를 데려가서 '이 매진'이라고 적힌 명판을 보여준 적이 있다. 그 명판은 꽃으로 덮여 있었다. 그중에는 물망초도 있었다. 내가 가장 좋아하는 꽃이었다, 분명히. 아빠는 존과 그의 가족이 살았던 건물도 보고 싶으냐고 물었고 나는 그렇다고 대답했다. 하지만 아빠가 그 건물의 이름이 다코타라고 말해주는 순간 난 마음을 바꿨다. 다코타에 대해 모든 것을 알기 때문이다. 존에게 최악의 일이 벌어진 그곳.

개빈 아저씨가 길을 건너려고 내 손을 잡는다. 하지만 난 뒤로 물러난다. "가고 싶지 않아요."

아저씨는 다코타를 보다가 나를 쳐다본다. 그곳은 나를 간지럽게 한다. 마치 거미집을 빠져나온 다음 몸에 붙은 거미줄을 떼어내도 여전히 몸이 간질거리는 것처럼.

"알았어." 개빈 아저씨가 나를 다른 방향으로 이끈다. "대신 스트로베리필드에 가보자."

우리는 길모퉁이에 서서 다른 거리를 바라본다. 이곳에서 도시가 갑자기 사라진다. 나는 이곳도 안다. 센트럴파크다. 개빈 아저씨는 정말 다정하다. 난 아저씨의 기분을 망치고 싶지 않지만 그래도 센트럴파크에는 가고 싶지 않다. "아빠와의 기억이 있는 곳이에요. 아빠 없이 저곳에 가고 싶지 않아요."

개빈 아저씨는 잠깐 동안 록 스타의 표정을 짓는다. 록 스타의 표정이란 아무것도 제대로 바라보지 않고 중요한 뭔가에 대해 생각하는 듯한 표정을 뜻한다. 내가 지금껏 봤던 록 스타의 표정 중에 가장 멋지다.

"알겠어." 아저씨가 말한다. "내가 시드니 없이 프루프베이커리에 갔다면 그도 질투했을 거야. 프루프베이커리는 LA 최고의 크루아상을 만드는 곳이야. 겉은 바삭하고 안은 보송보송한 크루아상이지. 우리는 수많은 토요일 아침을 그곳에서 함께 보냈어."

"시드니 아저씨가 우리와 함께 이곳에 있으면 좋겠어요." 난 여전히 아빠를 생각하며 말한다.

"맞아." 개빈 아저씨가 말한다.

이제 우리는 조용해진다. 내가 바랐던 건 이런 게 아닌데. 아빠가 아니라 음악에 대해서만 생각하기가 힘들다. 아빠가 내 노래를 좋아하면 좋겠다, 진심으로.

"그럴 거야." 개빈 아저씨가 그렇게 말하고 나서야 나는 내가 그 말을 입 밖으로 내뱉었음을 깨닫는다. 개빈 아저씨가 어떤 말을 들었는지는 모르겠다. 하지만 아저씨의 뺨에 생긴 보조개를 보면 내가 무슨 말을 했건 제대로 말한 게 분명하다.

이제 우리는 차들이 양방향으로 달리는 복잡한 거리를 내려다본다. 우리가 걸음을 내딛으려는 순간 누군가가 우리를 멈춰 세운다.

"실례합니다." 빨간 선글라스를 쓴 여자가 말한다. 그녀 곁에는 지도 같은 것을 들고 있는 또 다른 여자가 서 있다. 지도는 우리 교실에도 걸려 있기는 하다. 하지만 요즘에는 다들 휴대전화로 지도를 보기 때문에 다른 데서는 지도를 구경하기 힘들다.

난 두 여자가 길을 잃었을 거라고 생각하지만 그들은 길과 상관없는 질문을 한다. 나를 흥분하게 하는 동시에 질투하게 하는 질문이다.

여자가 더욱 잘 보기 위해 선글라스를 내리고는 "개빈 윈터스 씨예요?"라고 묻는다.

우리는 피자 가게에서 빈자리에 앉고 나는 "존이 여기서 먹었어요?"라고 묻는다.

"우리 여행은 끝났어." 개빈 아저씨가 말한다. "점심을 먹으려는 거야."

"하지만 난 피자는 안 먹어요."

"알아. 네 엄마한테 들었어. 넌 피자를 입에 대보지도 않았다면서. 잠깐 기다려."

난 아저씨를 불렀다. "잠깐만요!" 하지만 아저씨는 이미 거대한 나무 주걱을 든 남자와 대화를 하고 있다.

거리에서 우리를 멈춰 세운 여자들이 개빈 아저씨와 사진을 찍고 싶어 해서 내가 첫 번째 여자의 휴대전화로 사진을 찍어주었다. 개빈 아저씨는 겨드랑이 아래에 닿는 두 여자의 어깨를 팔로 감쌌다. 나는 휴대전화를 건네주기 전에 사진을 들여다보았다. 사진 속의 세 사람 중에 누가 유명한지 금세 알아볼 수 있었다. 나도 언젠가는 아저씨처럼 사진 속에서 눈에 띄기를 바란다. 그리고 내가 거리를 지날 때면 여자들이 나를 알아보고 불러 세워주기를 바란다. 나도 개빈 아저씨처럼 그들을 아주 친절하게 대해줄 것이다.

아저씨가 쟁반을 들고 온다. 쟁반에는 피자 세 조각과 음료 두 잔이 놓여 있다.

"뭐예요?" 내가 말한다.

"피자를 처음 먹어보는 거라면 제대로 찾아온 거야." 개빈 아저씨가 선글라스를 벗어 테이블에 놓는다. "준비됐니?"

나는 시선을 떨군다.

"그냥 한입만 먹어봐." 아저씨가 말한다. "기억해, 경험이 많아야 쓸 것도 많다는 것을."

피자 조각이 어떻게 나를 존 레넌으로 바꿔준다는 거지? 그래도 개빈 아저씨를 실망시키고 싶지 않아서 두 손으로 피자를 들어 입으로 가져간다. 개빈 아저씨가 쳐다보고 있어서 아주 조금만 피자를 물어뜯는다. 생각만큼 나쁘지 않지만 그렇게 좋지도 않다. 나는 치즈가 싫다. 너무 느끼하기 때문이다. 나는 고개를 흔든다.

"이야, 시도해봤네." 개빈 아저씨가 말한다. "그게 중요하지. 네가 자랑스럽다. 나중에 다른 곳에 가서 맛있는 걸 사줄게."

"괜찮아요. 배도 고프지 않아요." 나는 물로 치즈의 느낌을 씻어낸다. 그러고는 테이블 건너편의 아저씨를 쳐다본다. 아저씨는 마치 피자 조각에 뽀뽀라도 하고 싶은 표정이다.

"이런 기쁨을 모르다니." 개빈 아저씨가 피자를 크게 한입 베어 물고는 쩝쩝 씹는다. "이런, 진짜 피자를 먹어본 지도 정말 오래됐어. LA에는 없거든."

"LA에는 피자가 없다고요?"

"있어. 하지만 이런 피자는 없지. 너의 집 뒷마당에 이런 멋진 도시가 있잖아. 얼마나 멋지니. LA에서는 택시도 부를 수가 없다니까."

아저씨는 피자를 먹기 위해 말을 멈춘다. 아저씨는 첫 번째 피자 조각을 먹어치우고는 노래를 흥얼거리고 냅킨으로 얼굴을 닦는다. "기억과 관련된 거니?" 개빈 아저씨가 말한다. "어떤 음식들을 안 먹는 거 말이야."

나는 다시 물로 입을 헹군다. "바나나 같은 것들은 그래요. 정말 배가 아플 때 처음으로 바나나를 먹어봤거든요. 지금은 바나나를 절대 먹고 싶지 않아요. 하지만 다른 음식들은 모양과 냄새가 싫어요."

"나도 아이 때는 입맛이 아주 까다로웠는데."

"기억나요?"

개빈 아저씨가 피자를 씹는다. "어린 시절의 기억은 흐릿해. 정말 큰일들만 기억나지."

"정말 큰일들이 뭔데요?"

아저씨는 종이 플레이스매트를 내려다본다. 플레이스매트에는 이탈리아 지도가 그려져 있다. "내가 너와 비슷한 나이일 때, 그러니까 열 살 때 아빠가 떠나셨어. 그건 큰일이지. 그때 내 여동생은 아기였어. 동생에게는 아빠가 없었던 셈이지. 엄마뿐이었어. 그리고 내가 있었고." 아저씨가 잠깐 말을 멈춘다. 마치 피자를 먹을지 계속 말할지 고민되는 것처럼.

이제 아빠는 매일 아침 일찍 집을 나가기 때문에 밤이나 주말에만 아빠를 볼 수 있다. 정말 실망스럽기는 하지만 그래도 개빈 아저씨와 아저씨의 여동생보다는 낫다. "아저씨 아빠는 어디로 가셨는데요?"

"미안. 내가 설명을 잘 못했구나. 우리 아빠는 어디로도 가지 않았어. 사고를 당했지. 아빠의 차가 트럭과 부딪히는 바람에……."

"아, 안 돼요." 나는 말한다. 그러면서도 이걸 가사에 넣으면 개빈 아저씨가 분명히 눈물을 흘릴 거라고 생각한다. 그러다 그런 생각을 하는 것에 기분이 나빠진다. 대화 주제를 바꿔야겠다. 원래 뭔가에 대해 말하는 것이 재미없으면 대화 주제를 바꾸지 않나?

"어쨌든." 내가 말한다. '어쨌든'은 대화 주제를 바꾸기에 좋은 말이다. "유명해지는 것은 어떤 거죠?"

아저씨가 웃는다. 하지만 진짜로 웃는 것 같지는 않다. "나는 유명하지 않아."

"유명해요. 아저씨는 TV에 나오고 뉴스에 나오잖아요. 사람들은 아저씨와 사진을 찍고 싶어 하고요."

"그건 내가 바보짓을 했기 때문이야."

"아저씨가 속옷 차림으로 TV에 나와 불을 지른 거 말이죠?"

아저씨는 접시에 피자 가장자리를 남긴다. "맞아, 그거." 아저씨가 냅킨을 잡아챈다. 냅킨이 한 장이 아니라 무더기로 뽑혀 나온다. 아저씨는 냅킨 뭉치를 테이블에 던져버린다.

그래서 내가 대신 냅킨을 뽑아준다.

"고마워." 아저씨가 냅킨을 받아 삼각형으로 접는다. "유명해지는 건 아주 개 같아. 아, 미안…… 쓰레기 같아."

"개 같다고 해도 괜찮아요."

"그것도 관심을 받는 방법이기는 하지. 누가 관심받는 걸 싫어하 겠어? 하지만 난 속옷 차림의 방화범으로 유명해지고 싶지는 않아."

"뉴스를 보기 전까지는 아저씨가 드라마에 나오는 줄도 몰랐어 요. 그건 내가 잠든 다음에야 방송되는, 어른들만 보는 드라마니까 요. 화면에서 아저씨 이름을 보니까 정말 멋졌어요. 처음 봤거든요."

아저씨가 내 접시를 가리킨다. "그거 먹을 거야?"

나는 접시를 넘겨준다.

"그러니까 네 말은, 많은 사람들이 내 드라마를 알게 되었으니까 신경 쓰지 말라는 거야? 그냥 그들이 내 드라마를 알게 된 것에 감사 하면서?" 아저씨가 묻는다.

내 말이 그런 의미인지는 모르겠지만, 어쨌든 고개를 끄덕인다.

"내 에이전트처럼 말하네." 개빈 아저씨가 말한다.

"고마워요." 내가 말한다. 개빈 아저씨의 에이전트는 분명히 똑똑 할 테니까. 그렇지 않다면 개빈 아저씨는 그 사람과 일하지 않을 것 이다. "아저씨가 TV에 나오고 모두가 아저씨를 보니까 긴장돼요?"

"그래. 하지만 기분 좋은 긴장감이지."

"난 기분 좋은 긴장감을 경험한 적이 없어요."

"정말? 난 그 느낌으로 살아가는데."

난 기분 나쁜 긴장감만 경험했기 때문에 기분 좋은 긴장감이 어떤 것인지 궁금하다. "여기까지 저를 데려와줘서 고마워요. 빨리 집에 가서 더욱 멋진 노래를 만들고 싶어요."

"나도 그 말이 하고 싶었어. 네가 기타를 연주해준 뒤로 네 코러스

142

가 계속 머릿속에 맴돌아."

난 딱 한 번 박수를 친다. "대단해요! 내 노래가 아저씨 마음속에 들어갔다는 거잖아요!"

"대신 가사는 하나도 기억나지 않는다는 거지."

이제 알아가고 있는 사실이지만, 개빈 아저씨는 칭찬 뒤에 항상 비판을 덧붙인다. 그러니까 칭찬을 들으면 바로 자리를 피해야 한다.

"가사에 '기억'이라는 단어가 있었던 건 알겠어." 개빈 아저씨가 말한다. "하지만 어떻게 그 단어가 나오게 됐는지는 모르겠어. 그 단어를 착착 감기게 해줄 뭔가가 필요해. 제이지의 노래 「나인티나인 프라블럼스Ninety-Nine Problems」처럼. 그는 한 '무더기'의 문제를 가진 것이 아냐. 99개의 문제를 가졌지. 그래서 가사가 기억할 만한 거야."

'기억할 만한'이라는 말이 이해되지 않는다. 내게는 모든 것이 기억할 만하기 때문이다. 다른 사람들이 기억할 만한 것을 내가 어떻게 알지? 너무 피곤해서 테이블에 머리를 대고 싶지만 테이블이 너무 끈적거린다. "다음에는 어디로 가요?"

내가 또 잘못 말했나 보다. 개빈 아저씨는 입을 굳게 다물고는 반쯤 먹은 내 피자 조각을 아저씨의 접시에 떨구고 지저분한 냅킨을 그 위로 던진다. "들를 데가 한 곳 더 있어."

14

우리는 톰슨 스트리트에서 부동산 중개인을 기다린다. 그녀의 이름은 클레어다. 지난밤 페이지와 대화를 한 후에 LA에 있는 시드의 부동산 에이전트에게 이메일을 보냈다. 오늘 아침 받은 이메일에 뉴욕 사무실의 클레어에 대해 적혀 있었다.

"긴장돼요?" 조앤이 묻는다.

"아니. 왜?"

"아저씨 발이 정말 빠르게 바닥을 두드리고 있잖아요."

아래를 내려다본다. 조앤의 말이 맞다. 마음을 가라앉히기 위해 깊게 숨을 들이쉰다. 완벽한 타이밍이다. 왜냐하면 그녀가 오고 있기 때문이다. 그녀의 하이힐이 또각또각 소리를 낸다. 그녀는 우리 앞에 도착하기도 전에 손부터 뻗는다.

"클레어예요." 그녀가 말한다.

"개빈입니다."

"반가워." 그녀가 조앤에게 손을 흔든다. "누구지?"

"전 조앤 레넌이에요."

"만나서 반갑다, 조앤." 클레어는 다시 나를 보고 설명을 기다리지만 나는 아무 말도 하지 않고 그냥 활짝 미소만 짓는다.

우리는 그녀를 따라 집 안으로 들어간다. 오늘 오전, 통화할 때 클레어는 시드에게 맨해튼의 부동산을 보여주었다고 했다. 정확히 이 부동산은 아니지만 – 그들이 보았던 집은 이미 팔렸다 – 딱 이렇게 생겼고 이 동네에 있다고 했다. 또한 페이지의 말대로 1월이 아니라 2월에 시드를 만났다고 했다. 올해 시드가 뉴욕을 두 번 방문했음을 증명하는, 내가 얻은 첫 번째 증거였다.

클레어는 경비를 손으로 가리키고 체육관에 대해 뭐라고 떠든다. 그녀는 그 부동산에 대해 계속 떠들어댄다. 하지만 나는 앞으로 드러날 사실에 정신이 팔린 나머지 그녀의 말을 흘려듣는다. 이제 우리는 엘리베이터를 타고 위로 올라간다.

"그는 어떻게 지내요?" 클레어가 말한다. 우리 세 사람은 가까이에 붙어 서 있다.

"누구요?"

"브레닛 씨요."

클레어와의 전화 통화로는 자세한 내용을 파악하지도, 핵심을 알아내지도 못했다. 그래서 시드니에게 보여준 것을 내게도 보여줄 수 있는지 물었다. 이제 우리는 몇 센티미터 간격으로 얼굴을 맞대고 있다. 작은 소녀가 대답을 기다리며 나를 올려다본다.

나는 조앤의 손을 잡고 살짝 비튼다. "정말 잘 지내고 있어요."

클레어가 미소를 짓는다.

엘리베이터가 우리를 내려놓자 클레어가 우리를 모퉁이의 아파트로 안내한다. 그녀는 면적, 강변 경관, 침실들, 욕실들, 편의 시설, 마감재 등에 대해 랩을 하듯 쏟아놓는다. 하지만 모두 쓸데없는 짓이다. 나는 아무것도 사지 않을 테니까.

그녀는 두 개의 침실 중 첫 번째 방으로 우리를 안내한다. 그러고는 양해를 구한 뒤 잠시 전화 통화를 하러 나간다. 조앤이 화장실에 가고 싶다고 해서 침실에 딸린 욕실로 보낸다.

이제 안방에 홀로 남은 나는 퀸사이즈 침대에 앉는다. 우리 집에도 퀸사이즈 침대가 있다. 나는 킹사이즈로 바꾸려 했지만 시드가 그러지 않으려 했다. 그는 킹사이즈 침대를 사면 우리가 절대 만날 일이 없을 거라고 농담을 했다.

침대를 나눌 만한 파트너를 찾는 데는 엄청난 탐색과 행운이 필요하다. 잠은 너무 소중하고 파트너는 당신과 공간을 반으로 나누기 때문이다. 파트너는 당신의 이불을 독차지하고 코를 곤다. 하지만 당신은 그와 사랑에 빠지고 기꺼이 그를 받아들인다. 시간이 지나면 당신의 수면 패턴은 더 이상 당신만의 것이 아니다. 두 사람은 공동의 일상을 만든다. 시간이 지나면 당신은 한때 혼자만의 침대에 부여했던 가치를 거의 기억하지 못하게 된다. 어느 날 파트너가 출장을 가고 다시 침대가 당신만의 것이 되기 전까지는. 당신은 사방으로 팔다리를 뻗는다. 당신은 낮아진 베개를 새것으로 바꾼다. 그리고 그날 밤은 깊이 잠든다. 하지만 두 번째 밤에는 쉽게 평화가 오지 않는다. 이제 침대는 균형을 잡지 못한다. 당신은 방에 딱 맞는 온도를 맞추지 못한다. 어떻게 해도 문제는 해결되지 않는다. 혼자가 아닌 둘을 위한 침대니까. 마침내 당신의 파트너가 돌아온다. 당신은 안도하기보다 안정된다. 이제 모든 것이 정상으로 돌아간다. 당신은 그에게 돌아누우라고 하지만 그는 이미 코를 골고 있다. 당신은 다시 혼자이길 바라기도 한다. 당신의 파트너가 다시는 돌아오지 않는 날이 찾아올 때까지. 당신은 누군가와 침대를 나누는 것이 얼마나 고마운 일인지를 깨닫는다. 당신은 처음 사랑을 시작할 때의 교훈을 잊었다. 약간의 불편함은 사소한 대가일 뿐이라는 것.

조앤이 욕실에서 나온다. 그 애는 우리 둘뿐인 것을 보고는 이렇게 말한다. "왜 시드니 아저씨에 대해 거짓말을 했어요?"

나는 조앤에게 진실을 말한다. "때로는 거짓말을 하기가 더 쉬우니까."

아이에게 이런 걸 가르쳐도 되는지 모르겠지만 달리 무슨 말을 하겠는가? 난 어색한 상황을 헤쳐 나가기 위해 최선을 다한다. 게다가 그건 그냥 사소한 거짓말일 뿐이다. 나는 진짜 거짓말을 밝히기 위해 여기에 왔다.

나는 방을 둘러보며 잠재적인 단서를 찾아본다. 시드는 이 방에 들어오지 않았다. 하지만 그는 여기서 그리 멀지 않은 곳에서 비슷한 공간을 꼼꼼히 살펴보았다. 그는 무엇을 찾고 있었을까? 우리 둘을 위한 곳이라면 왜 내게 알리지 않았을까?

"죄송해요." 클레어가 돌아왔다.

나는 침대에서 일어난다.

"여기는 안방이에요." 그녀가 전화기를 움켜쥔 손을 들어 방 안을 가리킨다. "보시다시피 꽤 넓죠. 창문으로 빛도 잘 들어오고요. 도시에 있는 아파트치고는 벽장도 넓어요. 물론 욕실도 딸려 있고요."

"아주 좋아요." 조앤이 말한다.

클레어가 미소를 지으며 나를 본다. "질문 있으세요?"

"지금은 없어요."

클레어는 우리를 평범해 보이는 두 번째 침실로 데려간다. "이곳은 사무실이나 아이 방으로 좋아요. 브레닛 씨는 가족을 위한 공간을 찾고 있었어요."

그녀는 확인을 기다리듯 내 얼굴을 쳐다본다. 가식을 떨기가 점점 힘들어진다. 나는 배우가 되어야 한다는 걸 알지만 실제로 그러기는 쉽지 않다. "물어볼 게 있어요, 클레어. 그가 여기에 왜 왔다고 하던가요? 아니면 어디에서 왔다는 얘기는 하지 않았나요? 다음에 어디로 간다거나? 뭐, 그런 이야기를 하지 않았어요?"

"네, 하지 않았던 것 같아요." 그녀가 허둥지둥 말한다. 분명히 그녀가 예상했던 질문들이 아닐 것이다. 그녀는 휴대전화를 들여다본다. 자신이 만든 고객 프로필에서 대답을 찾기 위해서다. 하지만 아무 대답도 찾지 못한 그녀는 단호하게 고개를 흔든다.

난 조앤을 바라본다. 똑같이 짜증이 난 듯하다. 아무도 조앤만큼 자세하게 얘기해줄 수는 없다. 어디든 조앤을 데려갈 수만 있다면 구멍이 잔뜩 뚫린 삶의 기억 대신 완벽한 삶의 모습을 가질 텐데.

우리는 부엌을 지나 처음 출입문으로 향한다. 클레어는 여전히 이 아파트의 좋은 점을 늘어놓지만 우리는 더 이상 듣지 않는다. 조앤은 미치도록 지루해 보이고 나는 1초도 연기를 계속할 수가 없다.

"정말 감사합니다." 내가 말한다. "연락드릴게요."

"기다릴게요." 클레어가 말한다. "그리고 다시 말씀드리지만, 이 아파트는 제가 브레닛 씨에게 보여주었던 아파트와 거의 똑같아요. 당신이 이전 아파트를 어떻게 봤을지는 모르지만, 때로 사진은 실물을 제대로 보여주지 못하잖아요. 그리고 솔직히 말하면, 그가 데려온 사진작가가 찍은 사진들이 우리 사진들만큼 좋은 것도 아니던데요, 뭐."

내가 그녀의 말을 제대로 들은 것일까? "무슨 사진작가요?"

"그가 데려왔잖아요."

난 조앤을 본다. 조앤도 나만큼이나 혼란스러워 보인다. 물론 나와는 다른 이유들 때문에. "그의 이름이 기억나요?"

"아뇨, 기억나지 않아요." 클레어가 아파트 열쇠들을 지갑에서 꺼낸다. "그리고 내 기억이 정확하다면 그가 아니라 그녀였어요."

높이 솟은 건물의 유리 꼭대기가 푸른 여름 하늘과 하나가 된다. 그 아래에서 10여 그루의 나무가 우아하고 조화롭게 몸을 흔든다. 마음을 달래주는 백색소음 틈으로 행인들의 목소리가 끼어든다. 잠깐 동안 나는 세상이 평화롭다고 착각한다.

"아까 거기를 사려고요?" 조앤이 묻는다. 조앤은 워싱턴 스퀘어

공원의 잔디밭에 누워서 내가 노점에서 사준 부드러운 프레첼을 씹고 있다.

"아니." 내가 말한다. 나는 조앤 뒤의 콘크리트 바닥에 앉아 있다.

"그러면 그 아파트는 왜 봤어요?"

내가 이 열 살짜리 소녀와 내 삶을 그렇게나 많이 공유해야 하는 걸까? 조앤이 그냥 아이일 뿐이라는 사실을 계속 잊게 된다. 아마 조앤의 부모가 조앤을 아이로 대하지 않기 때문일 것이다. 아니면 조앤이 아이라서 말하기가 편한 것일 수도 있고. 조앤은 어른들과 달리 열심히 듣고 열심히 판단하지 않는다.

"시드와 나는 여기로 이사하려는 생각도 했어." 내가 말한다. "그는 우리가 가족을 꾸린다면 우리 아이는 할머니들과 친밀한 관계를 맺어야 한다고 생각했어."

문제는, 내가 마침내 로스앤젤레스에서 꾸준히 일을 갖게 되었고 동쪽으로 다시 이사할 준비가 되지 않았다는 것이었다. 난 그의 계획에 동의하고 동참했지만 아빠가 될 준비는 되어 있지 않았다. 시드와 달리 나는 부모가 되겠다는 계획에 차질이 생긴 것에 안도했다. 내 망설임 탓에 그렇게 되기는 했지만. 그래도 시드는 가족을 꾸릴 준비를 멈추지 않았다. 도저히 멈출 수가 없는 듯했다.

그가 혼자 집을 둘러본 것이 아니었다는 사실을 어떻게 받아들여야 할까? 그 사진작가를 어디에서 찾아야 할지 모르겠다. 시드는 영화 제작자, 작곡가, 디자이너 등 언제든 자신을 도와줄 창의적인 사람들로 구성된 거대한 네트워크를 지니고 있었다.

"아주 조용하네요." 조앤이 말한다.

"미안."

"잔디에 앉아요."

난 조앤처럼 잔디밭에 앉는다. 뻣뻣한 잔디들이 내 맨발을 간질인다. 조앤이 프레첼을 떼어주지만 내 배에는 이미 탄수화물이 가득하다.

"아저씨가 시드니 아저씨에 대한 기억을 하나 말해주면 어때요?" 조앤이 말한다.

내 마음이 편해지기 시작한다. "정말? 지금?"

"네, 가장 좋은 기억이 뭐예요? 정말로 가장 좋아하는 거요."

나는 생각한다. 그리고 좀 더 생각한다.

"몰라." 내가 말한다. "그냥 평범한 날의 기억? 그와 내가 침대에 함께 누워서 형편없는 TV 프로그램을 보는 거야. 솔직히 지금 당장은 별로 생각나지 않아."

조앤은 만족하지 않았다. "그러면 특별히 인상적이었던 밤은요?"

조앤이 옳다. 내게는 대답이 있어야 한다. 100개의 대답이. 멋진 밤이 너무 많아서 하나만 골라낼 수가 없기에 조앤의 질문이 어렵게 느껴져야 한다. 하지만 시드니에 대한 모든 기억이 내 머릿속에서 하나의 흐릿한 덩어리가 되어 마구 소용돌이치고 있다.

조앤의 얼굴에 드러난 실망감은 내가 느끼는 감정과 비교조차 되지 않는다. "미안. 나중에 다시 답해야겠다."

"생각해보세요."

"그래." 이 말이 진심인지는 모르겠다. 조앤의 말처럼 좀 더 생각할 수 있을지도 모르겠고. 어떻게 해야 아무 생각도 하지 않을 수 있을까. 특히 그에 대해서.

15

다음 날에는 개빈 아저씨를 전혀 보지 못한다. 아저씨는 위층에 올라와 간식을 먹지 않는다. 내가 아래층으로 내려가도 아저씨의 방문은 닫혀 있다. 문 아래로 불빛조차 새어 나오지 않는다. 내가 아무리 요란하게 기타를 쳐도 아저씨는 방문을 열지 않는다.

마침내 엄마가 아래층으로 내려온다. 개빈 아저씨를 괴롭히지 말라고 말하려는 것이겠지? 아니, 대신 엄마는 노래가 어떻게 되어가는지 묻는다. 나는 "잘돼가"라고 말한다. 엄마는 "한번 들려줄래?"라고 말하지만 나는 "싫어"라고 말한다. 아직 준비되지 않았기 때문이다.

아빠도 저녁을 먹으러 집에 왔다가 내 노래에 대해 묻는다. 나는 정말 잘되어간다고 대답한다. 사실은 그렇지 않지만. 아빠를 감동시켜서 스파이널 탭 11*까지 볼륨을 올리고 그의 머릿속에 나를 생생

---

* 모큐멘터리 「이것이 스파이널 탭이다」는 가상의 영국 헤비메탈 그룹인 스파이널 탭의 미국 투어를 소재로 한다. 주인공 나이젤은 볼륨이 11까지 있는 앰프는 자신의 마샬 앰프뿐이라고 말한다. 다른 앰프는 10까지밖에 소리를 내지 못하지만 자신의 앰프는 1만큼 더 큰 소리를 낼 수 있다는 것이다 - 옮긴이

하게 새겨줄 노래는 완성되지 않았다.

여기까지는 어제 일이다. 오늘 아침에는 노크 소리가 나고 개빈 아저씨가 내 방문 앞에 서서 수신호를 한다. 오늘은 블랙버드의 날개가 더욱 힘차게 퍼덕인다.

아저씨는 내 방으로 들어와 아메리칸 돌의 머리를 쓰다듬는다(나는 더는 도로시를 가지고 놀지 않지만 여전히 그 인형은 내 가족이다). 아저씨는 열린 벽장 안을 들여다본다. 벽장 안에는 컨버스 운동화가 줄지어 늘어서 있다. 아저씨는 모르겠지만, 운동화는 사온 순서대로 줄지어 있다.

2011.8.30.   2011.12.25.   2012.2.25.   2012.7.14.   2012.11.23.   2013.3.31.
화요일   일요일   토요일   토요일   금요일   일요일

개빈 아저씨는 침대와 벽 사이에 깔린 카펫에 앉는다. 아저씨에게는 좁다. 하지만 아저씨가 나와 함께 침대에 앉지 않는다면 다른 자리가 없다. 아저씨는 동물 인형이 가득한 상자에서 나의 가장 오랜 바다코끼리인 월리를 꺼낸다.

"아기 때부터 갖고 있던 거예요." 내가 말한다. "아빠가 사온 건 기억나지만 정확한 날짜는 모르겠어요."

개빈 아저씨는 오래되어 아주 거칠어진 월리의 털에 엄지손가락을 문지른다.

"진짜 바다코끼리가 풀려난 걸 아세요?" 내가 말한다. "그 녀석은

플로리다의 시월드에서 풀려났고 난 온라인으로 녀석의 위치를 확인하고 있어요. 바다에서 녀석을 만나 함께 헤엄치고 싶어요."

"그건 위험한 일이야." 개빈 아저씨가 말한다.

"하지만 재밌을 거예요. 난 그런 걸 상상하는 게 좋아요. 바다코끼리와 헤엄치거나 또……."

"유니콘을 찾거나?"

내가 하려던 말은 아니었다. 하지만 멋진 대답이다. 게다가 내가 시드니 아저씨에 대한 기억을 들려줄 때마다 개빈 아저씨가 집중했다는 의미이기도 하고. 그래서 나는 미소를 짓는다. 개빈 아저씨는 다시 월리를 내려다보다가 상자에 집어넣는다.

이제 물어봐야겠다. "어제 어디 갔어요?"

"주로 잤어. 아니, 자려고 노력했어." 아저씨가 솜털이 덮인 뺨을 긁는다. "솔직히 시드니에 대해 더 듣고 싶은지 모르겠더라. 그게 무슨 소용이 있나 싶기도 하고. 아직도 그래."

나는 걱정이 된다. "포기하는 거예요?"

"아니." 개빈 아저씨가 말한다. 아저씨는 더욱 높아진 목소리로 말한다. "아니, 포기하지 않아. 난 네 작업을 도와주고 싶어."

나는 숨을 깊이 들이쉰다.

"그리고 시드니 이야기도 듣고 싶고." 이제는 개빈 아저씨가 숨을 들이쉰다. "좋건 나쁘건 알아야겠어." 아저씨가 벽에 기댄다. "우리는 2010년까지 왔지?"

맞다. 그래서 나는 거기서부터 이야기를 시작한다.

"5월 21일은 금요일이었을 거예요." 나는 침대에 편하게 앉아 말한다. "학교가 끝난 뒤에 엄마가 나를 기타 교실에 데려다줘요. 이번에는 공짜였어요. 다음번에는 강습비를 내야 했기에 엄마가 데려가지 않았어요. 선생님이 아빠보다 못했거든요. 강습이 끝나고 엄마가 나를 데리러 와요. 시드니 아저씨와 함께요. 엄마와 아저씨는 '모드 컵'이라고 적힌 커피 잔을 들고 있죠. 우리는 팰리세이드애비뉴를 걸어가기 시작해요. 시드니 아저씨가 '키가 컸네, 조앤'이라고 말해요. 하지만 나는 아저씨의 말이 사실인지 아닌지 모르겠어요. 키를 재본 적이 없고 내가 자라는 게 보이지도 않으니까요. 나는 아저씨는 뭐가 달라졌는지 살펴봐요. 한 가지만 빼고는 예전과 똑같아요."

"그게 뭐지?" 개빈 아저씨가 묻는다.

"시드니 아저씨는 새 팔찌를 하고 있어요. 지금 아저씨가 하고 있는 팔찌죠."

개빈 아저씨가 손목의 팔찌를 만져본다. "우리 둘 다 팔찌가 있었지만 시드니는 잃어버렸어."

나는 2010년의 기억에 대해 좀 더 들려주려고 하지만 아저씨가 말을 끝내지 않는다.

"우리는 멕시코로 여행을 갔어. 어느 날 저녁을 먹고 길을 걷다가 노점상 앞에서 걸음을 멈췄지. 여자 상인이 작은 동물 문양이 새겨진 가죽 팔찌를 팔고 있었어. 정말 보기 싫었지. 난 다른 사람들이 접근하지 못하게 팔찌를 하고 다녀야겠다고 농담을 했어. 시드니는 절대 장신구를 착용하지 않았어. 쓸데없이 무거운 것을 지니고 다니는 걸 싫어했지. 주머니에 휴대전화도 넣고 다니지 않았어. 하지만 나를 위해 팔찌를 하겠다고 했어. 팔찌 하나에는 여우가, 다른 하나에는 독수리가 새겨져 있었어."

개빈 아저씨는 마치 잠든 듯이 벽에 머리를 기대고 눈을 감고 있다. 하지만 아저씨의 입술이 조금씩 움직이면서 단어들이 흘러나온다.

"팔찌를 팔던 여자가 그랬어. 이 독수리는 절벽에서 염소를 끌어 올릴 만큼 강력한 황금 독수리라고. 그녀는 내게 황금 독수리를 주고 시드에게 여우를 줬어. 그러고는 나는 위험한 사람이라고 했어."

"그리고 여우는 사라졌고요?"

"그래."

"으스스해요." 내가 말한다. "어떻게 된 거예요?"

"시드니가 잃어버렸겠지. 사실 나도 몰라. 그는 항상 팔찌를 벗곤 했어. 그가 팔찌를 잃어버렸을 때는 정말 실망스러웠어. 내가 팔찌를 좋아해서가 아니야. 그냥 그가 팔찌를 하고 다닌다는 것이 마음에 들었던 거지. 팔찌가 그를 조금 덜 완벽하게 하고 조금 덜 절제되게 했거든."

"그런데 어떻게 시드니 아저씨가 개빈 아저씨의 팔찌를 하게 된 거예요?"

"그는 멕시코로 탐정을 보내 팔찌 팔던 여자를 찾아낸 다음 새로 팔찌를 사야겠다고 농담을 했어. 그러고는 내게서 독수리 팔찌를 가져가더니 절대 벗지 않겠다고 맹세했지. 그는 샤워실에서도 체육관에서도 팔찌를 풀지 않았어. 잠잘 때도. 그러다 보니까 팔찌에서 쾨

쾨한 냄새가 나더라고. 난 그만하면 됐다고 말했지만 그는 팔찌를 벗지 않겠다고 했어. 사실 그는 이 팔찌를 정말 싫어했어. 아니, 조금 꺼림칙하게 여겼어. 사람들이 팔찌에 대해 물을 때면 그는 팔찌가 정말 싫다고 말했지. 팔찌가 정말 흉물스럽다고도 하고. 팔찌를 하고 다니는 게 자신을 얼마나 힘들게 하는지도 말했어. 그 말을 들으면 사람들도 알고 나도 알아야 했는데."

"뭘요?"

개빈 아저씨가 힘들게 마른침을 삼킨다. "그가 나를 얼마나 사랑하는지." 그러고는 입술을 꼭 다물고 머리를 앞뒤로 흔든다. "내가 그걸 불에 던지려고 했다니!"

나는 개빈 아저씨가 독수리 팔찌를 불에 던지고 싶어 했던 이유를 안다. 그 팔찌는 100퍼센트 불운을 상징한다. 게다가 블랙버드인 아저씨의 손목에 독수리가 있는 것은 어울리지도 않는다. 하지만 여전히 이해되지 않는다. "왜 시드니 아저씨의 물건들을 태우고 싶었어요?"

"기억하기에는 너무 고통스러워서."

난 아저씨의 말이 무슨 의미인지 너무나 잘 안다. 덕분에 우리가 단순한 작사·작곡 파트너가 아닌 것처럼, 우리가 또 다른 의미에서 한 팀인 것처럼 아주 가깝게 느껴진다. 하지만 아직 모르겠다. "그러면 우리 집에는 왜 오신 거예요? 나랑은 왜 얘기를 하는 거예요?"

"기억하는 것보다 잊는 것이 훨씬 더 고통스럽기 때문이지."

누구도 그런 말은 하지 않았다. 난 잊는 것이 뭔지 모른다. 하지만 사람들이 망각 앞에서 당황하는 것은 보았다. 아빠가 아빠의 옛 밴드가 공연했던 클럽의 이름을 잊었을 때, 또는 전에 공원에서 대화를 했던 다른 아이의 아빠 이름을 잊었을 때처럼. 할머니가 당황하는 것도 보았다.

"조앤 할머니는 돌아가시기 전에 이것저것을 잊어먹기 시작했어요. 할머니는 항상 슬픈 표정을 지었죠. 아빠나 할아버지와 다투기도 하고요. 할머니는 두 사람에게 뭔가를 말하려고 했지만 어떻게 말해야 하는지 몰랐어요. 할머니는 아무도 자신의 말을 알아듣지 못한다고 생각했죠."

개빈 아저씨는 무릎을 세워서 양팔로 껴안는다. "넌 할머니에 대해 많이 생각하는구나, 그지?"

"네, 피아노 건반 위에 놓인 늙은 손을 보거나 구멍 뚫린 아기 이불을 볼 때마다, 또는 누군가가 개구쟁이라는 말을 할 때마다. 그리고 할아버지 집의 현관문이 열릴 때마다 아직도 할머니가 나를 안아주기 위해 팔을 벌리고 거기에 서 있을 것만 같아요. 하지만 그런 일은 결코 일어나지 않죠."

개빈 아저씨가 무릎에 턱을 기댄다. "무슨 말인지 알아. 난 사방에서 시드니를 떠올려. 사각형으로 접힌 냅킨을 보면 항상 삼각형으로 다시 접고 싶어지지. 시드니가 있었다면 그랬을 테니까. 레스토랑 테이블에서 타바스코 소스 병을 봐도 시드니가 떠올라. 대개 소스 병에는 '에이버리 아일랜드'라는 상표가 붙어 있고, 시드에게는 에이버리라는 이름의 친구가 있거든. 그래서 난 항상 '여기 아는

159

사람이 있네'라며 시드니를 놀려댔지. 지금도 난 그렇게 혼잣말을 하곤 해."

개빈 아저씨는 잠깐 눈을 감았다가 무릎에서 턱을 떼고는 "우리 계속할까?"라고 말한다.

2010년 5월 21일 금요일. 시드니 아저씨는 돌아갈 기차를 타야 한다면서도 내게 처음으로 아이스크림을 사준다. 아저씨와 엄마는 커피를 마시느라 아무것도 주문하지 않는다. 시드니 아저씨는 내게 강습에 대해 묻고 나는 지루하다고 대답한다. 나는 이미 강사가 가르치려는 것을 알고 있기 때문이다. 시드니 아저씨는 초콜릿 아이스크림이 마음에 드느냐고 묻고 나는 아주 좋다고 말한다. 아저씨는 자신이 가장 좋아하는 맛을 맞혀보라고 하고 나는 민트 초콜릿 칩이라고 말한다. 아저씨는 어떻게 알았냐고 묻는다. 그래서 나는 이렇게 대답한다. 아저씨가 2008년 우리 집에 왔을 때는 가장 좋아하는 마카롱이 민트 마카롱이라고 했고 2009년 우리 집에 왔을 때는 민트 껌을 씹고 있었기 때문에 그렇게 추측했다고. 그러자 아저씨는 다른 시간들에 대해서도 묻는다. 예를 들면 2008년 내가 아저씨를 만났던 날의 요일과 날씨, 그리고 아저씨의 옷차림에 대해. 그러면 나는 10월의 어느 서늘한 월요일에 아저씨는 복숭아색 셔츠에 끈이 없는 신발을 신고 있었다고 대답한다. 아저씨는 "대단하다. 너 대단한데"라고 말한다.

그리고 나는 "감사해요"라고 말한다.

그리고 아저씨는 "나는 미래의 남자란다"라고 말한다.

그리고 나는 "그게 뭐예요?"라고 말한다.

그리고 아저씨가 말한다. "난 어제보다는 내일을 중요하게 생각하거든. 그리고 그다음 날도. 나는 모든 것이 어디로 향하는지에 관심이 있어. 과거는 그냥 뒤에 남겨두고 싶어."

나는 엄마와 내가 시드니 아저씨와 함께 기차역으로 걸어갔던 것까지 포함해서 모든 기억을 개빈 아저씨에게 들려준다. 시드니 아저씨는 나와 하이파이브를 하고는 손이 부러진 시늉을 한다. 그리고 엄마가 아저씨를 안고 키스를 해준다. 내가 이야기를 마쳤는데도 개빈 아저씨는 한동안 조용하다.

"시드는 나의 그런 점을 싫어했어." 아저씨가 말한다. "난 배역을 얻지 못하면 며칠씩 기분이 좋지 않았어. 하지만 그는 광고를 따내지 못해도 씩씩하게 앞으로 나아갔지." 개빈 아저씨는 방금 낮잠에서 깨어난 것처럼 눈을 비빈다. "어쨌든 나쁜 가사는 아니야."

"뭐가요?"

"과거는 뒤에 남겨둬라."

"방금 떠오른 거예요?"

아저씨가 똑바로 앉는다. "음, 그 말을 한 건 시드니야. 하지만 그걸 기억하는 건 너지."

내가 깁슨을 치는 동안 개빈 아저씨가 내 방을 서성인다. 아저씨는 내 일기장에서 찢어낸 종이를 들고 있다. 난 일기장을 찢고 싶지 않았는데. 개빈 아저씨는 생각이 떠오르기를 빈둥빈둥 기다리기보다는 마침내 생각이 떠올랐을 때를 놓치지 말아야 한다고 말한다.

내 팔은 기타를 치기가 지겨워졌지만 개빈 아저씨는 좀 더 기타를 쳐달라고 한다. 우리는 '좀 더'의 의미에 대한 생각이 다르다. 아저씨가 노래를 흥얼거리고 글을 끼적이는 시간이 내게는 영원처럼 느껴지기 때문이다. 그래서 나는 이런 생각을 한다. 그래서 사람들은 밤새도록 잠을 자고 꿈을 꾸면서도 단 1분밖에 지나지 않았다고 생각하는 것이 아닐까.

"좋아." 마침내 아저씨가 말한다. 아저씨의 눈은 교회 벽의 스테인드글라스처럼 밝고 다채롭다. "코러스에 이런 걸 넣으면 어떨까?"

아저씨가 내 노래를 흥얼거린다.

계속 달려도 어디에도 닿지 못해요.
계속 휘둘러도 허공만 때리죠.
내 마음속에서 당신이 속삭여요.
다시 시작해, 과거는 뒤에 남겨둬.

계속 잘못된 일을 되새겨요.
계속 끝난 것에 손을 뻗어요.
내 마음속에서 당신이 속삭여요.
다시 시작해, 과거는 뒤에 남겨둬.

아저씨는 노래를 멈추고 나는 연주를 멈춘다. 온몸이 근질거린다. 바로 이거다. 우리가 그토록 기다리던 것. 조용히 기다리는 아저씨에게서 이전에 보지 못했던 뭔가가 보인다. 나도 느끼는, 내게는 너무나 익숙한 감정이다. 아저씨는 자신의 가사가 너무 마음에 들기 때문에 나도 좋아해주기를 간절히 바라고 있다.

"시드니 아저씨에 대한 거네요." 내가 말한다.

아저씨는 조금 부끄러워한다. "그럼 안 되는데."

하지만 상관없다. 멋진 가사가 아무 때나 떠오르는 건 아니기 때문이다. 게다가 내가 쓰던 가사도 시드니 아저씨에 대한 것이었고. 존 레넌의 「줄리아Julia」가 그의 어머니에 대한 노래이듯이 곁에 없는 누군가에 대해 가사를 쓰는 것도 괜찮다고 생각한다. 그리고 개빈 아저씨와 함께 한참 동안 시드니 아저씨를 떠올린 덕분에 나도 시드니 아저씨가 그립다. 그래서 그 가사가 좋게 느껴진다.

"내가 흐름을 탔나 봐." 개빈 아저씨가 말한다. "미안. 네 노랜데."

"아뇨. 우리 노래죠."

어느 부분이 내 노래이고 어느 부분이 개빈 아저씨의 노래인지 이제는 모르겠다. 존 레넌과 폴 매카트니도 함께 노래를 만들 때면 그랬다. 아빠는 그들이 두 명의 보통 사람이 아니라 한 명의 슈퍼 인간이었기 때문에 그들을 둘로 구분 지을 수는 없다고 말했다. 그래서 나도 존이 홀로 만든 노래보다는 둘이 함께 만든 노래가 더 좋다.

"아저씨는 작사를 끝내야 해요." 내가 말한다. "그리고 난 작곡에 신경 쓸게요. 그러면 반반이 되겠죠. 난 악기를 연주하고 아저씨는 노래를 하는 거예요."

아저씨는 헤어스타일 때문인지, 아니면 두통 때문인지 머리카락을 손으로 쓰다듬는다. 어느 쪽인지는 모르겠다.

"아저씨에게서 가사가 흘러나오고 있어요." 내가 말한다. "마법이에요. 아저씨는 이미 코러스를 완성했어요. 거기가 가장 중요한 부분인데 말이죠. 이제는 벌스verses(후렴구 이전의 가사 - 옮긴이)를 쓰세요."

아저씨가 나를 한참이나 쳐다본다. "네가 원한다면."

나는 그 말의 의미를 안다. 아빠가 청소기를 돌리고 내가 물건을 정리하는 경우, 나도 아빠에게 그렇게 말하기 때문이다. 그러면서 우리가 일을 바꿔도 상관없는 척하지만 사실은 내가 물건을 정리하는 것이 너무 행복하다. 정리는 내가 잘하는 일이기 때문이다. 어쩌면 개빈 아저씨도 나만큼이나 작사를 하고 싶은 건지도 모른다.

내가 개빈 윈터스와 팀을 이룬 조앤 레넌으로 기억되는 것은 개빈 아저씨가 뒷마당에서 불을 지른 덕분에 사람들이 개빈 아저씨가 나오는 드라마를 보는 것과 같다. 사람들이 어떤 이유로 나를 기억하건 상관없다. 조앤 할머니가 나를 잊었을 때의 기분을 결코 느끼고 싶지 않기 때문이다. 난 누군가에게 잊힐지 모른다는 걱정은 하고 싶지 않다.

"한 가지 더요." 내가 말한다. "우리 노래를 대회에 제출할 때는 내 이름을 먼저 쓸 거예요. 조앤 다음이 개빈이에요, 어때요?"

그가 손을 내밀어 악수를 청한다. "좋아."

냉장고 문을 연다. 그러고는 뭔가 흥미로운 것이 눈에 띌 때까지 둘러본다. 피클 병을 열고 가장 파란 것을 골라 냅킨에 싼다. 엄마는 피클 물을 바닥에 흘리는 것을 싫어한다.

엄마의 책이 식탁에 놓여 있다. 책에 붙은 노란 메모지들이 튀어나와 있는 것을 보면 강습 교재 같지만 사실은 다른 책이다.

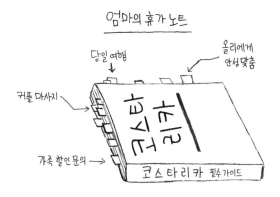

엄마의 휴가 노트

당일 여행

올리에게 안성맞춤

커플 마사지

가족 할인 문의 →

코스타리카

코스타리카 필수 가이드

아빠의 이름을 보는 순간 기분이 엉망이 된다. 저녁밥을 먹을 때나 겨우 아빠를 보는데. 난 엄마의 책을 파쇄기에 넣어버리고 싶다.

그때 전화벨이 울린다. 전화벨을 멈추기 위해 전화를 받는다. "여보세요?"

"여보세요." 어떤 남자가 말한다. "설리 부인이세요?"

난 '네'라고 말하기로 한다.

"오, 안녕하세요, 설리 부인. 귀찮게 해서 미안해요. 제 이름은 로버트 브리큰메이어예요. 서밋에 있는 홀리브룩 인지연구센터의 수석 신경학자죠. 홀리브룩 인지연구센터는 이 지역 최고의 알츠하이머 연구센터입니다. 이미 짐작하고 계시겠지만, 따님인 조앤 설리일로 전화드렸습니다."

"내가 조앤 설리예요." 내가 말한다.

하지만 나는 더 이상 말하지 못한다. 침실에서 나온 엄마가 전화기를 빼앗아 끊어버린 것이다. 엄마는 머리를 포니테일로 묶었다. 피부는 분홍색이고. 그리고 검은 레깅스에 푹신한 스니커즈를 신었다. 엄마는 체육관 회원이지만 지금은 다니지 않는다. 할인을 해주지 않기 때문이다. 대신 집에서 운동을 한다. 엄마는 운동도 하지 않는 아빠가 비쩍 마른 것은 불공평하다고 말한다.

난 엄마를 쫓아 엄마의 방으로 간다. "내 전화잖아."

"그렇겠지." 엄마가 말한다.

"왜 내가 통화하면 안 돼?"

텔레비전 화면에는 어떤 여자가 꼼짝도 하지 않고 있다. 엄마가 리모컨으로 그 여자를 풀어주어야 한다. 하지만 엄마는 우선 심호흡부터 한다. 그러고는 조용한 목소리로 대답한다. 내가 시끄럽게 떠들 때면 항상 그러듯이. "그러고 싶어?"

내가 예상치 못한 말이다.

"아마 약속을 잡아야겠지." 엄마가 어깨를 으쓱인다. "그러면 더는 전화가 오지 않을 거야. 네가 정말 그러고 싶다면 그래줄게. 너랑 대화하고 싶어서 안달하는 사람이 꽤나 있거든."

"그 남자가 나이 든 사람들의 병에 대해 뭐라고 했단 말이야. 조앤 할머니가 걸렸던 병 말이야." 나도 알츠하이머라는 말을 안다. 하지만 아빠는 알츠하이머 대신 나이 든 사람들의 병이라고 부른다. 아빠는 삶이 너무 슬퍼질 때는 농담이 힘이 된다고 말한다.

"그래." 엄마가 말한다. "네 할머니가 걸렸던 병이지."

조앤 할머니가 기억을 잃어버리기 전에 닥터 M을 만났으면 좋았을 텐데. 아마 그는 할머니의 모든 기억을 내 머릿속에 안전하게 보관하는 방법을 알아냈을 것이다.

"닥터 로버트라는 사람은 내가 나이 든 사람들을 도울 수 있다고 생각하나 봐." 내가 말한다. "멋지지 않아?"

엄마는 한참 동안 나를 바라본다. "좋은 생각이네. 그 남자의 이름을 적어두면 내가 전화해볼게." 엄마는 머리를 더욱 단단히 묶고는 다시 텔레비전 화면을 쳐다본다. "그런데 개빈이랑 연주하는 소리가 들리던데. 노래가 정말 좋아졌더라."

난 엄마의 침실에서 나와 천천히 복도를 걷는다. 해가 블라인드 너머에서 반짝이지만 내게는 세상이 흐리게만 느껴진다. 할머니 생각을 하는 것이 좋으면서도 싫다. 마지막에 할머니에게 일어난 일이 할머니에 대한 다른 기억들을 오염시키기 때문이다. 마치 대단한 콘서트에서 함께 연주하다가 마지막 노래를 남겨두고 할머니가 무대를 내려가버린 것처럼. 그러면 부족한 내가 홀로 관객을 맞아야 한다.

하지만 이제 포기할 수는 없다. 마침내 개빈 아저씨와 나는 노래로 어딘가에 다가가고 있기 때문이다. 엄마도 그렇게 말했잖아.

16

아트페어로 이어지는 여덟 블록에 걸친 길에는 사람들이 가득하다. 남자들, 여자들, 아이들, 개들.

페이지는 케틀콘(팝콘의 일종 - 옮긴이)을 사기 위해 조앤과 함께 줄을 섰다. 그들은 한동안 거기에 있을 듯하다. 그동안 난 주변을 둘러본다, 아니, 그런 척한다. 퍼넬 케이크와 벽돌오븐 피자 사이에는 온갖 수공예품과 작은 장난감들이 진열되어 있다. 약간 어지럽다.

여기에 오지 않으려고 했다. 그리고 받은메일함에 잔뜩 쌓인 이메일을 조금씩 정리했다. 내 에이전트는 그 불에 대해 인터뷰를 하자고 한다. 어머니는 언제 집에 올 거냐고 계속 묻는다. 시드니의 사촌은 돌연사로 사랑하는 사람을 잃은 가족들을 위해 시드니 브레닛 펀드를 출범시킬 거라면서 도와달라고 한다.

그런데 조앤이 함께 아트페어에 가자고 졸랐다. 좋은 가사를 쓰려면 계속 새로운 경험을 해야 한다면서. 똑똑한 아이다. 또다시 그 애는 내가 생각지도 못한 일을 하게 했다. 우선 나는 시드니를 똑바로 마주하면서 그에 대한 기억으로부터 도망치는 대신 기꺼이 받아들이고 있다. 이제 노래 가사도 쓰고 있다. 거의 20년간 하지 않았던 일인데. 더군다나 내가 곱씹고 싶지 않았던 바로 그것에 대해 쓰고 있다.

온갖 노점들 곁을 지나치면서 예술가들과 눈이 마주치지 않도록 멀찍이서 그들의 작품을 살펴본다. 그들의 작품을 사지 않는 것에 죄책감이 든다.

그러다 어떤 예술가의 텐트 앞에서 걸음을 멈춘다. 작품들이 궁금증을 불러일으킨다. 특히 파도를 타는 여자의 그림이. 바다는 무정형의 붓질로 그려졌다. 반면 여자와 서프보드는 극세밀화로 그려졌다. 왠지 익숙하다. 그런 스타일이 익숙한 것일까, 아니면 거기서 느껴지는 감정이 익숙한 것일까. 어느 쪽이든 동생에게 멋진 선물이 되겠지.

서퍼 그림 아래의 테이블에는 상자가 놓여 있다. 텐트 주위에 걸린 대형 작품들을 작게 축소한 인쇄물이 담긴 상자다. 대형 작품은 너무 과하지 않을까. 그래서 가로 25센티미터, 세로 20센티미터 크기의 인쇄물을 선물하기로 한다. 난 인쇄물들 사이에서 서퍼 그림을 찾아낸다.

"한 장에 25달러예요." 누군가가 말한다. "우편엽서는 5달러고요."

소녀다. 아니, 젊은 여자다. 20대인 내 여동생과 비슷한 또래 같다. 하지만 그녀의 눈에는 나이 든 여인이 깃들어 있다.

"개빈이에요?"

그녀가 나를 알아본다. 내 동영상이 뉴스와 가십 쇼에 나온 이후 사람들은 나를 이상하게 본다.

"미안해요." 그녀가 말한다. "나를 모르죠. 난 시드니를 알아요."

난 선글라스를 벗고 다시 서퍼 그림으로 돌아선다. 실마리가 이어지기 시작한다. "우리 집에 당신 그림이 있었어요." 내가 말한다. "숲 그림이죠."

약간의 초록이 섞인 나무들이 별이 빛나는 밤하늘로 가지를 뻗고 있는 그림이었다. 달은 포토리얼리즘으로 묘사되었다. 극적인 작품이었다. 중요한 것은 '작품이었다'에 포함된 과거형이다. 나는 그 그림에도 불을 질렀다.

"마라예요." 그녀가 손을 내민다. "반가워요."

"네."

시드의 장례식에는 온갖 예술가들이 참석했다. 내가 처음 만나는 사람도 많았다. 생전의 시드는 그들의 작품을 후원하고 그들의 창의성을 응원해주었다. 그리고 그들 모두는 고마움을 표현하기 위해 장례식에 참석했다.

나는 서퍼가 그려진, 가로 25센티미터, 세로 20센티미터 크기의 인쇄물을 집어 든다. "여동생에게 사주고 싶어요."

"멋지네요." 마라가 말한다. "그녀가 파도를 타나요?"

"아닐 걸요. 하지만 해변을 좋아해요."

그녀가 미소 짓는다. "좋아하겠네요."

나는 다시 그림이 담긴 상자를 본다. "그 숲 그림이 담긴 엽서도 있나요?"

시드는 그 그림을 좋아했다. 그래서 잘 보이는 곳에 그림을 걸어두었다. 그가 가운데 벽에 걸어둘 뭔가를 찾기까지 몇 년이나 걸렸다.

마라는 계속 상자를 뒤적거리지만 그림은 없는 듯하다. 상자 안쪽을 살피던 그녀가 마침내 뭔가를 찾아냈다. 그녀는 비닐에 싸인 엽서를 꺼낸다.

"저기요." 그녀가 그렇게 말하고는 머뭇거리다 덧붙인다. "집에서 벌어진 일은 유감이에요. 난 시드니를 아주 잘 알지는 못했어요. 그래도 내게 중요한 사람이었어요. 조금 이상하게 들릴지도 모르지만, 그는 내가 얼마나 많은 일을 해낼 수 있는지를 일깨워줬어요."

나도 그녀가 느꼈을 감정을 안다. 오늘 이런 엉뚱한 곳에서 낯선 사람과 그런 느낌을 나누다니. 정말 드문 일이다. 사실 나는 여기에 오지 않으려고 했다. 만일 시드가 옆에 있었다면 모두 운명이라고 했을 것이다.

페이지와 조앤에게는 집에서 보자고 한다. 난 무작정 동쪽으로 걷는다. 허드슨 강이 보일 때까지. 한 손으로 다리 난간을 붙잡는다. 아래로는 검은 물이 콘크리트 기둥에 철벅거린다.

다른 손에는 두 장의 그림이 들려 있다. 하나는 내 여동생에게 선물할 그림이고, 다른 하나는 한때 나와 시드가 가졌던 그림이다. 내가 불태운 그림이 다시 돌아왔다. 처음에는 엄청난 행운 같았다. 하지만 페이지와 조앤이 커다란 케틀콘 봉지를 들고 내 앞에 나타날 무렵에는 절망감에 압도되었다. 나는 우리 집에 있던 그림을 되찾은 것이 아니었다. 그냥 더 작고 더 저렴한 복제 그림을 갖게 되었을 뿐이다. 시드에 대한 조앤의 기억도 마찬가지다. 조앤의 기억은 나를 그에게 더욱 가까이 데려다줄지 모르지만 정말로 그를 되돌려놓지는 못한다.

게다가 나는 조앤처럼 과거의 경험을 마음대로 통제할 수 없다는 사실에 더욱 좌절할 뿐이다. 조앤은 내가 가장 좋아하는 시드의 기억을 공유하자고 했지만 나는 그럴 수가 없었다. 물론 또렷한 기억들이 있다. 그가 베트남 쌀국수에 칠리소스를 잔뜩 넣고 땀을 뻘뻘 흘리는 바람에 내가 웃음을 멈출 수 없었던 때처럼. 아니면 솔턴 호수로 자동차 여행을 갔다가 우연히 들른 눅눅한 모텔의 창문에서 총알 크기의 수상한 구멍을 발견했을 때처럼. 그날 밤 우리는 서로를 더욱 단단히 안았다. 아니면 우리 둘이 할리우드 포에버 공동묘지에서 시규어 로스의 공연을 보고 정확히 동시에 눈물을 흘렸던 때처럼. 아니면 독감에 걸린 나를 위해 시드가 하루 휴가를 내고는 내 침대에서 나와 함께 노트북으로 「하우스 헌터스House Hunters」(미국 HGTV에서 시리즈로 방영되는 리얼리티 쇼 - 옮긴이)를 열 시간 동안 시청했던 때처럼.

내가 이미 잊어가는 기억들 중에 오히려 더욱 멋진 100가지의 기억이 있다. 물론 당시에는 별달리 관심도 갖지 않았지만. 사느라 너무 바쁘고 우리가 함께하는 시간을 즐기느라 너무 바빠서 그런 순간들이 갑자기 끝날 수도 있음을 깨닫지 못했다. 이제는 먼 꿈만 같다.

게다가 전에는 결코 그런 일이 없었는데 갑자기 시드니를 의심하게 되었다. 그는 내게 거짓말을 했다, 그래, 하지만 왜지? 그는 여기서 뭘 했던 거지? 무엇을 숨기고 있었던 거지? 아니면 모든 것이 오해일까? 난 그 대답들을 결코 모를 것이다.

나는 난간 너머로 몸을 숙이고 어두운 물을 내려다본다. 너무 고요하다. 때로 완전한 암흑이 편하지 않을까라는 생각을 한다. 우리가 새로 사랑에 빠지고 서로 헤어지지 못하게 되었을 때, 우리는 둘 중 하나가 갑자기 죽으면 어떡할지 생각해보았다.

'남은 사람은 자살해야지.' 내가 말한다.

'그래야지.' 그가 말한다. '물론 우리에게 아이가 없다면.'

난 돌아서서 걷기 시작한다. 무턱대고 몸을 움직이니 답답한 마음도 시원해진다. 운동을 한 지도 아주 오래되었다.

나는 속도를 높인다. 보도에 부딪히는 발소리가 음악이 된다. 말하자면 음악의 뼈대. 난 마음속으로 가장 중요한 코드와 멜로디로 살을 붙인다. 바로 조앤의 코드와 멜로디다. 지금 빠진 것은 벌스 가사뿐이다.

'당신이 이미 내 운명을 봉인했어요.'

길을 걸으면서 새로운 가사를 불러본다. 진실되게 느껴지고 그럴듯하게 들린다. 만트라처럼 그 가사를 반복해본다.

금세 또 다른 가사가 떠오른다.

'난 당신을 보낼 수 없어, 결코 도망갈 수 없어요.'

두 줄이 완성되었다. 이제 시작이다.

"기타를 가져와." 내가 말한다.

조앤이 스튜디오 소파에서 폴짝 내려온다.

"오늘 아트페어에 가자고 해줘서 고마웠어. 갔다 오길 잘했어."
내가 손에 종이를 들고 말한다. "벌스 부분의 가사가 떠올랐어."

조앤이 연주를 시작한다. 난 종이에 적은 가사를 읽듯이 노래한다.

당신이 나타나고 삶이 시작되었죠.

그 전까지는 시간 낭비였어요.

이제 어디로 가야 할지 생각해요.

나는 결코 정답을 모르겠죠.

난 일어나 도망쳐요.

하지만 모두가 흔적 없이 떠나네요.

당신이 이미 내 운명을 봉인했어요.

당신을 보낼 수 없어, 결코 도망갈 수 없어요.

글을 쓰는 것이 얼마나 만족스러운 일인지를 잊고 지내왔다. 운율에 언어를 맞추는 것. 머릿속의 동의어 사전을 넘겨보는 것. 의미와 느낌으로 가득 채워진 완벽한 단어를 움켜잡는 것. 각각의 모음이 얼마나 다르게 노래되는지, 얼마나 성조와 감정을 바꿔주는지를 잊고 있었다. 음악이 얼마나 위안이 되는지도.

"끝이야." 내가 말한다.

"좋아요." 조앤이 말한다.

"한 줄이 약해. '난 일어나 도망쳐요.' 투박해."

"여기 더는 있고 싶지 않다는 말이에요?"

"당신이 어딜 가든 영원히 떠날 수는 없다는 말을 하고 싶었어. 네가 기억 속에 담아둔 사람들을 다시 꺼내 보는 것과 비슷하지. 그들은 어쨌든 아직 여기 남아 있잖아. 아무튼 계속 작업해볼게."

"좋아요." 조앤이 말한다. "아저씨가 코러스의 '계속 잘못된 일을 되새겨요. 계속 끝난 것에 손을 뻗어요'를 어떻게 부르는지 알아요? 두 번째 코러스를 '계속 가장 슬픈 노래를 불러요'로 바꿔서 불렀어요? 아빠는 코러스의 가사가 서로 다른 걸 좋아해요."

"좋아. 알았어."

"그리고 브리지(벌스와 후렴구 사이 - 옮긴이)는 아직 고민하고 있어요. 사람들을 춤추게 하는 동시에 울게 하는 노래라면 멋지지 않을까요? 아빠는 「어 데이 인 더 라이프 A Day in the Life」라는 노래를 좋아해요. 그 노래는 정말 슬프고 느리게 시작되다가 브리지에서 빨라지죠. 존은 잠에서 깨어나 버스 탈 준비를 하는 것에 대해 노래하죠. 그 노래를 들으면 춤추고 싶어져요."

"존이 아냐. 폴이지."

"무슨 뜻이에요?" 조앤이 말한다. "그건 존의 노래예요. 그는 신문을 읽고 노래를 썼어요."

"맞아, 하지만 브리지는 폴이 불렀어. 중간 부분도 썼고 노래도 불렀지. 있지, 넌 존보다 폴에 가까워. 폴은 멜로디의 장인이야. '서전트 페퍼스 론리 하츠 클럽 밴드 Sgt. Pepper's Lonely Hearts Club Band' 같은 대단한 앨범도 그의 작품이지. 바로 너 말이야."

조앤이 내 말에 반박하기 위해 눈을 가늘게 뜬다. "영국 억양으로 말하는 법을 알아요?"

"농담이지?" 내가 말한다.

"네?"

"지금 내 억양이 영국식이잖아."

"아. 그래요? 그럼 '존 레넌'이라고 말해봐요."

"존 레넌."

"들었어요?" 조앤이 말한다. "아저씨의 영국 억양으로는 '조앤' 레넌처럼 들려요."

"그래서?"

"나는 존 같아요! 아빠는 내게 조앤 '매카트니'가 아니라 조앤 '레넌'이라는 이름을 지어주었어요. 내가 바다코끼리예요!"

나는 조앤이 다시 앉기를 기다린다. "내 성이 윈터스인 건 알지? 하지만 내 진짜 성은 디펀도프야."

"아저씨 면허증에서 봤어요. 그럼 윈터스는 뭐예요?"

"내가 만든 성이지."

많은 배우들이 새로운 이름을 지어낸다. 사실 나의 원래 성이 철자가 조잡하고 어려운 건 아니다. 나는 과거를 지우면 쉽게 배역으로 스며들 수 있음을 깨달았다. 물론 착각일 뿐이지만.

"음, 넌 네 자신을 어떤 이름으로든 부를 수 있어." 내가 말한다. "하지만 하루가 끝날 무렵 넌 여전히 너야. 변함없이 말이야."

조앤은 바지에서 풀린 실오라기를 잡아당겨 손가락에 묶는다. "그렇지 않다면요?"

"무슨 뜻이야?"

"음, 내 친구 와이엇이 그랬어요. 내가 홈디포 바닥에 다시 머리를 부딪치면 기억력을 잃을지도 모른다고요. 내가 기억력을 잃으면 더 이상 내가 아니에요. 다른 사람들처럼 되겠죠."

나는 웃고 싶었다. 하지만 조앤은 농담을 하는 것이 아니었다. "저기, 조앤, 아이들은 서로에게 말도 안 되는 이야기를 많이 하지. 난 예전에 여동생에게 이런 말도 했어. 우리 집 지붕에 절반은 새이고 절반은 인간인 존재가 산다고. 동생은 무섭다고 몇 주일 동안 창문도 열지 않았어."

조앤은 슬쩍 나를 올려다보고 방긋 웃는다. "나도 형제나 자매가 있으면 좋겠어요."

"엄마 아빠가 동생을 갖는 것에 대해 이야기한 적이 있어?"

"네, 항상요." 조앤이 말한다. "하지만 그런 일은 없을 거예요."

조앤이 답을 듣고 싶은지는 모르겠지만 그래도 난 답을 해야 한다고 느낀다. "아이를 갖는 건 정말 엄청난 결정이야. 가볍게 결정할 일이 아니지. 한 사람은 준비가 되었어도 다른 사람은 시간이 좀 더 필요할 거야. 그리고 어떤 이유로든 계획대로 되지도 않고."

나는 눈을 든다. 조앤은 내 말을 이해하기 위해 최선을 다한다. 하지만 내가 그 말을 해주고 싶은 사람은 조앤이 아니었다.

17

　뉴저지 서밋의 홀리브룩 인지연구센터는 애리조나의 닥터 M이 일하는 대학과 완전히 다르다. 애리조나의 대학은 나무로 덮여 있었다. 행복해 보이는 학생들이 반짝이는 햇빛을 받으며 푸른 잔디에 앉아 있었다.

　하지만 오늘 뉴저지는 비가 내리고 구름이 잔뜩 끼어 있다. 하나짜리 벽돌 건물인 연구센터는 나무 한 그루 없이 전신주와 전선뿐인 주차장에 에워싸여 있다.

　연구센터 안은 더욱 우울하다. 닥터 M의 사무실에는 뇌 모형이나 계속 흔들리는 은색 공처럼 흥미로운 것이 많았지만 이 방에는 테이블 하나와 의자들만 있다. 벽에는 아무것도 걸려 있지 않다. 엄마는 테스트 중에 조용히만 한다면 나와 함께 있어도 된다.

　의사를 기다리며 닌텐도 DS를 하지만 너무 초조해서 집중이 되지 않는다. 오늘 여기에 온 건 내 실수다. 난 전화를 받다가 엄마에게 들키고는 나이 든 사람들의 기억력 향상을 돕고 싶다고 말했다. 그 말에 엄마가 약속을 잡아버렸다.

난 엄마에게 손을 내민다. 엄마가 손을 잡는다. "괜찮을 거야. 내가 있잖아."

닥터 로버트 브리큰메이어는 얼간이 같은 헤어스타일의 빼빼 마른 남자다. 그는 우리 사이의 테이블 위에 녹음기를 올려놓는다. 아빠의 녹음기처럼 멋있지 않은 녹음기다. 의사들은 소리의 질에는 신경 쓰지 않는 것이겠지?

닥터 로버트는 엄마에게 아무 말도 하지 말라고 당부하고는 내게 그림을 보여준다.

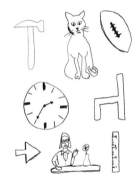

이제 그는 그림을 가리고 내게 질문을 한다.

시계는 몇 시였지?

　－3시 25분

　－2시 35분

– 1시 45분

자 위에는 뭐가 있었지?

    – 의자
    – 고양이
    – 럭비공

선생님은 어느 손을 흔들고 있었지?

    – 오른손
    – 왼손
    – 흔들지 않았다

난 작고 귀여운 고양이에게 정신이 팔렸기 때문에 문제들이 정말 어렵게 느껴진다. 그래도 완벽하게 답을 맞히려고 노력한다. 그다음에는 닥터 로버트가 여덟 쌍의 단어를 읽어준다.

    자동차 – 물웅덩이
    여우 – 멜론
    컴퓨터 – 뱀
    다이아몬드 – 초콜릿

스케이트보드 – 고릴라

우산 – 옥수수

나비 – 플라스틱

선생님 – 버클

닥터 로버트가 '컴퓨터'라고 말하면 나는 '뱀'이라고 말해야 한다. 닥터 M도 이런 테스트를 했다. 그러다 내 기억이 이런 식으로 작동하지 않는다는 걸 깨닫고 그만뒀지만.

그다음으로 닥터 로버트는 아이패드를 꺼내 동영상을 재생한다. TV 쇼 같다. 소파에 남자와 여자가 앉아 있는데 누군가가 현관문을 두드린다. 남자가 일어나 문을 연다. 어떤 남자가 서 있다. 첫 번째 남자가 두 번째 남자를 집 안으로 들어오게 한다. 그러고는 두 남자가 소파에 앉는다. 여자가 부엌에 다녀오고 동영상은 끝난다.

"좋아." 닥터 로버트가 말한다. 그는 머리를 옆으로 넘긴다. 이미 그의 머리카락은 잔뜩 옆으로 넘어가 있지만. "첫 번째 질문이야. 소파 앞의 커피 테이블에 어떤 잡지가 놓여 있었지?"

잡지? 어떤 잡지? "잡지는 못 봤는데요."

그는 고개를 끄덕이고는 여자가 부엌에서 컵을 몇 개나 가져왔느냐고 묻는다. 계속 비슷한 질문이 이어진다.

나는 각각의 질문에 대답을 하고 닥터 로버트가 다시 동영상을 틀어준다. 모든 답이 틀렸다. 나는 보지도 못했는데 테이블에는 〈피플〉지가 놓여 있었다. 난 여자가 컵을 두 개 들고 있었다고 대답했지만 사실 여자는 컵을 들고 있지 않았다. 그녀는 접시를 들고 있었다.

"불공평해요." 내가 말한다. "사기예요."

"테스트의 일부야."

난 엄마를 돌아보고 엄마는 미소를 짓는다. 마음이 조금 풀리지만 그래도 바보가 된 기분이다. 내 기억력은 그런 식으로 작동하지 않기 때문이다.

"제발 앞을 봐주겠니, 조앤."

"난 그런 것은 기억하지 않아요."

"음, 바로 그거야." 닥터 로버트가 말한다. "우리는 네 정신이 어떻게 작동하는지 몰라. 그걸 알아내고 싶단다."

"하지만 닥터 M과 이미 이런 테스트를 했어요. 다시 하고 싶지 않아요."

"잘하고 있어." 그가 말한다. 그의 말투는 로봇 같다. 난 로봇이 싫다.

"집에 가고 싶어요." 내가 엄마를 돌아본다. "엄마."

엄마는 나를 빤히 쳐다보다가 의자에서 일어나 어깨에 가방을 멘다.

"잠깐만요." 닥터 로버트가 말한다.

"미안해요." 엄마가 말한다. "아이의 마음이 바뀌었네요."

난 엄마에게 달려간다. 닥터 로버트가 테이블을 돌아 나와 한쪽 무릎을 꿇는다. "다음에 오면 처음부터 다시 해야 돼. 그건 싫지, 그지? 넌 아주 잘하고 있어. 나중에 커다란 기계에도 들어갈 거야."

"다시는 오지 않을 거예요."

엄마가 내 손을 잡는다. 우리는 밖으로 나온다.

엄마가 차를 몰고 홀리브룩을 빠져나오며 전화 통화를 한다. 그동안 난 비 오는 창밖을 내다본다. 아빠가 분명하다. 어젯밤에 아빠가 이 일이 어떻게 되어가는지 알려달라고 했기 때문이다.

"그냥 그래." 엄마가 아빠에게 말한다. "응, 조앤은 괜찮아."

난 닥터 로버트에게 내게 벌어진 일이나 내 인생에서 벌어진 일이어야 한다고, 게다가 내가 그 일에 관심을 가졌어야 한다고, 그렇지 않으면 난 기억하지 못한다고 말하려고 했다. 그러니까 할아버지가 나의 네 번째 생일에 나를 어디에 데려갔는지를 물어봐야 하는 것이다(실내 트램펄린장). 내가 기타로 B마이너 코드를 배운 것이 무슨 요일인지 물어봐야 하는 것이다(2011년 11월 7일 월요일). 아픈 조앤 할머니가 어떤 색깔의 건물에 보내졌는지를 물어봐야 하는 것이다(빨간 벽돌). 2008년 10월 27일 시드니 아저씨가 어떤 옷을 입고 우리 집에 왔는지를 물어봐야지, 아저씨가 몇 시에 우리 집에 왔는지를 물어보면 안 된다. 나는 시계가 없고 시계도 보지 않기 때문이다.

이제 차는 움직이지 않는다. 엄마는 쇼핑센터에 주차를 하고 "스무디 먹을래?"라고 묻는다.

엄마는 베리 바난자를, 나는 넥타 너바나를 들고 가게 앞쪽에 앉는다. 빨대를 빨면서 뿌연 창문 너머를 보지만 가게 밖은 보이지 않는다. 하지만 가게 안은 쾌적하고 아늑하다.

이 스무디 가게의 비닐컵이 마음에 든다. 종이컵과 달리 비닐컵은 스무디가 얼마나 남았는지를 바로 보여주기 때문이다. 엄마는 비닐이 바다의 물고기들에게 해롭다고 말하지만 난 종이컵이 나무들에게 해롭다는 걸 알고 있다. 그래서 엄마가 '너는 안 돼'라고 말하는 것이겠지? 그러니까 엄마 말은 내가 정답은 아니라는 의미일 것이다.

나는 스무디를 두 모금 마시고 묻는다. "화났어?"

"아니, 전혀." 엄마가 수없이 머리를 흔든다. "내 잘못이야. 난 그런 일을 걱정했어. 그래서 반대했던 거야."

엄마는 나의 HSAM에 대해서는 닥터 M에게만 이야기하라고 했다. "그러면 이번에는 왜 허락한 거야?"

"네가 할머니 같은 사람을 돕고 싶다고 했잖아. 적어도 네게 기회는 줘야겠다고 생각했지." 엄마는 뭔가를 말하고 싶은 듯하지만 그 말을 해도 되는지 자신이 없는 듯하다. "음, 넌 특별한 것을 지녔어. 그건 너만의 것이지. 나도 알아. 네가 열여덟 살이 되면 뭐든 네 마음대로 해도 되지만 지금은 내가 널 보호해야 해. 사람들이 전화로 온갖 부탁을 하곤 해. 그중에는 돈을 주겠다는 사람도 있어. 하지만 돈을 받으면 안 된다는 생각이 들어. 난 너와 너의 미래를 위해 최선을 다하고 있어. 믿어줘. 내 결정이 항상 옳은 건 아니야. 하지만 노력하고 있어."

시드니 아저씨는 미래형 인간이었고 엄마도 시드니 아저씨와 비슷하다. 엄마는 미리 모든 것을 계획해두길 좋아하기 때문에 분명히 미래형 인간이다. 그래서 두 사람이 그렇게 좋은 친구였던 것일까.

"아저씨가 보고 싶어?" 내가 묻는다.

"누구?"

"시드니 아저씨."

엄마는 아직 많이 남은 스무디를 테이블에 내려놓는다. 개빈 아저씨의 말처럼, 기억을 떠올리는 것은 괴롭다. 하지만 아저씨와 나는 기억을 하지 않는 것이 더욱 나쁘다는 것을 안다.

"물론 보고 싶지." 엄마가 말한다. "많이 보고 싶어."

엄마는 한동안 생각에 잠긴다. "개빈이 다시 가사를 쓴다니 기쁘네. 대학 시절 그와 아빠가 연주하던 모습을 너도 봐야 하는데. 정말 대단했지."

엄마는 그 기억들을 보지만 나는 보지 못한다. 짜증난다.

"개빈은 어때?" 엄마가 묻는다. "잘하고 있어?"

난 아직 아저씨에 대해 알아가는 과정일 뿐이다. 그래서 아저씨가 어때야 하는지를 모른다. "처음에 아저씨는 엄청 낯을 가렸어. 엄청 조용하기도 했고. 하지만 이제 그 정도는 아니야."

"나는 상상할 수도 없어." 엄마가 말한다. "시드니는 내 인생에서 중요한 사람이긴 하지만 기껏 1년에 한 번밖에 못 봤어. 하지만 개빈은……." 엄마는 생일 케이크의 촛불을 끄듯이 쉭 소리를 낸다. 하지만 전혀 재미있어 보이지 않는다.

"엄마랑 아빠는 왜 다른 아이를 갖지 않았어?" 내가 묻는다.

엄마가 나를 본다. "그런 생각은 어디서 나온 거야?"

"개빈 아저씨랑 이야기하다가 나도 형제나 자매가 있으면 좋겠다고 했어. 아저씨가 엄마랑 아빠는 다른 아기를 갖고 싶어 하지 않았는지 물었어."

이제 엄마가 몸을 똑바로 세운다. "그리고 넌 뭐라고 했어?"

"엄마 아빠가 항상 그 이야기를 한다고 했어. 하지만 엄마 아빠가 진짜로 그런 마음이 있을 거라고는 생각하지 않는다고 했지."

"아저씨가 다른 말은 안 했어? 아버지가 되는 것에 대해서?"

"아니." 내가 대답한다. 엄마가 왜 그런 걸 묻는지 모르겠다. 그러다 기억이 떠오른다. "음, 뉴욕에 있는 여자가 그러던데? 시드니 아저씨와 개빈 아저씨가 가족을 만들려고 했다고. 엄마가 말하는 게 그거야?"

엄마가 내게로 몸을 숙인다. "어떤 여자?"

"개빈 아저씨에게 아파트를 보여준 여자."

엄마는 스무디 컵을 들지만 마시지는 않는다. 사실 지금 엄마는 아무것도 하지 않는다. 그냥 얼어붙어 있을 뿐이다.

"엄마."

엄마의 눈은 나를 향하고 있다. 하지만 엄마는 자신이 무엇을 보고 있는지도 모르는 듯하다. 그러다 엄마가 "미안"이라고 말하고는 스무디를 아주 천천히 한 모금 빨아들인다. "방금 기억났어. 네 아빠에게 해줄 말이 있는데."

엄마는 그게 뭔지 말하지 않는다. 하지만 괜찮다. 덕분에 아빠가 오늘 밤 언제 집에 들어오는지 물어봐야 한다는 것이 다시 생각났기 때문이다. 오늘은 목요일이다. 그러니까 주말까지 이틀 남았다는 뜻이다. 아빠는 주말에 대회에 제출할 노래를 녹음해주겠다고 했다. 아빠가 잊어먹지 않게 내가 다시 말해줘야 한다.

이 노래는 아빠의 스튜디오에서 녹음하는 거의 마지막 곡이 될 것이다. 아빠와 내가 여러 개의 키보드를 꺼내놓고 손가락과 발가락으로 한 번에 여덟 개의 C음을 눌렀을 때, 내가 그러는 이유를 물었을 때가 기억난다. 그때 아빠는 "어떻게 소리가 나는지 보여주려고"라고 대답했다. 아빠가 작은 금속 손잡이들을 조였다 풀었다 하면서 스네어 드럼을 조율하는 법을 가르쳐주던 날도 기억난다. 내가 드럼을 아주 낮은 음으로 조율하는 바람에 드럼이 우르릉 소리를 내던 것이 기억난다. 내가 정말 심하게 웃는 바람에 껌이 목구멍으로 넘어가버렸던 것도.

엄마는 나보다 아빠의 음악에 대한 기억이 많을 것이다. 그러면 당연히 스튜디오를 닫는 것에 나보다 속상해해야 한다. 엄마는 대학 때부터 아빠가 연주하는 것을 봤으니까. 나는 엄마를 슬쩍 쳐다본다. 엄마는 다시 얼어붙은 채로 내가 한 번도 보지 못한 표정을 짓고 있다. 바로 엄마만의 록 스타 표정이다. 엄마는 창밖을 내다보지만 눈에는 아무것도 들어오지 않는 듯하다. 엄마는 눈을 깜박이는 법도 잊은 것처럼 열심히 창밖만 내다보고 있다.

18

페이지가 방문을 여는 순간 나는 디지털 세상에 깊이 빠져 있었다. 이메일에 답장을 보내고 엄청나게 달린 트위터의 코멘트들을 훑어보고……. 대다수는 칭찬이었다. 하지만 몇몇은 연기력 부족에서부터 사악한 성적 정체성에 이르기까지 모든 것에 대한 독설을 담고 있었다.

"왔어?" 나는 갑작스러운 침입에 깜짝 놀랐다.

"미안." 그녀가 말한다. "노크를 했어야 하는데."

어제는 페이지를 별로 보지 못했다. 그녀는 아침에 조앤을 의사에게 데려갔다가 오후에는 다른 부모와 만나 저녁까지 아이들을 놀게 했다. 나를 보살펴주는 페이지가 사라지자 나는 다시 홀로 살던 시절로 돌아갔다. 침대에서 휴대전화로 영화를 보며 주문한 중국 음식을 먹었다.

페이지가 지저분한 방을 훑어보다가 나와 눈을 맞춘다. "옷 입어. 오늘은 나랑 있어."

이제 우리는 30분째 유료 고속도로를 달리고 있다(110번 도로를 이용했다면 시간이 두 배로 걸렸을 것이다). 페이지는 목적지를 말하지 않는다. 하지만 차가 9번 출구로 향하자마자 나는 알아차린다. 우리는 대학에 가고 있다.

뉴브런즈윅 캠퍼스에서 주차할 곳을 찾기가 15년 전보다 훨씬 더 어렵다. 우리는 칼리지애비뉴를 걸어간다. 부어히스몰 건너편의 주차장으로 향하는 것이다.

우리의 이동 경로와 공기 중의 기름 냄새 덕분에 페이지와 내가 '그리스 트럭grease trucks'이라고 불리는 러트거스의 음식 메카에서 밥을 먹게 되리라는 사실을 알아차린다. 주차장에는 다들 예상하는 종류의 음식을 파는 트럭들이 영구적으로 주차해 있다. 새벽 2시에 잔뜩 술에 취한 학생들이 걸신들린 듯이 먹을 만한 음식들. 오늘 우리는 오전 11시 30분이라는 곤혹스러울 정도로 정상적인 시간에 그 음식들을 먹을 것이다.

"아직도 이런 것들이 남아 있다니 믿기지 않아." 내가 침을 흘리며 말한다.

"아주 오랫동안 이날을 꿈꿨지." 페이지가 말한다. 아마 그녀도 침을 흘릴 것이다.

"한 번도 와보지 않았어?"

"응." 페이지가 말한다. "졸업하고 처음이야."

"나는 이미 뭘 먹을지 정해졌어."

그녀가 몹시 굶주린 얼굴로 나를 본다. "나도."

우리는 오래전에 그랬던 것처럼 거대한 샌드위치를 들고 연석에 앉는다. 나는 팻대럴, 그녀는 팻샐을 골랐다. 틀림없이 우리는 샌드위치를 모조리 먹어치울 것이다. 그리고 틀림없이 배가 아프겠지.

"멋진 생각이었어." 내가 말한다.

그녀가 의기양양하게 고개를 끄덕인다. "고마워."

대학에 다니기엔 너무 어려 보이는 여름 학기 학생들이 지나간다. 우리는 그들의 옷과 행동을 유심히 관찰하면서 그들의 움직임을 따라간다.

"모두가 대학 시절이 인생의 절정기라고 말해." 페이지가 말한다. "하지만 저 애들을 봐. 그 말이 사실일까?"

난 우아한 척을 포기하고 입 안에 음식이 가득한 채로 말한다. "내게는 사실이 아냐. 하지만 넌 다르겠지."

"왜?"

난 지나치게 얇팍한 냅킨으로 얼굴을 닦는다. "넌 여기서 올리를 만났잖아."

그녀가 입 안의 샌드위치를 모두 씹어 삼킨다. "그래, 하지만 여기로 돌아오고 싶지는 않을 거야. 친구들은 당장이라도 돌아오고 싶은 것처럼 말하지만. 그들은 우리가 가난했다는 사실을 잊은 거지. 우리는 아무것도 없었고 아무것도 몰랐어. 난 이미 그런 단계를 지나왔고 어른이 될 준비가 되었어."

그녀는 샌드위치를 씹으면서 길 건너편의 학생들을 바라본다. 분명히 내가 보는 페이지와 그녀가 거울로 보는 자기 자신 사이에는 간극이 있다. 대학 시절 그녀는 우리보다 훨씬 더 성숙해 보였다. 항상 집중력과 책임감이 있고 모든 과목에서 우수했다. 말이 끊기고 불분명한 상황에서도 현명한 결정을 내리는 능력이 있었다. 이제 그녀는 결혼해서 집도 있고 아이도 있고 직업도 있다. 그게 어른이 아니면 뭐지?

사회의 나머지 구성원들이 열심히 일하는 동안 머리에 소녀 같은 핀을 꽂고 연석에 앉아서는 치킨핑거와 모차렐라치즈와 프렌치프라이가 채워진 5달러짜리 샌드위치를 입에 쑤셔 넣으면서, 그러니까 아이처럼 행동하면서 그런 말을 하는 것이 아주 이상하게 느껴지기는 하지만.

하지만 그녀의 얼굴에 떠오른 만족감을 생각하면 그녀가 하고 싶은 말은 이런 것일 것이다. 어른이 된다는 것은 나이나 책임감의 문제는 아니라는 것. 페이지는 이제 원하는 것은 뭐든 해낼 능력을 가졌다는 것.

"배 속을 좀 비워둬." 그녀가 말한다. "이제 토머스 스위트에 갈 거니까."

페이지가 말한다. "이 집의 초콜릿 칩 쿠키도우 아이스크림이 특별한 건 바닐라 아이스크림에 두툼한 쿠키 반죽을 넣는 대신 아이스크림 자체가 쿠키 반죽이기 때문이지."

우리는 토머스 스위트에서 초콜릿 칩 쿠키도우 아이스크림을 먹는다. 페이지가 세계 최고의 아이스크림이라고 주장하는 바로 그 아이스크림이다. 처음에는 그녀의 주장이 과장된 노스탤지어처럼 느껴졌다. 하지만 아이스크림의 맛을 보는 순간 그녀의 말이 점점 그럴듯하게 느껴진다. 정말 좋다.

식욕이 전혀 남아 있지 않음에도 나는 플라스틱 스푼으로 계속 아이스크림을 뜬다. 아무 걱정 없이 폭식을 하는데도 내면의 공허는 채워지지 않는다. "네가 옳았어."

"뭐가?" 페이지가 묻는다.

"시드니는 뉴욕에서 부동산을 보고 다녔어. 하지만 1월이 아니라 2월이야. 시드니의 부동산업자를 만났어. 시드니는 사진작가랑 함께였대. 여자 사진작가."

그녀가 희미하게 흠 소리를 낸다. 분명히 나나 아이스크림에 대한 반응은 아니다.

"지금까지 알아낸 건 그게 전부야." 나는 스푼을 내려놓는다. "그가 4월에도 왔는지는 아직 몰라. 출장이라고 거짓말한 이유도. 네 생일에 너와 외출했다고 거짓말한 이유도."

그녀가 아이스크림을 삼키며 고개를 끄덕인다. "그래서 무슨 일인 것 같아?"

"다른 사람이 있었다는 생각을 하고 싶지는 않아."

그녀는 내 스푼 옆에 자신의 스푼을 내려놓는다.

"들어봐." 그녀는 입가에 쿠키도우가 남아 있는지를 확인하고는 이렇게 말한다. "넌 마침내 여기로 돌아왔어. 여기에 도착하는 순간부터 네게서 변화가 느껴졌지. 그래서 널 과거로 데려오는 게 싫었어. 나를 믿어. 너와 시드니는 진실하고 순수하고 특별한 사랑을 나눴어. 너희가 함께였던 시간을 의심할 이유는 전혀 없었어, 그지? 그러니까 괜히 지금 그를 의심하지 마."

그녀의 말은 공정하고 논리적이고 세심하다. 아마 그녀의 말은 진실일 것이다. 하지만 내 느낌을 바꿀 수가 없다. 사람들은 모든 것이 아주 괜찮을 때는 거짓말을 하지 않는다. 진실을 말하기가 너무 힘들 때 거짓말을 하지. 물론 우리 관계는 단단해 보였다. 하지만 가장 헌신적인 최고의 커플들조차 때로 서로를 의심하는 시기를 겪지 않나? 하룻밤의 밀회는 넘어갈 수도 있다. 하지만 계속 진행 중인 관계는 생각하기도 고통스러운 시나리오다.

"하나만 물어봐도 돼?" 페이지가 말한다.

그녀의 말투에서 나는 놀이가 끝났음을 알아차린다.

"다시 돌아오기까지 왜 이렇게 오래 걸린 거야? 우리 모두 대학 시절에는 아주 가까웠잖아. 넌 우리 결혼식에서 신랑 들러리도 섰고. 그러다 넌 캘리포니아로 가버렸어. 이름도 바꾸고. 어째서 절대 찾아오고 싶지 않았던 거지?"

지금 나오리라곤 예상치 못했지만 언젠가는 나올 거라고 생각했던 질문이다. "그게 아냐. 나도 오고 싶었어."

난 그녀의 얼굴을 보고는 좀 더 설명해야 한다는 것을 깨닫는다. 그녀의 시선에는 조앤을 연상시키는 고집스러움이 있다. 갑자기 아주 목이 마르지만 물이 없다.

"처음에 엄마와 여동생을 떠나 홀로 로스앤젤레스에 갔어. 정말 힘든 시간을 보냈지. 머릿속을 비우는 법을 배워야 했어. 뒤를 돌아보지 말고 계속 앞으로 나아가야 했지. 그게 옳다는 말이 아냐. 그냥 그래야 했다는 말이지."

그녀가 대답을 하려고 하지만 아직 내 말은 끝나지 않았다.

"그러다 베로니카가 졸업을 한다기에 집에 돌아왔어. 어린 소녀였던 동생이 어른이 되었더라고. 엄마는 늙어버렸고, 내가 떠나면서 느꼈던 죄책감이 다시 들었어. 아니, 이번에는 더욱 나빴지. 그렇게 짧은 순간에 그들의 삶에 나를 다시 들이기가 그들에게도 힘들었겠지. 난 캘리포니아로 돌아가면서 다시는 집에 가지 말아야겠다고 다짐했어. 그냥 그게 더 쉬웠어."

그녀가 움찔한다. "고마워."

"미안해. 너희한테 해당되는 얘기는 아냐. 너도 알잖아."

"하지만 네 가족은 너를 만나러 캘리포니아에 갔잖아. 그때는 잘 맞아주었잖아, 아냐?"

"왠지 그건 괜찮더라고. 하지만 집에 돌아가는 건 조금 달라."

뉴저지는 아버지의 죽음과 같은 의미가 되었다. 이제 시드니와 캘리포니아도 그렇게 되어버렸다. 내 트라우마 지도에 표시된 또 하나의 금지 구역.

"결국 돌아오려고 했어." 내가 말한다. "하지만 시간이 지날수록 돌아오기가 점점 힘들어졌어."

"이제 돌아왔잖아. 그런데 정말 별로였어?"

"모르겠어. 아니. 하지만……."

"들어봐. 네가 머릿속에서 무엇을 밀어내려고 하는지는 모르지만, 어쨌든 그걸 무시해버릴 수는 없어. 그건 그냥 사라지지 않으니까. 결국 넌 그것과 맞서야 해. 다른 방법은 없어."

무서울 정도로 비슷하게 들린다. "시드니와 이것에 대해 이야기를 나눈 적이 있어?"

"물론이지." 페이지가 말한다. "그렇게 오랜 세월 네가 어딜 헤맸는지 궁금했어." 그녀의 표정이 부드러워진다. "오해하지 마. 오래 걸리긴 했지만 결국 네가 와줘서 기뻐. 우리는 네가 계속 불을 지르도록 내버려둘 수가 없었어, 알겠어?" 그녀가 내 팔을 장난스럽게 때린다.

그녀와 눈을 마주친다. 그녀의 눈은 고집스럽지만 불친절하지는 않다. "네 말을 오해하지는 않을게. 우리가 처음 만난 날부터 넌 어른이었어."

농담이었다. 하지만 페이지가 갑자기 진지해진다. "알아." 그녀가 말한다. "내가 바라는, 그런 어른은 아니지만."

나는 스튜디오 소파에 앉아 조앤을 맞는다. 조앤은 내 무릎에 놓인 메모지 뭉치를 보고는 "가사예요?"라고 묻는다.

아침 시간을 페이지와 보낸 뒤에 내 안에서 회오리치던 감정의 토네이도가 사라진 기분이다. "한번 써보려고." 나는 그때까지 적은 가사에 별로 감흥이 없었다. "오늘 하루는 어땠어?"

조앤이 피아노로 불길한 베이스음을 누른다. "하퍼의 엄마가 우리를 극장에 데려다줬어요. 하지만 영화에 집중할 수가 없었어요. 영화가 끝난 뒤에 하퍼가 그랬어요. 영화에 외계인이 나타난 건 정말 엉터리라고요. 하지만 난 외계인이 나온 줄도 몰랐어요. 그 부분을 보지 않았나 봐요."

"네가 집중할 수 없었다면 좋은 영화는 아니었겠지."

"아뇨." 조앤이 피아노 건반을 내려다본다. "그런 게 아니에요. 어떤 영화를 보든 그래요. 영화에 기억을 떠오르게 하는 뭔가가 나오면 금세 다른 데로 빠져드는 거예요."

"나도 그런데."

조앤이 내 옆에 털썩 주저앉는다. "가사를 보여줄래요?"

이제 노래는 더욱 분명한 형태를 띠었기 때문에 거기에 뭔가를 덧붙이기가 더욱 어려웠다. 메모지 뭉치에 적힌 대다수의 단어에 줄이 그어져 있다. "별로 보여줄 것이 없는데. 영감이 필요해. 시드니에 대한 또 다른 기억을 보고 싶은데. 어때?"

"이 기억을 보고 나면 단 하나의 기억만 남아요."

"알아."

시드니는 2012년 9월 9일에 조앤의 집을 방문했다. 그리고 다음 날 조앤은 시드니가 테드베이커 슈트를 입은 것을 보았다.

"우리는 우리 집 마당에 있어요." 조앤이 말한다. "아빠는 바비큐 앞에 서 있고요. 아빠가 스튜디오의 스피커를 꺼내 와서 우리는 밖에서도 음악을 들을 수가 있어요. 사람들이 얼마나 왔는지는 모르지만 마당이 아주 붐벼요."

"시드니는 뭘 하고 있지?" 나는 그가 너무나 보고 싶다.

"내 옆에 앉아 있어요. 아저씨는 캘리포니아에서 내 선물을 가져왔다고 말해요. 주머니에 손을 넣고는 뭔지 맞혀보라고 하죠. 나는 '사탕'이라고 하지만 아저씨는 아니라고 해요. 난 '귀걸이'라고 하지만 아저씨는 '아니야. 그냥 포기할래?'라고 말해요. 그러고는 손을 꺼내 보여줘요. 아저씨의 손바닥에는 기타 픽이 담긴 봉투가 있어요. 픽에는 내 이름이 적혀 있고요. 내가 받은 최고의 선물 세 가지에 들어가요."

시드는 선물을 주는 데 재능이 있었다. 그는 항상 내가 필요하거나 원한다는 사실을 몰랐던 뭔가를 직감적으로 알아차리고는 내가 결코 사보지 않은 뭔가를 선물로 주었다. 한번은 책에 이름을 새기는 '엠보서'를 주었다. 또 한번은 산토쿠 부엌칼을 주었다.

"모두가 버거를 먹고 있어요." 조앤이 말한다. "하지만 시드니 아저씨는 쌀 같은 것을 먹고 있어요. 난 수박을 먹고 있고요. 엄마는 아직 수박을 밖에 내오지 않았지만 난 엄마가 보지 않을 때 냉장고에서 한 조각을 챙겨왔죠."

"그는 어때 보여?"

조앤이 그를 묘사한다. 브이넥, 반바지, 샌들, 독수리 팔찌. 하지만 모두 겉모습이다. 2010년에 조앤이 시드니를 만난 이후 나와 그의 관계는 크게 진전되었다. 물론 조앤은 그런 사실을 몰랐겠지만. 우리는 웨스트할리우드에 있는 시드니의 아파트를 나와 로스펠리스에 집을 샀다. 어른의 대화. 우리가 나눴던 가장 어른스럽고 가장 무서운 대화였다. 그리고 결혼만큼이나 커다란 헌신. 우리는 아직 침대가 없었다. 그런데도 새집으로 이사 간 것에 너무 흥분해서 마룻바닥에 담요를 깔고 기쁘게 잠들었다. 아마 그건 내가 가장 좋아하는 기억일 것이다.

"스피커에서 다른 음악이 나와요." 조앤이 말한다. "지난주에 우리가 함께 녹음한 음악을 아빠가 연주하고 있어요. 난 얼굴이 빨개져요. 하지만 다들 그 노래를 듣고 있다는 사실이 너무 흥분되지요. 우리 음악에는 가사가 없어서 다들 누구 음악인지 몰라요. 아빠는 내게 윙크를 해요. 아마 시드니 아저씨도 봤을 거예요. 왜냐하면 '넌 이 음악이 정말 마음에 들겠구나'라고 말하거든요. 그리고 나는 '맞아요, 내 음악이거든요. 아빠와 작곡했어요'라고 말하죠. 아저씨는 내 음악이 정말 마음에 든다고 말하는 대신 아빠를 쳐다보며 이렇게 말해요. '넌 정말 좋은 아빠를 뒀구나.' 나는 '알아요'라고 말해요. 시드니 아저씨는 '언젠가 나도 좋은 아빠가 되고 싶어'라고 말하죠. 나는 '분명히 될 거예요'라고 말하고 아저씨는 '내 성이 계속 남았으면 좋겠어'라고 말해요. 정말 흥미로운 말이었어요. 난 영원히 죽지 않고 사는 데 관심이 많거든요. 시드니 아저씨는 자신이 마지막 브레닛이라고 말해요. 무슨 의미인지 모르겠어요."

조앤은 내 설명을 기다린다. "그가 자식을 남기지 못하면 그가 그의 집안에서 태어난 마지막 사람이 된다는 의미야. 그에게 자식은 없을 거야."

조앤의 눈에 슬픔이 깃든다. "끔찍하네요."

좋건 나쁘건 난 조앤에게 비밀을 털어놓기로 한다.

"나는 수없이 생각했어. 내가 시드니에 대한 어떤 기억을 가장 좋아하는지. 너무 많아서 하나를 고를 수가 없었어. 하지만 내가 가장 싫어하는 기억이 뭔지는 알아."

조앤이 재미있어 하는 듯해서 나는 계속 이야기한다.

"작년 크리스마스 무렵이었어. 정확한 날짜는 모르겠지만." 나는 거의 사과하듯이 말한다. "우린 정말 심하게 싸웠어. 아이를 갖는 것 때문이었지. 시드니는 정말 아이를 갖고 싶어 했어. 그리고 그 계획이 순조롭게 진행되는 것에 흥분했지. 나는 내가 아이를 가질 준비가 되었는지 확신이 없었어. 하지만 그에게 동조했지. 한동안은."

조앤은 똑똑하게 질문을 던진다. "남자 둘이 어떻게 아기를 가져요?"

"복잡해. 엄마가 있어야 하거든."

"엄마는 누구였어요?"

"우리는 그것 때문에 싸웠어. 우리는 우리를 도와줄 업체를 알아보고 첫 번째 단계를 밟았어. 엄마도 구했지. 아이를 배 속에 담아줄 누군가. 하지만 아기를 가지려면 난자가 필요하거든. 난자를 제공해줄 사람들의 명단은 있었어. 우리가 그들을 직접 만나볼 수는 없었지만. 시드니는 그게 싫다고 했어. 나도 마찬가지였고. 정말 좌절했어. 엄마가 누구냐에 따라 우리 아이의 외모와 성격이 결정되잖아." 조앤의 표정을 보니 내 말을 이해하지 못하는 듯하다. "어쨌든 시드는 마음속으로 누군가를 점찍어두었어. 하지만 난 확신이 없었지."

"시드니 아저씨가 찍어둔 사람이 누구였어요?"

오늘은 이 정도면 충분했지만 조앤은 아직도 궁금해하는 듯하다. "내 동생."

조앤의 머리가 받아들이기에는 너무 벅찬 이야기들이다. "시드니 아저씨는 개빈 아저씨의 동생이 두 사람의 아기 엄마가 되기를 바랐어요?"

어떻게 설명해야 할까? 결국 그냥 "그래"라고만 대답한다.

"하지만 아저씨는 싫었죠?" 조앤이 묻는다. 조앤은 내 말을 얼마나 이해했을까?

"싫은 건 아니었어. 모든 것이 너무 빨리 변했을 뿐이지. 난 동생에게 물어보지도 못했어."

동생에게 난자를 받으면 우리 둘의 일부를 간직한 아기를 가질 수 있었다. 베로니카도 망설이지 않고 '알았어'라고 말했을 테고. 그래서 그녀에게 바로 물어보지 않았던 것이다. 모든 것이 너무 빨리 진행되는 것 같아서. 마치 하룻밤 만에 아기를 갖기로 결정하고 이튿날 업체에 엄청난 액수의 수표를 끊어준 다음, 정자 샘플들을 넘겨주고 대리모를 고르는 기분이었다. 시드의 꿈을 깨뜨리려는 생각은 아니었다. 잠깐 동안 브레이크를 걸려고 했을 뿐이다. 그냥 좀 더 시간이 필요했다. 하지만 이제는 시간이 다 되어버렸다.

내 잘못만은 아니다. "시드는 아주 초조해했어." 내가 말한다. "그는 뭔가 원하는 것을 얻을 때까지는 가만히 있지 못했거든. 하지만 사람들은 저마다의 속도가 있잖아."

조앤은 이해하는 듯하다. "그럼 나도 시드니 아저씨를 닮았나 봐요. 아저씨는 다른 부류고요. 아저씨는 마침내 마법이 일어날 때까지 그냥 기다리잖아요."

조앤은 우리 노래에 대해 말하는 것이다. 내가 말한 것은 그게 아니지만 조앤이 오해해도 상관없다.

"아저씨, 제때 생각이 나지 않으면 어떡해요?" 조앤이 말한다. "우린 시간이 많지 않아요. 내일 녹음할 거예요. 잊지 마세요."

"걱정 마." 내가 말한다. "우린 무사히 끝낼 거야."

하나의 접근법이 또 다른 접근법보다 나은 것일까? 잘 모르겠다. 시드는 가족력 때문에 자신의 시간이 길지 않다는 것을 직감했고, 그래서 그렇게 급하게 밀고 나갔던 것이 아닐까? 어떤 경우든 한 가지는 확실하다. 내가 12월의 그날 밤으로 돌아갈 수 있다면 그의 의견을 따를 것이다. 내 회의감은 잠시 밀어두고 그의 소망을 들어줄 것이다.

19

다음 날 아침 나는 침대에서 뛰쳐나와 엄마 아빠의 방으로 달려간다. 그리고 방문을 두드리려는 순간, 엄마가 내 뒤에서 나타나 속삭인다. "아빠는 자고 있어."

나는 엄마를 따라 부엌으로 간다. 엄마가 냉장고에서 달걀을 꺼내고 식료품 저장실에서 콩 통조림을 꺼낸다. 도마에는 다진 고수 잎이 있다. 엄마는 아빠가 가장 좋아하는 아침식사를 만들려는 것이다. 바로 우에보스 란체로스(프라이하거나 삶은 달걀을 옥수수 토르티야에 얹고 토마토소스를 뿌린 멕시코 요리 - 옮긴이).

거실의 컴퓨터를 켜고 대회 웹사이트에 들어가 '심사 기준'을 클릭한다. 심사 기준은 '독창성, 멜로디, 작곡, 작사'였다.

나는 노트에 적힌, 존 레넌의 열 가지 작곡 법칙을 다시 읽는다. 법칙 1. 핵심으로 바로 들어가라. 나는 존 레넌의 노래 40곡을 살펴보았다. 그중 열 곡은 음악이 시작되자마자 바로 가사가 나왔고 열아홉 곡은 5초 안에 가사가 나왔다. 존 레넌은 10초 이상 기다리지 않는다.

법칙 2. 노래 제목을 반복하라. 만약 존이 노래에 '섹시 새디Sexy Sadie'라는 제목을 붙였다면 '섹시 새디'라는 가사가 수없이 나올 것이다(12회). 그는 제목을 반복하길 좋아한다. '헬프Help'(16회), '줄리아Julia'(15회), '루시 인 더 스카이 위드 다이아몬즈Lucy in the Sky with Diamonds'(15회). 가사에 제목이 가장 많이 반복되는 노래는 '파워 투 더 피플Power to the People'(31회)이다.

법칙 3. 코러스로 시작하라. 법칙 6. 이해되지 않는 가사가 듣기 좋다. 법칙 8. 의심스러울 때는 점점 작아지게 하라. 생각해보면 우리 노래는 존의 법칙을 거의 전부 어기고 있다. 아마 우리 노래는 '법칙 10. 최고의 노래는 때로 법칙들을 지키지 않는다'에 해당할 것이다. 법칙 10의 최고 사례는「어 데이 인 더 라이프」다. 우리가 정말 원한다면 아빠가 우리 노래에 페이드아웃 효과를 줄 수 있을 것이다. 아직 너무 늦지는 않았다.

아, 아빠가 마침내 일어난다. 난 아빠를 따라 부엌으로 간다. 아빠는 엄마의 요리를 들여다보고 엄마의 이마를 아빠의 입술 쪽으로 끌어당긴다. 아빠는 내게도 팔을 뻗어 우리 둘을 꼭 안는다. 나는 아빠에게서 떨어져 나와 춤을 조금 춘다. "언제 시작할 거야?"

아빠는 얼굴에 싱크대 물을 뿌리고 키친타월로 닦는다. 윽, 더러워. "몇 시간 있다가."

"몇 시간이라고?"

"조앤." 엄마가 팬에 달걀을 깨뜨린다. 엄마도 아빠와의 시간이 필요한 모양이다. 그런데 꼭 오늘이어야 하나?

아빠가 커피머신에 커피를 넣는다. 아주 중요한 날인데 나도 커피를 마셔야 할까? 하지만 난 더 이상의 에너지는 필요 없다. 게다가 난 커피도 마시지 않는다.

달걀 냄새가 싫어서 부엌에서 나가야겠다. "개빈 아저씨가 일어났는지 볼게."

"지금 없어." 엄마가 주걱을 움직인다.

"뭐라고? 어디 갔는데?"

"말하지 않았어."

"언제 온대?"

"몰라." 엄마가 말한다. 답을 알아도 신경 쓰지 않는 것처럼 말한다.

마침내 아빠가 제자리로 돌아왔다. 바로 스튜디오로. 모든 전등에 불이 들어오고 컴퓨터가 낮게 웅웅 소리를 내며 아빠는 의자를 아빠의 키에 맞춘다. 여기서 사라졌던 사람은 아빠지만 어떤 의미에서는 나도 방금 집에 돌아온 기분이다.

'조용한 방'. 나는 스툴에 앉는다. 아빠는 내 주위에 마이크를 설치하면서 내게 깁슨을 조율하라고 한다. 아빠와 이곳에 있는 것이 너무 흥분되지만 아빠 팔의 몽키핑거 문신을 보는 순간 어쩔 수 없이 슬퍼진다.

'몽키핑거'는 아빠가 만든 음악 회사의 이름이고 존 레넌의 노래 「컴 투게더Come Together」에서 따왔다. 아빠가 스튜디오를 닫고 음악을 만들지 않는다면 그 문신을 볼 때마다 슬플 것 같다. 그래서 기억을 상기시키는 리마인더가 항상 좋은 것만은 아니다. 개빈 아저씨도 그걸 알고 있다.

녹음을 시작하기 전에 아빠가 노래를 들려달라고 한다. 난 기타 파트를 연주하며 멜로디를 흥얼거린다. 어느새 손에서 땀이 나기 시작한다. 아빠가 뭐라고 할지 긴장되기 때문이다.

연주가 끝난 후에 아빠는 한참 동안 기타를 쳐다본다. "곁에서 도와주지 못해 미안하구나." 아빠가 힘들게 말한다.

"노래가 별로야?"

"아니, 좋아. 네가 정말 자랑스러워."

아무런 진전도 없는 듯한 날들을 보내다가 마침내 아빠에게 이런 말을 들으니 기쁘다. 아빠가 아닌 개빈 아저씨와 노래를 만들면서 아빠가 화를 낼까봐 걱정했는데. 아빠 없이 존 레넌과 관련된, 뉴욕의 멋진 장소들을 다녀온 것도 걱정되었다. 그런 곳에 나를 데려가는 건 대개 아빠였기 때문이다.

"뭐, 조금 고치고 싶은 부분들이 있기는 하지만." 아빠가 말한다. "코러스에서 E마이너 대신 C가 어떨까?"

아빠가 기타 거치대에서 다른 어쿠스틱 기타를 꺼내더니 새로운 음을 연주한다. 난 아빠의 말을 이해하고는 아빠의 손가락을 따라 기타를 연습한다. 아빠가 내 귀에 커다란 헤드폰을 씌워주고 계속 연주하라고 말한다. 아빠가 문을 닫는다. 이제 사방이 정말 조용해진다.

내가 기타 파트를 녹음할 때 개빈 아저씨가 옆에서 봐주면 좋을 텐데. 하지만 아저씨는 아직 집에 돌아오지 않았다. 아저씨는 오늘이 무슨 날인지 안다. 아저씨가 가사를 완성하지 못해서 밖에 나가 좀 더 경험을 만들려는 것이라면 나도 이해할 수 있다. 하지만 우리에게는 몇 시간밖에 남지 않았다. 게다가 다른 이유 때문이라면, 가령 개빈 아저씨가 우리 노래를 잊어먹고 오늘 다른 일을 하기로 마음먹은 것이라면 어떡하지? 아마 나는 울어야겠지, 베이비 크라이. 아, 그건 존 레넌의 노래 가사다. 우는 것은 아무 생각도 나지 않을 경우에 하는 일이기도 하다.

이제 아빠는 컴퓨터 앞에 있다. 난 키가 너무 작아서 창 너머로 아빠가 보이지 않는다. 아빠의 목소리가 헤드폰으로 들려온다. 마치 내 귀 안에 작은 사람이 들어온 것처럼. "준비됐어?"

난 아빠와 아주 많이 녹음해봤지만 항상 흥분된다. "시작해." 내가 말한다.

내가 한 번 연주하고 나서 아빠가 녹음부스로 들어와 마이크를 기타 가까이로 옮긴다. 아빠는 다시, 다시, 다시 연주하라고 하다가 그만 연주를 멈추라고 한다.

난 헤드폰을 벗고 '조용한 방'에서 나와 스피커로 나의 어쿠스틱 기타 연주를 듣는다. "핑거피킹이 아주 좋아졌네." 아빠가 말한다.

허공을 떠다니는 기분이다. 엄마는 아빠가 음악을 녹음할 때면 구름 속에 떠 있는 듯하다고 말했다. 이제 그 의미를 알겠다.

"베이스를 더해줄까?" 내가 묻는다.

"그래." 아빠가 말한다. "네가 녹음 장치를 맡아."

난 아빠의 바퀴 달린 의자에 앉아 아빠의 연주를 녹음한다. 아빠가 내 어쿠스틱 기타를 따라 베이스 기타를 연주하는 동안 커다란 빨간 줄이 화면을 가로지르고 검은 파도가 물결친다. 아빠는 몇 번 연주하고는 어느 것이 마음에 드는지 묻는다. 나는 아빠가 연주한 모든 것이 마음에 든다.

아빠가 베이스 기타 녹음을 마치고는 내가 가장 좋아하는 작은 오르간을 내온다. 소리가 아름답기 때문에, 그리고 플러그나 배터리가 필요 없기 때문에 나는 그 오르간이 좋다. 튜브에 숨을 불어넣기만 하면 된다. 내가 내 기타 코드에 맞게 오르간의 건반을 누르는 동안 아빠가 튜브를 분다. 그다음 아빠가 스네어 드럼과 하이 햇을 연주한다. 그 뒤에는 내가 셰이커를 흔들고 탬버린을 두드린다. 이제 아빠는 코러스가 연주될 때마다 심벌즈를 치라고 한다. 노래는 점점 커지고 또 커진다. 나도 함께 커지고 뻗어나가는 기분이다. 마치 내 작은 몸에는 모든 감정을 담을 수 없는 것처럼. 아빠와 영원히 여기에 머물면 행복할 텐데.

아빠가 모든 소리를 다시 듣고 다시 정리하는 동안 나는 일기장을 들고 소파에 앉는다. 내 앞의 커피 테이블에는 정말 두꺼운 책이 놓여 있다. 그 책은 비틀즈 음악의 모든 비밀을 담고 있기 때문에 그렇게 두꺼운 것이다. 아빠는 그걸 아빠의 바이블이라고 부른다. 책에는 비틀즈의 가장 유명한 노래들이 녹음될 당시 멤버들이 애비로드 스튜디오의 어디에 서 있었는지를 보여주는 그림들도 있다. 비틀즈는 아주 중요하기 때문에 사람들은 그들이 그들의 마법을 만들어내는 순간 어디에 서 있었는지도 정확히 알고 싶어 한다.

우리가 지금 녹음하는 노래가 성공한다면 미래의 사람들은 우리가 어떻게 녹음했는지 스케치를 보고 싶을 것이다. 아빠의 스튜디오가 문을 닫기 전에 어떤 모습이었는지도. 나는 그 책에 일기장의 한 페이지를 슬쩍 올리고 애비로드 녹음실의 윤곽을 따라 그린다. 그런 다음 그 그림을 아빠의 스튜디오 스케치로 바꿔준다.

중요한 것은 모두 넣었다. '조용한 방', 아빠의 바퀴 달린 의자, 기타 거치대, 개빈 아저씨의 방을 표시하는 화살표. 아빠와 나도 그렸다. 개빈 아저씨만 빠졌다.

"아저씨도 있어야 하는데." 내가 말한다.

아빠가 의자를 빙그르 돌린다. "들어봐, 네게 해줄 말이 있어. 개빈은 지금 정말 힘든 시간을 보내고 있어. 게다가 그는 정말 기분이 좋을 때도 조금 괴짜이기도 하고."

"괴짜가 뭐야?"

"때로 지도에서 벗어난다고."

"어느 쪽이야? 괴짜야, 아니면 지도를 벗어나?"

"어느 쪽이든. 그가 다시 오지 않아도 네 탓이 아니라는 말이야."

하지만 아저씨가 나타나지 않는다면 내 계획은 끝장이다. "아빠, 그러면 어떡할 건데?"

"걱정 마. 다른 방법이 생각날 거야. 내가 다른 가수에게 전화해볼게. 넌 원래 크리스티나가 불러주길 바랐잖아? 내가 그녀에게 전화해볼 수도 있어. 그녀는 다른 일을 거절하고라도 네 노래를 불러줄 거야."

내가 멜로디를 흥얼거리는 대신 가사를 중얼댔다면 아빠는 그렇게 미소 짓지 않았을 것이다. 다른 사람에게 노래를 부르게 하겠다는 생각은 최악임을 깨달았을 테니까. 세상에서 이 가사를 불러야 하는 사람은 개빈 아저씨뿐이기 때문이다. 아저씨는 그 단어들에 진정한 의미를 불어넣을 단 한 사람이다.

20

"개빈."

"안녕, 엄마."

어머니가 포치로 올라와 숨이 막힐 정도로 세게 나를 끌어안는다. 나는 어머니를 안은 채로 오늘 여기에 오기를 잘했다고 생각한다. 이렇게 오래 기다린 것이 잘못이었다. 어머니가 여기서 항상 나를 기다릴 거라고 생각했다. 이제야 그 무엇도 영원하지 않다는 것을 깨닫게 되었다. 지금 내가 어머니를 안고 있는 것은 행운이다.

하지만 그런 통찰은 오래가지 않는다. 특히 어머니가 못마땅한 기색으로 뺨을 만질 때는. "수염이 났네." 어머니가 말한다.

"그래서요?"

"드라마에서는 단정하더니."

"드라마를 보는군요."

"물론이지." 어머니가 말한다. "매주 여기서 다른 사람들과 함께 보는 걸."

난 일부러 드라마를 머릿속에서 밀어냈다. 나도 올해 우리가 해낸 일이 자랑스럽다. 하지만 TV 드라마를 생각하다 보면 내 이웃이 유출한 동영상과 이후 언론의 파장이 떠올랐다. 다행히도 난 동영상을 언뜻 보고 말았지만. 마침내 드라마가 걸맞은 관심을 받는 것이 기쁘지만, 그래도 내 사생활은 지켜지기를 바란다. 분명히 어머니는 개의치 않고 시청하겠지만.

어머니는 내가 자란 곳, 하지만 지난 10년간 발을 들이지 않았던 방 세 개짜리 농가로 나를 데려간다. 뼈까지 시린 비애감이 나를 사로잡을 거라고 생각했지만 이상하게도 놀라울 정도로 아무렇지 않다. 그리움마저도 희미하게 느껴진다.

어머니는 나를 거실에 두고 부엌으로 들어간다. 가구도, 배치도 바뀌었지만 사진들은 똑같다. 떠나간 가장을 포함해서 온 가족이 벽에 붙어 있다. 디핀도프 가의 모든 가족이. 오래된 사진 속에서 아버지를 보면서 온갖 감정을 한 번에 느낀다. 아버지가 낯설게 느껴진다. 나는 거울을 본다. 거울 속의 나는 무정한 어른이고 상심한 아이다.

아버지는 다른 아버지들처럼 조용했다. 책을 보고 있지 않으면 머릿속으로 뭔가를 생각하며 허공을 응시했다. 그런데 장례식에 참석한 학생들은 아버지가 강의실에서 정말 열정적인 웅변가였다고 말해주었다. 충격이었다. 아버지는 집에서 거의 입을 열지 않았음에도 그의 죽음으로 우리 집은 더욱 조용해졌다. 아버지는 우리 마음속에 박혔지만 우리는 어떻게 아버지 이야기를 꺼내야 할지 몰랐다. 어떻게 이야기해야 하는지 배운 적도 없었다.

어머니가 내 옆에 서더니 벽에 걸린 사진을 올려다본다. 어머니는 나와 달리 미소를 짓고 있다. 어머니는 흑백사진 속의 나를 가리킨다. 아마 다섯 살 무렵일 것이다.

"네 얼굴을 찍은 첫 번째 사진이지." 어머니가 내게 차가운 음료를 건넨다.

독특한 향기가 난다. 나는 잔에 뿌려진 초록 잎을 단번에 알아본다. "민트예요?"

"응, 정원에서 땄어. 100퍼센트 유기농이야."

조앤이 말해주기 전에는 나도 민트가 시드니에게 어떤 의미인지를 몰랐다. 시드니조차 자신이 얼마나 민트에 끌리는지 몰랐던 것 같다.

우리는 소파에 앉는다. 어머니는 이제 내 수염에 익숙해진 듯하다. 경멸 어렸던 표정이 활기 넘치는 미소로 바뀌었다. "네가 와서 정말 기쁘다."

"너무 오래 걸려서 미안해요."

어머니가 손을 흔든다. "괜찮아. 네가 얼마나 바쁜지 알아."

말도 안 돼. 어머니와 나 중에 바쁜 사람은 어머니다. 어머니는 수천 가지의 활동에 참여한다. 독서 모임, 마작, 봉사 활동, 재즈사이즈(재즈 댄싱이 가미된 에어로빅 - 옮긴이), 코바늘 뜨개질, 친환경 정원 가꾸기. 이제는 동네 사람들과 함께 TV도 봐야 한다. 실내장식가라는 직업도 있고.

212

어린 시절 어머니가 계속 바쁘게 지내는 것을 보면서 아버지의 죽음에 무관심한 것으로 혼동했다. 보통 사람은 남편이 불의의 죽음을 당하고 두 아이와 남겨지면 회복하는 데 많은 시간이 필요하다. 하지만 우리 어머니는 아니다. 48시간을 내리 울고는 충분히 눈물을 흘렸다고 생각한 듯했다.

"배가 고프면 말해." 어머니가 말한다. "가스파초(토마토, 후추, 오이 등으로 만들어 차게 먹는 스페인 수프 – 옮긴이)를 만들어뒀어."

"맛있겠네요."

"옥수수도 땄어. 한동안 뉴저지 옥수수는 못 먹었지?"

"옥수수는 많이 먹었죠." 내가 말한다. "하지만 어디 옥수수인지는 모르겠어요."

"넌 알맹이를 옥수숫대에서 떼어내어 포크로 찍어 먹곤 했지."

"이제는 그러지 않아요."

"하모니카를 불듯이 옥수수를 먹는 게 더 재미있지?"

"맞아요." 나는 그렇게 말하고 웃기 시작한다. 우리는 똑같은 대화를 수없이 나눴다. 내가 옥수수를 어떻게 먹는지와 캘리포니아에서는 어느 지역의 농산물을 파는지에 대해. 앞으로도 우리는 똑같은 말을 수없이 반복할 것이다. 예전에는 그런 것이 짜증났다. 하지만 이제는 어머니와 내가 (전화로, 영상통화로, 문자로, 또는 직접 만나서) 얼마나 오랫동안 말하든, 또는 얼마나 오랫동안 말하지 않든 결국 거의 항상 같은 말을 하리라는 사실에서 위안을 얻는다.

"내가 어렸을 때는 먹는 것에 까다로웠죠?" 내가 묻는다.

"물론." 어머니가 말한다. "맞아."

"얼마나 심했는지 몰랐어요."

난 가스파초를 두 그릇째 먹고 있다. 어머니는 모든 것을 내왔다. 수프에 넣을 아보카도 조각과 사워크림, 그리고 수프에 찍어 먹을 러스틱 브레드까지. 어머니는 수프를 조금 떠먹고는 바로 접시를 치워버린다.

"난 바로 항복하고는 네가 원하는 걸 먹게 했지." 어머니가 말한다. "하지만 네 아버지는 항복하지 않았어. 네가 무엇이든 한 번은 먹어보게 했지. 네 아버지는 정말 참을성이 많은 남자였어."

그 말이 내게 달려들어 나를 쓰러뜨린다. '참을성'이라는 말. 나는 항상 지연하고 연기하면서 모든 것이 제자리를 찾도록 기다려왔다. 이제 거기에 붙일 멋진 말을 찾았다. 바로 참을성. 약간의 침착함과 단호함이 더해지면 성격적 결함은 오히려 장점이 된다.

어린 시절 나는 아버지에게 질문을 던지곤 했다. 바로 답이 돌아오지 않으면 아버지가 내 말을 듣지 못했거나 무시하는 거라고 생각했다. 그러다 침묵 끝에 아버지가 대답해주면 아버지가 내내 답을 생각하고 있었음을 깨닫곤 했다. 나는 그런 뒤늦은 대답들에 크게 실망하곤 했다. 그런데 이제는 내가 그러고 있다.

어머니가 말한다. "그런데 시드니의 사촌이 이메일을 보냈더구나. 펀드를 시작하고 싶다던데. 좋은 생각 같아. 그를 기억하는 멋진 방법이지."

그 말에 나는 조앤을 떠올린다. 그 아이는 노래야말로 리마인더라고 했다. 그런데 노래 말고도 사람들이 나를 기억하게 하는 또 다른 방법이 있다. 내가 죽고 나서 내 이름을 뭔가에 붙여주는 것이다. 물론 그렇게 기분 좋은 방법은 아니지만.

"모르겠어요." 내가 말한다. "그런데 왜 시드의 사촌이 엄마에게 메일을 보냈을까요?"

어머니가 어깨를 으쓱인다. "너랑 연락하기 힘들다던데. 내가 너한테 전달해줬잖아. 시간이 있으면 열어봐. 서두르지는 말고."

서두르지 마라. 어머니는 내가 상중임을 인정하는 것이든가, 아니면 시드니와 페이지와 조앤처럼 내가 변화에 빠르게 적응하지 못한다고 생각하는 것이다. 그들은 모르는 것일까? 내가 그냥 참을성을 발휘하고 있을 뿐이라는 것을.

덕분에 내가 제때 결정을 내리지 못한 또 하나의 일이 떠오른다. 부끄럽게도. 나는 말로는 아버지가 되고 싶다고 했다. 하지만 시드와 내가 아버지가 되기 위해 행동에 나서면서 나는 점점 의심으로 무기력해졌다. 시드는 내가 쓸데없이 일을 복잡하게 만든다고 생각했다. '대부분은 이미 준비가 끝났어'라고 그는 말했다. 하지만 가장 기본적인 것조차 생각보다 어려웠다. 난 항상 가족 곁에 있어주지 못했다. 그러다 아버지처럼 나도 갑자기 사라져버렸다.

"최근에 베로니카랑 얘기해봤어요?" 내가 묻는다.

잠시도 가만히 있지 못하는 어머니는 벌써 내 그릇을 싱크대로 가져간다. "며칠 전에 통화했어. 왜?"

"베로니카에게 우편으로 뭔가를 보냈는데 받았는지 궁금해서요."

"네가 직접 전화해서 물어보지 그래."

시드니도 내게 항상 같은 말을 했다. 하지만 나는 아직도 어떻게 대답해야 할지 모르겠다.

어머니가 산책을 하고 싶어 한다. 산책은 어머니의 또 다른 취미다. 집을 나서기 전에 어머니는 얼굴을 가리고 발목에 모래주머니를 달고 손목에 만보기를 찬다. "얼마나 걸으려고요?" 내가 묻는다.

"동네를 한 바퀴 돌아야지." 어머니가 말한다.

어슬렁거리는 것이 아니라 빠르게 걷는 것이다. 이럴 줄 알았다면 빵을 먹지 않았을 텐데.

어린 시절 자전거를 타고 지나쳤던 집들을 지나간다. 많은 집들은 색깔이 바뀌었다. 어떤 집은 확장되었고 어떤 집은 철거되거나 재건축되었다. 어머니는 내가 모르는 커플에게 손을 흔들고 나를 아들이라고 소개한다. 옛 이웃들은 모두 이사를 가버렸다. 그들 하나하나.

"이사 가고 싶지 않았어요, 엄마?"

"왜? 난 여기가 좋아."

내 질문은 그런 의미가 아니었다. "내 말은 아버지가 돌아가신 후에 말이에요."

어머니는 걸음을 늦추지 않는다. "생각은 해봤지." 어머니가 가쁜 숨을 몰아쉰다. "하지만 어디로 가야 했을까?" 호흡. "내겐 두 아이가 있었어." 호흡. "게다가 한 명은 아기였지." 호흡. "나는 일을 해야 했고 일상을 이어가야 했어. 가만히 이사를 생각할 시간이 없었지." 호흡. 호흡. 호흡. "아마 시간이 없다는 사실이 내게 구원이 되었을 거야."

우리가 동네를 돌고 다시 우리 집이 나타날 때까지 난 그 말들을 생각한다. 집은 오늘 아침만큼 불길해 보이지 않는다. 아침에는 단 하나의 사건밖에 떠오르지 않았는데, 바로 아버지가 고속도로에서 교통사고를 당했다는 사실을 알려주는 한 통의 전화. 내가 거의 알지도 못하는 친척들이 찾아와 우리를 도와주었다. 그러다 도움의 손길이 넷으로 줄어들었다. 어머니와 나. 우리는 당장이라도 걸음마를 시작하여 온갖 물건에 부딪힐 아기를 돌봐야 했다. 아기의 행복은 10대도 되지 않은 나의 필요와 욕구(그리고 상처)보다 중요했다. 내가 10대가 되고도 마찬가지였다. 그리고 어머니는 항상 바쁘고 바쁘고 바빴다.

이제 난 홀로 가족의 슬픔을 짊어지고 있다고 생각하는 소년이 아니라 고통은 수많은 형태를 띠고 있음을 깨달은 남자로서, 마침내 어머니의 고백(여기에 이른 건 당연한 일이 아니라 일상의 힘겨운 투쟁 덕분이었음을)을 들은 남자로서 집에 돌아왔다. 어머니는 나와 달리 이름을 바꾸지 않았고, 벽에는 과거를 연상시키는 사진들을 걸어두었으며, 뒷마당에서 불을 지르지도 않았다. 그러고도 여기에 이른 것이다.

"가야겠어요." 내가 말한다. "할 일이 있어요."

"겨우 집에 돌아왔잖아. 그런데 잠깐도 머물지 않는 거야?"

비통함이 느껴졌다. 예전에 나는 그런 의심을 했다. 어머니는 비통함을 느끼면서도 드러내지 않는 것이 아닐까 하는.

"금방 다시 올게요." 내가 말한다. 그러다 어머니의 얼굴을 보고는 나조차 내 말이 믿기지 않아 이렇게 덧붙인다. "알았어요, 조금 있다 올게요."

어머니가 커피를 만드는 동안 나는 집을 둘러본다. 더 이상 내가 기억하는 슬픔의 공간이 아니다. 모든 방에서 삶의 활기가 느껴진다. 내가 고물 휴대용 카세트라디오로 강렬한 너바나 노래를 틀어놓고 허우적허우적 춤을 추던 내 방에서. 내가 맥주 파티를 벌였다가 결국 경찰까지 불러들인 지하실에서. 그때 경찰은 누군가가 이웃의 잔디밭에 주차해둔 쉐보레 브레타 때문에 우리의 소음에는 별 관심이 없었다. 내 고등학교 시절 밴드가 전혀 아이러니하지 않은 부시 (영국의 록밴드 - 옮긴이)의 커버곡을 연습하던 차고에서. 네 살배기 베로니카의 손가락이 미지근한 욕조에서 주름투성이가 되어가는 동안 나는 타일 바닥에서 게임 잡지를 읽던 욕실에서.

그러다 저녁 뉴스를 틀어놓고 머그잔의 커피를 홀짝홀짝 마신 후에 어머니와 나는 오늘 아침을 시작했던 포치로 다시 나간다. 역까지는 고작 몇 블록밖에 되지 않지만 어머니는 역까지 데려다주고 싶어 한다. 어머니는 내일 양로원에 가져다줄 파이를 사야 한다고 말한다. 어머니가 지금 파이를 사야 하는 이유를 모르겠지만 굳이 물어보지 않는다. 어머니는 수십 년간 잘 살아왔고 잘 지내왔다.

그렇다고 어머니가 결코 외롭지 않다는 의미는 아니다. "언제든 자고 가도 돼, 알지?" 어머니가 말한다.

"다시 올게요. 밤새 얘기해요."

어머니의 표정이 밝아진다. "이웃들과 함께 TV를 시청할 때 와야해." 차로 걸어가는 동안 어머니가 말한다. "네가 문으로 걸어 들어오면 내 친구들은 완전히 숨이 넘어갈 거야."

"흠, 네. 스케줄을 확인해볼게요. 이제 제가 좀 대단한 사람이라서요. 그래서……."

"애." 어머니가 손가락으로 단호하게 나를 가리킨다. "내가 네 기저귀를 갈아줬어. 잊지 마."

21

아빠가 저녁거리를 사러 간다면서 조금 쉬자고 한다. 나는 TV를 틀지만 재미가 없다. 일기장에 이것저것 적어도 오히려 생각만 늘어난다. 오늘 아침 개빈 아저씨가 집을 나가기 전에 무슨 말을 하지 않았는지 엄마에게 물어보았지만 엄마는 아무것도 기억하지 못한다. 마침내 앞문이 열린다. 아빠다.

나는 배가 고프지 않다. 하지만 아빠는 내가 뭔가를 먹을 때까지는 녹음을 하지 않겠다고 한다. 나는 억지로 입에 면을 밀어 넣고 아빠와 엄마는 피자를 먹는다.

"나, 피자 먹어봤어." 내가 말한다.

"그래?" 아빠가 말한다. "언제?"

"개빈 아저씨랑 뉴욕에 갔을 때. 아저씨가 존 레넌과 관계있는 장소에 나를 데려가줬어."

아빠가 고개를 끄덕이고 음료를 마신다. 아빠랑은 피자를 먹지 않다가 개빈 아저씨랑은 피자를 먹다니. 나는 슬슬 기분이 나빠진다.

개빈 아저씨는 벌써 2주째 우리와 함께 지내면서 저녁을 먹고 설거지를 하고 쓰레기를 버리고 느려진 인터넷을 손보았다. 그래서인지 개빈 아저씨가 없는 것이 낯설게만 느껴진다. 아빠는 개빈 아저씨가 괴짜라면서 우리 집에 다시 오지 않을지도 모른다고 했다. 하지만 아빠도 늦게까지 우리 곁에 붙어 있지 않으면서 어떻게 그런 말을 하는 거지? 마음에 들지 않는다.

나는 서둘러 접시를 비운다. 하지만 아빠가 꾸물꾸물 커피를 달라고 한다.

"어떻게 돼가?" 엄마가 말한다.

"잘돼가고 있어." 아빠가 말한다. "우리 가수를 기다리고 있지."

아빠는 크리스티나에게 노래를 부탁하자고 했다. 물론 아빠가 나를 돕고 싶어 한다는 건 안다. 하지만 나는 다른 사람이 노래를 부르는 것은 원하지 않는다. 내게 개빈 아저씨는 그냥 가수가 아니다. 아저씨는 나의 매카트니이고 블랙버드. 그러니까 아저씨가 나를 실망시킬 수는 없다. 아저씨가 당장 나타나지 않으면 아빠에게 홈디포에 가자고 해야겠다. 중요한 물건을 사야 한다고 핑계를 대고. 그러고는 콘크리트 바닥에 머리를 부딪쳐서 내 기억을 영원히 없애야겠다. 아마 나는 오늘을 기억하고 싶지 않을 테니까.

엄마가 남은 피자를 냉장고에 넣는다. "언제 끝나겠어?"

"확실하지 않아." 아빠가 커피포트가 검게 변하는 것을 보며 말한다. "이런 작업이 어떻게 진행되는지 알잖아."

엄마는 팔짱을 끼고 서서 타일 사이의 꺼끌꺼끌한 선을 따라 엄지 발가락을 문지른다. 그리고 와인 잔 두 개를 찬장에서 꺼내 카운터에 올린다. 엄마는 와인 잔을 내려다보고 턱을 만지작거리면서 잔하나를 다시 찬장에 집어넣고 남은 잔을 반쯤 채운다.

아빠의 장비는 우주선 조종 장치 같다. 이제 아빠는 배경에 나지막한 사이렌 소리 같은 것을 넣고 있다. "정말 슬퍼." 내가 말한다.

"뺄까?"

"아니. 슬퍼서 좋아, 그지?"

아빠는 대답하지 않는다. 하지만 아빠도 슬픈 것이 좋다고 생각할것이다. 아빠는 의자에 기대어 노래가 흐르게 한다. 노래가 끝나자아빠가 다시 노래를 튼다. "브리지가 더 좋아질 수도 있을 텐데."

나는 동의하는 것처럼 고개를 끄덕이지만 사실 머리를 소파 쿠션사이에 파묻고 싶다.

"다른 생각이 있어?" 아빠가 말한다.

난 내가 만들어둔 다른 브리지를 연주해준다. 훨씬 단순하다.

"그걸로 하면 되겠다." 아빠가 말한다. 그러고는 폴이 만든 비틀즈의 노래「위 캔 워크 잇 아웃We Can Work It Out」에 맞춰서 "그걸로하면 되겠다"라고 흥얼거린다. 난 존이 그 노래의 브리지를 썼을 것이라고 확신했다. 하지만 개빈 아저씨와 대화를 한 후에는 누가 무엇을 썼는지 모르겠다.

"폴이 「어 데이 인 더 라이프」의 브리지를 만들었어?" 내가 묻는다.

"응. 대단하지?"

"몰랐어."

아빠와 나는 브리지가 괜찮게 느껴질 때까지 다른 코드들로 바꿔본다. 아빠를 만족시키기는 어렵다. 하지만 마침내 아빠가 흥분하면 내가 뭔가 정말 특별한 일을 해낸 듯한 기분이 든다. "좋아." 아빠가 말한다. "이걸로 하자."

아빠는 '조용한 방'에 나를 남겨둔다. 나는 새로운 브리지를 몇 번 연습하고는 "준비됐어"라고 말한다.

나는 헤드폰으로 아빠의 목소리가 들리길 기다리지만 아빠는 아무 말도 하지 않는다. 아마 화장실에 갔을 것이다. 난 '조용한 방'을 둘러본다.

2009년 7월 18일 토요일. 닉 삼촌과 할아버지가 '조용한 방'의 벽들을 완성했고 나는 아빠를 도와 페인트칠을 하고 있다. 아빠는 내가 칠한 곳들을 다시 살펴본다. 아빠 말대로 붓을 위아래로 움직이지 않고 사방으로 움직였기 때문이다. 아빠는 콘센트 근처에 은색 마커로 내 이름의 첫 글자를 쓰게 한다.

나는 스툴에서 미끄러지듯 내려와 내 서명을 찾아본다. 그 글자들을 보니 미소가 지어지지만 미소는 오래가지 못한다. 스튜디오를 닫으면 내 서명은 어떻게 될까? 새로 이사 들어온 사람들이 내 서명에 페인트칠을 해버리면 어떡하지? 존 레넌이 가장 좋아한 카페가 그랬던 것처럼 이곳도 철물점으로 바뀔까? 철물점이 싫다.

헤드폰에서 아빠의 목소리가 들린다. "좋아. 시작하자."

나는 제자리로 돌아가 새로운 브리지를 계속 연주한다. 마침내 아빠가 내 연주에 만족하고 내게 '조용한 방'에서 나오라고 한다. 나는 '조용한 방'을 나간다. 소파에 누군가가 있다. "안녕, 조앤 레넌."

아저씨의 영국 억양에 미소가 지어지려고 한다. 하지만 짜증도 많이 났다. "어디 갔다 왔어요?"

"기차 여행을 했지." 개빈 아저씨가 말한다.

밥 딜런 같은 그의 말투가 마음에 들지 않는다. 톰 웨이츠를 제외하면 밥 딜런이 세상에서 최악의 가수다. 그런 목소리로는 대회에서 우승할 수 없다. 하지만 아저씨는 제때 나타나기는 했다. 그러면 됐지. 뭐, 거의 됐어. "가사는 다 썼어요?"

아저씨가 주머니에서 종잇조각을 꺼낸다. "다 썼지." 아저씨가 종이를 펼치고는 "노래부터 들어볼게"라고 말한다.

아빠가 노래를 연주한다. 개빈 아저씨가 귀를 기울이며 종이의 글자들을 읽는 동안 우리는 아저씨의 얼굴을 바라본다. 노래가 끝나고 아저씨가 "멋진데. 브리지가 달라졌네"라고 말한다.

"마음에 들어요?"

"그래." 아저씨가 말한다. "펜 없어?"

아빠가 펜을 건넨다.

"다시 연주해봐." 개빈 아저씨가 말한다.

개빈 아저씨가 다시 노래에 귀를 기울이며 단어들을 적는다. 아빠가 연주를 마친다. 개빈 아저씨가 아무 말도 하지 않고 소파에서 일어나 '조용한 방'으로 들어간다.

난 소파에 누워 천장을 올려다본다. 개빈 아저씨의 목소리가 스피커로 흘러나온다. 아저씨가 작게 노래를 흥얼거리고 기침을 하면서 목을 가다듬는다. 음악이 시작되고 아저씨가 노래를 부른다. 아저씨가 방금 적은 가사와 이미 썼던 가사가 합쳐지는 순간 어디선가 들어본 듯한 노래가 들려온다. 내 방이나 마당이 아니라 라디오나 유튜브에서 들었던 노래 말이다. 내 노래 같지 않은 내 노래. 우리 노래. 아빠의 노래이기도 하다.

아침이 밝아오고 당신은 여기 없네요.

침대는 비었지만 난 당신을 느껴요.

당신이 남긴 흔적

이번에도 내가 괜찮을까요?

당신이 정말 밉네요.

돌아와요. 미움이 사라지게.

달아나고 싶어요.

하지만 당신은 나를 여기에 묶어두었죠.

계속 달리지만 어디에도 닿지 못해요.

계속 휘둘러도 허공만 때리죠.

내 마음속에서 당신이 속삭여요.

다시 시작해, 과거는 뒤에 남겨둬.

계속 잘못된 일을 되새겨요.

계속 끝난 것에 손을 뻗어요.

내 마음속에서 당신이 속삭여요.

다시 시작해, 과거는 뒤에 남겨둬.

당신이 나타나고 삶이 시작되었죠.

그 전까지는 시간 낭비였어요.

이제 어디로 가야 할지 생각해요.

나는 결코 정답을 모르겠죠.

난 세상 끝으로 항해할 수도 있어요.

하지만 모두가 흔적 없이 떠나네요.

당신이 이미 내 운명을 봉인했어요.

당신을 보낼 수 없어, 결코 도망갈 수 없어요.

계속 달리지만 어디에도 닿지 못해요.

계속 휘둘러도 허공만 때리죠.

내 마음속에서 당신이 속삭여요.

다시 시작해, 과거는 뒤에 남겨둬.

계속 잘못된 일을 되새겨요.

계속 가장 슬픈 노래를 불러요.

내 마음속에서 당신이 속삭여요.

다시 시작해, 과거는 뒤에 남겨둬.

어떻게 집으로 돌아가죠?
어떻게 집으로 돌아가죠?
어떻게 집으로 돌아가죠?
어떻게 집으로 돌아가죠?
홀로.

기억할 만한 노래인지는 모르겠지만 아름다운 노래이기는 하다. 그리고 개빈 아저씨는 내가 말했던 '가장 슬픈 노래를 불러요'라는 가사를 넣어주었다. 아저씨는 몇 번 노래를 부르다 '조용한 방'에서 나온다.

아빠가 흥분한다. "네 목소리가 얼마나 풍성한지 잊고 있었어."

개빈 아저씨가 스튜디오 안을 돌아다닌다. "아직 마음에 들지 않는 가사가 있어."

분명히 예전에 썼던 가사가 마음에 들지 않을 것이다. 하지만 아저씨는 이미 '일어나 도망쳐요'를 '세상 끝으로 항해할 수도 있어요'로 바꿨는데. 아저씨는 스튜디오 안을 서성이고 나는 내가 아는 세상 끝에 대해 생각한다.

2012년 11월 12일 월요일. 나는 태양계 모형을 만들고 엄마가 나를 도와준다. 엄마는 지구를 정확한 각도로 기울여야 해(실제로는 전구)가 남극보다 북극에 더 비친다고 말한다.

엄마가 말한다. "이건 태양계들 중에 하나일 뿐이야. 우리 은하에는 수십만 개의 다른 태양계가 있거든. 은하도 수십만 개가 있고. 그리고 각각의 은하에는 수십만 개의 태양계가 있어."

나는 상상해보려고 하지만 너무 수학적이다.

개빈 아저씨가 소파에 앉는다. 아이디어가 떨어진 것이다.

"우주는 어때요?" 내가 말한다. "우주만큼 먼 곳도 없잖아요. '흔적'과도 어울리는 단어고요."

개빈 아저씨가 고개를 들고 아빠가 의자를 빙그르 돌린다. 다들 아무 말도 하지 않는다.

그러다 개빈 아저씨가 조용히 말한다. "별들." 그가 아빠를 쳐다본다. "우리는 별들을 보면서 과거를 떠올리지, 그지?"

"그거 괜찮겠는데." 아빠가 말한다.

개빈 아저씨의 펜이 빠르게 움직인다. 아저씨는 소파에서 내려와 '조용한 방'으로 사라진다. 아빠는 내게 윙크를 하고 다시 컴퓨터 쪽으로 의자를 돌린다. 난 소파에 누워 눈을 감는다. 노래가 다시 시작된다. 개빈 아저씨는 새로운 가사로 노래를 부른다.

난 우주로 항해할 수도 있어요.
하지만 별조차 흔적을 남기죠.

새로운 가사도 예전 가사만큼 이해되지 않지만 개빈 아저씨가 내 생각을 받아준 것이 자랑스럽다. 개빈 아저씨와 아빠가 행복하다면 나도 행복하다. 사실 내 인생에서 거의 가장 행복한 순간이다.

문득 이렇게 완벽한 순간은 다시 오지 않을 거라는 생각이 든다. 내 행복도 조금 가라앉는다. 다시는 오늘 밤이 돌아오지 않을 것임을 알기 때문이다. 나는 대회에 노래를 제출하고 아빠는 스튜디오를 닫고 개빈 아저씨는 캘리포니아로 돌아갈 것이다. 그러면 나는 다시 혼자가 된다. 물론 오늘 밤은 내 기억 속에 항상 저장되어 있을 것이다. 하지만 기억이 현실만큼 좋을 수는 없다. 커버곡이 원곡만큼 좋지 않은 것처럼.

하지만 오늘 밤은 아직 끝나지 않았기 때문에 난 머릿속에서 그만 나와야 한다. 노래는 아직 완성되지 않았다. 모든 것이 아직 진행되고 있으니, 집중해야 한다.

노래를 몇 번이나 들어보지만 절대 질리지 않는다. 개빈 아저씨의 목소리가 점점 멋지게 들린다. 어느 순간 아빠가 "별이라는 단어에 담긴 이중적 의미가 마음에 들어"라고 말하자 개빈 아저씨가 "그건 생각도 못했는데"라고 말한다. 아빠가 "같이 일하는 사람이 정말 너랑 아는 사이냐고 묻더라"고 말한다. 개빈 아저씨는 노래를 좀 더 부른다. 이번에는 마지막 코러스에서 멜로디 부분을 바꿔 부른다. 나중에 아빠가 "모두 마음에 들어?"라고 묻고 개빈 아저씨는 "이런 일이 그리웠어. 지금까지 잊고 있었지만"이라고 말한다. 아빠는 "우리 왜 이렇게 오래 걸렸을까?"라고 말한다. 나도 궁금하다. 아빠와 개빈 아저씨가 항상 나와 함께였으면 좋겠다. 다들 여기 아래층에 사는 거다. 엄마가 우리에게 음식을 가져다주고. 필요하다면 나도 피

자를 좋아해볼 것이다. 우리 셋은 밴드 같다. 우리에게는 비틀즈 같
은 이름이 필요하다.

　이제 개빈 아저씨가 부스로 돌아가 화음을 노래한다. 두 명의 개
빈 아저씨가 노래한다. 노래는 점점 채워지고 채워져서 봐도 봐도
질리지 않을 영화 같다. 이제 노래가 아주 커진다. 내 노래는 세상에
서 가장 인기 있는 노래가 되어 모든 아기와 노인이 가사를 중얼거
릴 것이다. 음률은 그들의 마음속으로 스며들 것이고. 나는 구름 속
을 떠다니며 그 모든 일을 지켜본다. 아니면 1등 상을 받고 큰 무대
에 오르거나 황금빛 단잠에 빠지거나. 모르겠다. 난 순식간에 어디
로든 가버린다. 아빠가 집에 있고 개빈 아저씨의 목소리가 스피커로
흘러나오면 금세 딴생각에 빠지기 때문이다. 하지만 너무 멀리 가고
싶지는 않다. 이곳이 내가 있고 싶은 곳이기 때문이다.

Help!

(도와줘!)

22

"2013년 1월 25일 금요일 늦게 시드니 아저씨가 왔어요." 조앤이 말한다. "하지만 그날 밤에는 아저씨를 보지 못했어요. 내가 자고 있었거든요."

조앤은 시드니의 마지막 방문에 대해 이야기하고 있다.

지난밤은 너무 순수하고 만족스러웠다. 완성된 우리의 노래를 듣는 것은 절정과 같았다. 하지만 오늘 아침에는 허탈함을 느낀다. 뭔가 대단한 것을 조금씩 만들어가다 마침내 완성했을 때면 항상 그렇듯이. 나는 다시 공허감을 느낀다. 이런 공허 속에서는 조앤에게 남은, 시드니에 대한 마지막 기억을 만날 자신이 없다. 처음에도 조앤의 기억을 듣는 것이 망설여졌다. 이제는 들을 것이 남지 않았다는 생각에 불안해진다.

난 스튜디오 소파에 똑바로 앉는다. 그러다 조앤이 이야기를 시작하자 아예 소파에 누워야겠다고 느낀다. 소파에 다시 자리를 잡고는 "그를 언제 봤지?"라고 묻는다.

"다음 날 아침에요." 조앤이 말한다. "나는 방에서 나와 엄마 아빠의 방으로 가요. 아빠는 아직 자고 있어요. 밤늦게까지 스튜디오에 있었거든요. 그래서 난 부엌으로 가요. 엄마와 시드니 아저씨가 식탁에 노트북을 올려두고 함께 앉아 있어요. 시드니 아저씨가 말하길……."

"잠깐." 내가 말한다. "조금만 천천히 말해줄래? 그는 어때 보여? 그의 얼굴에 대해 말해줘."

"좋아요. 음, 시드니 아저씨는 나처럼 갈색 눈이에요. 머리카락은 짧고 회색이고요. 턱은 공처럼 조금 둥그스름해요."

"귀는 어때? 귀가 보여?"

"아뇨."

"그의 귓불은 아주 축 처졌지. 너무 길어서 출렁출렁 흔들릴 것 같았다니까."

조앤은 자기 귀를 만진다.

"미안." 내가 말한다. "계속해."

"시드니 아저씨는 '안녕, 조앤. 빨리 말해봐, 오늘은 무슨 요일이지?'라고 말하고 나는 '1월 26일 토요일이요'라고 말해요. 아저씨는 '작년 1월 26일은 무슨 요일이었지?'라고 말하고 나는 '목요일이요'라고 말해요. 아저씨는 '그 전해는?'이라고 말하고 나는 '수요일'이라고 말하죠. 아저씨는 '대단해, 정말 대단해, 「엘렌Ellen」에 내보내야 하는데. 엘렌이 좋아할 거야'라고 말하고 나는 '엘렌이 누구예요?'라고 물어요. 엄마와 시드니 아저씨가 엘렌이 누구인지 말해줘요. 나는 흥분이 돼요. 난 TV에 출연하는 게 좋거든요. 하지만 엄마와 아저씨는 금세 엘렌은 잊어버리고 다시 시드니 아저씨의 컴퓨터만 들여다봐요."

"컴퓨터 화면이 보여?" 내가 묻는다.

"아뇨."

난 평소보다 조앤을 닦달한다. 조앤의 머릿속에서 그에 대한 기억을 마지막 한 방울까지 짜내고 싶다는 맹렬한 갈증이 느껴진다. 나는 그가 내 곁에 없다는 것을 알지만(그는 거의 2개월 전에 떠났다) 어쩐지 그가 두 번째로 내 곁을 떠나는 느낌이다.

"다음에 무슨 일이 있지?" 내가 묻는다.

"난 주스를 마시려고 냉장고로 가요." 조앤이 말한다.

"시드니는 뭘 하고 있어?"

"엄마와 이야기하고 있어요. 하지만 난 별로 관심을 갖지 않아요. 난 TV에 나가면 얼마나 좋을까를 생각하느라 정신없어요. 난 직접 주스를 따르고 엄마에게 「엘렌 쇼」에 대해 좀 더 말해달라고 해요. 하지만 엄마는 '미안, 난 지금 대화 중이야'라고 말해요. 이제 난 그들의 대화에 귀를 기울여요. 내가 말할 틈을 노려야 하거든요. 내가 틈을 봐서 엄마에게 다시 「엘렌 쇼」에 대해 물어요. 그러자 엄마가……."

"잠깐. 그들의 대화는 어때? 두 사람이 무슨 말을 하고 있지?"

"모르겠어요." 조앤이 말한다. "아주 이상한 얘기예요. 먼저 엄마가 '난 울프 덴wolf den이 좋아'라고 말해요. 시드니 아저씨는 '나도.

울프 덴이나 아침 시간breakfast time. D&D도 괜찮아'라고 해요."

조앤은 방언을 하는 것 같다. "다시 천천히 말해줄래?"

조앤이 같은 말을 나열한다. 울프 덴, 아침 시간, D&D. 아직도 이해되지 않는다. 그것들이 이름인지 구절인지 제목인지 뭔지 모르겠다. 하지만 조앤은 이미 이야기를 이어가고 있다.

"그때 시드니 아저씨가 거실로 걸어가 전화를 해요. 엄마는 내게 뭘 먹고 싶은지 묻죠. 난 아직 배고프지 않다고 해요. 난 엄마에게 오늘 뭘 할 건지 물어요. 엄마는 나를 스케이트장에 데려갈까 생각 중이라고 하죠."

"시드니의 말은 들려?" 내가 묻는다.

"마지막 부분만요. 시드니 아저씨가 '아주 좋아요. 11시에 봐요. 기대할게요'라고 말하고 부엌으로 들어와……."

"잠깐." 이제 나는 일어나 앉아 손을 내민다. 시드니가 뉴욕에서 무엇을 했는지를 알아낼 절호의 기회이자 마지막 기회다.

난 조앤에게 모든 이야기를 다시 하게 한다. 그러고는 묻는다. "그가 구석에서 조용히 통화했어? 너나 네 엄마에게 들리지 않게?"

"아뇨." 조앤이 말한다. "아저씨는 거실을 돌아다니며 평소처럼 말해요."

"그가 전화한 게 확실해? 아니면 다른 사람이 전화한 거야?"

조앤이 평소보다 뜸을 들인다. "모르겠어요. 어쨌든 아저씨의 전화는 울리지 않았어요."

당연히 울리지 않았을 것이다. 전화기를 단단한 바닥에 올려놓지 않으면 어떤 소리도 내지 않았을 것이다. 그는 전화를 항상 진동 모드로 해두었다.

"다음에는 무슨 일이 있었지?" 내가 묻는다.

"내가 엄마에게 다시 「엘렌 쇼」에 대해 물어요. 엄마는 엘렌이 성이라고 말해요. 난 오렌지주스 잔을 컴퓨터 쪽으로 가져가 엘렌에 대해 검색해봐요. 유튜브로 엘렌의 동영상도 좀 보고요."

"시드니와 엄마는 뭘 하고 있어?"

"대화를 하고 있어요. 하지만 난 듣지 않아요. 그러다 시드니 아저씨가 스튜디오로 내려가요. 그게 내가 마지막으로 본 시드니 아저씨의 모습이에요."

"잠깐, 그러면…… 다시는?"

조앤은 대답하지 않는다. 대답하지 않아도 된다. 난 이미 그 아이의 침묵으로 답을 아니까. 갑자기 극심한 피로가 몰려온다. 지난 두 달 동안 불면의 밤을 보내다가 이제야 잠이 얼마나 필요한지 깨달은 것처럼.

하지만 조앤의 말은 아직 끝나지 않았다. "시드니 아저씨는 그날 늦게 집에 왔어요. 난 아빠와 밖에 나갔기 때문에 아저씨를 보지는 못했어요. 하지만 아저씨가 사온 미니 컵케이크는 먹었죠. 내가 먹어본 최고의 컵케이크였어요. 허시의 리세스 피시스 초콜릿이 얹혀 있었거든요. 엄마를 위해 글루텐이 전혀 들어 있지 않은 컵케이크도 하나 사왔어요. 그 주에 엄마에게 글루텐 알레르기가 있다는 진단을 받았거든요."

"그가 어디에 갔는지는 전혀 몰라?"

조앤이 고개를 흔든다.

"조앤?"

"네?"

난 두렵지만 물어봐야 한다. "다른 건 없어? 내게 말해줄 다른 건?"

조앤이 눈을 내리깔고 다시 고개를 흔든다.

나는 가만히 바라본다. 뺨이 근질거리지만 긁지 않는다. 뺨을 긁으려 해도 팔이 올라가지 않을 것이다. 내 마음은 떠다니고 나는 꼼짝하지 못한다. 나는 그저 앞을, 아빠의 의자에 앉아 있는 소녀 너머, 스튜디오 너머, 벽 너머의 밖을, 우주를 노려볼 뿐이다. 아직 내 몸은 여기 있지만 마음은 멀리 떠나버린다.

마침내 몸과 정신이 다시 연결되자 난 소파에서 일어나 계단으로 간다. 조앤이 나를 따라 위층으로 올라간다. 페이지가 가방에 책을 집어넣고 있다.

"안 그래도 부르려고 했는데." 페이지가 말한다. "조앤을 맡겨도 되겠어? 여기 오기로 했던 학생이 자기 집으로 와달라네. 조앤을 옆집에 맡길 수도 있지만 조앤은 너랑 있는 걸 좋아할 테니까."

조앤이 고개를 끄덕인다. "알았어." 나는 거의 생각하지 않고 말한다. "지금 나가는 거야?"

페이지는 물병을 채우고 뚜껑을 닫은 다음 어깨에 가방을 멘다. "응. 뛰어가야 해."

"잠깐만."

그녀가 문 앞에서 멈춘다.

"조앤이 시드가 마지막으로 여기 왔던 때에 대해 말해줬어. 1월의 일이지. 시드가 그날 오전에 누군가와 만나기로 전화로 약속했다면서? 그게 누군지 알아?"

페이지는 생각에 잠기면 입매가 일그러진다. "아마 부동산업자 아닐까?"

"아마." 내가 말한다. 하지만 클레어는 시드를 2월에 한 번 만났다고 했다. 그러면 클레어 외에 다른 부동산업자가 있어야 한다. 하지만 시드가 단지 부동산을 보기 위해 이곳으로 세 번이나 날아왔을 거라는 생각은 들지 않는다. 게다가 내게 거짓말까지 하고. 이해되지 않는다. 아무것도 이해되지 않는다. "그 전화 통화 전에 너와 시드니가 그의 컴퓨터를 보면서 뭔가에 대해 이야기하고 있었다던데? 조앤, 그 단어들이 뭐였지? 울프 덴, 아침 시간, 그리고 마지막이 뭐였어?"

"D&D요." 조앤이 말한다.

"그중에 기억나는 거 있어?" 내가 묻는다.

"D&D." 페이지가 머릿속으로 그 단어를 곱씹는다.

"두 사람은 그중에서 하나를 선택하려 했던 것 같은데." 난 그녀의 기억이 떠오르길 바라며 그렇게 말한다. 조앤의 특별한 기억력이 나를 이렇게 만든 것이다.

"아!" 페이지가 어떤 생각이 떠오른 모양이다. "아마 회사의 광고 시안들을 보여주었을 거야. 가끔 내 의견을 묻곤 했거든. 하지만 확실하지는 않아. 6개월도 더 지난 일이잖아. 미안해."

난 몸이 달아오른다. 이러다 다시 불을 지를지 모른다. 난 열을 식히기 위해 캘리포니아를 떠나왔고 지금까지는 효과가 있었다. 난 조앤의 기억들을 듣고, 노래 가사를 만들고, 마침내 고향 집에서 어머니를 만났다. 그렇게 과거와 마주하기 위해 최선을 다했고 이제는 거의 이겨냈다고 생각했다. 내 삶에 대한 통제권도 거의 회복했고. 그러다 다시 기습을 당했다.

"개빈." 페이지가 내 어깨에 손을 올린다. "괜찮아?"

"그래."

그녀가 내 눈을 들여다본다. "정말로?"

"그래." 난 최고의 연기력을 발휘한다.

페이지는 현관으로 가서 문을 열고 다시 뒤돌아본다. 그러고는 나중에 자신의 가족과 함께 외출을 하자고 한다.

"그거 멋진데." 나는 말한다. 하지만 그녀의 말을 거의 한 단어도 듣지 않았다.

울프 덴. 아침 시간. D&D.

나는 구글 검색창에 이 미스터리한 단어들을 입력한다. 광범위한 결과들이 나온다. 검색 결과 페이지의 한쪽에는 내가 찾은 단어들과 연관된 장소들이 뜬다. 그중에는 그 단어들과 정확히 일치하는 곳도 있다. 바로 시내에 있는 D&D 레스토랑. 라이트레일(경전철 - 옮긴이)

역 근처에 있다.

난 다시 고민에 빠지기 전에 조앤과 함께 기차를 탄다. 직접 확인 해보는 것도 나쁘지 않을 거라는 생각이 들었다. 1월의 그날 시드는 오후쯤 설리의 집으로 돌아왔고 그날 밤에 비행기를 탔다. 그렇다면 그날 아침에 멀리 다녀오지는 않았을 것이다. 아마 그는 미팅 장소를 컴퓨터로 살펴보았을 것이다. 아마, 그냥 아마, 그는 D&D를 골 랐을 것이다.

별로 가능성이 없다는 건 안다. 내 옆자리에 앉은 조앤에게 일기장의 새 페이지를 펼치고 그 미스터리한 단어들을 적어두라고 한다. 기차가 미끄러지듯 들어오는 동안 우리 둘은 뭔가 떠오르길 바라며 단어들을 내려다본다.

"시드니가 전화에다 정확히 뭐라고 말했지?" 내가 묻는다.

"'아주 좋아요. 11시에 봐요. 기대할게요.'" 조앤이 나를 본다. "그 게 무슨 의미죠?"

나는 모른다.

불행히도 D&D에서는 답을 찾지 못할 것이다. 나는 조앤과 함께 안으로 들어가자마자 그걸 깨닫는다. 시드는 결코 이런 레스토랑에 발을 들이지 않았을 것이다. 그곳을 레스토랑이라고 부를 수 있을지 는 모르겠지만. 그곳은 주로 프라이드치킨을 파는 작은 테이크아웃 음식점이다. 수많은 치킨 메뉴가 번들거리는 상자에 그려져 있고 손 님이 앉을 곳은 거리를 마주한 좁은 카운터뿐이다.

조앤이 튀김 냄비 앞에 있는 거구의 여자에게 다가간다. "실례합니다." 그녀가 일기장을 보여준다. "이 단어들에 대해 아시나요?"

그 여자는 닭을 튀기느라 엉덩이와 어깨가 흔들리고 입술에서는 짜증이 새어 나온다. 일기장을 쳐다보지도 않는다. "그걸 주문하려고요?"

"아뇨." 내가 말한다. "우리는 이게 뭔지 몰라요."

여자는 조앤의 일기장을 불빛 쪽으로 가져간다. 그녀의 동료가 나타나 함께 살펴본다. "이게 뭐죠?" 새로 온 여자가 묻는다. 앞의 여자가 투덜거리며 일기장을 돌려준다.

내가 느닷없이 터무니없는 말을 내뱉는다. "여기서 식사한 사람의 기록은 없겠죠?"

그녀는 질문으로 대답을 대신한다. "네?"

"아니에요." 내가 말한다. "시간 내줘서 고마워요."

가게를 나가려고 돌아서는 순간 조앤이 기름에서 건져낸 축축한 프라이에 눈독을 들이는 것이 보인다. 난 카운터에 지갑을 올린다.

"프라이 주세요."

우리는 의자에 앉아 우리를 집으로 데려가줄 기차를 기다린다. 조앤은 반바지에 손을 닦아가며 프라이를 아작아작 먹는다.

열이 식어버린 나는 내가 얼마나 터무니없는 짓을 했는지 깨닫는다. 모든 것이 즉흥적이었다. 그리고 불쌍한 조앤을 함께 끌고 다녔고. 그래도 이번에는 조앤이 맛있게 먹을 만한 음식을 사줄 수는 있었다.

"정말 안 먹을 거예요?" 조앤이 축축한 프라이를 내민다.

"아니, 됐어. 난 괜찮아."

하지만 괜찮지 않다.

"미안해요." 조앤이 말한다.

"뭐가?"

"시드니 아저씨의 말에 좀 더 신경 쓰지 않은 거요."

난 조앤을 내려다본다. 내 말은, 정말로 본다는 의미다. 조앤의 앙상하지만 무시무시한 존재감. 온갖 색깔이 뒤섞인 옷. 단호한 눈빛. 지금까지 조앤은 내게 신호등이었다. 난 나도 모르는 사이에 믿을 만한 조수를 곁에 두고 있었다. 그만큼 우리의 동맹은 자연스러웠다. 당연히 난 조앤에게 미소를 지어주기 위해 최선을 다해야 한다.

"네 잘못이 아냐, 조앤. 절대. 넌 정말 큰 도움이 되었어. 정말이야."

"다음 열차는 언제 와요?" 조앤이 묻는다.

"1시 24분."

"지금 몇 시예요?"

나는 시간을 확인하기 위해 휴대전화를 꺼냈다가 새로운 문자를 확인한다. 내 에이전트가 보낸 것이다. 그는 전화를 해달라고 한다. 난 그 문자를 무시하고는 시간을 거슬러 올라가 점점 오래된 문자들을 지나 이름 하나를 찾아낸다.

"아저씨?" 조앤이 말한다. "몇 시예요?"

"미안."

나는 조앤에게 시간을 말해준 다음 시드니가 죽은 이후 한 번도 하지 않았던 일을 한다.

나는 기억을 떠오르게 하는 모든 리마인더를 피했던 것과 같은 이유로 이 일을 피했다. 고통이 두려웠다. 하지만 불을 지르고는 많이 나아졌다. 페이지가 말했듯이 영원히 미뤄둘 수는 없다. 게다가 봐야 할 이유도 있고.

난 문자를 내리고 내리고 내리다가 마침내 그 날짜에 이른다. 올해 1월 26일.

시드니(1:31 pm) : *윈터스 씨. 8시 20분 비행기 도착. 얼어터진 당신 얼굴이 보고 싶어서 참을 수가 없어!*

난 짧게 전율하고 과거가 깨어난다. 틀림없이 그의 말투다.

그가 뉴욕으로 떠나기 전날 「롱 암」 세트장에 사소한 사고가 있었다. 격투 장면을 찍다가 진짜로 한 대 맞는 바람에 내 왼쪽 뺨에 시퍼런 멍이 생겼던 것이다.

나(1:32 pm) : *공항 터미널에서 만나. 난 마스크를 쓰고 있을 거야.*

시드니(1:32 pm) : *우리를 위한 선물을 샀어.*

나(1:33 pm) : *수상한데.*

시드니(1:33 pm) : *안녕!*

선물이라는 단어가 단서일지 모른다. 내가 보낸 문자로는 시드니가 집에 가져온 게 뭐였는지 떠오르지 않는다. 그는 항상 선물과 기념품을 가져왔다. 고객들이 시드에게 끊임없이 선물 – 싸구려 기념품부터 값비싼 술까지 – 을 떠넘기는데다 그는 쇼핑도 정말 좋아해서 빈손으로 집에 돌아오는 법이 거의 없었다.

그 문자를 끝으로 내가 로스앤젤레스 국제공항에 도착할 때까지 우리는 잠깐 문자를 주고받지 않았다. 그러다 두 개의 문자가 이어진다.

나(8:39 pm) : *나 도착했어.*

시드니(8:47 pm) : *지금 나가고 있어!*

나는 눈을 감고 그가 걸어오는 모습을 그려본다. 그날 밤 공항에서의 기억은 완전하지 않다. 그것은 진실이 아닌 허구의 기억이다. 나는 멀리 있는 그를 보지만 너무 어두워서 얼굴은 보이지 않는다. 그가 멀리서 유리문을 빠져나온다. 그가 걸음을 떼는데도 우리는 가까워지지 않고 그는 내게 다가오지 못한다. 나는 여전히 여기서 기다린다. 하지만 얼마나 기다려야 할까?

"개빈 아저씨."

조앤이 내 팔을 잡는다. 기차가 도착했다. 문이 열린다. 집에 돌아갈 시간이다. 그곳이 어디든.

23

난 아주 어색한 느낌과 함께 잠에서 깨어난다. 모든 새로운 날이 또한 오래된 날이기 때문이다. 게다가 새로운 날인 오늘은 조앤 할머니의 생일이기도 하다.

침대에서 나오기 전에 내가 가장 좋아하는 조앤 할머니의 기억들을 떠올려본다. 할머니가 만들던 팬케이크에서 불꽃이 치솟지만 알아차리지 못하고, 아빠는 할머니의 팬케이크를 히바치(숯불 화로 - 옮긴이) 팬케이크라고 부른다(2008년 2월 3일 일요일). 그리고 이탈리아인 축제를 맞아 할머니가 나와 함께 풍선의 집에서 뛰어다니다가 그곳 남자에게 걸린다. 남자는 할머니는 아이가 아니라면서 밖으로 나가라고 소리를 지른다(2009년 5월 9일 토요일). 할머니가 「젤러스 가이Jealous Guy」의 가사를 '난 단지 질투심이 많은 아내'라고 바꿔 부른다(2009년 12월 24일 목요일). 하지만 이 기억들은 나를 기분 나쁘게만 한다.

나는 오늘의 절반을 이런저런 일로 채운다. TV를 보고 엄마와 슈퍼마켓에 가고 일기장에 글을 쓰고 그 바다코끼리가 어디서 헤엄치

246

는지 확인한다(노스캐롤라이나의 볼드헤드 아일랜드). 이제 나는 거실의 컴퓨터 앞에 앉아 마냥 화면을 쳐다본다. 음악을 들어야 할지, 게임을 해야 할지, 동영상을 봐야 할지, 아니면 걸어 다녀야 할지 정하지 못했기 때문이다. 개빈 아저씨와 노래를 만들거나 기억을 공유하는 것만큼 재미있는 일이 없기 때문이다. 하지만 노래를 만드는 일도, 기억을 공유하는 일도 이제 끝나버렸다.

개빈 아저씨와 나는 지난밤에 노래를 완성했고 아빠가 대회에 노래를 제출했다. 이제 우리는 최종 우승 후보로 선발되어 뉴욕에서 열리는 시상식에 초대받을 때까지 두 달간 기다려야 한다. 나는 노래를 완성하느라 정신이 없어서 그렇게 시간이 오래 걸리는지는 몰랐다. 내가 그렇게 오래 기다릴 수 있을까? 기다리는 건 정말 최악의 일인데.

이제 내게는 개빈 아저씨와 나눌 기억도 없다. 개빈 아저씨에게 시시한 일까지 말하는 것이 조금 짜증났지만 이제는 모두 끝나버렸다. 아직 뭔가 남아 있으면 좋을 텐데. 아무도 내 기억에 대해 궁금해하지 않고, 또 내 말에 관심을 갖지도 않았다. 내가 정확한 기억을 들려주기 위해 아주 신중해져도 개빈 아저씨는 나더러 잘난 척한다고 하지 않았다. 아저씨와 함께할 새로운 프로젝트가 생기면 좋겠다. 그러면 당장 아래층으로 내려가 아저씨를 깨우고 당장 시작하자고 말할 텐데.

개빈 아저씨와의 시간만 사라져가는 것이 아니다. 우리가 녹음을 하던 그날 밤에는 스튜디오가 문을 닫는다는 사실이 실감나지 않았다. 내가 아빠와 개빈 아저씨와 함께 영원히 노래를 만들고 싶다고 생각한 그날 밤에는 말이다. 내가 그들과 함께하고 싶은 곳은 오직 아빠의 스튜디오뿐이다. 하지만 거의 8월이 다 되어가고 아빠는 금세 아빠의 물건을 모두 빼낼 것이다.

한 학년이 끝나고 사물함을 비울 때와 비슷하다. 선생님이 교실 벽에 붙은 내 과제물을 모두 떼어 내게 건넨다. 나는 과제물과 연필과 지우개를 가방에 넣는다. 그리고 집으로 가져간다. 내년에는 완전히 새로운 교실로 가야 하기 때문이다. 싫다. 옛 교실에는 정말 많은 기억이 있기 때문이다. 절대 떠나고 싶지 않다. 스튜디오를 떠나는 것은 그보다 훨씬 더 나쁘다. 옮겨갈 새 교실이 없기 때문이다. 새 스튜디오는 없다. 이제 아빠는 어디서 녹음할까? 피아노와 기타와 책상과 소파와 드럼은 어디에 가져다놓을까? 존 레넌의 사진들은 어디에 걸까? 나는 새 노래를 어디서 만들까? 내가 대회에서 우승하면 내 팬들은 노래를 좀 더 듣고 싶을 것이다. 문 옆에는 아빠의 냄새나는 스니커즈가 놓여 있고, 부엌 식탁에서는 엄마가 일을 하고 있으며, 소포를 가져온 집배원이 초인종을 눌러대고, 전화벨이 항상 울려대는 거실에서는 노래를 만들 수가 없다.

엄마가 마침내 전화를 받는다. "네, 페이지 설리예요." 엄마가 말한다. "아, 네, 미안해요. 네, 나중에 다시 연락하려고 했어요. 남편과 이야기하려고 했는데 완전히 잊어먹었네요."

엄마는 너무 자주 잊어버린다.

"알아요." 엄마가 말한다. "그러면 그녀가 방청객 앞에 앉아 있어야 하는 거죠?"

이제 난 열심히 귀를 기울인다. '그녀'가 나라는 확신이 들기 때문이다. 엄마가 서랍에서 메모지 뭉치와 펜을 꺼낸다.

"그리고 아이들만 출연하나요? 네, 흥미롭네요. 하지만 아시다시피 타이밍이 좋지 않네요. 알아요. 알고 있어요. 아마 그녀에게 맞는 쇼가 있겠죠. 이해해요. 우린 기회를 잡아야죠. 네, 하지만 이건 사양해야겠네요."

엄마는 종이에서 한 번도 펜을 떼지 않고 움직인다.

"네, 그래요." 엄마가 말한다. "미안해요. 고마워요."

엄마가 전화를 끊고 난 다시 컴퓨터를 쳐다본다. 하지만 엄마의 그림자가 점점 커지다가 급히 사라지는 것을 보느라 컴퓨터 화면을 제대로 보지 않는다.

엄마가 가고 나서 부엌 서랍에서 엄마의 메모지를 꺼낸다. 맨 위에 내 이름이 적혀 있고 그 아래에 여러 이름과 전화번호가 나열되어 있다. 그 이름들 중에 로버트 브리큰메이어도 있다. 메모지 중간에 펜으로 그어버린 뭔가가 있다. 어떤 사람의 이름과 전화번호, 그리고 '민디 러브 쇼 The Mindy Love Show'라는 글씨였다.

난 정확히 11시에 TV 앞에 앉는다. 「민디 러브 쇼」에 대해 들어본 적은 있지만 시청한 적은 없다. 일기장의 새 페이지를 편다. TV를 보는 동안 아이디어가 떠오르면 적어놓기 위해서다.

화면에 처음 나온 것은 양복을 입은 대머리 남자다. 그리고 여자

목소리가 들린다. "아서 발리블록은 3년 전에 아메리칸드림을 실현했습니다. 그는 〈포춘〉이 뽑은 500대 회사의 CFO(최고재무책임자 - 옮긴이)로서 자신이 바라던 것을 모두 가질 수도 있었어요."

여자가 말하는 동안 사진이 바뀐다. 모두 그 남자의 사진이다.

"하지만 이제 아서는 돈이 필요 없습니다. 그래서 모든 것을 기부하고 프리건(자본주의 경제의 지나친 소비 지향성에 반대하고 환경을 보호하기 위해 쓰레기통을 뒤져 식품을 구하는 사람들 - 옮긴이)이 되었습니다. 아서는 가족을 떠나 주위에서 얻은 것으로만 살아갑니다. 우리는 아서와 그의 가족을 만나 어떻게 한 남자가 돈을 펑펑 쓰는 과소비족에서 쓰레기통을 뒤지는 사람으로 변했는지를 알아볼 것입니다. 다음은……."

남자의 얼굴이 사라지더니 녹화장에 줄줄이 앉은 사람들이 보인다. 키 큰 여자가 커튼 뒤에서 나타난다. 그녀는 스커트에 하이힐을 신고도 쉽게 무대 가운데로 걸어온다. 그녀의 미소는 달콤하지만 너무 다정하지는 않다. 허시원 교장도 그런데. 방청객이 더 세게 박수를 치면 손이 떨어져 나가 나비처럼 날아갈 듯하다.

여자가 말한다. "여러분이 사랑하는 사람은 누구죠?"

방청객이 외친다. "민디!"

그녀는 사람들이 조용해지기를 기다리다가 아서라는 남자에 대해 좀 더 말해준다. 민디는 아서가 정말 중요한 사람인 것처럼 말한다. 민디가 말하는 방식이 너무 흥미로워서 아서에게는 관심도 가지 않는다. "우리의 게스트를 환영해주세요. 아서 발리블록입니다."

방청객이 휘파람을 불고 환호성을 지르고 박수를 친다. 나도 그러고 싶지만 무엇에 그렇게 흥분하는지 모르겠다.

아서는 사진처럼 생기지 않았다. 그는 이제 뚱뚱하지 않지만 이가 지저분하고 수염은 둥지 같다. 엄마 새가 아기 새들을 위해 지은 둥지.

나는 TV에 정신이 팔려서 엄마가 나를 지나 부엌으로 들어가는 것도 알아차리지 못한다. "뭘 보는 거야?"

난 리모컨으로 TV를 끈다. "아무것도 아냐." 그러고는 바닥으로 폴짝 뛰어내려 아래층으로 간다. 나는 서둘러 스튜디오를 지나간다. 너무 어둡고 아무도 쓰지 않는 스튜디오는 이제 기분을 좋아지게 하지 못하기 때문이다.

조금 열려 있는 개빈 아저씨의 방문을 활짝 연다. 아저씨는 침대에서 천장을 쳐다보고 있다. 나는 매트리스로 폴짝 뛰어오르다가 실수로 아저씨의 발을 깔아뭉갠다. 아저씨는 짜증이 난 듯하다. 하지만 침대는 원래 폴짝 뛰어오르는 곳이고 아저씨의 다리가 긴 것은 내 잘못이 아니잖아.

"「민디 러브 쇼」를 본 적이 있어요?" 내가 묻는다.

아저씨가 아주 느긋한 목소리로 말한다. "낮에 하는 지루한 토크 쇼 아니야?"

"아뇨. 그 쇼에 나온 사람은 아주 행복해 보였어요." 나는 혹시 필요할까봐 「민디 러브 쇼」에 대해 적어둔 일기장을 편다. "시드니 아저씨는 내가 TV에 나가야 한다고 했어요. 기억나요? 「민디 러브 쇼」에서 엄마에게 전화했어요. 내가 그들의 쇼에 나와주기를 바라나 봐요."

"잘됐네." 아저씨는 그렇게 말하지만 별로 진심 같지는 않다.

"아저씨와 같이 나가야 해요. 거기서 우리 노래를 부르는 거예요."

개빈 아저씨가 미소를 짓는다. 내게 미안해하는 미소다.

"생각해봐요." 내가 말한다. "완벽하잖아요. 우리가 대회에서 우승하지 못해도 사람들은 우리 노래를 들을 테니까요."

"제안은 고맙지만, 조앤. 난 나가지 않을 거야."

어제 치킨 레스토랑에서 집으로 돌아오는 기차를 탔을 때부터 개빈 아저씨는 다시 조용해졌다. 우리 집에 처음 왔을 때처럼. 하지만 난 아저씨를 그냥 내버려둘 수 없다. 아저씨는 노래를 불러야 한다.

"아저씨는 운이 좋아요. 사람들이 아저씨를 알아보잖아요." 내가 말한다. "하지만 난 아직도 사람들에게 내 이름을 알리려고 노력하고 있어요. 사람들이 내 이름을 모르면 기억할 수 없으니까요. 나를 도와주고 싶지 않아요? 아저씨 없이는 노래를 내보낼 수 없어요. 아저씨는 내 파트너잖아요."

아저씨의 표정이 이상해진다. 오늘 아저씨는 정말 블랙버드 같다. 아저씨는 온통 그늘에 싸여 있다. "그래, 음, 난 아주 좋은 파트너는 아니지." 나 때문에 아주 피곤한 것처럼 아저씨가 길게 숨을 내쉰다.

"아뇨, 좋은 파트너예요." 내가 말한다. "아저씨는 대단한 파트너예요. 우리에겐 새로운 프로젝트가 필요해요. 두 달 동안 침대에 그냥 누워 있을 수는 없잖아요."

"두 달?"

"두 달 뒤에 대회의 우승 후보가 발표된대요. 늦가을에 뉴욕에서 시상식을 열고 우승자를 뽑는 거예요. 우승 곡은 웹사이트에 올리고요. 전 세계 사람들이 그 노래와 사랑에 빠지게 말이죠."

나는 스튜디오의 아빠 책상에서 대회 홍보지를 찾아 개빈 아저씨에게 건넨다. 지금까지 아저씨에게 이걸 보여주지 않았다니 믿을 수가 없다.

아저씨는 홍보지의 앞면을 보고 뒷면으로 넘긴다. 하지만 뒷면에는 다른 광고가 있다. "조앤, 우리가 노래를 연주하면 정말 멋질 거야. 그리고 나를 끼워줘서 고맙기도 하고. 노래는 멋지게 나왔어. 네가 정말 자랑스럽게 여기면 좋겠어. 나도 자랑스러워."

아저씨는 '하지만'이라는 말을 하려는 것 같다.

"하지만." 아저씨가 말한다. "이 대회에 크게 기대하지는 마."

"왜요? 우리가 우승하지 못할 거라고 생각하세요?"

"그런 말이 아니야." 아저씨가 홍보지를 침대에 던진다. "난 그냥 네가 상처받지 않기를 바라는 거야. 넌 여기에 너무 신경을 쓰고 있잖아. 때로는 상황이 네 계획대로 움직여주지 않거든."

아저씨는 전에도 이런 이야기를 했다. 개빈 아저씨와 시드니 아저씨가 아이를 갖지 않은 이유에 대해 이야기할 때였다. 이제 아저씨는 고개를 벽 쪽으로 돌리고 나는 고개를 문 쪽으로 돌린다. 아저씨가 이러는 이유를 나는 정확히 알고 있다. 내가 시드니 아저씨에 대한 기억을 모두 들려주었기 때문에 개빈 아저씨는 이제 나와 뭔가를 함께하고 싶지 않은 것이다.

2012년 11월 14일 수요일에 우리 반에서 가장 똑똑한 소녀인 웬디 왕이 나와 파트너가 되어 트리비아 게임(일반 상식 등을 묻는 퀴즈 게임 - 옮긴이)에 나가고 싶다고 했다. 이상하다는 생각이 들었다. 내게 관심도 없던 웬디가 갑자기 아주 친한 척했기 때문이다. 하지만 우리가 게임에서 지자 웬디는 다시 내게 싫증을 느꼈다. 웬디는 내 기억력이 우승에 도움이 되리라는 생각에 나와 파트너가 되고 싶었던 것이다.

난 다시 완전히 혼자가 되었고 내 주위에는 슬픈 것들뿐이다. 스튜디오와 조앤 할머니의 생일과 개빈 아저씨. 지금 나는 스튜디오를 채운 슬픔을 덜어낼 수가 없고 조앤 할머니의 슬픔도 마찬가지다. 하지만 어쩌면 개빈 아저씨의 슬픔은 덜어줄 수 있을지 모른다.

나는 아주 요란하게 이마를 때린다. "좋아요, 이제 진실을 말해줄게요. 시드니 아저씨의 기억이 남아 있지 않다는 건 거짓말이에요. 사실 하나 더 있어요."

개빈 아저씨가 몸을 굴린다. "무슨 말이야?"

"아저씨에게 말하고 싶지 않았지만 이제는 말해야겠어요."

"조앤."

"시작할게요. 2월 14일이에요. 아니, 2월 15일이에요. 네, 2013년 2월 15일이요. 금요일이죠. 시드니 아저씨가 문으로 들어와요. 난 아저씨를 봐요. 셔츠와 바지를 입은 아저씨는 정말 멋져요. 파란색 바지 같아요. 네, 파란색 바지예요. 그리고 당연히 아저씨는 양말을 신지 않았어요. 아저씨는 양말을 싫어하니까요. 팔찌를 했어요. 지금 개빈 아저씨가 하고 있는 팔찌죠. 우와, 시드니 아저씨는 정말 멋져요. 아저씨의 귀걸이는 아주 길어요. 난 귀걸이를 봐요. 정말 길어요. 개빈 아저씨, 시드니 아저씨가 뭐라고 말하는지 알고 싶죠? 시드니 아저씨는 '안녕, 조앤'이라고 말하고 나는 '안녕, 시드니 아저씨'라고 해요. 아저씨는 '잘 지내?'라고 하고 나는 '네. 아저씨는요?'라고 하죠. 아저씨는 '잘 지내지'라고 하고 나는 '개빈 아저씨는 어떻게 지내요?'라고 해요. 시드니 아저씨는 '아, 개빈은 캘리포니아 집에 있어. 그는 아주 잘 지내고 난 그를 정말 사랑해'라고 해요."

개빈 아저씨는 꼼짝도 하지 않는다.

"그리고 나는 '난 개빈 아저씨를 만난 적이 없어요. 언젠가 개빈 아저씨를 만나고 싶어요'라고 말해요. 그러자 시드니 아저씨가 '넌 정말 그가 마음에 들 거야. 그는 친절하고 잘 도와주고 똑똑하고 키가 크고 눈이 아주 멋지거든'이라고 해요."

"그가 그렇게 말해?" 개빈 아저씨가 묻는다.

"네."

"멋진 말인데."

"나도 그렇게 생각해요."

개빈 아저씨는 한동안 눈을 감았다가 마침내 침대에 앉아 나를 바라본다. 마치 내가 그만 놀리기를 기다리는 아빠처럼. "네가 지금 뭘 하는 건지 알아, 조앤. 하지만 정말 달콤해, 정말이야. 무슨 말을 해야 할지도 모르겠어……."

아저씨의 마지막 말은 거짓말이 아니다. 다른 말을 덧붙이지 않기 때문이다. 아저씨는 이제 내 얼굴을 보지 않는다. 아저씨는 내 손을 내려다본다. 나도 고개를 숙인다. 일기장이 보인다.

"시드니가 1월에 여기 왔을 때의 일기도 있어?" 개빈 아저씨가 묻는다.

"아뇨." 나는 그렇게 말하다가 아저씨가 그런 질문을 하는 이유를 깨닫는다. 내 일기장에 시드니 아저씨에 대한 중요한 뭔가가 기록되어 있는지 궁금한 것이다. "1월에 쓴 일기장은 내 방에 있어요."

아저씨는 고개를 끄덕인다. 마치 내가 지금 당장 일기장을 가져와야 하는 것처럼. 난 곧장 내 방으로 달려 올라가 1월에 쓴 일기장을 집어 든다. 그리고 개빈 아저씨의 방에 돌아올 즈음 뭔가를 찾아낸다.

"그날 시드니 아저씨가 떠난 후에." 내가 말한다. "엄마가 아래층으로 내려가서 침대 시트를 벗기고 쓰레기통을 비우라고 했어요. 쓰레기통에 종이봉투가 있었어요. 시드니 아저씨가 우리에게 사다준 컵케이크 봉투였어요. 난 그 컵케이크들이 마음에 들어서 일기장에 로고를 그렸어요."

개빈 아저씨가 침대에서 내려와 1월에 쓴 일기장을 가져간다. 마침내 아저씨가 힘을 되찾았다.

"그게 아저씨에게 도움이 될까요?" 내가 묻는다.

아저씨는 한동안 그림을 보다가 휴대전화에 글자를 입력한다. 아저씨는 휴대전화 화면을 보다가 "크로프트맨은 하나뿐인 것 같아. 그건 브루클린에 있어"라고 말한다.

"좋은 거예요, 나쁜 거예요?"

다들 골똘히 생각에 잠기면 그러듯이 아저씨는 손으로 턱을 꼭 쥔다. "몰라." 개빈 아저씨가 말한다. "하지만 알아봐야지."

24

나는 레스토랑으로 들어가 페이지를 살짝 잡아당긴다. "물어볼 게 있어."

그녀는 올리와 조앤을 레스토랑으로 먼저 들여보낸다. 레스토랑 안에는 올리의 아버지와 형이 우리를 기다리고 있다. 오늘 밤 우리는 올리 어머니를 추모하기 위해 교외에 있는 스트립몰에서 식사를 하기로 했다. 가족의 전통이다. 어제 페이지는 이 자리에 나를 초대했고 나도 함께하고 싶다고 했다. 내게는 아무런 기억도 없지만. 나는 내내 딴생각에 사로잡혀 있었다. 아직도 딴생각 중이고.

페이지는 아이비그린색의 차양 아래에 서 있다. 스파게티 스트랩 (아주 얇은 어깨끈 - 옮긴이) 드레스를 입은 그녀는 젊어 보인다. 그녀의 쇄골은 소녀 같은 분위기를 풍기지만 그녀의 깊은 눈은 세월을 드러낸다. "무슨 일이야?" 그녀가 묻는다.

"그가 브루클린에 갔어. 시드가 브루클린에 갔다고."

"언제? 무슨 말이야?"

나는 올리의 셔츠 단추를 하나 푼다. 이런 자리에 걸맞은 옷을 가져오지 않아서 올리의 옷을 빌려 입었다. "그가 마지막으로 여기 왔을 때, 그러니까 1월에 말이야. 그날 아침 넌 그와 함께 있었어. 그러다 그가 어딘가로 가서 누군가를 만났지. 그리고 돌아올 때 브루클린의 빵집에서 컵케이크를 사왔어."

"그래서?"

"그는 거기에서 뭘 하고 있었을까? 그걸 밝혀야 해."

페이지는 손바닥으로 이마를 누른다. 내가 또다시 그녀를 지치게 했다.

"네가 무슨 말을 할지 알아, 페이지. 내가 대단치도 않은 일을 대단한 일로 만든다고 생각하겠지. 하지만 그게 사실이라면? 정말 다른 누군가가 있었다면? 그건 우리가 함께했던 모든 것을 바꿀 거야. 마음 한편에 항상 그런 질문을 품고 어떻게 살겠어?"

그녀가 대답하지 않기에 나는 계속 말한다.

"앞뒤가 맞지 않는 일들이 많아. 왜 2월에 부동산업자를 만났다는 말을 하지 않았을까? 왜 그걸 비밀로 했지? 그리고 왜 네게는 2월 또는 4월에 여기 왔다는 말을 하지 않았을까? 보통 때는 일부러 널 만나러 왔잖아, 그지? 그는 너와 외식을 했다고 했지만 뻔한 거짓말이었어. 하지만 1월의 그날 아침에 넌 그와 함께 있었어. 생각해봐, 대화 중에 기억에 남는 게 없어? 아무거라도. 제발."

올리가 레스토랑 밖으로 머리를 내민다. "자리 잡았어."

"1분만." 페이지가 말한다. 그녀는 깊게 숨을 들이쉬지만 아무 말도 하지 않고 보도만 내려다본다.

나이 지긋한 커플이 레스토랑에서 나와 우리 사이를 지나더니 주차장으로 향한다.

난 다시 우리만 남을 때까지 기다린다. "난 그냥 잊으려고 했어, 페이지. 정말이야."

그녀가 마침내 나와 눈을 맞춘다. "내게 바라는 게 뭔데?"

간단하다. "도와줘."

우리는 구석의 둥근 테이블에 앉았다. 우리는 모두 여섯이다. 나, 페이지, 조앤, 올리, 올리의 아버지 잭, 올리의 형 닉. 올리의 형인 닉은 올리보다 아이가 하나 더 있고 체중도 8킬로그램쯤 더 나간다.

난 5분 동안 메뉴판을 읽지도 않고 들여다보기만 한다. 아까 밖에 있을 때 페이지는 마치 내가 약도 빼놓고 먹지 않은 편집증 환자인 것처럼 무서워했다. 그냥 편집증이었으면 좋겠다. 이제 나는 그 무엇에도 즐겁지가 않다. 페이지가 나를 도와 내 의심이 완전히 근거 없는 것임을 보여주는, 뭔가 실질적인 증거를 찾는다면 예전처럼 반쯤 이성적인 사람으로 기꺼이 돌아갈 것이다.

그녀는 이제 내 오른쪽에 앉아 자신의 메뉴판을 들여다본다. 하지만 테이블 건너편의 잭은 메뉴판을 펴지도 않는다. 그는 오늘 아침 눈을 뜨자마자 무엇을 주문할지 정해둔 모양이다.

아마 가장 최근에 올리 아버지를 만난 곳은 올리와 페이지의 결혼식장일 것이다. 그는 작은아들보다 몸이 탄탄하고 말도 훨씬 많다.

올리가 종종 내성적이고 차분하다면 그의 아버지는 거침없이 말하는 편이다.

잭이 가운데 바구니에서 빵을 꺼내며 조앤에게 윙크한다. "아름다운 노래를 작곡했다며?"

"네." 내 왼쪽에 앉은 조앤이 말한다. "나와 개빈 아저씨가 함께 만들고 아빠가 도와줬어요. 노래가 좋아서 대회에서 우승할지 몰라요."

"대단하구나." 잭이 말한다. "그래서 남은 여름엔 뭘 할 거지?"

조앤은 내내 그 질문을 기다린 것처럼 미소를 짓는다. "개빈 아저씨와 함께 TV 쇼에 나가 우리 노래를 들려주고 싶어요."

"그거 정말 멋지겠는데?" 잭이 말한다. "개빈이 도와줄 거야. 그지, 개빈?"

난 이미 오전에 조앤에게 내 생각을 말해주었다. 하지만 조앤은 '싫다'는 말을 무시해버리곤 한다. 이제 조앤의 할아버지가 나를 노려본다.

고맙게도 올리가 나를 구해준다. "아버지, 손가락을 튕기면 바로 TV에 나갈 수 있는 게 아니잖아요."

"저기요." 조앤이 말한다. "「민디 러브 쇼」라고 들어보셨어요? 거기서 집에 전화를 했어요. 엄마가 이미 통화했고요. 그들은 내가 쇼에 나와주길 진심으로 바라는 것 같았어요."

페이지가 딸을 단호한 눈빛으로 보고는 테이블에 앉은 사람들에게 말한다. "네, 누군가와 얘기하긴 했지만……."

"좋은 기회 같은데." 잭이 말한다. "우리 테이블에 두 명의 유명인이 앉아 있는 것 같네.”

조앤이 환하게 웃는다.

“민디 러브라고?” 올리가 말한다. “닥터 필 같은 사람 아냐?”

“그녀는 아주 친절해요.” 조앤이 말한다. “그녀의 쇼를 내내 봤어요.”

“언제부터?” 페이지가 묻는다.

“미안.” 올리가 말한다. “그런 쇼에 널 내보내지는 못하겠다.”

“왜요?” 조앤이 묻는다.

“그들은 포식자들이야. 네가 그 노래를 연주하는 동영상을 찍어서 유튜브에 올리면 어떨까?”

올리는 아무도 그 동영상을 보지 않으리라는 사실을 아주 잘 안다. 하지만 난 흥밋거리만 쫓는 언론으로부터 딸을 지키고 싶어 하는 그를 탓하지 않는다.

“제발, 아빠.”

“조앤은 잘해낼 거야.” 잭이 말한다. “조앤을 봐. 쟤는 호랑이야.”

난 테이블로 다가오는 웨이트리스에게 손을 흔든다. 그녀가 다시 돌아간다.

“아버지, 조앤은 어린 소녀예요.” 올리가 말한다.

“그래서 뭐? TV에서는 항상 어린 여자애들이 노래를 부르던데.”

“지금도「아메리카 갓 탤런트America's Got Talent」(미국의 오디션 프로그램 - 옮긴이)에 엄청난 소녀가 나오던데.” 닉이 말한다. 그리고는 우리 표정을 읽고 이렇게 덧붙인다. “애들과 같이 봤어.”

"그들이 관심을 갖는 건 조앤의 음악이 아냐." 올리가 말한다.

"아마 그렇겠지." 잭이 말한다. "하지만 주어진 것을 받아들여야지. 네 엄마는 관객 앞에서 연주할 기회조차 얻지 못했어."

그가 아내 이야기를 꺼내자 테이블이 조용해진다. 우리가 오늘 밤 여기 모인 이유를 기억해낸 것이다. 내가 알기로 그녀는 주말에만 연주를 했지만 전업 연주자가 되겠다는 꿈을 결코 버리지 않았다. 분명히 올리도 어머니 덕분에 음악에 관심을 갖게 되었을 것이다. 조앤도 그렇고.

이제 잭은 달래는 말투로 이야기를 이어간다. "그들이 조앤에게 무엇을 물어볼까, 올리? 2010년 8월 22일이 무슨 요일인지?"

"일요일이요." 조앤이 대답한다.

"잘했어." 잭이 말한다. "조앤이 원하면 해보게 하는 게 어때?"

"이미 해봤어요." 페이지가 말한다. "조앤을 어느 의사에게 데려갔어요. 그리 좋은 경험은 아니었어요. 게다가 제가 이미 그들에게 싫다고 했어요."

"그러면 나도 엄마랑 휴가를 가지 않을 거야." 조앤이 말한다.

"좋아. 사촌들과 함께 있어."

"다들, 진정해." 올리가 백 번째로 메뉴판을 보며 말한다.

시드와 내가 부모라면 어떻게 했을까? 나도 TV 출연을 막았을 것이다. 두려움 때문에, 다른 무엇 때문에.

잠깐 대화가 끊긴 틈에 잭이 올리에게 몸을 기울인다. "그래서 휴가는 언제 가는데?"

"내년 봄이요."

잭이 턱을 주무른다. "음, 그때는 힘들지 모르겠구나. 우리가 바쁠 때라서."

페이지가 테이블에 양쪽 팔꿈치를 대고 몸을 앞으로 숙인다. "뭐가요, 아버님?"

"아무것도 아냐." 올리가 말한다.

"봄에는 조금 어려울지 모르겠구나." 잭이 말한다. "특히 올리가 스케줄을 관리하게 되면."

"올리가 없는 동안에는 제가 할게요." 닉이 말한다.

"우리가 다시 생각해볼게요." 올리가 페이지를 보며 말한다. 그녀는 올리의 시선이 마음에 들지 않는지 눈을 돌려버린다. 난 그 휴가가 그녀에게 얼마나 중요한지 안다. 그녀는 커피 테이블에 대여섯 권의 여행 가이드를 쌓아놓았다.

웨이터가 다가와 샴페인 잔을 나눠준다. 뒤따라온 웨이트리스가 샴페인을 채워준다. 두 사람이 가고 나서 잭이 잔을 들어 올린다. 나머지 사람들도 잔을 들어 올린다.

"짧게 할게." 잭의 넓은 어깨가 한숨과 함께 올라갔다가 내려온다. "난 친구 마빈의 결혼식에서 조니(조앤의 애칭 - 옮긴이)를 만났어. 그녀는 밴드와 노래를 하고 있었지. 난 홀딱 반했어. 난 그녀에 비하면 그냥 애송이였지만 사실 나이는 중요하지 않았어. 난 그녀에게 춤을 추자고 했어. 그 후의 일은 다들 알지? 우리는 아름다운 41년의 세월을 나눴어. 심지어 마지막 2년조차 아름다웠어. 당신, 지금 거기 위에서 우리를 내려다보고 있지? 사랑해. 보고 싶어. 우리 모두 당신이 그리워. 단 하루도 당신이 나와 함께하지 않은 날이 없어. 정말이야. 생일 축하해, 당신."

페이지가 냅킨으로 눈을 두드린다. 조앤은 타임워프에 빠진 듯하다. 손에 물 잔을 쥔 채로 몸이 굳어 있다.

내 정신은 다시 떠돈다. 시드가 가장 좋아하는 레스토랑은 로렐 캐니언에 있었다. 내가 다시 그곳에 발을 들일 거라는 생각은 들지 않는다. 잭은 오랫동안 아내와 다니던 이곳에 어떻게 다시 올 수 있었을까. 그의 회복력이 고무적이기는 하지만 나는 그런 경지에 오르지 못할 것이다. 특히 이런 의심과 회의를 겪은 후에는.

하지만 의심과 회의는 항상 있을 것이다. 마찬가지로 리마인더도 항상 있을 것이다. 매년 생일과 기념일이 찾아올 테니까. 내가 걸어가는 거리, 내가 들어가는 레스토랑, 내 무릎에 놓이는 삼각형의 냅킨이 모두 과거를 들려준다. 시드니는 언제 어디에나 있다.

난 샴페인을 모두 마시고 잭에게 고개를 끄덕여 감사 인사를 한다. 그만이 이런 상실을 극복한 것은 아니다. 내 어머니도, 다른 많은 사람들도 그렇다. 아마도 그들의 비결은 온갖 리마인더를 뛰어넘어야 하는, 위험한 틈으로 여기지 않는 것이겠지. 아마도 언젠가 리마인더는 잠깐 걸음을 멈추고 기념해야 할 좋은 핑계로 여겨지겠지.

25

난 열쇠고리의 손전등을 입에 물고 일기장을 비춘다. '조용한 방'
은 어둡지만 불을 켜지 않는다. 불을 켜면 이곳은 더는 비밀의 장소
가 아닐 테니까.

아주 외로울 때는 '조용한 방'이 좋다. 여기에는 좋은 기억만 있기
때문이다. 아빠가 내 노래를 녹음한 곳이 여기다. 이 작은 방에 들어
서자마자 마치 내가 세상에서 가장 중요한 사람인 듯한 기분이 든
다. 내가 내는 소리를 제외하고는 모든 소리가 차단되기 때문이다.

지금 내가 내는 유일한 소리는 종이에 연필로 글을 쓰는 소리다.
우리 노래가 완성되어 대회에 제출한 뒤로는 개빈 아저씨가 더 이상
내 파트너가 되고 싶어 하지 않는다는 사실을 비롯해서 내게는 쓸
것도 생각할 것도 너무 많다. 비틀즈가 해체된 다음, 스포트라이트
를 나눌 다른 사람도 없이 홀로 쇼에 출연하고 인터뷰를 하면서 비
틀즈 멤버들이 얼마나 기가 죽었을지 이제야 알겠다.

그리고 어떤 사람보다도 나를 알아준다고 생각했던 우리 아빠. 내

음악을 가까이에서 들은 유일한 사람, 한때 대단했지만 이제는 그렇지 못한 모든 아티스트를 기억해주는 유일한 사람, 한 곡의 노래가 얼마나 강력한 힘을 지닐 수 있는지를 아는 유일한 사람. 하지만 이제 아빠도 그 모두를 잊은 듯하다.

스튜디오가 없어지면 예전 같지 않을 것이다. 이미 이곳은 변할 만큼 변했다. 사람들은 내가 그리움을 품어서는 안 된다고 생각한다. 나는 머릿속의 상자에 항상 기억을 저장해놓으니까. 하지만 기억은 오히려 그리움을 키울 뿐이다. 그래서 다들 레스토랑에서 멋진 잔에 샴페인을 마시는 동안 나는 힘들게 평범한 하루를 연기했다. 왜냐하면 조앤 할머니가 우리와 함께 테이블에 앉아 있는 모습이 보였기 때문이다. 난 할머니와 이야기하고 내 노래에 대해 말해주고 싶었지만 그럴 수는 없었다. 할머니는 진짜로 거기에 있는 것이 아니었기 때문이다.

개빈 아저씨는 내 말의 의미를 알 것이다. 내가 시드니 아저씨에 대한 기억을 들려주면 개빈 아저씨는 때로 혼란스러워 보였고 때로는 앞에 앉은 시드니 아저씨가 보이는 듯했다. 그래서 우리는 내가 생각했던 것보다 훨씬 더 가까워졌다고 생각했다. 우리 둘은 특별한 누군가를 잃는 것이 어떤 일인지를 알기 때문이다.

아빠는 조앤 할머니가 영혼이 되었다고 말하지만 로렌 이모는 할머니가 천국에 있다고 말한다. 내 사촌은 할머니가 벌레들과 함께 나무 상자에 들어 있다고 말한다. 엄마의 학생들 중에는 할머니가 다른 동물로 변해 다시 태어날 거라고 믿는 아이들이 있다. 하지만 내 생각은 다르다. 난 할머니가 카세트테이프 안에 산다고 생각한다. 내가 카세트테이프를 틀어 할머니의 노래와 피아노 연주를 들을 때면 마치 할머니가 나만을 위해 노래하고 연주하는 듯한 느낌이 든다.

할머니 옆에 있을 때는 기분이 좋았다. 그 기분을 할머니의 노래로 다시 느끼고 싶다. 난 할머니의 테이프를 찾기 위해 손전등을 끄고 일기장을 덮는다. 내가 묵직한 서랍을 여는 순간 마치 누군가가 내 귀에서 귀마개를 빼낸 것처럼 누군가의 목소리들이 들린다. 아빠와 개빈 아저씨다.

"기억해?" 개빈 아저씨가 말한다. "네가 네 손을 싸맸지만 붕대가 계속 풀렸잖아. 결국 넌 노래 중간에 붕대를 찢어버렸어. 그 붕대가 내 머리로 날아왔지."

"맞아." 아빠가 말한다. "우리 트렁크에 달려 있던 그 멍청한 자물쇠에 손을 베었잖아." 아빠의 목소리는 아까 저녁을 먹을 때보다 훨씬 더 행복하게 느껴진다. "워싱턴 DC에서 있었던 쇼는? 넌 당구대 위를 걸어 다녔잖아."

"그때는 정신이 나갔지."

"나갔다고?"

그들은 함께 웃는다.

그러다 아빠가 말한다. "어때?"

"뭐가?" 개빈 아저씨가 묻는다.

"너 말이야. 어떠냐고."

"어떤 날은 괜찮아. 어떤 날은 정말 안 괜찮고."

"엿 같네. 미안. 그것 말고 무슨 말을 해야 할지 모르겠어."

"맞아."

조용해진다. 난 땀이 나기 시작한다. 아빠 때문이다. 아빠는 녹음할 때 너무 시끄럽다고 '조용한 방'에는 에어컨을 달지 않았다.

이제 개빈 아저씨가 아빠에게 묻는다. 1월에 시드니 아저씨가 우리를 마지막으로 찾아왔을 때가 기억나느냐고. 하지만 아빠는 주제가 음악이 아니면 뭐든 바로 잊어버린다. "미안." 아빠가 말한다. 아빠는 항상 잊어버린 것에 대해 사과한다. "페이지에게 물어봤어?"

"별로 기억하지 못하던데."

"정말?" 아빠가 말한다. "그거 놀랍네. 페이지는 그런 걸 잊지 않는데. 신혼여행 중에 우리가 매일 밤 뭘 먹었는지도 기억하니까. 놀랍지? 난 어젯밤에 뭘 먹었는지도 거의 기억하지 못하거든."

개빈 아저씨는 아무 말이 없고 아빠는 계속 이야기한다.

"난 조앤의 기억력도 페이지를 닮았을 거라고 생각했어. 하지만 의사는 그게 아니라고 하더군. 뭐, 알 게 뭐야."

아빠가 마침내 입을 다물고 한참 동안 조용하다. 나는 스툴에 무릎으로 올라가 몸을 웅크리고는 창문 너머를 훔쳐본다. 아빠와 개빈 아저씨는 손에 잔을 들고 있다. 아빠는 소파에 발을 올리고 있다. 아빠의 눈이 스튜디오 구석구석을 훑어보는 순간 난 아빠가 보지 못하게 고개를 숙인다. 아빠가 "이곳을 철거하면 괴로울 거야"라고 말한다.

개빈 아저씨는 아무 말도 하지 않는다.

"하지만." 아빠가 말한다. "난 꿈을 좇아 살았잖아. 거의 20년이나."

"여길 없애는 게 맞을까?" 마침내 개빈 아저씨가 말한다.

"맞을 거야. 힘들게 이어가기도 피곤해. 모두가 나를 위해 희생하는 것도 괴롭고. 사실 내가 그들을 돌봐야 하잖아."

"네가 돌보고 있잖아."

나는 천천히 고개를 든다. 아빠는 속눈썹이나 초파리를 찾아낸 것처럼 잔을 들여다본다.

"꼭 모 아니면 도는 아니잖아, 그지?" 개빈 아저씨가 말한다. "2층에 널 위한 작은 공간을 만들면 어떨까?"

"모르겠어. 난 모 아니면 도처럼 느껴져. 나는 중독자 같아. 아무렇게나 놓인 악기를 보면 꼭 연주를 해봐야 해. 그러면 나도 모르게 몇 시간이 지나가. 솔직히 나의 음악 인생은 이미 끝났다는 생각이 들어."

세상에서 가장 시끄러운 심벌즈가 내 귓가에서 요란하게 부딪히는 바람에 내 뼈들이 달그락거린 듯했다. 하마터면 스툴에서 떨어질 뻔했다. 진짜로 심벌즈가 울리지는 않았지만 정말 진짜 같았다. 아빠의 말은 그만큼 충격적이다. 아빠는 스튜디오를 닫겠다는 말은 했지만 더는 음악을 만들지 않겠다는 말은 하지 않았다. 그건 완전히 다른 것이다.

나는 당장 '조용한 방'에서 뛰쳐나가 아빠에게 달려가고 싶다. 그리고 할아버지와 일하는 것을 그만두고 스튜디오를 계속 열어두라고 애원하고 싶다. 제발 모든 것을 그냥 두라고 애원하고 싶다. 우리 가족은 이미 한 명의 음악가를 잃었다. 바로 조앤 할머니 말이다. 그런데 또 다른 음악가도 잃을 수는 없다. 그러면 나만 남을 것이다.

아빠는 오늘 밤 이미 '안 된다'는 말을 한 번 했다. 난 그 말을 다시 듣고 싶지 않다. 그래서 그냥 '조용한 방'에서 생각을 해보기로 한다. 아빠는 우리 강아지 페퍼가 죽었을 때로 돌아간 듯하다. 페퍼가 떠난 뒤에 아빠는 페퍼의 침대와 장난감과 사료를 차고에 팽개쳐두었다. 아빠는 페퍼를 잊으려고 애썼고 이제는 음악도 잊으려는 것 같다. 개빈 아저씨가 시드니 아저씨의 물건에 불을 지른 것도 그래서였다. 하지만 개빈 아저씨는 사실 시드니 아저씨를 잊고 싶지 않았다. 개빈 아저씨는 시드니 아저씨를 붙잡고 싶어 했고 내가 그런 개빈 아저씨를 도왔다. 아마 난 아빠도 아빠가 사랑하는 것을 지키도록 도울 수 있을 것이다.

하지만 어떻게? 할아버지에게 아빠를 해고해달라고 부탁해볼 수는 있다. 할아버지가 아빠를 해고하지는 않겠지만. 아까 저녁을 먹으면서 할아버지가 그랬다. 아들 둘과 함께 일하고 싶어서 회사 이름을 '설리와 아들들'로 붙였다고. 그러면서 마침내 아들들과 함께 일하게 되었다고 기뻐했다. 엄마는 이미 몇 주 전에 스튜디오에 돈을 쓰는 데 지쳤다고 말했기 때문에 분명히 나를 도와주지 않을 것이다.

사실 엄마는 그 말만 한 것이 아니다.

2013년 7월 9일 화요일. "네가 스튜디오에 돈을 대고 싶으면 말리지 않을게."

스튜디오를 살려야 하는 사람은 나다. 스튜디오가 문을 닫지 않으면 아빠의 모든 악기가 여기에 남아 있을 것이다. 그러면 아빠는 악기들을 보면서 스스로에게 이렇게 말할 것이다. 악기들을 연주할 수밖에 없다고.

　다음 날 아침 집이 아주 조용해지자 난 부엌 서랍을 열고 엄마의 메모지를 꺼낸다. 그리고 펜으로 그어버린 전화번호를 찾는다. 그 전화번호 옆에 펠리샤 뒤프렌이라는 이름이 적혀 있다.

　이래서는 안 된다는 것을 알고 있다. 하지만 아빠가 변해가는 모습을 가만히 지켜볼 수만은 없다. 아빠는 아빠가 진짜 어떤 사람인지를 잊지 않아야 한다.

　엄마가 그랬다. 나 때문에 우리 집에 전화하는 사람들 중에는 돈을 주고 싶어 하는 사람도 있다고. 「민디 러브 쇼」에서도 돈을 주면 좋겠다.

　난 그 전화번호를 누른다. 어떤 여자가 전화를 받는다.

　나는 속삭인다. "펠리샤인가요?"

　"네, 펠리샤예요. 누구시죠?"

　"내 이름은 조앤 설리예요."

　"좀 크게 말해주실래요, 부인?"

　"난 조앤 설리라고요." 난 좀 더 크게 말한다. 하지만 집 안의 누군가가 내 말을 듣는 것은 원하지 않는다. "우리 엄마인 페이지 설리와 통화했죠?"

　그녀가 전화를 끊은 것이 분명하다고 생각한 순간 다시 목소리가 들린다. "너, 기억력이 좋다는 바로 그 애구나."

"네. 그게 바로 나예요."

"조앤 설리. 음, 음, 너에 대해 놀라운 이야기를 들었어. 가만있자, 1923년 12월 6일은 무슨 요일이지?"

"몰라요."

"모른다고?" 펠리샤가 화난 듯이 말한다.

"난 2003년에 태어났어요."

"아, 그래. 물론. 그러면 어떻게 도와줄까, 조앤?"

"「민디 러브 쇼」 때문에 전화했어요."

"그래, 너도 알겠지만, 우리는 너를 '영재 특집'에 출연시키고 싶었어. 우리는 열한 살짜리 의대생, 아홉 살짜리 쌍둥이 요리사, 여덟 살짜리 곤충학자를 찾아냈단다."

"그거 참 대단하네요. 내게도 좋은 소식이 있어요. 우리 엄마가 마음을 바꿨어요. 이제 나도 쇼에 나갈 수 있어요. 언제 가면 되는지 말만 하세요."

"오." 펠리샤가 마치 한 곡의 노래를 부르듯 탄성을 내뱉는다. "아깝다. 빨리 전화하지. 지금은 너무 늦었어."

"너무 늦어요? 아뇨, 너무 늦지 않았어요. 뭐가 너무 늦었다는 거예요?"

"내일 촬영이야."

"괜찮아요. 나는 내일 아무 일도 없거든요."

"아니, 이해를 못하는구나. 섭외가 끝났다고."

"하지만 고작 며칠 전에 전화했잖아요!" 내가 크게 말한다.

"맞아." 펠리샤가 말한다. "우리는 네 자리를 잡아두었지. 하지만 이제 그 자리는 채워졌어."

"내 자리를 돌려줘요. 꼭이요."

펠리샤는 내가 세상에서 가장 재미있는 농담이라도 한 것처럼 웃는다. 아무도 나를 재미있는 사람으로 생각하지 않는데. "이건 인터넷 방송이 아냐, 알겠니? TV 방송이라고. 지금 너를 끼워 넣을 수는 없어."

난 스스로에게 묻는다. '엄마라면 어떡했을까?' 엄마는 케이블 회사에 전화해 요금도 깎을 만큼 통화의 달인이다. "음, 그러면 우리는 닥터 필과 해야겠네요."

"닥터 필?"

"네. 나를 간절히 원했거든요."

"그가 영재 특집 쇼도 하니?"

"음, 네. 틀림없이 할 거예요."

"안 돼." 펠리샤가 말한다.

"네. 지금 당장 전화해야겠어요. 엄마가 그의 전화번호를 어디 적어뒀는지 찾아봐야겠네요."

"엄마를 바꿔줄래? 네 엄마와 얘기해볼게."

"엄마가 나더러 알아서 하랬어요." 내가 말한다. 완전히 거짓말은 아니었다. "나랑 얘기해요."

"조앤, 들어봐. 「닥터 필」은 우리와 같은 시간에 방송을 하지만 사실 시청자는 우리가 훨씬 더 많아. 내가 너라면 그의 쇼가 아니라 우리 쇼에 나오고 싶을 거야. 게다가 넌 캘리포니아까지 비행기를 타고 가야 한다고. 그건 말도 안 되잖아. 비행기를 아주 한참 타야 한다고. 여름에는 또 그곳이 얼마나 더운지 아니? 그리고⋯⋯ 아, 맞다! 쇼의 앞부분에 시간이 있을 거야. 너를 거기에 끼워 넣으면 어떨까? 어떻겠어?"

"괜찮겠는데요. 하지만 돈은요? 돈은 많이 줘요?"

"아, 이런." 펠리샤가 말한다. "네 부모님과 이야기하고 싶었는데. 하지만 그래, 우리 출연료는 업계 표준이야."

스튜디오를 계속 열어두려면 돈이 얼마나 필요한지 모르겠다. 업계 표준이라면 돈을 꽤 많이 줄 것 같긴 하다. "그리고 뉴욕 맞죠?"

"그래. 너희 집에서 강만 건너면 돼. 식은 죽 먹기지. 어때, 이야기는 끝난 거지?"

난 아빠가 음악을 그만두는 것을 원하지 않는다. 그냥 모든 것이 정상으로 돌아갔으면 좋겠다. 아빠가 지금도 아래층에서 악기를 연주하기를, 그래서 뉴욕에서 연주할 기회를 더는 놓치지 않기를 바란다. 나도 TV에 출연해서 수천 명의 사람들에게 내 노래를 들려주고 싶다. 그렇게 그들의 마음에 내 노래를 남겨서 그들이 결코 나를 잊지 않기를, 나도 마침내 그들의 머릿속 상자에 안전하게 보관되기를 바란다. 개빈 아저씨가 나와 함께하든 말든 상관없다. 나도 노래를 조금은 부를 수 있고, 조금이라도 부르는 것이 전혀 부르지 못하는 것보다는 나으니까. 게다가 엄마도 내가 정말 원하면 해도 좋다고 말했다.

"네." 내가 말한다.

"아주 좋아! 네 엄마에게 서류를 보낼게. 장소와 시간이 적혀 있을 거야. 마지막 페이지에 엄마의 사인을 받아서 내일 가져와. 이메일 주소는 있니? 바로 보내줄게."

나는 우리 가족 이메일 주소를 알려준다. 난 작별 인사를 하고 이메일을 확인하기 위해 컴퓨터로 가려고 한다. 그런데 내가 전화를 끊는 순간 아빠가 부엌으로 들어온다. 아빠가 통화 내용을 들었을까? 아빠에게 커피 잔이 없는 걸 보면 아마 듣지 못했을 것이다. 아빠에게 커피 잔이 없다는 건 아빠가 아직 잠에서 완전히 깨지 않았다는 의미다.

"오늘도 일하러 나간 줄 알았어." 내가 말한다.

"늦게 나갈 거야. 엄마는 어디 있어?"

"급하게 나가던데."

아빠가 커다란 잔에 물을 따라 마신다. "아침은 먹었어?"

"아니."

"크레이프 어때?"

나는 아빠가 만들어주는 아침이 그리웠지만 여기서 계속 얼쩡거릴 수 없다. "아니, 됐어. 배고프지 않아."

난 부엌에서 나가려고 한다.

"조앤." 아빠가 말한다. "앉아."

아빠는 거의 20분간 아침을 준비한다. 아빠는 아직 잠이 깨지 않은데다 크레이프를 만들 때는 아주 진지해지기 때문이다. 아빠는 내 크레이프에 누텔라와 함께 종이처럼 얇게 저민 딸기를 채운다. 그런 다음 크레이프를 접어 슈거파우더를 뿌리고 내 앞에 갖다준다. 아빠가 아빠의 크레이프를 들고 식탁에 앉기도 전에 나는 이미 내 크레이프를 반쯤 먹어치웠다. 정말 맛있다.

"그래서." 아빠가 커피 잔을 내려놓고 포크 옆면으로 크레이프를 자르며 말한다. "어젯밤에 스튜디오에서 뭘 했어?"

그럴 생각은 아니었는데 그만 '조용한 방'에서 잠이 들어버렸다. 아빠와 개빈 아저씨가 계속 이야기하는 바람에 녹음실에서 나가지 못했던 것이다. 그러다 누군가가 내 이름을 말하더니 '조용한 방'의 문이 열렸다. 아빠가 나를 내 방으로 옮기고 담요를 덮어주었다. 내가 눈을 떴을 때 일기장이 나이트스탠드에 놓여 있었다.

"일기를 쓰고 있었지." 내가 대답한다.

"왜 거기 내려갔지?"

"거기가 좋아."

아빠는 구역질나는 바나나와 끈적거리는 치즈로 채운 크레이프를 씹다가 잠깐 멈칫한다. "알아."

아빠가 식탁을 쳐다본다. 뭐가 있나? 나도 식탁을 쳐다본다. 하지만 아빠는 아빠의 머릿속에서 상영 중인 영화를 보는 것이다. 나도 어떻게 그러는지 잘 안다.

"내가 네 나이였을 때." 아빠가 말한다. "닉 삼촌과 함께 할아버지에게 나무 집을 만들어달라고 했어. 할아버지는 우리더러 직접 지으라고 하셨지. 할아버지가 집을 거의 지었지만 우리 손에도 항상 연장이 들려 있었어. 우리는 나무를 붙잡기도 했지. 우리가 집을 짓는 느낌이었어. 마침내 우리는 그 일이 이루어지게 했지. 우리는 집에 손을 올리거나 만질 수 있었어. 하지만 노래는 달라. 그건 에테르 속에 존재하니까."

"에테르가 뭐야?"

"공기. 공기는 보이지 않아. 그건 주로 우리 머릿속에 존재하지. 음악은 신념과 관련되어 있어."

기억도 마찬가지다. 그래서 나는 일기를 쓰는 것이 좋다. 일기는 내 기억을 좀 더 진짜처럼 느껴지게 한다.

아빠가 한쪽 팔을 식탁에 올린다. 그 팔에 그려진 몽키펑거 문신이 나를 노려본다. "아빠가 집에 있었으면 좋겠어." 내가 말한다.

아빠가 엄지손가락으로 내 뺨에 묻은 누텔라를 닦아준다. 그러고 나서도 아빠는 계속 나를 쳐다본다. "힘들지, 조니? 나도 힘들어. 하지만 9월이면 다시 학교에 다녀야 하잖아. 그러면 내가 없는 것도 알아차리지 못할 거야."

절대 그렇지 않다.

2013년 5월 1일 수요일. 학교를 마치고 집에 돌아와 책가방을 바닥에 떨어뜨리고 냉장고에서 사과를 꺼낸 다음 스튜디오로 내려간다. 아빠가 컴퓨터 앞에 있다. 나는 기타 거치대에서 깁슨을 꺼내 연주를 시작한다. 아빠는 일을 하고 있고 나도 일을 하고 있다. 우리는 서로에

게 말 한마디 하지 않지만 모든 것이 완벽하다.

학교에 가는 날들은 모두 아주 비슷해 보인다. 노래가 다르고, 옷이 다르고, 때로 손에 사과가 아닌 복숭아가 들려 있고, 때로 연주 대신 숙제를 하지만, 그래도 나는 항상 아빠와 함께 스튜디오에 있었다.

엄마가 선글라스를 쓰고 현관문으로 들어온다. 난 엄마가 음식을 사러 갔거나 네일 아트를 받았을 거라고 생각하지만 엄마의 손은 비어 있고 손톱도 깨끗하다. 이상하게 지갑도 없었다. 더 이상하게도 엄마의 머리는 포니테일로 묶여 있다. 엄마는 엄마의 귀를 싫어해서 운동을 하거나 정말 더울 때만 머리를 묶는다. 그런데 지금 엄마는 운동복이 아니라 평소의 옷을 입고 있다.

"어디 갔다 와?" 내가 묻는다.

"산책했지." 엄마가 말한다. 지갑이 없거나 머리를 묶은 것보다 더 이상하다. "개빈 아저씨는 아직 자고 있어?"

"그럴 거야." 아빠가 말한다.

엄마는 스튜디오와 통하는 문을 열고 아래층으로 내려간다.

아빠와 나는 엄마를 쳐다본다. 그러다 아빠가 내게로 돌아앉아 팔을 뻗는다. "이리 와." 아빠가 안아주는데도 나는 기분이 나빠진다. 아빠가 곁에 있으면 얼마나 행복한지를 새삼 떠올렸기 때문이다. 때로는 나도 뭔가를 잊는다.

"「민디 러브 쇼」는 유감이야." 아빠가 속삭인다. "하지만 모두 너를 위해서야."

나도 나를 위해서 뭔가를 하려고 한다. 동시에 아빠를 위해서도.

26

어둠 속에서 익숙한 목소리가 내 이름을 부른다. 나는 머리를 들고 햇빛에 눈을 가늘게 뜬다. 문간에 누군가가 있다. 잠깐 동안 그일지 모른다고 생각한다. 마침내 기나긴 악몽이 끝난 건가?

"일어났어?" 그 사람이 말한다.

시드니가 아니다. 당연히 시드니가 아니다. 페이지다.

나는 무거운 머리를 다시 베개에 떨군다. "그래." 내가 대답한다.

"일어나. 옷 입어."

"시간이 좀 걸릴 거야."

"제발." 페이지가 말한다. "할 말이 있어."

그녀가 문을 닫고 나간다.

"여긴 그가 정말 좋아하던 곳이었어." 페이지가 말한다.

우리는 설리의 집에서 몇 블록밖에 떨어지지 않은 리버뷰파크에 있다. 우리는 정자 바닥에 앉아 있다. 페이지에 따르면, 정자 지붕은 작년에 강력한 폭풍에 날아갔다고 한다.

"그가 주변 풍경에 대단한 관심이 있었던 건 아냐." 페이지가 말한다. "하지만 여기서 내려다보이는 풍경은 좋아했지."

우리는 다리를 달랑거리며 앞쪽을 바라본다. 허벅지 아래의 콘크리트가 따뜻하다. 저 앞에서는 눈부신 해가 맨해튼 위로 떠오른다.

"내가 말하지 않은 것이 있어." 그녀가 말한다.

아드레날린이 분비되면서 심장이 빠르게 뛴다. 지난밤 올리에게서 페이지의 뛰어난 기억력에 대해 들은 뒤로 그녀가 털어놓지 않은 것이 있지 않을까 궁금했다.

"너에게 도움이 되지 않을 거라고 생각했거든. 하지만 너는 결코 포기하지 않겠지? 너를 탓하는 게 아냐. 네가 어제 말한 것이 사실이라면 시드니는 내게도 뭔가를 감추고 있었어."

난 내 말이 사실이기를 바라지 않았다. 난 필사적으로 내 말이 틀리길 바랐다.

"시드니가 내게 난자를 부탁했어. 알아?" 페이지가 말한다.

"아니."

"그가 1월에 우리 집에 오기 몇 주 전에 전화로 갑자기 이야기를 꺼냈어. 난 무슨 말을 해야 할지 모르겠더라고. 그냥 생각해보겠다고 했어." 그녀가 말을 멈춘다. "분명히 그가 바라던 대답은 아니었을 거야."

"이해되지 않아." 내가 말한다. "왜 너에게 부탁했지? 우리는 내 동생에게 부탁하려고 했어. 그게 계획이었지."

"알아." 페이지가 앞을 보며 말한다. "하지만 계획대로 되지 않았어."

"무슨 말이야?"

"시드가 베로니카에게 연락했어."

"뭐라고? 언제?"

"설날 무렵에."

난 12월의 그날 밤을 떠올린다. 부모가 되려는 계획에 내가 제동을 거는 바람에 그가 얼마나 절망했는지를.

"베로니카는 그럴 수만 있다면 자기도 행복할 거라고 했어." 페이지가 말한다. "하지만 문제가 있었어. 그녀가 어떤 남자와 사귀기 시작하면서 상황이 어떻게 될지 몰랐던 거지. 타이밍이 나빴어. 시드는 베로니카가 실연당하기를 바라느니, 다른 계획을 추진한 거야. 내가 그 시작이었고."

난 아직도 첫 번째 단계에서 나아가지 못했다. "내가 동생에게 물어보기로 했어. 내가 물어보기로 했다고."

"그는 이미 알고 있었어." 페이지가 엄마 같은 말투로 말한다. "네가 결국 생각을 바꿀 거라는 사실을. 하지만 그는 부모가 되는 과정이 얼마나 복잡한지도 알고 있었어. 그래서 네가 고민하는 동안 미리 시작해두기로 했지."

"아주 잘났네."

"아니, 그게 아냐. 널 다그치고 싶지 않았던 거지. 그것뿐이야. 그는 네게 충분한 시간을 주고 싶어 했지만, 또한 자신이 영원히 기다릴 수 없다는 것도 알았어.”

미래에 대한 시드의 초조함은 종종 강박적이고 비이성적으로 느껴졌다. 페이지의 말을 들어보면 시드에게는 통찰력이 있었던 듯하다. 그는 주머니에 모래시계를 넣고 다니면서 자신의 시간이 정확히 언제 끝날지를 알았던 듯하다. 사실 나의 공포가 나에게 영향을 미쳤던 만큼 시드의 공포도 그에게 영향을 미쳤을 뿐이다. 내 공포는 나를 막아선 반면 그의 공포는 그를 앞으로 나아가게 했다는 것이 차이점이다.

“그게 그가 뉴욕에 드나든 것과 무슨 관계가 있지?” 내가 묻는다.

“확실히는 모르겠어.” 그녀가 일어나 주위를 서성인다. “그냥 가정을 해봤어, 알겠지? 그냥 예감이라고. 처음에는 너에게 말해주고 싶지 않았어. 대단한 의미가 있는지도 모르겠고.”

나도 마음을 단단히 먹고 자리에서 일어나 팔짱을 낀다. “해봐.”

“그는 1월에 우리 집에 와서도 내 난자에 대해서는 이야기하지 않았어. 나는 생각을 많이 했거든. 정말 진지하게. 하지만 그는 이미 다음 단계로 넘어갔더라고.”

“뭐가 어떻게 된 거야?”

“또 다른 여자가 있었어. 누군지는 몰라. 하지만 그는 그녀와 인연 같다고 했어. 난 별로 좋은 생각이 아니라고 했어. 낯선 여자에게 난자를 기증받을 수는 없잖아. 난 너와 의논하라고 했어. 난 차라리 에이전시에서 기증자를 찾아보는 편이 낫다고 생각했지. 하지만 내 말을 듣지 않았어. 우리는 바로 여기서 도시를 바라보았지. 지금 우리

처럼 말이야. 그리고 난 그가 내 말을 하나도 받아들이지 않았다는
느낌을 받았어."

"그는 뭘 하고 있었어?"

"모르겠어." 페이지는 길게 한숨을 쉰다. "아마 아무것도 하지 않
았을 거야. 증거는 없지만 말이야. 하지만 시드라면 어쨌든 뭔가 해
보기로 했을 거야. 그가 이곳에 두 번 더 왔다면, 그리고 그게 일 때
문이 아니었다면, 그렇다면…… 모르겠어. 내가 말렸기 때문에 그도
더는 내게 털어놓고 싶지 않았을 거야. 미안해. 결코 네게 숨길 생각
은 아니었어."

시드는 에이전시를 거치는 걸 싫어했다. 난자 기증자들의 절대다
수는 익명으로 남기를 원했다. 이해는 된다. 그들은 나중에 자식이
찾아오기를 원하지 않으니까. 하지만 시드는 통계 수치와 두어 장의
사진으로 그렇게 중요한 결정을 내려야 한다는 사실을 이해하지 못
했다. 그는 난자 기증자에 대해 '알아야' 한다고 주장했다.

"그렇다면 누구였지?"

"예술가였어. 그날 아침에 그가 컴퓨터로 보여준 게 그거였어. 내
게 그녀의 작품에 대해 어떻게 생각하느냐고 물어봤어."

"이름을 기억해?"

"그래." 페이지가 말한다. 그녀는 내가 무엇을 할지 알면서도 포
기한 듯하다. "매리골드 핼로웰."

집으로 돌아오는 길에 난 절대 화나지 않았다고 페이지에게 다짐

한다. 나도 이해한다. 시드와 함께하기를 거부하면 때로 뒤에 버려진다는 것을.

그녀는 위층으로 올라간다. 난 내 방으로 가기 위해 스튜디오를 지나친다. 아니나 다를까, 스튜디오에는 조앤이 소파에 앉아 나를 기다리고 있다.

내가 묻는다. "매리골드 핼로웰이라는 이름을 들어봤니?"

"아뇨." 조앤이 말한다. "그러면 내일 아침에는 아저씨가 나를 돌봐주는 거죠, 그죠?"

"내가?" 나는 내 방으로 향한다.

조앤이 따라온다. "엄마가 저번 주에 아저씨와 이야기했다고 하던데요."

"맞아. 그래서 뭐?"

"아저씨가 기억하는지 확인하고 싶었어요. 아직도 솔로로 가고 싶어요?"

"무슨 말인지 모르겠어, 조앤."

"나는 듀오가 좋지만 아저씨는 솔로가 좋겠죠. 아주 중요한 공연이 있어서 미리 알아두려고요."

우리는 내 방에 도착한다. 내 뇌는 쓸모가 없다. 조앤의 생각은커녕 내 생각도 모르겠다. "무슨 말인지 모르겠어. 무슨 공연?"

"말할 수 없어요. 비밀이에요."

더는 조앤과 수수께끼를 풀 시간이 없다. 지금은 그렇다. 최대한 상냥하게 사과하고 방문을 닫는다. 나는 매리골드 핼로웰이라는 이름을 찾아보려고 한다. 하지만 전화에 손을 뻗지는 않는다.

드레서 위에서 뭔가를 발견한다. 바로 시드니의 숲 그림, 내가 아트페어에서 샀던 엽서 버전의 그림. 그림은 계속 여기에 있었다. 내가 원화를 없애버렸는데도 다시 내 삶으로 돌아왔다. 당시에는 그 이유를 몰랐지만 지금은 안다. 내가 어떻게 잊을까. 시드니가 문자 메시지에서 언급했던 선물, 뉴욕에서 집으로 가져오려던 선물. 이제는 기억난다. 로스앤젤레스 국제공항에 도착했을 당시 그에게는 아무것도 없었다. 선물은 1주일 후쯤 우편으로 도착했다. 숲 그림이었다. 난 화가에 대해서는 듣지 못했다. 그는 그냥 투자라고만 했다.

난 엽서를 뒤집는다. 화가의 이름은 매리골드 핼로웰이다. 마라.

엽서에는 그녀의 연락처가 적혀 있다. '뉴욕 브루클린' 주소에 줄이 그어지고 펜실베이니아 뉴호프의 새 주소가 손글씨로 적혀 있다.

마라의 웹사이트에는 숲 그림을 포함해서 그녀의 모든 작품이 올라 있다. 숲 그림의 제목은 「숲」이다. 다른 그림들도 있다. 「울프 덴」, 「아침 시간」, 「D&D」.

처음에는 기차를 타려다가 차를 렌트하기로 한다. 휴대전화에 그 주소를 입력하고 GPS의 안내를 받는다.

난 뉴저지를 방문한 이후 운전을 하지 않았다. 다시 운전대 뒤에 앉아 내 심장이 지시하는 속도로 달리자니 안도감이 든다. 유료 고속도로의 가장 왼쪽 차선으로 달린다. 앞으로 뻗은 팔에서 팔찌가 흔들리고 독수리가 나를 노려본다.

내 본능이 정확했다. 그는 내게 거짓말을 하고 있었다. 내가 의심했던 이유 때문은 아니지만. 그는 난자 기증자를 찾고 있었다.

모든 것이 매리골드 핼로웰에서 끝날지, 아니면 다른 사람이 나타날지 모르겠다. 내가 아는 것은 시드가 1월에 브루클린에서 만난 사람이 마라라는 것뿐이다. 그는 그녀에게서 그림을 사서 집으로 배달시켰다. 그림은 불 속에 던져질 때까지 우리 집 벽에 자랑스럽게 걸렸다. 부동산을 알아봤다는 것을 제외하면 2월에 그가 뉴욕에서 무엇을 했는지 아직 모른다. 게다가 4월에는 뉴욕에서 무엇을 했는지 전혀 알아내지 못했다.

GPS에서 다음 출구로 나가라는 안내가 나오는 순간 나는 깜짝 놀랐다. 벌써 90분째 도로를 달리고 있는데도 고작 20분밖에 지나지 않은 듯하다.

난 고층 빌딩, 상점들, 혼잡을 떠나왔다. 조용하고 나른한 강물 위에 놓인, 금방이라도 무너질 듯한 다리를 건너 소박한 도심을 지나친다. 그러고는 아치형 나무들이 그림자를 드리운 시골길을 따라 구불구불 돌아간다.

이제 옆길로 들어선다. GPS는 좀 더 달려야 한다고 말하지만 여기서 그냥 차를 세운다. 사방에서 새와 벌레들이 음악을 연주한다. 누가 음악을 연주하는지 사방을 둘러본다. 저 높이 블랙버드가 앉아 있다. 조앤이 내 영혼의 동물로 정해준. 여기서 블랙버드를 발견한 것이 좋은 징조로 느껴진다. 하지만 자세히 살펴보니 새가 아니라 그림자다. 누가 음악을 연주하는지 다시 둘러보지만 나무들밖에 보이지 않는다.

보도 위의 우체통에서 주소를 확인한다. 그리고 해치백(차체 뒤쪽에 위로 올리는 문이 있는 자동차 - 옮긴이)이 주차된 진입로를 올라가기 시작한다. 누군가가 집에 있다.

어디선가 낮게 으르렁거리는 소리가 계속 들려온다. 집에서 9미터쯤 떨어진 차고에서 들려오는 소리다. 차고 문이 열려 있다. 차고 벽에는 캔버스들이 기대어져 있다.

가까이 다가가본다. 누군가가 내 쪽으로 등을 돌린 채 깡통 위에 몸을 숙이고 막대로 휘젓고 있다. 거대한 환풍기 바람에 하얀 티셔츠가 날린다. 긴 머리카락은 야구모자 아래에 숨어 있다. 차고로 이어지는 자갈길을 걷는 동안 발아래에서 바스락 소리가 난다. 그녀가 뒤를 돌아보며 일어선다.

그녀는 별로 놀라지 않는다. 그녀의 주름진 이마를 보면 이미 내가 찾아올 거라고 예상한 모양이다.

그녀는 깡통에 막대를 떨어뜨리고 얼룩진 청바지에 손을 닦는다. 모자도 정리한 다음 주위의 모든 것, 그러니까 임시 화실과 숲, 그리고 온 세상을 감싸듯 팔을 벌린다. "환영해요."

27

우리는 옷걸이들 사이를 돌아다니며 특별한 뭔가를 찾는다. 가게에는 별로 인상적이지 않은 노래가 흘러나온다. 엄마에게는 학교에 입고 다닐 옷을 사달라고 했지만 사실은 내일 방송에 입고 나갈 옷을 사러 왔다.

엄마는 선반에서 드레스를 꺼낸다. 전에도 이런 일이 있었던 것 같은데. 데자뷰다. 데자뷰란 진짜가 아닌 기억을 진짜처럼 떠올리는 것이다. 한 번도 데자뷰가 없었기 때문에 처음에는 확실하지 않았지만 이제는 완전히 확실하다. 엄마가 나를 데리고 이 가게에 온 것은 이번이 처음이기 때문이다.

엄마는 옷, 공책, 화장지, 가구, 음식처럼 여러 종류의 물건을 파는 곳에서 쇼핑한다. 그런 곳에서는 쇼핑 카트에 원하는 물건을 담으면 되었다. 하지만 오늘 찾은 가게에서는 옷만 판다. 게다가 어떤 옷도 바닥에 떨어져 있거나 엉뚱한 선반에 놓여 있거나 옷 더미에 던져져 있지 않다. 모든 것이 완벽하다. 쇼핑 카트도 없다.

엄마가 꺼낸 드레스는 내가 좋아하는 줄무늬에, 내가 좋아하는 슬리브리스다. 눈을 감고 텔레비전에 나온 내 모습을 상상한다. 내 파트너가 옆에 없다는 것을 제외하면 거의 완벽하다. 나는 눈을 뜬다. 엄마가 옷걸이를 흔들어 드레스를 허공에서 춤추게 한다. "어때?"

"괜찮은데."

"아니, 마음에 드냐고?" 엄마가 말한다.

"모르겠어."

"그럼 계속 둘러보자."

난 오늘 할 일을 미리 생각해야 했다. 오늘이 정말 길게 느껴졌기 때문이다. 놀이공원인 식스플래그스에서 롤러코스터를 타려는 줄보다 길고, 아빠가 매년 크리스마스마다 보게 하는 흑백영화보다 길다.

엄마가 옷걸이들 사이를 옮겨 다닌다. "「민디 러브 쇼」 말이야." 엄마가 말한다.

속이 울렁거린다. "뭐?"

"TV에 출연하는 것이 멋져 보이기는 하지." 엄마가 말한다. "하지만 지금은 아빠나 나나 네 HSAM을 사람들에게 알리지 않는 편이 낫다고 생각해."

"왜?"

"친구나 가족과는 다르니까. 친구나 가족은 너를 알잖아. 하지만 네 기억력이 정말 드문 능력이라는 것을 기억해야 해. 아니, 깨달아야 해. 네가 TV에 나가면 갑자기 아주 많은 사람들이 너와 대화하고 싶어 하겠지. 전화도 훨씬 자주 올 거야. 알겠어?"

정말 멋지다. 하지만 엄마는 그렇게 생각하지 않는다. 내가 하려는 이 비밀스러운 일이 별 가치가 없는 것일까?

그런데 엄마 때문에 기분이 더 나빠진다. 엄마가 정말 멋진 옷을 찾아낸 것이다. 내가 펄쩍 뛰어오르고 싶을 만큼 멋진 옷을. 나는 펄쩍 뛰어오르는 대신 어릿광대처럼 미소만 짓는다. 광대들은 얼굴에 환한 웃음을 그려 넣어도 행복해 보이지 않는다.

"이것도 별로지?" 엄마가 말한다.

"아니, 좋아."

이 옷은 슈퍼히어로의 옷을 연상시킨다. 하지만 경찰 제복도 생각나게 한다. 그리고 '심장의 감정을 노골적으로 드러내다'라는 말도.

난 이번에는 진짜로 미소 짓고 엄마도 미소 짓는다. 엄마가 그 옷을 내게 건네고 옷들을 좀 더 살펴본다. 난 옷걸이 끝을 들고 가격을 확인한다. 엄마는 대개 12달러나 14달러나 18달러처럼 앞자리가 '1'로 시작하는 가격대의 옷을 사준다. 그런데 이 옷은 52달러짜리다.

난 엄마를 따라 어른 옷이 진열된 곳으로 간다. 엄마는 바지들을 살펴본다. 엄마를 따라온 내 또래의 소녀가 있다. 그 애의 엄마도 우리 엄마와 같은 하얀 바지를 들고 있다. 그런데 사이즈가 우리 엄마의 바지보다 훨씬 크다. 난 그 아주머니보다 가느다란 엄마의 다리와 허리를 쳐다본다. 똑같은 것을 아주 자주 보다 보면 그것이 정말 어떤 모습인지를 잊게 된다.

"살 거야?" 내가 묻는다.

"노동절(미국의 노동절은 9월 첫째 월요일이다 - 옮긴이) 이후에는 하얀 옷을 입지 않는 법인데." 엄마가 말한다.

"노동절이 언제야?"

"몇 주 후야."

엄마는 바지를 치켜들고 앞뒤를 살펴본다. 하지만 가격표는 보지 않는다. 평소에는 엄마가 가장 먼저 보는 것이 가격표인데.

"뭐 어때." 엄마가 바지를 팔에 걸치고 탈의실로 간다.

도대체 뭐지? 돈이 없어 스튜디오를 닫는다면서 어떻게 이런 멋진 가게에 오고 어떻게 가격표는 보지도 않는 거지? 이제는 내일 내가 하려는 일에 대해 미안한 생각이 들지 않는다. 엄마가 멋진 가게에서 쇼핑하고 멋진 휴가나 떠나고 싶다면 이제는 나 혼자 스튜디오를 살리고 아빠의 음악 활동을 도와야 하기 때문이다.

이제 나는 엄마와 탈의실에 들어와 「민디 러브 쇼」에 대해, 그리고 내 파트너에 대해 생각하고 있다. 엄마는 하얀 바지를 입은 다리가 어떻게 보이는지 거울을 빤히 쳐다본다. 나는 그 드레스를 입고 있다. 잘 맞는 듯하다. 하지만 지금 중요한 것은 그게 아니다. "혹시 매리골드 핼로웰을 알아?" 내가 말한다.

우리는 나란히 서서 거울 속의 서로를 바라본다. "그 이름은 어디서 들었어?" 엄마가 묻는다.

"개빈 아저씨가 집을 나가기 전에 물어보던데. 왜지? 그 사람이 누구야?"

몇 초 전만 해도 엄마는 하얀 바지가 어울려서 행복해 보였다. 하지만 지금은 별로 그래 보이지 않는다. "그녀는 전도유망한 아티스트야."

"'전도유망한'이 무슨 뜻이야?"

"그녀는 언젠가 진짜 예술가가 되고 싶어 하지만 아직은 거기에 이르지 못했다는 뜻이야."

그러면 나도 전도유망한 아티스트일 것이다. 하지만 나는 머지않아 진짜 예술가가 될 것이다. 텔레비전에서 내 노래를 연주하고 대회에서 우승하면 내가 원하는 곳에 있게 될 테니까.

"개빈이 다른 말은 하지 않았어?" 엄마가 원래 옷으로 갈아입는다.

"아무것도. 그래서 내가 말해줬어. 내일 엄마가 강습을 나가면 나를 봐줘야 한다고."

우리는 탈의실에서 나와 계산대 앞에 줄을 선다. 엄마는 바지를 사기로 했지만 아직도 미심쩍은 표정을 짓고 있다. "강습을 취소하고 너와 함께 집에 있어야겠다."

내 비밀 계획이 실현되려면 엄마가 아니라 개빈 아저씨가 집에 있어야 한다. "취소하지 마. 엄마 학생들은 어쩌라고? 그들에게는 엄마가 필요해, 그렇잖아?"

"네가 언제부터 그런 것에 신경 썼다고?"

나는 어깨를 으쓱인다.

"아니면 내일 너를 나베야의 집에 보내야겠다." 엄마가 말한다.

"개빈 아저씨가 나를 봐줘야지."

이제 우리 물건을 계산할 차례다. "그래." 엄마가 말한다. "하지만 전에……."

"전에 뭐?"

엄마가 계산대에 우리 옷을 내려놓고 가방에서 지갑을 찾는다.

"전에 뭐, 엄마?"

엄마는 신용카드를 긁고 버튼을 몇 개 누른다. "아무것도 아냐."

하지만 그것으로는 부족하다. "개빈 아저씨에게 무슨 일이 있는 거야? 나도 알고 싶어."

엄마는 카드를 다시 지갑에 넣는다. "나도 그래."

28

웨이트리스가 음료와 메뉴판을 가져온다. 난 나중에 먹어야겠다. 지금은 속이 탄다.

마라가 말한다. "아트페어에서 처음 만났을 때는 당신이 어디까지 아는지 몰랐어요."

그날은 마라가 내가 사랑했던 남자의 친구이고 우리 집에 걸렸던 그림의 작가라고만 생각했다. 하지만 지금 내 맞은편에 앉은 여자는 완전히 새로운 사람이다. 시드가 우리의 미래를 걸고자 했던 사람.

그녀의 모든 움직임과 특징에서 눈을 돌리기가 쉽지 않다. 그녀의 손톱 아래에는 알록달록한 페인트가 둥지를 틀었다. 그녀의 몽환적인 푸른 눈은 진갈색 머리카락과 하얀 피부에 강렬한 대비를 이루고 있다. 그녀의 얼굴 뼈대는 단아하고 과하지 않다. 그녀에게는 미소를 짓지 않을 때조차도 희미하게 미소를 짓는 듯한, 따뜻하고 다정한 뭔가가 있다. 그러다 그녀가 진짜로 미소를 지으면 얼굴이 펴지면서 오른쪽 뺨에 커다란 보조개가 생긴다.

난 맥주를 벌컥 마신다. "제발, 처음부터 얘기해줘요. 두 사람은 어떻게 만났죠?"

마라는 파크슬로프에서 열렸던 하우스 파티에서부터 이야기를 시작한다. 그녀는 친구의 친구에게 초대받았다. 어떻게 시드니가 거기에 갔는지는 분명하지 않다.

"서가를 올려다보는데 그가 다가왔어요." 마라가 말한다. "그는 내가 책을 본다고 생각했지만 사실 난 선반들을 보고 있었어요. 그 집의 전체 벽이 빌트인 서가였거든요. 난 언젠가 빌트인 서가가 있는 집에서 살고 싶다고 했어요. 그리고 그는 '꿈을 이룰 거예요'라고 했어요." 그녀가 잠깐 말을 멈추고 곰곰이 생각에 잠긴다. "내가 예상했던 말은 아니었죠."

우리가 소개팅이 아니라 파티에서 만났다면, 그가 파티에서 내게 접근했다면 나는 어떻게 반응했을까. 난 그를 받아주었을까? 외모만 보면 그러지 않았을 것이다. 그의 매력은 단둘이 있어야 드러나니까. 나는 그와 단둘이 있을 때 그의 특별한 재능을 알아차렸다. 그에게는 아주 희귀한 재능이 있다. 그의 재능을 알아차리게 되면 모두가 완전히 마음을 열게 된다. 그 재능이란 단순한 것이다. 바로 귀를 기울여 들어주는 것.

그들은 서가에 대해 좀 더 이야기를 나누다가 주제를 책으로 바꿨다. 시드는 『곁눈질의 기술』이란 책이 수평으로 놓인 것을 보고는 세로로 꽂혀 있는 편이 나을 거라고 말했다. 그러면 사람들이 곁눈질로 제목을 읽어야 할 테니까. 그 말에 마라는 아예 어떤 책인지 모르게 모든 책의 책등이 안쪽을 향하도록 꽂아야 하지 않을까 하고 말했다. 그러자 시드는 결코 표지로 책을 판단하지 말라는, 오래된 속담을 극단적으로 받아들인 것이냐고 물었다.

"그런 뜻이 아니었어요." 마라가 말한다. "그냥 그게 좀 더 재밌겠다고 생각했던 거죠. 책을 고를 때마다 약간의 모험이 따르는 거잖아요. 시드도 그 말을 마음에 들어 했어요."

그들은 9월에 처음 만났다. 그때였다. 조앤이 이미 나에게 들려주었듯이, 그때 뉴욕 여행 중이던 시드는 설리의 뒷마당에서 바비큐 파티에 참석했다. 그는 마지막 브레닛이 되고 싶지 않다고 조앤에게 말했다.

"그에 대해 어떻게 생각했어요?" 내가 묻는다.

그녀는 잠깐 뜸을 들인다. "이렇게 설명할게요. 그가 파티에 오기 전에는 미치도록 지루해서 그만 집으로 돌아가려고 했어요. 하지만 그와 대화를 시작하고는 시간이 가는 것도 잊어버렸어요."

"또 무슨 이야기를 했죠?"

"그는 내 예술에 대해 정말 흥미롭게 들었어요." 그녀는 조금 머뭇거린다.

"뭐요?"

"아무것도 아니에요. 사실 난 내 일에 대해 이야기하는 것을 싫어하거든요. 그냥 말없이 그리는 편이 훨씬 행복하죠." 그녀는 이제야 맥주잔이 얼마나 차가운지를 깨달은 것처럼 맥주잔에서 손을 뗀다. "그래서 브루클린도 그다지 그립지 않아요. 어떤 사람들은 작품을 창작하는 것보다 자신이 예술가라고 떠벌리는 것에 훨씬 더 관심이 많았어요. 하지만 시드에게는 내 일에 대해 이야기하는 것도 별로 신경 쓰이지 않았어요. 아니, 좋았죠."

시드는 그런 일에 뛰어나다. 우리 같은 예술가 타입에게 자부심을 심어주는 일 말이다. 그는 예술에는 격려하고 이끌고 변화시키는 힘이 있다고 믿었다. 또한 그것이 누군가에게 믿음을 주는 데도 얼마나 효과적인지를 알았다. 결국 뭔가를 파는 것이 그의 천직이었다.

"그리고 그가 당신을 꼬드기려는 것이 아니라는 걸 알았겠죠?"

그녀가 부드럽게 미소 짓는다. "그가 바로 당신에 대해 말했어요. 당신을 자랑하는 모습이 정말 달콤하더군요. 그는 드라마와 당신의 배역에 대해 말해주고 꼭 보라고 했어요. 내가 TV는 보지 않는다고 하자 '음, 한번 보는 것도 괜찮아요'라고 말했죠."

그녀는 아쉬워하는 눈빛이다. 아트페어에서 시드니에 대해 말할 때도 그런 눈빛이었다. 시드니를 기억하는 눈빛은 그녀만의 것이 아니다. 페이지를 포함한, 많은 사람들이 시드니에 대해 말할 때도 그런 표정을 봤다. 그것을 깨닫는 순간, 마라를 낯선 사람이나 연적이나 단순히 정보원으로만 대한 것이 실수임을 알게 되었다. 나는 그녀가 그를 사랑했음을 깨닫는다. 우리와 마찬가지로.

"이유는 모르겠어요." 마라는 여전히 그런 표정으로 말한다. "하지만 그에게는 나를 진정시키는 힘이 있었어요."

"무슨 말인지 알아요." 나는 장담한다. 그가 주었던 평온함이 그립다. 지금 마라와 나에게는 그런 평온함이 필요하다.

그녀가 처음으로 맥주를 마신다. 잔의 테두리에 희미한 립스틱 자국이 남는다.

"그날 밤은 어떻게 끝났죠?" 내가 묻는다.

"그가 말했어요……." 그녀가 말꼬리를 늘인다. 그녀의 가방에서 휴대전화가 울린다. 그녀가 전화를 보고 받을지 말지 고민한다. 그녀는 전화를 받지 않고 내게 사과한다. "시드는 내 작품을 온라인으로 확인해보겠다고 했어요. 대부분의 사람들이 그렇게 말하지만 진짜로 보는지 마는지 알 게 뭐예요. 하지만 두어 달 후에 그가 갑자기 전화를 했더군요."

"정확히 언제였죠?"

"1월 초예요. 설날 직후였죠."

우리가 12월에 싸운 후다.

"그가 내 그림을 사고 싶다고 했어요." 마라가 말한다. "다음에 뉴욕에 가면 들러도 되는지 묻더군요. 난 흥분해서 침실에서 춤을 췄죠. 평생 그런 전화를 받은 적이 없거든요. 너무 좋아서 그런 일은 없을 거라고 생각했어요. 하지만 그가 다시 전화해서 날짜를 정했어요. 그 후에는 정말 들떴어요. 그에게 보여줄 새로운 그림도 여러 점 그려뒀어요."

"그때는 브루클린에 살았죠?"

"네." 마라가 말한다. "그가 내 아파트에 왔어요. 그는, 그러니까 다섯 종류의 수프를 가져왔어요."

"수프라고요?"

"처음에는 이해되지 않았어요. 그러다 내가 페이스북에 수프가 좋다고 썼던 것이 기억났어요." 그녀는 시드의 세심함이 건배를 받을 만하다는 듯이 맥주잔을 들었다. "그는 분명 조사를 했어요."

나는 시드와의 첫 데이트를 떠올린다. 그때 그는 내가 대학 시절 친구들 앞에서 했던 조악한 성대모사에 대해 듣고는 '고바야시'라는 이름의 스시 레스토랑을 선택했다 - 최근에 조앤의 기억을 통해 알아낸 것이지만. 시드니가 정말 원하는 것이 있으면 어디까지 파고드는지 가늠도 되지 않는다.

"우리는 내 아파트에서 수프를 먹으며 얘기를 나눴어요. 그는 온갖 질문을 했지만 인터뷰로 느껴지지는 않았어요. 마치 우리가 오랜 친구인 것처럼 정말 자연스럽고 편안했어요. 그는 내 별자리 같은 피상적인 것을 물었어요."

"별자리가 뭐예요?"

"사자자리요."

나는 알겠다는 듯이 고개를 끄덕인다.

"뭔데요?" 마라가 묻는다.

"사자자리와 천칭자리가 최고의 별자리죠. 시드가 항상 그랬어요. 가장 단단한 사람들을 위한 별자리라고."

그녀는 곰곰이 생각하다가 배를 두드린다. "난 더 단단해질 수도 있어요."

난 미소를 짓고는 동의한다는 의미로 맥주잔을 든다.

"그는 더욱 깊은 것에 대해서도 물었어요." 마라가 말한다. "그는 미래의 계획에 대해 궁금해했어요. 난 그 말에 웃어야 했죠. 그런 것은 없었거든요. 내가 아티스트로 살아남을지 모르겠다고 말했어요. 그는 그렇게 생각할 거면 그만 멈추라고 했죠."

"그는 모 아니면 도였어요."

"알아요." 마라가 말한다. "저도 그렇게 되려고 해요."

시드는 그녀의 마음을 이해했다. 부정적인 의미가 아니다. 그는 내 생각도 이해했다. 내 가능성이 부족하지만 아직 늦지 않았다고 일깨워주었다. 솔직히 그가 처음 내게 그런 연설을 했을 때는 그냥 헛소리라고 생각했다. 하지만 놀랍게도 그것이 실제로 효과를 발휘했다. 그는 마라에게도 똑같은 교훈을 가르쳐주려고 했다. 자신을 믿는 법.

"그때 그가 숲 그림을 샀나요? 「숲」이라는 그림 말이에요." 내가 묻는다.

"난 50달러짜리 두 장을 달라고 했어요." 마라가 말한다. "그는 너무 싸다고 했어요. 그러면서 2,500달러를 줬죠." 그녀의 눈썹이 둥글게 치켜 올라간 것을 보면 아직도 그 액수가 믿기지 않는 모양이다.

"그가 뭘 하는 사람인지 궁금했겠네요?"

"정말 궁금했죠." 마라가 말한다. "하지만 그는 완전히 합법적인 사람이었어요. 그는 바로 그 자리에서 수표를 건넸어요. 난 당장 현금으로 바꾸고 싶지 않았어요. 며칠 동안 들여다보기만 했죠. 돈 이상의 의미가 있었어요. 정말 그 돈이 필요했거든요."

"그러고는요? 그림을 가져갔나요?" 내가 말한다.

"그는 나를 힘껏 안아주었죠." 그녀는 우리 사이의 어딘가로 시선을 내린다. 그러고는 용감한 미소를 지으며 눈을 들고는 "그때까지는 내가 그런 것에 얼마나 굶주렸는지를 깨닫지 못했어요"라고 말한다.

"포옹이요?"

"나를 안심시켜주는 행동이요." 마라가 말한다. "'잘했어, 계속해'라고 말해주는 누군가요. 내 부모님은 아트스쿨의 학비를 대주지 않았어요. 결코 이해하지 못했죠."

누군가의 믿음이 얼마나 강력한 힘을 주는지 안다. 내가 무슨 말을 해야 할지 단어를 고르는데, 웨이트리스가 나타나 그 순간을 산산조각 낸다.

우리 둘 다 배고프지 않았지만 난 그냥 프렌치프라이를 주문한다. 그러고는 화장실로 간다. 차가운 물로 얼굴을 씻지만 별로 도움이 되지 않는다. 꿈같은 상황에서 나를 깨워주지 못한다. 시드니는 마라와 완전한 관계를 구축했다. 나는 이제야 조금 알아차리고도 그들의 유대가 얼마나 단단했는지, 거기에 얼마나 많은 것이 걸려 있었는지를 별로 실감하지 못했다.

난 마라라는 사람에 대해서도 준비되어 있지 않았다. 그녀는 밝고 재치 있고 겸손하고 사려 깊다. 또한 단단해 보인다. 시드가 가치 없는 누군가에게 그렇게 많은 시간과 에너지를 쏟았을 리가 없다는 것을 알았어야 했는데. 하지만 내게 알리지도, 허락받지도 않고 시드와 은밀한 관계를 만든 여자가 이렇게 마음에 들다니, 예상하지 못한 일이다.

시드의 생각이나 의도나 감정에 대해 묻고 싶은 것이 너무 많다. 오직 시드만이 대답해줄 수 있는 질문들이다. 내게는 마라의 일방적인 서술만 남았다. 그렇게 많은 시간을 조앤과 지냈으면 이제는 그런 서술에 익숙해져야 하는데. 아직도 시드에게서 직접 듣고 싶다는 생각이 든다.

난 테이블로 돌아온다. 테이블에는 프렌치프라이가 나와 있고 마라는 휴대전화를 들여다본다. 그녀는 휴대전화를 그냥 들여다보는 것이 아니라 뭔가를 하고 있다. 그녀가 전화기를 치우고 다시 나를 바라본다.

"우리가 이런 시간을 갖게 되어 기뻐요." 그녀가 거의 고백하듯이 말한다.

"나도 그래요."

그녀는 우리 사이의 공간을 최면에 걸린 듯이 다시 바라본다. 그녀는 테이블을 보는 것이 아니다. 내 손목을 본다. 아니, 시드니의 팔찌를 본다.

"그냥 끔찍해요." 마라가 말한다. "모든 일이 내 생각대로 되지 않았어요."

그것은 리마인더다. 그녀의 이야기가 어떻게 전개되든 끝은 항상 같을 것이다.

그녀의 그림을 사고 몇 주 뒤에 시드가 마라에게 전화했다. 그는 2월 말에 뉴욕에 간다면서 만나고 싶다고 했다. 시드는 손쉬운 사진 작업이 있다면서 그녀가 일을 하루 쉬고 사진을 찍어준다면 갤러리 일당의 두 배를 주겠다고 했다.

그녀는 그러겠다고 했다.

그는 찰스 스트리트와 워싱턴 스트리트가 만나는 모퉁이에서 그녀를 만났다. 그녀는 카메라를 가져왔다. 그들은 부동산 중개업자인 클레어를 아파트 위층에서 만났다.

"시드가 그곳 사진을 찍어달라고 했어요." 마라가 말한다. "브로슈어 같은 데에 사진을 실을 거라면서요."

시드는 그녀를 위해 가짜 일을 만들어냈을 것이다. 내가 아는 한, 어디에도 그런 사진이 실리지 않았기 때문이다. 맞다, 그는 맨해튼으로 이사하고 싶어 했다. 그래서 적당한 부동산을 찾아다녔다. 하지만 그날은 마라와 시간을 보내는 것이 목표였을 것이다.

"나중에 점심을 먹으러 갔어요." 마라가 말한다. "그는 500달러가 들어 있는 봉투를 건넸어요. 눈물이 나더군요." 몇 달이 지난 지금도 그녀는 그 봉투가 보이는 것처럼 무릎을 내려다본다. "정말 힘든 2주였어요. 두 개의 직업을 가졌는데도 공과금을 거의 내지 못했어요. 그가 그림 값으로 건넨 돈은 이미 사라졌죠. 이번에도 그건 그냥 돈이 아니었어요. 오랫동안 일하느라 창의력을 발휘할 시간은 거의 없었어요. 그래서 그가 건넨 돈은 항상 해방이었죠, 알죠?"

"알아요."

"사진을 몇 장 찍고 돈을 받다니. 공짜로 했어야 하는데. 그는 완벽한 타이밍에 나를 만나러 왔어요. 내가 다시 이곳 뉴호프로 이사할 생각을 하고 있을 때 말이죠. 정말 이사하고 싶지 않았어요. 하지만 그는 나더러 멀리 보라고 했어요. 그는 내게 브루클린에 사는 것과 아티스트가 되는 것 중에 무엇이 더 중요하냐고 물었어요. 난 이미 답을 알고 있었어요. 하지만 그 답을 받아들이기까지 몇 달이 더 걸렸어요."

그녀는 우리가 쳐다보지도 않은 프렌치프라이를 집는다. 나도 미지근한 프렌치프라이를 집어 차분히 입에 넣는다. 그러고는 더는 먹지 않는다.

"그러고는 산책을 했어요." 마라가 말한다. "뭔지 모르겠지만, 아마 점심을 먹으면서 그에게 마음을 열었다고 생각했는지, 갑자기 그가 당신들의 이야기를 시작했죠. 아기 문제 말이에요."

목에 프렌치프라이가 걸린 듯하다. 분명히 삼켰다고 생각했는데. 그녀는 시드와 내가 직면했던 모든 문제에 대해 줄줄 말하고 나는 가만히 귀를 기울인다. 어느 쪽도 자궁이 없는 커플의 딜레마. 주마다 모순되는 법률. 데이터베이스를 추려내서 짧은 동영상과 이력서로만 난자 기증자를 선택해야 하는 현실. 우리(사실은 시드)에게 난자를 기증해줄 확실한 후보자, 다시 말해 가족(적어도 그중 한 명은 베로니카였다)과 친구들(페이지, 아마 다른 사람들)이 이미 고갈되었다는 사실. 그리고 마지막으로 우리 아이가 엄마에 대해 물어보면 만족스러운 대답을 들려주고 싶다는 욕구. 엄마가 낯선 사람이 아니라 우리와 친밀한 사람이라면 아이가 마음의 평화를 얻을 테니까.

"그에게 얼마나 중요한 문제인지 알았어요." 마라가 말한다. "그는 아주 괴로워 보였죠. 그가 항상 나를 위로하듯이 나도 위로해주고 싶었지만 무슨 말을 해야 할지 모르겠더군요. 그러다 어느 순간, 언제인지는 기억나지 않아요. 그가 묻더군요. 혹시 난자를 기증할 생각을 해본 적은 없냐고."

페이지가 그러지 말라고 조언했다던데. 그 말을 전해 듣는 것이 당혹스럽다. "그에게 뭐라고 했어요?"

"진실을 말했죠." 마라가 말한다. "그런 생각은 한 번도 하지 않았다고요."

난 프렌치프라이 접시를 내려다본다. 프렌치프라이를 입이 아니라 귀에 쑤셔 넣어 나머지 이야기는 듣지 말까?

"이게 끝이에요." 마라가 나를 배려하듯이 말한다. "더는 말하지 않았어요. 그가 LA로 돌아가고 나서야 그런 생각이 떠올랐어요. 그가 내게 난자를 부탁했던 건가? 어떻게 생각해야 할지 모르겠더군요. 한 번에 너무 많은 감정이 밀려왔어요. 충격적이기도 하고 약간 자랑스럽기도 하고 뭔가 강렬하기도 하고, 심지어 불안하기도 했죠. 그 전에 난 그와 연결된 느낌을 갖고 있었어요. 내가 상상한 건 멘토와 제자의 관계였죠. 그러다 의문이 들기 시작했어요. 이 남자는 누구지? 난 구글링으로 그에 대해 깊이 파헤쳤어요. 그러다 그가 포스팅한 사진들을 봤어요. 두 사람이 함께 찍은 사진들이었죠. 사랑이 느껴졌어요. 그건 분명했어요. 하지만 문제는 내 난자잖아요."

"맞아요. 중요한 일이죠."

"언젠가 내 아이들을 갖고 싶었어요. 당장은 아니지만 언젠가는요. 난 스물다섯 살이거든요. 뭐가 뭔지 모르겠더군요. 그래서 조사를 시작했죠."

그녀는 난자 기증 절차를 알려주는 기증자들의 유튜브 동영상을 보았다. 의사의 방문. 심사 과정(매춘을 한 적이 있는가? 우울증 치료제를 복용한 적은? 파티용 마약은? 지난 6개월간 두 명 이상의 남자 파트너가 있었는가?). 매일 맞아야 하는 호르몬 주사. 배와 허벅지의 주삿바늘 자국들. 부작용. 초음파 검사. 성관계, 알코올, 약물(타이레놀 제외)을 피할 것. 마지막으로 수술.

동영상에 나오는 여자들은 그녀 같았다. 어떤 여자들은 10대였고 대부분은 20대였으며 몇몇은 거의 서른에 가까웠다. 대개 그 대가는 8,000달러에서 1만 달러였다. 그들은 그 돈으로 빚을 갚고 대학 등록금을 내고 생활비를 대고 여행을 갔다. 많은 여자들이 대여섯 번쯤 난자를 기증했다.

어떤 기증자는 기증받는 사람들과 개인적인 친분이 있다. 대부분은 그렇지 않다. 상당수는 난자 기증을 직업으로 여기며 기증받은 사람들과 거리를 두고 싶어 했다. 세상에 좋은 일을 한다는 느낌을 주기는 했지만. 그들 모두 누군가를 돕는다는 사실에서 위로받았다. 생명을 주는 것.

"어느 정도는 아름다웠어요." 마라가 말한다. "누군가가 그 일을 하는 이유를 완전히 이해했어요. 하지만 내가 그런 일을 하는 건 상상할 수가 없었죠. 이 세상에 내 아이가 존재하고 느끼고 생각하고 있을 거라는 사실이 감당되지 않을 테니까요. 그리고 당신들이 여기 뉴욕으로 이사라도 오면 어쩌죠? 그러면 그 아이가 이웃에 살게 될지도 모르잖아요. 내 미래의 남편은 어떻게 생각할까요? 내가 시드를 좋아하기는 하지만 방금 만났을 뿐이잖아요."

그녀의 말을 반박할 수 없다. 시드가 내게 이야기해주었다면(내가 기꺼이 함께하려는 마음이 있음을 그에게 알려주었다면 이야기해주었을 것이다) 그에게 한 발 물러나 속도를 조금 늦추자고 했을 것이다.

"다음에는 그의 전화를 받지 않고 음성메시지로 연결되게 했어요." 마라가 말한다. "그의 메시지에는 아기나 난자에 대한 이야기가 전혀 없었어요. 그냥 내가 잘 지내는지 물어보는 안부 전화였죠. 모든 것이 나의 착각이었는지 조금 의구심이 들더군요."

한 달 후에야 두 사람은 다시 대화를 했다. 4월에. 12월에 나와 시드가 싸우고 4개월이 지났던 것이다. 내 생각에는 12월에 우리가 싸우고 나서 계획이 보류되었던 것 같다. 지금까지 알아낸 바로는, 당시 시드는 속도를 조금 늦추고 싶다는 내 바람을 존중해준 것처럼 보인다. 에이전시가 업데이트된 기증자 명단을 보내주었지만 시드는 계속 거부했다. 내 계획은 변함이 없었다. 내가 마음의 준비가 되면 베로니카에게 부탁하는 것. 시드가 1월에 알아낸 것을 나는 4월에야 알았으니. 바로 베로니카가 누군가와 사귄다는 것이었다. 그래도 나는 별로 신경 쓰지 않았다. 이전처럼 그녀가 누군가를 오래 사귀지는 않을 거라고 생각했으니까(내가 틀렸다). 게다가 나는 좀 더 시간이 필요했다. 그 몇 달간 「롱 암」으로 너무 바빠서 아버지가 된다는 생각은 거의 잊고 있었다.

하지만 시드는 결코 멈출 수가 없었던 모양이다. 그는 4월에 다시 뉴욕으로 가서 마라에게 맨해튼에서 함께 식사하자고 했다. 그녀는 조금 주저하다가 허락했다.

"그는 조금 달라 보였어요." 마라가 말한다. "평소의 차분함이 없었죠. 우리는 예술, 뉴욕 등 모든 것에 대해 30분쯤 떠들었어요. 그러다 그가 나를 보고 깊게 숨을 들이쉬면서 '아, 헬로웰 양······'이라고 말했어요."

난 곧 닥쳐올 충격에 대비해 온몸에 힘을 주었다.

"난 당신들의 계획이 어떻게 돼가는지 물었어요. 그가 조금 이야기해주더군요. 가능성이 있어 보이는 기증자를 몇 명 찾았다고 했어요. 그러고는 말을 멈췄죠. 그는 좀 더 이야기하고 싶은 듯했어요. 난 그에게 계속 이야기해보라고 했어요. 그가 모든 것을 털어놓더군요. 그는 원래 이상적인 어머니 상이 없었다고 했어요. 하지만 나를 만나고 바뀌었다더군요. 그는 내가 자신도 조금 닮고 당신도 조금 닮았다고 했어요. 내가 머리가 좋고 집중력이 있고 상상력도 넘치고 외모도 아름답다는 거예요. 또한 내가 친절하지만 신랄하다고 했어요. 자신만만하지만 자기 비하적이기도 하고요. 현실주의자이자 몽상가이기도 하고요. 그때까지 내게는 그런 사람이 없었어요. 항상 나만 생각해주는 사람 말이에요. 내가 누구이고 어떤 사람인지를 그렇게 오랜 시간 동안 생각해주는 사람이요. 정말 인상적이었어요."

그녀는 잠깐 숨을 돌리고 나도 숨을 돌린다.

"그는 말을 멈추고 사과했어요. 자신이 방금 말한 것에 내가 부담을 느끼지 않기를 바랐죠. 솔직히 난 어떤 기분인지, 무슨 말을 해야 할지 몰랐어요. 난 그가 좋았어요. 그가 많이 좋았어요. 하지만……."

그녀가 말을 멈춘다.

"정말 그를 돕고 싶었어요." 마라가 말한다. "하지만 그럴 수가 없었어요."

뉴욕에서 마지막 식사를 함께하고 몇 주가 지난 뒤에야 그녀는 시드니에게 그 말을 털어놓을 용기를 냈다. 그녀는 그에게 대화하고 싶다는 문자메시지를 남겼다. 며칠이 지나도록 연락이 없었다. 그녀는 그의 페이스북에 들어가보았다. 모두가 그에게 좋은 말들을 남겼다. 더는 살아 있지 않은 사람에게 하는 말들이었다.

우리는 밖으로 나왔다. 마라는 휴대전화를 귀에 대고 레스토랑 주위를 서성인다. 그녀의 목소리가 나지막한 것을 보면 무슨 일이 있는 듯하다. 그녀는 레스토랑에 앉아서도 대여섯 번쯤 통화 기록을 확인했다.

나는 그녀의 프라이버시를 지켜주기 위해 6미터쯤 떨어진 곳에 서 있다. 주차장은 황혼에 휩싸여 있다. 자동차들의 지붕은 푸른 지평선을 따라 구불구불 펼쳐진 언덕들을 닮았다. 내 렌터카도 저기 어디에 있다. 난 그 차가 어떻게 생겼는지 잊어먹었다.

난 마라가 걸어오는 모습을 본다. 여름 원피스가 무정형적으로 늘어져 있다. 어깨에 걸친 에코 가방에는 식료품이 들어 있을 것이다.

레스토랑에서 그녀는 내가 놓치고 있는 부분들을 채워주었다. 이제는 이전처럼 공허하지 않다. 맞다, 그는 나를 속였다. 맞다, 그는 다른 누군가에게 반했다. 하지만 모두 우리를 위해서였다. 그는 마지막 순간까지 나를 사랑했다. 이제 나는 어떻게 해야 할까?

마침내 마라가 통화를 마치고 한숨을 쉬며 걸어온다. "담배 피울래요?"

"좋죠."

그녀가 레스토랑으로 들어가 담배 두 개비와 성냥을 가져온다. 그녀와 고등학교 동창이라는 바텐더에게 빌린 것이다. 그녀가 성냥을 켠다. 허공에서 불꽃이 춤을 추다가 하얀 담배 가장자리에 오렌지색 불꽃이 피어오른다.

지금이 좋을 것 같다. "당신 그림을 태웠어요." 내가 말한다.

"뭐라고요?" 마라가 뭉게뭉게 피어오르는 담배 연기 너머에서 말한다.

"시드니의 물건들을 태웠거든요."

"그랬군요." 그녀가 허공에 팔을 휘두른다. "이야기는 들었어요."

"미안해요."

"걱정 말아요. 가끔 나도 내 그림들을 태우고 싶으니까요."

나는 담배에 불을 붙인다. 담배 연기가 소용돌이치면서 적당한 곳들로 흩어진다. 그녀가 연석 위에 쪼그리고 앉고 나도 그녀 옆에 쪼그린다. 우리는 한동안 조용히 담배를 피운다. 방금 힘겨운 산행을 마치고 이제 정상에서 경치를 내려다보는 느낌이다. 어떻게 우리가 여기까지 올라왔는지 놀라면서.

"하나만 물어봐도 돼요?" 마라가 말한다.

"네."

"그가 내 작품에 대해 뭐라고 했어요? 그게 진실된 거라고 생각 해요?"

난 숨을 들이쉬었다가 내쉰다. "그렇게 묻는 이유를 알겠어요." 내가 말한다. "솔직히 나도 가끔 궁금했거든요. 그는 정말 내가 좋은 배우라고 생각했을까요? 아니면 호의적인 감정 때문에 선입견을 가 졌던 것일까요? 하지만 그거 알아요? 난 당신과 당신의 예술, 그 둘 이 별개라고 생각하지 않아요. 똑같은 것의 일부죠. 그리고 예술이 란 사람들에게 뭔가를 느끼게 하는 거잖아요, 그죠? 그런데 당신은 그 일을 해냈어요. 정말이에요. 내가 확실하게 말할 수 있어요."

그녀가 팔꿈치를 괴고 하늘을 본다. 그녀의 담배 연기가 내 담배 연기와 합쳐져서 우리 위쪽에 거대한 연기구름을 만든다. 나는 연기 를 좇으면서 그것이 어디까지 이어질지 궁금해한다. 그리고 연기가 시드니에게 닿는 것을 상상한다. 그가 저기 위에서 보고 있다면 내 가 그의 선택에 찬성한다는 사실을 알아주기를. 비록 그의 방법에는 동의하지 않지만. 그가 내게 그 일을 비밀로 하지 않았으면 좋았을 텐데. 내가 그에게 비밀로 해야 한다는 압박감을 주지 않았으면 좋 았을 텐데.

"가야겠어요." 그녀가 땅바닥에 담배를 비벼 끈다.

너무 빠르지 않나? 난 이제야 그녀를 찾아냈는데.

"남자친구가 계속 전화하네요." 그녀가 말한다. "몇 시간 전에 만나기로 했거든요."

남자친구에 대해서는 처음 듣는다. "사귄 지 얼마나 됐어요?"

마라는 내가 묻는 이유를 아는 것 같다. "내 결정과는 상관없는 일이에요. 함께 지낸 건 겨우 몇 주지만 고등학교 시절에 사귀었거든요. 내가 뉴호프로 돌아왔을 때 아직 여기에 살더군요. 옆에서 많이 도와줘요."

좋은 소식이다. 왠지 나도 이 여자의 미래에 투자한 기분이다. "언젠가 브루클린으로 돌아갈 거예요?"

"모르겠어요. 여기에 얼마나 머물지는 모르지만 당분간은 있을 거예요. 재충전을 위해서요."

그 말의 의미를 안다.

우리는 일어나 서로를 마주 본다. "이렇게 나타나서 미안해요." 내가 말한다.

"그래줘서 기뻐요."

나는 그녀를 안는다. 마치 그를 안는 것처럼. 시드니가 살아 있었다면 우리 사이가 어떻게 되었을지 자꾸 생각하게 된다.

마침내 나는 그녀를 놓아준다. "시드니는 내가 당신을 계속 지켜보길 바랄 거예요. 당신이 해이해지지 않도록 말이죠."

"제발 그래주세요." 그녀가 말한다. "그랬으면 좋겠어요."

29

다음 날 아침 마침내 개빈 아저씨가 위층으로 올라왔다. 엄마는 강습을 하러 나가려던 참이다. 개빈 아저씨가 엄마에게 언제 돌아오는지 묻는다. 엄마와 할 이야기가 있기 때문이다.

엄마는 집을 나가고 개빈 아저씨는 커피를 만든다. 아저씨가 아침을 만들어주겠다기에 나는 싫다고 말한다. 아저씨가 신선한 오렌지주스를 만들어주겠다고 한다. 작년 아버지날에 엄마와 내가 아빠에게 선물한 주서기로 말이다. 나는 좋다고 대답한다. 내가 전부 싫다고 하면 아저씨가 수상하게 생각할 테니까. 하지만 오렌지주스는 내 실수였다. 배 속이 더 불편해졌기 때문이다.

문득 개빈 아저씨가 왜 드레스를 입었느냐고 묻는 순간 배 속이 더 불편해진다. 나는 내 방에서 아이팟으로 동영상을 만들 거라고 말한다. 아저씨는 내 말을 믿어준다. 아저씨는 커피를 마저 마시고는 욕실에 다녀오겠다고 말한다. 아저씨가 아래층으로 내려가자 나는 주머니에서 메모지를 꺼내 식탁에 올려둔다.

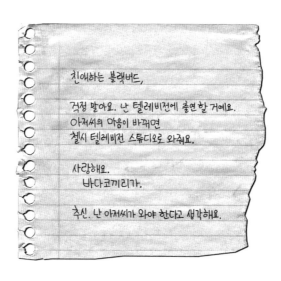

친애하는 블랙버드,

걱정 말아요. 난 텔레비전에 출연할 거예요.
아저씨의 마음이 바뀌면
첼시 텔레비전 스튜디오로 와줘요.

사랑해요.
　　바다코끼리가.

추신. 난 아저씨가 와야 한다고 생각해요.

마침내 내 기억력을 써먹을 일이 생겼다. 나는 개빈 아저씨와 함께 뉴욕으로 갔던 날과 같은 방법으로 커다란 언덕을 내려가려고 호보컨을 관통한다. 지하철역에서부터는 조금 문제가 생긴다. 개빈 아저씨는 노란 카드로 개찰구를 통과했지만 나는 노란 카드가 없기 때문이다. 난 잠시 생각에 잠긴다. 난 아빠의 깁슨을 메고 있다. 깁슨의 부드러운 케이스 안에는 내 모든 물건이 들어 있다. 일기장, 동전 지갑, 시드니 아저씨가 선물한 기타 픽, 풍선껌, 펠리샤가 보낸 서류들. 하지만 노란 카드는 없다.

내가 개찰구 옆에 서 있는데 뉴욕 메츠 유니폼을 입은 친절한 아저씨가 어디로 가느냐고 묻는다. 아저씨는 자신의 노란 카드를 개찰구에 넣고 내게 개찰구 안으로 들어가라고 한다. 아저씨는 내가 지하철을 제대로 타는지 확인하고 난 아저씨에게 고맙다고 인사한다.

낯선 사람에게 말을 걸면 안 된다는 것은 안다. 하지만 내게는 하지 말아야 할 일이 너무 많다.

지하철이 사람들을 지하에 내려준다. 나는 의자에 앉은 남자 앞을 지나간다. 그의 몸이 의자 밖으로 잔뜩 나와 있어서 당장이라도 철로로 떨어질 것만 같다. 하지만 그를 도와줄 시간이 없다. 리버뷰페어에서는 화장실 냄새가 진동한다. 나는 사방이 환해지고 숨도 트이는 곳이 나타날 때까지 다른 사람들을 따라 계단을 올라간다.

사람이 정말 많다. 그들은 마치 내가 보이지 않는 것처럼 내 기타에 부딪힌다. 갑자기 내가 어디 있는지를 깨닫는다. 나는 뉴욕에 있다. 그것도 완전히 혼자.

이곳에서는 누가 미친 사람이고 누가 멀쩡한 사람인지를 구분하기 어렵기 때문에 아주 위험하다. 그래서 존 레넌도 죽었다. 마크 데이비드 채프먼은 좋은 사람 같았지만 사실은 광팬(나와 아빠 같은 정말 열렬한 팬과는 완전히 다르다)이었다. 마크 데이비드는 다코타로 찾아가 존에게로 곧장 걸어갔다. 그리고 그를 총으로 쐈다. 그날 존에게 사인까지 받았으면서 말이다. 존은 마크 데이비드에게 아주 친절했기 때문에 마크 데이비드가 그런 짓을 저지른 이유를 모르겠다. 문득 개빈 아저씨가 두 여자와 사진을 찍은 일이 생각난다(2013년 7월 16일 화요일). 아빠는 마크 데이비드가 유명해지고 싶어서 유명한 사람을 다치게 한 것이라고 했다. 이럴 때는 내가 특별한 사람이 아닌 것이 기쁘다.

하지만 오늘 내가 텔레비전에 나오면 이런 기쁨도 오래가지 않을 것이다.

모퉁이로 걸어가 최대한 높이 손을 든다. 하지만 택시는 쌩하고 지나가버린다. 나는 손을 흔들고 또 흔든다. 등에 멘 기타가 점점 무거워지고 기타 끈은 어깨로 파고든다.

내가 계속 팔을 흔드는데 등 뒤에서 남자의 목소리가 들린다. "너뿐이야?"

그 아저씨는 콧수염이 있다. 하지만 카우보이처럼 덥수룩하지는 않다. 수염은 얇고 깔끔하다. 아저씨가 팔을 높이 들자 택시가 멈춘다. 아저씨가 나를 뒷좌석에 태우고 난 아저씨에게 첼시 텔레비전 스튜디오에 가고 싶다고 말한다. 아저씨는 택시 기사에게 내가 가고 싶은 곳을 말해주고 나는 아저씨에게 묻는다. "「민디 러브 쇼」를 보세요?"

"못 들어봤는데."

"음, 내가 그 쇼에서 음악을 연주할 거예요. 꼭 보세요."

아저씨가 "행운을 빈다"라고 말하고는 손으로 택시 지붕을 두드린다. 택시가 출발한다. 난 거울에 비친 택시 기사의 검은 눈을 보고 택시 기사는 "안녕"이라고 말한다.

나는 "안녕하세요. 나는 조앤 레넌이에요"라고 말한다.

하지만 택시 기사는 내 이름을 듣고도 눈을 크게 뜨며 놀라지 않는다. 그는 "내 이름은 애디사야"라고 말한다.

"비틀즈를 좋아하세요?"

"아니, 딱정벌레 안 돼. 내가 온 곳에서는, 좋지 않아."

"나는 7월 16일에도 택시를 탔어요. 그날은 화요일이었죠."

"난 금요일이 가장 좋아. 너도 그렇지?"

"나도 금요일이 좋아요." 나도 인정한다.

차가 방향을 바꾼다. "강으로 쭉 가야 해." 애디사 아저씨가 말한다. "내부는 어떤 모습일까? TV 프로그램을 만드는 스튜디오 말이야."

"나도 궁금해요."

"가본 적이 없어?" 애디사 아저씨가 말한다.

"없어요."

"그러면 오늘은 특별한 날이네. 내가 기도해줄게."

2011년 2월 20일 일요일. 할아버지가 나를 교회에 데려간다. 아빠는 교회에 다니지 않고 엄마는 유대인이기 때문에 아무도 나를 교회에 데려가지 않을 거라면서. 할아버지는 조앤 할머니를 위해 기도하러 간다고 하지만 내게 기도하는 법을 가르쳐주지는 않는다. 그래서 나는 그냥 눈을 감고 노래하는 여자에게 귀를 기울인다. 부드러운 노랫소리가 예배실을 가득 채우는 것이 좋다.

할아버지가 텔레비전에 나온 나를 봤으면 좋겠다. 하지만 할아버지는 바쁘고, 어쨌든 이 일은 비밀이니까.

애디사 아저씨가 빨간 불에 멈추고는 아빠처럼 박자에 맞춰 운전대를 두드린다. 나는 애디사 아저씨에게 묻는다. "음악을 연주해요?"

"젬베를 연주해." 애디사 아저씨가 운전대를 두드리며 말한다. "하지만 차에서만."

"우리 아빠랑 같네요."

애디사 아저씨가 고개를 돌리고는 유리 뒤에서 하얀 이를 반짝이며 웃는다. "네 아버지도 택시를 운전해?"

"아뇨."

애디사 아저씨는 앞으로 몸을 돌리고 우리는 다시 움직인다. "그럼 직업이 뭐야?"

"음, 아빠는 광고 음악을 만들었어요."

"어떤 광고?" 애디사 아저씨가 말한다.

"콜라 병이 망원경으로 변하는 광고 보셨어요?"

애디사 아저씨가 돌아보지만 그는 여전히 운전 중이다. "그게 네 아버지야? 나 그 광고 좋아하는데! 타임스 스퀘어 TV에 나오잖아. 아주 멋진 광고야. 와, 난 오늘 아주 운이 좋네."

나도 그렇다. 난 애디사 아저씨가 내 택시 기사라서 기쁘다. 아빠의 옛 직업이 얼마나 특별한지를 알고 내 비밀 임무에 대해 더욱 확신을 주기 때문이다.

애디사 아저씨가 빨리 운전한다. 아빠도 내가 홈디포에서 떨어진 직후 빨리 운전했다던데. 우리 차가 다른 차에 부딪힐 것만 같아서 손잡이를 꼭 잡는다. 애디사 아저씨는 경적 울리는 것을 좋아하고 나는 경적 소리 듣는 것을 좋아한다.

차창 밖에는 어떤 남자가 길에서 자고 있다. 행인들이 그를 지나친다. 그 남자의 가족은 그가 어디 있는지 알까? 아마 그도 나처럼 가족 몰래 돌아다니고 있겠지? 기타 케이스에서 동전을 꺼내 던져줄까 생각하는 순간 애디사 아저씨가 다시 속도를 낸다. 그 남자도 우리 아빠처럼 잠에서 깨면 커피를 마실까? 아빠는 뉴욕 커피가 최고라고 했는데.

2013년 7월 16일 화요일. 개빈 아저씨가 그랬다. 최고의 피자는 뉴욕에 있다고.

이제 차는 움직이지 않고 창밖으로 강이 보인다.

"다 왔다, 꼬마야."

애디사 아저씨는 내 이름을 기억하지 못한다. 별로 기분이 좋지는 않다. 그가 버튼을 누르고 미터기에 찍힌 붉은색 숫자를 가리킨다. "7달러 47센트란다."

나는 동전 지갑을 열어 동전을 센다. 애디사 아저씨는 유리 너머로 나를 본다. 애디사 아저씨는 차에서 내려 내 쪽의 문을 연다. "좋아, 이건 문제도 아냐." 우리는 1달러씩 동전을 무리 짓고 애디사 아저씨가 동전 무리를 자동차 시트에 줄지어 놓는다. "이 돈을 저금한 거야? 오늘은 아주 중요한 날인 게 틀림없구나."

"네, 맞아요."

지갑에는 동전이 남아 있지 않다. 난 시트 위의 동전을 본다. 여섯 줄뿐이다.

"괜찮아, 꼬마야." 애디사 아저씨가 말한다. "아주 괜찮아. TV에서 재미있게 즐겨라."

애디사 아저씨가 내 기타 케이스를 들고 있는 동안 나는 차에서 기어 내린다. 애디사 아저씨가 내 어깨에 기타를 걸어주고 강가의 건물을 가리킨다. "저기야. 행운을 빈다."

난 그 건물과 그 뒤의 강을 본다. 뉴저지가 눈에 들어온다. 우리 집도 보이면 좋을 텐데. 그러면 애디사 아저씨에게 내가 어디 사는지, 얼마나 멀리에서 왔는지 알려줄 텐데. 하지만 내가 돌아섰을 때 택시는 이미 사라졌다.

30

내가 자리를 비운 5분 사이에 그 애가 사라졌다. 조앤이 사라졌다.

난 조앤의 이름을 부르며 방마다 돌아다닌다. 위층과 아래층을 모두 확인했지만 어디에도 없다.

식탁에 놓여 있는 메모지를 다시 본다. 이건 게임이 아니다. 진짜다. 조앤이 혼자 뉴욕에 갔다.

난 조앤이 어디로 갔는지 안다.

지갑과 휴대전화를 들고 문밖으로 달려 나가며 페이지에게 전화한다. 전화는 곧장 음성메시지로 연결된다. 난 메시지도 남기지 않고 전화를 끊는다. 내가 아이를 보다가 이런 일이 생겼다. 내가 바로 잡아야 한다. 그것도 빨리.

난 언덕을 달려 내려가 지하철역으로 질주한다. 하마터면 풀린 신발 끈에 걸려 넘어질 뻔했다. 내가 급하게 스쳐 지나가는데도 사람들은 아무런 관심이 없다.

계단을 내려가고 회전문을 지나고 마침 멈춰 있는 지하철에 탄다.

난 자리에 앉았다가 그냥 일어선다. 앉아 있을 수가 없다. 지금은, 가슴이 타오르고 심장이 따끔대는 지금은. 내가 역무원을 찾는 동안 다른 승객들은 끈질기게 기다린다. 어딘가에 이 지하철을 움직일 누군가가 있을 것이다. 비상시에 행동할 누군가가.

하지만 난 아무런 도움도 받지 못한다. 억지로 의자에 앉아 간신히 깊은 숨을 들이쉰다. 여자의 플랫슈즈가 내 발 옆에서 멈춘다. "저기요."

고개를 든다.

"이걸 떨어뜨렸어요." 여자가 말한다.

그녀가 종잇조각을 건넨다. 조앤의 메모지다.

조앤의 글씨를 보는 순간 내 안에서 떨림이 번진다. 조앤이 이 끔찍한 TV 쇼에 나가자고 했지만 난 거절했다. 그 애가 이런 일을 벌일 줄은 몰랐으니까.

난 눈을 감고 조앤이 도시에서 홀로 겁을 집어먹고 웅크린 모습을 그려본다. 내 가슴은 이런 일을 견딜 수 없다. 어떻게 페이지와 올리는 이렇게 사는 건지, 부모들은 어떻게 이렇게 사는 건지 이해되지 않는다. 어떻게 그들은 자신들의 작은 분신이 단 1초라도 눈에서 벗어나는 것을 견뎌낼까. 모두 소용없는 짓이다. 우리가 가까이에서 매처럼 감시해도 우리가 사랑하는 아이들은 몰래 빠져나갈 것이다. 스스로를 돌볼 만큼 나이 들고 현명하다고 여겨지는 아이들까지도.

다시 이런 일이 벌어지고 말았다. 누군가가 내게서 도망가는 일이. 마침내 지하철이 앞으로 움직이는 순간 욕지기가 밀려온다. 내가 욕지기를 참아낼 수 있을까. 지난밤 마라와의 만남과 지금 이 일에 대해 생각해볼 시간이 거의 없다. 나는 눈을 감고 현기증을 달래본다.

나머지 일은 꿈처럼 지나간다. 지하철에서 내리고 계단을 오르고 택시에 탄다. 난 택시 뒷좌석에서 몸을 앞으로 숙인다. "제발." 내가 운전기사에게 말한다. "최대한 빨리 가주세요."

31

　로비의 아저씨가 9번 엘리베이터를 타라고 한다. 비틀즈의 노래 때문에 '9'는 불길한 숫자다. 나는 위로 올라간다. 엘리베이터의 문이 열리면서 한쪽 귀만 가린 헤드폰을 착용한 여자가 보인다.

　"조앤 설리? 펠리샤 뒤프렌이야. 아, 이런. 시간이 없네. 따라와."

　펠리샤는 말하는 속도만큼 빠르게 걷기 때문에 따라가기 힘들다. 그녀는 헤드폰에서 삐져나온 가느다란 마이크에 뭐라고 말한다. "왔어."

　기다란 금발을 포니테일로 묶은 펠리샤는 내가 상상했던 것보다 젊어 보인다. 내 피부도 하얗지만 펠리샤의 피부는 푸른 혈관이 보일 정도로 하얬다.

　"부모님은 아래층에 계시니?" 그녀가 묻는다.

　"아뇨."

　"어디 계신데?"

　"오지 않으세요."

"무슨 소리야, 오지 않는다고? 그럼 누가 오는데?"

"몰라요. 개빈 아저씨가 왔으면 좋겠어요."

"그는 카메라 앞에 설 준비는 됐어?"

"몰라요."

"네 방은 이쪽이야."

벽에는 TV에 나오는 사람들의 사진이 붙어 있다. 지금 그들 모두 이 건물에 있을까. 개빈 아저씨도 이런 건물에서 드라마를 찍을까.

"어서, 조앤!"

등에 깁슨을 메고 펠리샤를 따라잡기는 힘들다. 그녀가 문에 열쇠를 꽂더니 나를 방으로 데려간다. 내 방보다 큰 방에는 가죽 소파와 커피 테이블과 욕실이 있다. 특이한 전구들을 두른 거울도 있다.

"서류는 가져왔어?" 펠리샤가 말한다.

난 반짝이는 소파에 앉아 기타 케이스에서 서류를 꺼낸다. 펠리샤가 서류를 보는 동안 나는 꼼짝하지 않는다. 난 연필로 엄마의 사인을 베낀 다음 펜으로 칠했다.

"개빈 아저씨는 누구야?" 펠리샤가 말한다. "가족이야?"

"거의 그렇죠."

"삼촌이야, 할아버지야, 뭐야?"

펠리샤가 대답을 기다린다. "삼촌이요." 내가 대답한다.

"그러면 되겠네. 그는 정확히 언제 오는데?"

"몰라요. 아마 금방 올 거예요."

펠리샤는 방귀 냄새라도 맡은 표정이다. 나는 방귀를 뀌지 않았는데. "전화번호는 있니? 내가 전화해볼게."

나는 고개를 흔든다. 이제 펠리샤는 마치 엄마처럼 나를 바라본다. 그러니까 내가 뭔가 나쁜 소리를 하면 엄마가 짓는 표정, 내 말이 거짓이기를 바라는 표정 말이다. "부모님이 널 혼자 뉴욕에 보냈다고? 놀랍지도 않네?"

할 말이 없다.

그녀는 손으로 얼굴에 부채질을 하고 메모지에 뭔가를 적는다. "좋아, 금방 올게. 사전 인터뷰를 하고 나서 메이크업과 헤어를 할 거야. 배고파?"

"네. 많이요." 개빈 아저씨에게 아침밥을 만들어달라고 할 걸.

"간식을 갖다줄게." 펠리샤가 문으로 걸어간다.

"잠깐만요. 돈은 언제 받아요?"

"네 삼촌이 나중에 서류를 작성해주면." 펠리샤가 말한다. "6주에서 8주 사이에 돈을 받을 거야."

"젠장."

"뭐라고?"

"조니 캐시라고요."

펠리샤가 문을 닫는다.

6주 안에 스튜디오는 사라질 것이다. 당장 돈을 받아야 한다.

난 풍선껌을 입에 넣고 풍선을 분다. 풍선이 커지는 것을 보다가 풍선 터지는 소리를 듣는 것이 재미있다. 난 풍선을 불고 터뜨리고 불고 터뜨리다가 문득 기억해둔다. 내가 진짜 텔레비전 쇼에 나가기 전에 내 드레싱룸에서 대기하고 있다는 것을.

긴장된다. 하지만 기분 좋은 긴장감이다. 개빈 아저씨가 말했던 바로 그런 긴장감. 나는 내 노래를 연주할 것이다. 사람들이 그 노래를 들으면 모든 것이 바뀌고 누구도 내게 화를 내지 않을 것이다. 내게, 그리고 내가 해낸 일에 미소를 짓느라 정신없을 테니까. 내가 해낸 특별한 뭔가에. 기억할 뭔가에.

민디 러브 쇼

아나운서 : 여러분의 진행자를 소개합니다. 민디 러브!

　　[환호와 박수]

민디 : 누가 여러분을 사랑하죠?

관객 : 민디!

민디 : 나는 여러분을 사랑합니다. 오늘은 우리 쇼에 특별한 청소년들이 출연합니다. 그들의 재능은 여러분을 놀라게 하고 즐겁게 하고, 어쩌면 여러분의 생명을 구할지도 모릅니다. 우리와 이야기를 나눌 열한 살의 의대생은 친구들이 고등학교에 다니는 동안 의학박사 학위를 딸 것입니다. 요리사인 마리오 바탈리와 제프리 자카리안 같은 사람들을 단골로 두고 있는 쌍둥이 마스터셰프도 기대해주세요. 온두라스 탐험에서 돌아온 여덟 살의 파충류 전문가도요. 이미 그의 이름을 붙인 새로운 종류의 뱀도 있습니다. 하지만 우선 특별한 어린 숙녀분을 소개하려고 합니다. 이 소녀는 '매우 뛰어난 자전적 기억력' 또는

HSAM이라고 불리는 극히 희귀한 능력을 지니고 있습니다. 전 세계적으로 HSAM을 지닌 사람은 30명도 되지 않고 그중 오늘 우리가 만나볼 소녀가 가장 나이가 어립니다. 거의 스무 살이나 어리죠. 그녀는 고작 열 살이고 오늘이 첫 방송 출연입니다. 정말 독특한 게스트를 환영해주세요. 조앤 설리입니다!

[환호와 박수]

민디 : 저, 안녕, 조앤. 정말 사랑스럽네요. 우리 쇼에 나와줘서 고마워요.

조앤 : 사실 조앤 레넌이라고 불리는 것을 좋아해요. 조앤 설리가 아니라요.

민디 : 존 레넌처럼, 뮤지션인가요?

조앤 : 네.

민디 : 기타를 가져온 것을 봤어요.

조앤 : 네.

민디 : 조앤, 자신에 대해 얘기해주세요. 어디서 왔죠?

조앤 : 뉴저지, 저지시티요.

민디 : 형제나 자매는요?

조앤 : 없어요. 하지만 부모님은 항상 다른 아이를 가질까를 고민하세요.

민디 : 엄마와 아빠는 어때요? 기억력이 좋아요?

조앤 : 엄마는 정말 기억력이 좋아요. 아빠는 그렇지 않고요.

민디 : 내 남편 같군요. [웃음] 엄마와 아빠는 어떤 일을 하시죠?

조앤 : 직업 말인가요?

민디 : 네. 직업이 뭐죠?

조앤 : 엄마는 선생님이에요. 아빠는 광고나 영화에 들어가는 음악을 만들었어요.

민디 : 아빠는 지금 일하지 않나요?

조앤 : 해요. 할아버지, 삼촌과 일해요. 오늘 나올지도 모르는 삼촌 말고요. 다른 삼촌이랑요.

민디 : 알았어요. 지금 엄마 아빠는 어디 계시죠?

조앤 : 엄마는 강습 중이에요. 아빠는 정확히 어디 있는지 몰라요.

민디 : 혼자일 때가 많아요?

조앤 : 그렇다고 생각해요. 약간요.

민디 : 힘들겠네요. 도망가기 위해 기억력을 쓰나요?

조앤 : 몰라요.

민디 : 내 말은, 주변에서 벌어지는 일에 대해 생각하기보다 기억들에 대해 생각하는 것이 더 쉽나요?

조앤 : 음. 몰라요.

민디 : 조앤이 가장 좋아하는 기억은요?

조앤 : 아마 아빠, 개빈 아저씨, 그러니까 삼촌과 새로운 노래를 녹음했을 때요.

민디 : 언제였죠?

조앤 : 7월 20일이요. 토요일이었어요.

민디 : 놀랍네요. 요일을 항상 기억해요?

조앤 : 아, 네. 다섯 살 무렵부터요.

민디 : 그러면 설명해줘요. 조앤은 요일을 포함해서 평생의 일을 매일 기억한다는 거죠? 오늘부터 거슬러 올라가 다섯 살 때까지 말이죠. 그죠?

조앤 : 네.

민디 : 믿을 수 없어요. 다섯 살 이전은요? 그 전 일은 뭐가 기억나요?

조앤 : 대부분은 기억나요. 모든 날이 기억나지는 않지만요. 내가 아기일 때의 영화는 그렇게 선명하지 않아요.

민디 : 영화라고 했죠. 어떤 영화일까요?

조앤 : 그날에 대해 생각하면 뭔가가 영화처럼 펼쳐져요. 하지만 난 영화 속에 있는 것이 아니라 밖에서 영화를 지켜보고 있죠.

민디 : 말해봐요. 2011년 12월 9일은 무슨 요일이었죠?

조앤 : 금요일이요. 난 학교에 있어요. 두들리 선생님이 오스트레일리아 남단에 사는 펭귄에 대해 가르치고 있어요. 선생님은 우리를 그룹으로 나누지만 난 내 그룹이 싫어요. 트레이시가 있거든요. 난 트레이시가 싫어요.

민디 : 트레이시가 조앤을 왕따시켰어요? 그녀가 괴롭혔어요?

조앤 : 트레이시는 남자예요. 그 애는 아무도 괴롭히지 않아요. 모두가 그 애를 괴롭히죠. 냄새가 나거든요.

민디 : 좋아요, 그럼 트레이시는 착한 소년이군요. 2006년 8월 3일은 어때요? 그날에 대해 말해줄 수 있어요?

조앤 : 자신 없어요. 그날은 집에 있었을 거예요. 아마 공원에도 갔겠

죠? 난 세 살이었거든요.

민디 : 좀 더 최근으로 와보죠. 2009년 3월 26일은 어때요? 그날은 무슨 요일이죠?

조앤 : 목요일이요.

민디 : 왜 아무 말도 하지 않아요? 뭔가 잘못되었나요?

조앤 : [들리지 않는다]

민디 : 아, 조앤. 기분 나빠하지 말아요. 그날 나쁜 일이 있었나요? 3월 26일에 무슨 일이 벌어졌죠? 천천히요.

조앤 : 그날은 페퍼가 죽은 다음 날이에요.

민디 : 페퍼가 누구죠?

조앤 : 제 강아지요.

민디 : 미안해요. 강아지가 그리워요?

조앤 : 네.

민디 : 애완동물을 잃는 건 아주 힘든 일이죠. 기억이 그렇게 생생하면 더 힘들겠죠. 페퍼에 대해 기억하는 것이 고통스러워요? 그럼 우리 천천히 해요. 다시 돌아올게요.

[음악과 박수]

민디 : 다시 돌아오신 것을 환영합니다. 조앤 설리와 함께하고 있습니다. 거의 완벽한 기억력을 가진 특별한 소녀죠. 다음 영재로 넘어가기 전에 윌리엄 새처 박사님의 이야기를 듣고 싶군요. 새처 박사님은 이곳 뉴욕의 웨일코넬 메디컬센터의 신경학자입니다. 새처 박사님, 말씀해보시죠. HSAM의 원인이 뭔가요?

새처 : 음, 우선 저는 HSAM 전문가가 아니라는 말부터 해야겠군요. 하지만 내가 알기로 아직까지 알려진 원인은 없습니다.

조앤 : 내 친구인 와이엇은 내가 홈디포 바닥에 머리가 부딪히는 바람에 HSAM이 생겼을 거래요.

[웃음]

민디 : 정말 떨어졌어요?

조앤 : 네.

민디 : 무슨 일이 있었는지 말해줘요.

조앤 : 음, 난 두 살이었어요. 아빠가 날 카트에 태우고 다녔고 난 카트 밖으로 떨어져 콘크리트 바닥에 머리가 부딪혔어요.

민디 : 저런, 끔찍하네요. 아주 아팠겠어요.

조앤 : 모르겠어요. 그랬을 거예요.

민디 : 벨트를 묶지 않았나요?

조앤 : 네. 아빠는 내가 카트에서 일어서게 내버려두었어요.

민디 : 아빠가 보고 있지 않았어요?

조앤 : 보고 있었죠. 아빠는 나를 카트의 아기용 좌석에 앉혀야겠다고 말했어요. 그런데 그 순간 그곳에서 아빠의 노래가 흘러나오기 시작했어요. 아빠는 쇼핑을 하다가 처음으로 아빠의 음악을 들은 거예요. 그래서 너무 흥분했나 봐요.

민디 : 조앤을 떨어지게 해서 아빠에게 화가 났나요?

조앤 : 아뇨. 제 실수잖아요. 몸을 카트 너머로 숙이면 안 되니까요.

민디 : 조앤의 잘못이 아니에요. 절대 아니에요.

조앤 : 네.

민디 : 새처 박사님, 조앤이 묘사한 것처럼 추락이 HSAM의 원인이 될 수 있나요?

새처 : 아뇨, 그렇게 생각하지 않습니다. 제가 살펴본 연구 결과에 따르면 HSAM이 있는 사람들은 뇌에 어떠한 외상도 없었습니다. 연구 대상이 되었던 곳들 중에는 해마도 있습니다. 해마 손상은 기억력을 약화시키거든요. 예를 들어 알츠하이머 환자들도 해마가 약화되어 있습니다. 하지만 HSAM의 경우는 반대입니다. 뇌의 어떤 영역들은 보통 사람보다 일곱 배나 큽니다. 회색 물질을 이어주는 훨씬 하얀 물질도 보이고요. 덕분에 뇌 안의 커뮤니케이션이 훨씬 원활해지지요. 원래 질문으로 돌아가면, 조앤의 사고에 대해 자세히 알 수가 없기 때문에 추락이 어떤 결과를 가져왔는지도 추측할 수 없습니다.

민디 : 바닥에 떨어진 후에 의사의 진찰은 받았어요, 조앤?

조앤 : 네. 의사 선생님이 롤리팝을 줬어요.

민디 : 용감한 꼬마 아가씨네요.

　　[환호와 박수]

조앤 : 우리 할머니도 그거였어요.

민디 : 그거가 뭐죠?

조앤 : 저 아저씨가 말한 거요. 나이 든 사람들의 질병이요. 기억을 잃는 병이요.

민디 : 아, 알츠하이머. 그러면 할머니는 지금 곁에 없나요?

조앤 : 카세트에서 노래를 불러주세요. 할머니처럼 나이 많은 사람들의 기억력이 좋아지도록 도와주고 싶어요.

민디 : 그거 흥미로운 생각이군요. 새처 박사님, 조앤의 상태가 알츠하이머 같은 병에 대해 뭔가를 알려줄 수 있을까요?

새처 : 가능하죠. 하지만 아직은 갈 길이 멉니다.

민디 : 시청자들 가운데 자신의 아들딸이 조앤처럼 특별히 좋은 기억력을 가지고 있다고 생각하는 부모는 어떡해야 할까요? 뭘 해야 할까요?

새처 : 앞서 이야기한 것처럼 HSAM은 아주 희귀합니다. 따라서 여러분의 자녀가 그런 특별한 기억력을 가졌을 가능성은 극히 희박합니다. 하지만 괜찮습니다. 우리가 기억력을 항상 사용하고 있다는 것만 깨닫는다면 말이죠. 우리는 종종 기억을 우편엽서 같은 것, 또는 조앤처럼 영화 같은 것으로 생각합니다. 그래서 우리가 원할 때마다 꺼내 볼 수 있다는 거죠. 사실 기억은 아이에게 난로는 뜨거우니 만지면 안 된다고 가르칩니다. 다행히 아이의 기억력을 강화하고 향상시켜줄 훈련법들이 있어요.

민디 : 그중 세 가지를 여기 게시판에 붙여두었습니다. 오늘 방송이 끝난 후에 홈페이지에 올리겠습니다. 감사합니다, 새처 박사님. 다시 돌아오겠습니다.

[환호와 박수]

민디 : 다시 돌아오신 것을 환영합니다. 다음 영재를 소개하기 전에

조앤의 삼촌을 무대로 초대하고 싶습니다. 조앤의 삼촌은 조앤이 깜짝 놀랄 만한 것을 가져오셨다고 하더군요. 자, 자리에 앉아 자기소개를 해주시죠.

케빈 : 제 이름은 케빈입니다. 케빈 디핀도프입니다.

민디 : 환영합니다, 케빈. 자, 당신은 음악을 녹음한 삼촌인가요, 아니면 조앤의 할아버지와 함께 일을 하는 삼촌인가요?

케빈 : 음악이요.

민디 : 알겠습니다. 자, 조앤이 깜짝 놀랄 만한 것을 공개하기 전에 조카에게 저런 독특한 재능이 있으면 어떤지 말해주시죠.

케빈 : 조앤은 수많은 어려움에 빠져 있죠.

민디 : HSAM은 선물이라기보다 저주라는 말인가요?

케빈 : 아뇨, 그런 말이 아닙니다. 난 쇼에 나오고 싶지 않습니다. 그냥 조앤을 집에 데려가고 싶습니다.

민디 : 아주 갈등이 심해 보입니다. 새처 박사님, 한 가지 묻겠습니다. HSAM이 가족 구성원들에게 어떤 영향을 미치나요?

새처 : 음, HSAM 같은 극단적인 상태에는 항상 파급 효과가 있죠. 무시와 질투의 감정을 드러내는 경우도 드물지 않습니다.

민디 : 흥미롭습니다. 무슨 일을 하시나요, 케빈? 음악 쪽에 계시나요?

케빈 : 인터뷰하고 싶지 않습니다.

민디 : 간단한 질문인데요.

케빈 : 지금은 일을 하고 있지 않습니다. 휴가 중이죠.

민디 : 무슨 일에서요?

케빈 : 경찰이요.

민디 : 알겠습니다. 휴가를 받은 특별한 이유가 있습니까?

케빈 : 사실, 파트너를 잃었습니다.

　　　[웅성거림]

민디 : 유감이군요. 한 가지 물어봐도 되겠습니까? 오늘 조앤의 부모
　　　님이 오지 않은 이유가 뭡니까? 왜 그 일을 삼촌인 당신에게
　　　맡겼죠?

케빈 : 전 조앤의 삼촌이 아닙니다.

조앤 : 저와 개빈 아저씨, 그러니까 케빈은 함께 노래를 썼어요.

민디 : 조앤의 삼촌이 아니라고요?

케빈 : 아닙니다.

민디 : 혼란스럽군요. 조앤과 무슨 관계죠?

케빈 : 아무 관계도 아닙니다.

조앤 : 노래는 기억에 대한 것이에요.

민디 : 정말이니, 조앤? 너에 대한 노래를 썼어?

조앤 : 개빈 아저씨가 주로 가사를 썼어요.

민디 : 혼란스럽네요. 당신 이름은 케빈인가요, 개빈인가요?

케빈 : 케빈입니다.

민디 : 조앤의 상태에 대해 가사를 썼나요? 하지만 조앤은 당신 조카
　　　도 아니고 아무 관계도 아니잖아요? 정확히 당신과는 어떤 관
　　　계인가요?

조앤 : 개빈 아저씨는 멋진 사람이에요. 훌륭한 배우이고 가수이고

작사가이고 내 친구이고 파트너죠. 난 바다코끼리이고 아저씨
는 블랙버드예요. 아저씨가 우리 대회를 별로 기대하지 않고
오늘 쇼에도 나오지 않으려 했던 게 마음에 들지 않지만요. 아
저씨가 저 팔찌를 하고 다니는 것도, 수염으로 보조개를 가리
는 것도 싫어요. 하지만 그 외에 다른 점들은 전부 좋아요. 난
처음부터 개빈 아저씨가 특별하다는 걸 알았어요.

민디 : 케빈, 조앤이 당신을 정말 좋아하네요. 조앤이 아빠를 대신하
는 남자 어른과의 유대에 의지하는 건가요, 새처 박사님?

새처 : 전 심리학자는 아니지만 저런 마음이 이해됩니다. 케빈의 성
장 배경이 궁금하군요.

케빈 : 당신들과 상관없잖아요. 자, 우리 볼일은 끝났어요. 조앤을 데
려가겠습니다.

민디 : 조앤을 데려간다고요? 잠깐만요. 당신은 조앤의 삼촌이 아니
라면서요. 그런데 그 애를 어디에 데려가겠다는 거죠?

[박수]

조앤 : 난 HSAM이 싫어요! 난 내 노래를 연주하고 싶어요!

민디 : 들으셨습니까, 새처 박사님? 조앤은 자신의 HSAM이 싫다는
군요. 저렇게 스스로를 거부하는 것이 정상입니까?

새처 : 과정의 일부죠. 암 환자도 저런 모습을 보입니다. 아무도 자신
의 질병으로 정의되고 싶지는 않을 테니까요.

민디 : 하지만 HSAM은 질병이 아니라면서요?

새처 : 맞습니다, 민디. 그냥 비유입니다.

민디 : 방청석으로 가보죠. 네, 부인. 우리의 작은 천재에게 질문이 있

으신가요?

여자 : 저는 저 남자분에게 질문하겠습니다. 당신은 배우 개빈 윈터

스죠?

조앤 : 지금 내 노래를 연주하겠습니다. 기타는 조앤 레넌입니다.

민디 : 어쩐지 낯이 익다 했어요.

조앤 : 그리고 개빈 아저씨가 노래할 거예요. 그러니까 케빈이요.

민디 : 당신이군요. 이런. 상당히 놀랍네요, 신사 숙녀 여러분.

[기타 소리]

민디 : 잠깐 시간을 내서 모든 분에게 그간의 일을 정리해드리겠습니

다. 어떤 분은 몇 주 전 집에 불을 지르고 대중의 눈앞에서 사

라진 배우에 대한 뉴스를 기억할 겁니다. 음, 그가 우리 무대에

나타났습니다. 바로「롱 암」의 개빈 윈터스입니다! [박수] 다

른 영재들은 곧 소개하겠습니다. 하지만 다들 이 은둔한 스타

와의 첫 인터뷰를 놓치고 싶지는 않으시겠죠? 잠시 쉬었다가

바로 시작합니다. 꼼짝 말고 앉아 계세요.

개빈 : 가자, 조앤.

[환호와 박수]

민디 : 조앤 설리, 그리고 깜짝 게스트인「롱 암」의 개빈 윈터스와 함

께 돌아왔습니다.「롱 암」시즌 2는 최고의 평점을 받고 있죠.

개빈, 남아주셔서 감사해요.

개빈 : 남고 싶지 않았어요. 조앤이 가려고 하지 않네요.

민디 : 개빈, 모든 사람이 궁금해하는 질문으로 시작하죠. 어디 있었죠?

개빈 : [욕설 삭제]

민디 : 제발요. 가족 쇼라고요.

개빈 : 저기요, 난 여기 있으면 안 돼요.

민디 : 하지만 여기 있잖아요. 어서, 말해요. 지난 몇 주 동안 어디에 숨어 있었죠?

개빈 : 숨어 있지 않았어요.

민디 : 당신도 알겠지만 사람들은 당신이 어디 있는지 궁금해해요.

개빈 : 솔직히, 그런 줄은 몰랐어요. 난 계속 여기서 조앤의 가족과 지냈어요.

민디 : 로스앤젤레스를 떠난 특별한 이유가 있나요?

개빈 : 그냥 잠깐 떠나고 싶었어요. 그게 전부예요.

민디 : 몇 주 전에 당신 집에 불을 지른 것과 관계있나요?

개빈 : [들리지 않는다]

민디 : 뭐라고 하셨죠?

개빈 : 아마도요.

민디 : 어떤 사람은 그 동영상이 연출된 것이라고 말합니다. 「롱 암」의 시청률을 높이기 위한 전략이었다고요. 웃고 계시네요? 왜죠?

개빈 : 불은 진짜였어요. '앳키킹버테이킹데임즈at-KickingButtTaking Dames'라는 트위터리안이 트위터에서 뭐라고 떠들든 신경 쓰지 않아요. 「롱 암」과는 상관없는 일이었으니까요. 진실을 알고 싶어요? 사실은 내 남자친구의 유품을 태우려고 했어요.

민디 : 그분이 아주 급작스럽게 사망했다고 들었어요.

개빈 : 네, 그래요. 어느 날 아침 눈을 떴더니 그가 거실 바닥에 누워 있더군요.

민디 : 유감입니다. 굉장한 충격이었겠군요.

개빈 : 네.

민디 : 그래서 무엇을 위해 동부 연안까지 왔나요? 탈출하기 위해서? 친구들과 시간을 보내기 위해서?

개빈 : 그렇게 시작했죠. 하지만 이제는 바뀌었어요.

민디 : 무슨 말이죠? 무엇으로 바뀌었다는 거죠?

개빈 : 우리 집에는 도저히 못 있겠더군요. 거기서 나와야 했죠. 하지만 여기에 오니 조앤이 그에 대한 모든 기억을, 나도 갖고 있지 않은 기억을 간직하고 있었어요.

민디 : 여기 있는 조앤이요?

개빈 : 네, 여기 있는 조앤이요.

조앤 : 개빈 아저씨는 처음에 그 기억들을 듣고 싶어 하지 않았어요.

개빈 : 맞아요. 하지만 조앤과 나는 대화를 시작했고…… 좋더군요.

민디 : 뭐가요?

개빈 : 기억하는 거요.

민디 : 대단히 흥미롭습니다. 새처 박사님, 뭔가 말하고 싶으시군요.

새처 : 이야기를 공유하는 것에는 엄청난 치유력이 있습니다. 참전 용사들에게서 항상 그런 사례를 보게 되죠.

민디 : 아주 좋습니다, 새처 박사님. 개빈, 불을 지른 그날 밤에 대해

말해주세요. 사랑하는 사람을 잃은 우리 중에는 당신과 같은 고통을 겪는 사람도 있어요. 하지만 다들 당신처럼 모든 것을 태우고 싶어 하지는 않죠. 그렇다면 당신은 무엇 때문에 불을 지른 걸까요?

개빈 : 누가 알겠어요? 그건 정말 느닷없이 우리를 덮치죠.

민디 : 뭐가요?

개빈 : 모르겠어요. 그 모든 불공평함. 시드니는 죽어서는 안 되었어요. 하지만 내가 어쩌겠어요? 뭘 해야 할지 몰라서 불을 질렀어요. 이성적이지 않았어요. 나도 이성적이었다고는 말하지 않잖아요? 젠장, 믿을 수가 없어. 내가 맨디 러브에게 마음을 털어놓고 있다니.

민디 : 민디입니다.

개빈 : 미안해요. 저, 시드니는 완벽한 남자가 아니었어요. 그것과는 거리가 멀었죠. 하지만 그는 선하고 긍정적인 사람이었어요. 그런 사람은 드물어요. 사람들은 그에게 끌렸어요. 그는 항상 사람들의 기분을 좋아지게 했어요. 그리고 미래를 함께할 사람으로 나를 선택했어요. 나를요. 그는 우리에게 아이가 있기를 바랐죠. 아기요. 그가 원한 건 그게 전부였어요. 우리가 그런 경험을 나누는 것. 그러기 위해 그는 기꺼이 멀리 널리 돌아다녔어요. 어떤 대가를 치르든 상관없었죠. 하지만 난 믿지 않았어요. 완전히 믿지 않았죠. 신뢰하지 않았어요. 그건 사랑이에요, 그렇죠? 신뢰. 믿음. 나도 그런 것들을 원했지만 두려웠

어요. 그게 미안해요. 나는 평생 후회할 거예요. 힘들어요, 정

말 힘들어요…….

민디 : 괜찮아요, 괜찮아요.

개빈 : 정말요? 어쩌다 이렇게 됐죠? 내가 「맨디 러브 쇼」에서 울고

있다니?

민디 : 민디입니다.

개빈 : 미안해요. 정말 미안해요.

32

텔레비전 쇼를 촬영할 때는 절대 스튜디오의 방청객들 앞에서 눈물을 흘리지 마라. 하지만 나는 이미 눈물을 흘렸고 난 지나간 일은 후회하지 않는다. 내 안에 밀집되어 쌓였던 부정적인 에너지가 마침내 방출된 것처럼 갑자기 온몸이 가벼워졌다.

저지시티로 돌아가는 지하철 안. 조앤은 내 옆에 앉아 있다. 조앤은 마치 보드워크(해변이나 물가에 판자를 깔아 만든 길 - 옮긴이)에서 뽑은 곰 인형처럼 기타를 안고 있다.

내가 어른이지만 어떻게 해야 할지 모르겠다. 엄격해져야 하나, 다정해져야 하나. 가르쳐야 하나, 들어야 하나. 이 어린 소녀는 나를 거의 화나게 했다. 지금은 전혀 화가 나지 않지만.

머릿속이 복잡한 사람은 나만이 아니다. 난 돌아오는 지하철을 타기 전에 페이지에게 전화해 무슨 일이 있었는지 말해주고 모두 괜찮다고 했다. 하지만 페이지는 너무 당황해서 우리가 정확히 언제 집에 도착하는지를 묻기만 했다. 다른 말은 전혀 못하고.

"다들 걱정했어, 꼬마야."

조앤이 멍한 목소리로 중얼거린다.

"다시 말해볼래?" 내가 말한다.

"사람들이 나를 기억할까요?" 조앤이 묻는다. "민디는 내게 연주를 시키지도 않았어요. 그러다 아저씨가 무대에 나오고부터는 아저씨와 얘기하는 걸 더 재미있어 했고요."

난 조앤의 기타를 받아 의자에 올린다. "조앤, 잘 들어. 난 평생 많은 사람을 만났어. 하지만 너 같은 사람은 없었지. 정말이야. 네 기억력 때문이 아니야. 빌어먹을 맨디 러브."

"민디예요."

"맞다. 네 작곡 실력 때문도 아니지. 너 자체 때문이야. 너의 모든 것 때문에. 넌 정말 칭찬해줄 것이 많아, 알아? 너는 단호해. 난 뭔가를 결정하려면 영원이라는 시간이 걸리지. 하지만 넌 네가 원하는 것을 정확히 알고 거침없이 좇아가지. 넌 시드니 같아."

정말 조앤과 시드니는 그렇게 다르지 않았다. 열정적이고 고집스럽다.

"그리고 아저씨는 결코 시드니 아저씨를 잊지 않겠죠, 그죠?" 조앤이 말한다.

내가 오늘 받은 질문들 중에 가장 쉽다. "절대 잊지 않을 거야."

지하철이 커브 구간을 돌면서 끼익 소리를 낸다. 조앤의 머리가 내 어깨에 떨어진다. 난 팔을 빼내 조앤을 감싸주었다. 나는 아이를 돌볼 줄 모르지만 지금은 아이를 안아주어야 한다고 확신했다.

"아저씨가 우리랑 영원히 함께 살았으면 좋겠어요." 조앤이 말한다.

하지만 나는 그만 떠나야 한다고 생각한다. 페이지와 올리는 몇 주간 나를 손님으로 받아주었다. 그들은 좋은 친구다. 나는 그들에게 보답하려다가 하마터면 그들의 딸을 잃어버릴 뻔했다. 난 충분히 머물렀다.

게다가 나는 여동생에게 찾아가겠다고 약속했다. 이제 미뤄두었던 일을 해야 한다.

저지시티로 돌아온 우리는 집으로 간다. 설리의 집 현관 계단에 누군가가 웅크리고 있다. 페이지다. 그녀는 전화기에서 눈을 들어 우리를 보고는 곧장 달려와 조앤을 끌어안는다. 그들은 포옹한다. 페이지는 몇 분 동안 아이를 놓아주지 않는다. 현관문을 지나 집 안에 들어설 때까지.

굳은 얼굴의 페이지는 거실에서도 잠깐 동안 아무 말이 없다. 그녀는 조앤을 방으로 보내면서 거기에 가만히 있으라고 한다.

"미안해." 단둘이 남자 내가 말한다. "내가 잘 봤어야 하는데."

"괜찮아." 페이지가 말한다.

하지만 괜찮게 느껴지지 않는다. 전혀. "어떻게 그런 일을 해내는지 모르겠어."

"뭘?"

"부모 노릇 말이야. 겁나던데."

"맞아." 페이지도 인정한다. "정말이야." 그녀의 가슴이 부풀었다가라앉는다. 모든 긴장감이 빠져나간다.

그 모습에 여동생이 자꾸 보고 싶어진다. 내가 떠나온 가족에게 단단히 매달리고 싶어진다. "그만 가야겠어."

"이것 때문은 아니길 바라."

"아냐. 그냥 때가 되었어. 플로리다의 여동생을 보러 가야겠어. 대화가 필요해."

"어제 무슨 일이 있었는지 말해줄 거지?" 페이지가 말한다. "궁금해 죽겠어."

나는 마라와 함께한 날에 대해 페이지에게 털어놓는다. 나의 우유부단함 때문에 시드는 비행기를 타고 나라를 가로질렀다. 그러고는 방금 만난 여자의 호의를 얻으려고 했다. 그런 생각만 하면 너무 괴롭다. 결국 우리는 같은 것을 원했기에 모두가 시간 낭비였다.

"내 잘못이야." 페이지가 말한다. "내가 시드에게 '좋다'고만 했으면 너희는 부모가 되었을 텐데."

"그러지 마."

"올리와 나는 아이를 한 명 더 가질까 고민하곤 해. 하지만 내 삶이 다시 내 것이 되기까지 정말 오랜 시간이 걸렸어. 마침내 나는 나를 위해 살 수 있게 되었지." '나'라는 말이 메아리친다.

"넌 자격이 있어, 페이지. 자책은 내가 해야지. 1년 전에 처음 그 이야기가 나왔을 때 내가 그냥 동생에게 물어봤어야 했어. 그랬으면 문제가 아주 간단해졌을 거야. 하지만 난 늘 하던 대로 했지. 그냥 기다렸던 거야. 이제는 너무 늦었어."

그녀가 나를 본다. "그럴까?"

"무슨 뜻이야?"

그녀가 자리에서 일어나는 바람에 나는 더욱 불안해진다. "생각을 많이 했어. 시드가 원한 것과 그가 놓친 것. 너희 둘이 놓친 것. 그러다 갑자기 깨달았어. 너와 시드니는 정자를 냉동시켜두었지?"

몇 초 만에야 작년의 일들을 꼼꼼히 기억해낸다. "의사가 그럴 필요 없다고 했어." 내가 말한다. "주로 화학요법을 받으려는 사람들이나 그런다면서. 그래도 시드는 해두자고 했어. 솔직히 시간 낭비 같았지. 하지만 시드가 어떤지 알잖아."

"나도 알지." 그녀는 내가 그를 얼마나 모르는지를 확인시켜주는 눈빛으로 나를 본다.

"페이지. 네가 무슨 말을 하려는 건지 모르겠어."

"모르겠어? 너와 시드가 원래 세웠던 계획대로 해야 해. 그러니까 네 여동생을 기증자로 써야 한다고."

그녀가 마침내 자신의 결론을 들려주었다. 하지만 그녀의 말은 완전히 헛소리로 들린다. "미쳤어? 난 시드와도 아이를 가질 준비가 되지 않았어. 그런데 이제는 혼자 아이를 가지라고?"

"그냥 아이가 아니잖아? 시드니의 아이지. 네가 정말 원한다면, 개빈, 얼마든지 아이를 가질 수 있어. 넌 타고난 부모야. 네가 조앤과 함께 있는 모습을 줄곧 지켜봤어."

"타고나? 장난해? 하마터면 조앤을 잃어버릴 뻔했어."

그녀가 비웃었다. "그건 누구에게나 벌어질 수 있는 일이야. 내 말을 믿어. 난 더 형편없었다고."

"이해되지 않아." 내가 말한다. "방금 전까지 넌 부모가 되는 것이 얼마나 끔찍한 일인지 말했잖아. 그런데 이제는 나더러 홀로 부모가 되라는 거야?"

그녀가 두 팔을 내민다. "그래, 그건 끔찍하지만 정말 가치 있어."

"정말이야? 넌 마침내 네 삶을 되찾게 되어, 정말 흥분되는 것처럼 말했잖아."

"그랬지. 하지만 뭔가를 위해 내가 지금 가진 것을 내놓지는 않을 거야. 전에 말했지? 난 대학 시절, 고등학교 시절, 또는 다른 어떤 시절로도 돌아가지 않을 거라고. 지금 내게는 조앤이 있잖아. 내가 과거로 돌아가면 조앤이 없잖아. 조앤은 나의 전부야, 개빈. 조앤과 올리는 나의 인생이지."

그녀가 진심 어린 희망을 담아 나를 쳐다본다. 하지만 현실을 무시할 수는 없다. "난 예측 불가능한 직업을 가졌어." 내가 말한다. "일하는 시간도 길고. 다음에는 내 월급이 어디서 나올지 몰라. 새로운 집도 필요하고. 한마디로 나홀로 부모가 될 수는 없다는 말이야."

"알아." 페이지가 동의하듯 고개를 끄덕인다. "네게는 부모가 되지 말아야 할 수많은 이유가 있지. 내 말은, 네가 정말 부모가 되고 싶다면 방법이 있다는 거야."

33

　내 방문이 열릴 때쯤에는 창문으로 해도 비치지 않는다. 천장의 불이 켜지고 엄마는 아무 말도 하지 않는다. 엄마는 내 침대에 앉아 벽에 붙은 그림을 본다. 나의 캐리커처다. 이 그림을 그린 사람은 내게 존 레넌처럼 둥근 안경을 씌워주었고, 그래서 나는 평화를 의미하는 손가락 신호를 했다.

　엄마가 나를 쳐다본다. "머리가 마음에 든다."

　"끔찍해."

　"멋져 보이는데."

　「민디 러브 쇼」에서 메이크업을 하는 사람들이 나를 '바비' 비디오게임에 나오는 카툰 모델처럼 바꿔놓았다.

　오늘은 내 계획대로 되지 않았다. 스튜디오를 살릴 돈을 받지 못했고 아무도 내 기타 연주에 관심을 갖지 않았다. 마침내 개빈 아저씨가 울었지만 내 노래 때문은 아니었다. 민디 러브의 사인도 받지 못했다. 내가 사인을 해달라고 하기도 전에 개빈 아저씨가 내 손목

그들이 내게 해놓은 것

평소의 머리   TV용 머리

을 움켜쥐고 무대에서 끌어 내렸기 때문이다. 무대 뒤에서 아저씨
는 펠리사에게 그녀를 믿을 수 없다고 말했다. 아빠도 「어크로스 더
유니버스Across the Universe」라는 노래를 듣고 '믿을 수 없다'고 했다.
하지만 난 '믿을 수 없다'에 '끔찍하다'는 의미도 있다는 것을 안다.

내가 무슨 말을 해야 하는지 안다. 하지만 엄마가 먼저 그 말을 해
버리기 때문에 내게는 기회가 없다. "미안해." 엄마가 말한다. "이런
변화가 우리 모두에게 힘들 거라고만 생각했어. 때로는 네가 좀 더
힘들 거라는 사실을 잊어먹게 돼."

이번에는 엄마의 망각에 화가 나지 않는다. 더 이상 화내고 싶지
도 않다.

"나도 밤낮으로 계속 네 아빠를 보고 싶어, 알지?"

"알아." 나는 말한다. 하지만 사실 지금까지는 몰랐다. 스튜디오
에는 항상 나와 아빠뿐이었다. 어느 날 내가 기타를, 아빠가 드럼을
즉흥적으로 연주하고 나서 관객이 박수를 치기 시작했다. 바로 엄마
였다. 나머지 관객은 내가 소파에 줄지어 놓은 동물 인형들뿐이었
다. 엄마는 항상 가장 시끄러운 관객이었다.

난 바다코끼리 인형인 월리를 집는다. 진심을 털어놓기 전에 엄마와 나 사이에 뭔가를 두고 싶었기 때문이다.

"사실대로 말할게." 내가 말한다. "아빠의 음악 인생이 끝나지 않게 돈을 벌고 싶었어. 나더러 돈을 대라고 했잖아. 돈이 얼마나 필요한지 모르지만 펠리샤가 6주에서 8주 사이에 돈을 준다고 했어."

엄마가 내게로 완전히 몸을 돌린다. "너는 돕고 싶었겠지. 하지만 혼자 뉴욕에 가면 안 되는 거야. 너도 알잖아." 엄마의 찡그린 이마가 풀리고 엄마가 나를 끌어안는다. "너 때문에 심장이 멎을 뻔했어."

그 말에 난 시드니 아저씨를 떠올린다. 덕분에 아직도 궁금한 것들이 떠오른다. "개빈 아저씨는 시드니 아저씨와 아기를 가졌어야 한다고 했어."

엄마가 껴안고 있던 나를 놓아준다. "너한테 그렇게 말했어?"

"응. 그리고 민디 러브와 방청객들에게도 그렇게 말했어."

"정말?"

"개빈 아저씨가 겁을 내는 바람에 아이를 갖지 못했다고 했어. 뭘 겁낸 거지?"

엄마가 벽을 보다가 대답한다. "전에는 결코 해보지 않은 일을 시도할 때면 누구나 겁을 먹어. 네가 처음 수영하는 법을 배울 때처럼. 넌 물에 들어가려고도 하지 않았잖아. 하지만 바로 물에 뛰어든 소년도 있었지. 사람마다 다른 거야."

2006년 8월. 아빠가 팔을 벌리고 엄마는 내 쪽으로 휴대전화를 들고 있다. 내 팔에 착용한 구명기구가 자꾸 팔을 꼬집는다. 아빠가 나를

잡아줄 거라고 약속하지만 나는 콘크리트 바닥에서 발을 떼지 못한다. 결국 아빠가 나를 들어 수영장에 담근다. 내가 스스로 물에 들어간 것처럼 모두가 환호한다.

"엄마와 아빠가 새로 아기를 갖기까지 그렇게 시간이 걸리는 것도 그래서야?" 내가 말한다. "겁이 나서?"

엄마가 살짝 고개를 끄덕인다. 거의 티도 나지 않게. 하지만 대답으로 충분하다. 사람들이 항상 '아니'라고 말하는 것도 그래서일까. 겁낼 것이 그렇게도 많아서?

난 당장 개빈 아저씨와 이야기하고 싶다. 아저씨야말로 나를 정말로 이해해줄 사람이니까. "잠깐 아래층에 내려가도 돼?"

"지금은 안 돼."

"왜? 외출 금지야?"

"몰라. 네 아빠랑 얘기해봐야 해."

"개빈 아저씨를 보러 가는 건데?"

"안 돼. 개빈은 혼자만의 시간이 필요해."

이제 내 심장이 멈추려 한다. "아저씨가 화났어? 나를 찾아 뉴욕까지 오게 해서 미안해. 난 이미 미안하다고 했어. 또 무슨 말을 해야 하지?"

"조앤, 잘 들어. 이건 너랑 상관없는 일이야."

"하지만 왜?"

난 침대에 누워서 다리 위로 담요를 덮는다. 담요 위로 엄마가 나를 안아주며 나를 사랑한다고 말하고는 머리를 쓰다듬는다. 하지만 기분이 좋아지지 않는다. 내 몸 안에 거대한 멍이 들었기 때문이다.

다음 날 아침 나는 아래층으로 내려간다. 하지만 개빈 아저씨는 없다. 그의 방은 치워졌고 서랍은 비었고 벽장에는 빈 옷걸이만 가득하다. 담요는 깔끔하게 정리되어 있다. 낯선 광경이다. 개빈 아저씨가 여기에 머무는 내내 한 번도 침대를 정리한 적이 없기 때문이다.

난 자러 가는 것이 싫다. 내가 없는 동안 어른들은 너무 많은 일을 한다. 짐을 싸서 떠나버리는, 그런 일 말이다.

난 아저씨의 베개에 머리를 대고 냄새를 맡는다. 벽에 붙은 어웨이크 어슬립의 포스터도 쳐다본다. 이상하다. 그 포스터는 우리 집에 붙어 있지만 사실은 개빈 아저씨의 기억에 남아 있기 때문이다. 개빈 아저씨는 매일 포스터를 보면서 좋았을까, 아니면 짜증났을까. 기억은 서로 다른 방식으로 다가오기 때문이다. 어떤 기억은 온몸을 따뜻하게 하는 반면 어떤 기억은 옆구리를 쿡쿡 찌른다.

난 불을 끄기 전에 쓰레기통을 들여다본다. 그리고 침대 옆의 서랍장을 열고 손으로 더듬어본다. 아무것도 없다. 메모지가 나오길 바랐는데. 그는 안녕이라는 말조차 하지 않았다.

Across the Universe

(우주를 가로질러)

34

에스컬레이터 아래에서 그녀가 기다리고 있다. 베로니카. 장례식에서 보고 거의 석 달 만이다. 그녀는 공항 에스컬레이터에 타고 있는 나를 보고는 현기증이 나는지 어깨를 움츠린다. 햇빛을 받은 머리카락, 주근깨로 덮인 귀여운 얼굴, 앞니만 드러나는 미소. 내가 지상에 내려오기를 기다리던 그녀는 강아지 같은 비명을 지르며 내게 몸을 던진다. 난 그녀를 안아준다.

마치 며칠 같은 순간이 지나고 그녀가 내게서 떨어진다. 그러고는 내 얼굴에 손을 뻗는다. "수염이 맘에 들어."

"엄마는 싫어해."

"당연히 싫어하겠지."

우리는 공항 터미널에서 나가 길 건너 주차장으로 간다. 삑 소리가 두 번 나더니 검은색 BMW의 문이 열린다. "네 차야?" 내가 묻는다.

"아니. 난 차가 없어."

우리는 차에 오른다. 가죽 시트가 오븐처럼 뜨겁다.

"팀의 차야?" 내가 묻는다.

"팀과는 몇 달 전에 헤어졌어." 베로니카가 아무렇지 않게 말한다. 그러다가 당황한 나를 보고는 "말했잖아"라고 한다.

"언제?"

그녀가 뒤로 팔을 뻗고 차를 후진시킨다. "내가 LA에 있을 때. 머릿속에 다른 중요한 생각들이 있었나 보지, 분명히."

"아무 생각도 없었어. 유감이네."

"괜찮아. 그냥 운명이 아니었을 뿐이야."

차가 주차장을 빠져나가 도로로 나가는 동안 내 머릿속에는 그 흔한 문장이 메아리친다. 차창이 열려 있어, 머리카락이 마구 휘날리지만 베로니카는 전혀 신경 쓰지 않는다. 하지만 조수석에서 살짝 돌아앉은 나는 바람에 날아갈 듯한 느낌에 약간 어지럽다.

10분도 지나지 않아 우리는 뉴타운에서 올드타운까지 그 섬을 정복한다. 베로니카는 바닷가에 주차한다. "비가 오겠어." 그녀는 그렇게 말하고는 차 주인에게 열쇠를 돌려주기 위해 건물 안으로 들어간다. 차는 래리라는 사람에게 빌렸다고 한다. 베로니카는 그가 그냥 친구라고 맹세한다.

나는 방파제 가장자리로 걸어가 대서양을 바라본다. 저기 어딘가에 쿠바가 있다. 베로니카의 말로는 마이애미보다 가깝다고 한다.

내 코에 빗방울이 떨어지고 또 떨어진다. 몇 초 만에 빗방울이 굵어진다. 난 차양 아래로 들어가 마른 땅에 짐을 내려놓는다.

한 가족이 내 뒤의 건물로 뛰어 들어간다. 내가 서 있는 곳은 아쿠아리움 앞이다. 어린 시절 부모님은 나를 동물원과 아쿠아리움으로 데려갔다. 베로니카가 태어나기 전이었다. 난 항상 이런 중립적인 기억들을 잊어먹곤 한다. 난 가장 좋은 기억들과 가장 나쁜 기억들만 떠올리곤 한다.

난 창문에 얼굴을 대고 매표소의 가족을 지켜본다. 남녀가 두 명의 소년을 데려왔다. 어린 동생이 형의 손을 잡으려고 하지만 형은 꼼지락꼼지락 손을 빼낸다. 어린 소년이 엄마의 손을 잡으려는 순간 그녀는 무턱대고 아이의 손을 움켜쥔다.

내 숨결에 창문에 부예진다. 폭풍우는 이미 지나갔다. 해가 빛난다. 베로니카가 돌아온다. "젖었네." 그녀가 웃는다. "말해주려고 했는데."

"너무 순식간이었어."

"맞아. 그런 계절이야."

우리는 화이트헤드 스트리트를 걷는다. 페디캡(자전거 인력거 - 옮긴이), 관광객, 노점들로 조금 분주하다. 예스러운 집들이 나지막한 하얀 벽과 열대풍의 초목 뒤에서 잠자고 있다. 새들이 마치 분위기를 살려달라는 부탁을 받은 것처럼 나뭇가지에서 노래한다. 내 여동생이 영원한 휴가처럼 느껴지는 곳에 살기로 결심한 것이 무슨 의미인지 궁금하다. 하지만 어떤 사람들은 로스앤젤레스에 대해서도 똑같은 말을 한다.

"뭘 하고 싶어?" 베로니카가 기다란 목걸이 끝에 달린 장식물을 만지작거린다. "배고파? 해변에 갈까? 뭐든 원하는 걸 말해봐."

"네 마음대로 해."

"오빠 짐부터 두고. 우선 우리 집에 가."

갑자기 베로니카가 등에 매달린다. 손에 무거운 가방을 들고 있어서 하마터면 넘어질 뻔했다. "오빠가 와서 정말 기뻐." 그녀가 내 등에서 다리를 달랑거린다.

"나도." 나는 두 발로 버틴다.

나는 몸을 숙였지만 그녀 정도는 문제없다. 게다가 갈 길도 아주 멀지 않다.

베로니카가 나를 작은 아파트로 안내한다. 가구는 원래 그곳에 있던 것으로 보인다. 고리버들 의자들과 작은 유리 테이블들. 베로니카는 항상 수수하고 조금은 말괄량이 같았다. 그리고 겉치레보다는 편한 것을 중시했다.

거기에 베로니카의 취향이 조금 추가되었다. 창문 옆의 산세비리아 화분. '네 인생이야'라고 적힌 벽의 표지판. 내가 알거나 알지 못하는 사람들의 사진. 어느 사진에는 아버지가 베로니카를 가볍게 한 팔로 안고 있다.

"소파가 펼쳐지거든." 베로니카가 말한다. "오빠가 침대에서 자고 싶으면 내가 소파에서 잘게."

"아냐, 아주 좋은데."

나는 갓 태어난 아기를 꼭 안고 있는 우리 아버지 앨릭스 디펀도프에게서 눈을 떼지 못한다. 아버지는 지금의 나와 비슷한 나이였다.

"위층을 보여줄게." 베로니카가 나를 다락방으로 이어지는 나선형 계단으로 안내한다. 나는 침실 벽에 붙은 그림을 바로 알아본다.

"그림 고마워." 베로니카가 말한다. "난 그녀가 좋아."

마라가 그린 서핑하는 소녀가 좋다는 것이다. 나는 몰랐다. 내가 이 그림을 한 명의 엄마 후보에게서 또 다른 엄마 후보에게로 보냈다는 것을. 시드니라면 그 마법을 알아차렸겠지. 나도 이번만은 그런 마법을 알아차려야 한다.

35

개빈 아저씨 없이 1주일이 지나간다. 이보다 우울할 수는 없다고 생각할 무렵(모든 예술가가 우울을 겪는다고 하지만) 주말이 오고 아빠가 스튜디오를 치운다.

우선 아빠는 벽과 코르크판에서 포스터, 사진, 우편엽서를 모두 떼어낸다. 그다음에 선반에서 미니 키보드를 모두 치우고 전선들을 모두 뽑아 고리 모양으로 감는다. 그러고는 기타 거치대에서 기타들을 꺼내고 마이크를 모은다. 아빠는 모든 것을 커다란 상자에 담고 테이프를 붙인다. 아빠는 상자들을 문밖으로 꺼낸 다음 밖에 주차된 '설리와 아들들'의 밴에 실을 것이다.

나는 아직 테이프를 붙이지 않은 상자를 들여다본다. 카세트테이프, CD, 티켓, 가사지, 백스테이지 출입증, 아빠의 옛날 자동차 열쇠가 들어 있다. 망가진 드럼스틱을 꺼내 허공에 흔들어본다. 작은 나뭇조각들이 떨어진다. 아빠가 깨진 드럼스틱까지 챙기는 이유를 궁금해하다가 문득 그것이 단순한 드럼스틱이 아니라 리마인더임을 깨닫는다. 기억을 불러내는 리마인더 말이다.

내가 침대 아래의 상자에 내가 그린 중요한 그림을 보관하는 것처럼 아빠도 아빠의 물건을 모두 보관하는 것이 좋다. 하지만 아빠의 물건은 우리 집에 보관되지 않을 것이다. 아빠는 아빠만의 장소에 가져갈 것이고 거기서는 아빠가 원할 때마다 꺼내 보지 못할 것이다.

상자의 바닥에 잡지와 신문들이 있다. 나는 〈허브 시티〉라는 흑백 잡지에서 아빠와 개빈 아저씨의 사진을 발견한다. 아빠는 긴 머리를 귀 뒤로 넘겼다. 아빠의 얼굴에는 머리카락 한 올 내려오지 않았다. 개빈 아저씨는 무릎에 커다란 구멍이 뚫린 청바지를 입었고 눈 주위는 너구리처럼 검게 칠했다.

"오래전이네."

아빠가 내 뒤에서 그 사진을 보고 있다. "개빈 아저씨는 화장을 했어?" 내가 묻는다.

아빠가 좀 더 다가온다. "그런 것 같은데." 아빠가 잡지를 가져가 기사를 읽는다. "내가 엄마를 만난 날이야. 그날 밤에 네 엄마가 공연장에 왔거든."

나는 대학생인 엄마가 아빠의 드럼 연주를 지켜보는 모습을 상상해본다. 그러다 문득 그런 상상은 하지 않아도 된다는 것을 깨닫는다. 지금 당장 엄마에게 가서 이야기해달라고 하면 되니까.

난 빈방에서 엄마를 찾아낸다. 어웨이크 어슬립의 포스터는 벽에서 떼어졌고 담요와 시트는 침대에서 벗겨졌다. 난 벌거벗은 매트리스에 몸을 던진다. 얼굴부터 침대에 닿으면서 코가 푹신한 시트에

묻힌다. 더는 개빈 아저씨의 냄새가 나지 않는다.

난 몸을 뒤집는다. "아빠의 밴드가 연주하는 걸 보는 순간 바로 아빠가 특별하다고 생각했어?"

내 기억은 재빨리 떠오르지만 엄마는 조금 기다려야 한다. 엄마는 찾던 기억을 발견하고 슬쩍 미소를 짓는다. "네 아빠에게서 눈을 뗄 수가 없었지. 너무 열정적이어서 폭발할 것만 같았거든. 뭐에 그렇게 흥분했는지 궁금했어."

무슨 말인지 안다. 아빠는 드럼을 팬케이크처럼 납작하게 만들려는 듯이 두드려대기 때문이다. "그래서 뭐였어? 뭐에 그렇게 흥분했대?"

엄마는 드레서의 서랍들에 세제를 뿌리고 종이 수건으로 습기를 빨아들인다. "그냥 그러는 게 좋았대." 엄마가 부드러운 원을 그리며 서랍을 닦아낸다. 엄마는 한참이나 같은 곳을 닦는다. 몽상에 빠진 사람처럼 뭘 하고 있는지도 잊은 것 같다.

"그 서랍을 어쩌려고?" 내가 말한다.

엄마가 마침내 종이 수건을 다른 곳으로 옮긴다. "새로운 세입자가 이 드레서를 쓸지 모르겠네. 침대와 침실용 탁자도."

난 새로운 세입자를 만나고 싶지 않다. 그들은 얼마 전까지 이곳에 머문 사람보다 절대 나을 리가 없을 테니까. 난 천장을 올려다보면서 개빈 아저씨와 함께했던 기억들을 재생시킨다. 지하철에서, 「민디 러브 쇼」에서, 아저씨가 나를 돌봐준 그날 아침의 식탁에서. 난 계속 뒤로 거슬러 올라가며 모든 것을 다시 지켜본다. 우리는 피자를 먹고 뉴욕 거리를 걷는다. 그리고 시드니 아저씨의 단서를 찾아 저지시티를 돌아다닌다. 개빈 아저씨가 내 말에 귀를 기울이는 모습도 본다. 내가 그린 시드니 아저씨의 얼굴을 보고 깜짝 놀라는 개빈 아저씨의 표정도. 아저씨가 셔츠를 벗었을 때는 상자 모양의 배가 보이고 아저씨가 반바지를 입을 때는 다리털이 보인다. 아저씨가 오른손으로 가사를 쓰고 왼손으로 커피나 와인을 마시는 모습도 보인다.

아저씨가 내게 플레인 베이글을 건네는 것도, 길을 건널 때는 내 손을 잡는 것도, 나를 목에 태우는 것도, 블랙버드의 신호를 하는 것도, 아저씨의 탱탱한 머리카락을 쓰다듬는 것도 본다. 아저씨가 내 멜로디를 흥얼대는 것을 듣고 그의 말을 떠올린다. '좋은 노래는 좋은 노래니까', '계속 생각에 몰두하기보다는 마음을 느긋하게 갖는 거야', '기억하기에는 너무 고통스러워서', '잊는 것이 훨씬 더 고통스럽지', '빌어먹을 맨디 러브'.

기억들이 너무 또렷해서 이 비어버린 침실에 머물기가 힘들다. 하지만 어디로 가야 할지 모르겠다. 내가 어디를 가든 기억은 나와 함께하니까.

난 결국 스튜디오로 나간다. 아빠가 팔짱을 끼고 바퀴 달린 의자에 앉아 있다. 아빠는 상자들이 말을 거는데도 알아듣지 못하는 것처럼 상자들을 쳐다본다. 이제 엄마가 내 옆에서 함께 아빠를 지켜본다. 그러다 엄마가 아빠에게 다가가 어깨를 꼭 잡는다. 이번만은 엄마도 나와 같은 감정일 것이다. 이제 이곳은 내 기억과는 다른 모습으로 바뀔 것이다. 난 그렇게 현재와 과거의 모습이 달라지는 것이 싫다.

"상자를 다 썼어." 아빠가 말한다. "홈디포에 다녀와야겠어."

아빠의 말을 듣고 내가 무엇을 해야 할지 깨닫는다. "나도 갈래."

"정말? 거기 싫어하잖아."

맞다. 하지만 그게 내게 남은 유일한 길이다.

유리문이 열린다. 아빠와 내가 안으로 들어선다. 오렌지색의 쇼핑 카트를 볼 때까지는 그리 무섭지 않다. 나는 나무 등등의 냄새를 맡기 시작한다. 갑자기 엄청난 졸음 같은 것이 밀려온다. 당장 집에 돌아가 내 이불을 덮고 싶다.

하지만 달아나지 않는다. 대신 몸을 숙여 바닥을 만진다. 딱딱하고 차가운 바닥은 페퍼와 함께 부엌 타일에 누웠을 때를 기억나게 한다. 페퍼는 그곳을 좋아했고 나는 페퍼를 좋아했다. 개도 사람처럼 나이가 들면 주름이 생겨야 한다. 그래야 나중에 개와 작별할 때 그렇게 놀라지 않을 테니까.

난 아빠를 따라간다. 아빠가 상자를 찾는 동안 난 뛰어내리기 좋은 곳을 찾는다. 이곳은 천장이 아주 높다. 거인도 머리가 닿지 않을 만큼. 그리고 선반에서는 박스에 담긴 장난감 같은 것들이 반짝인다. 아빠들을 위한 장난감.

아빠는 걸음을 멈추고는 보기 싫은 주황색 앞치마를 두른 직원과 이야기를 한다. 지금이 가장 좋을 듯하다. 통로에 높은 발판 사다리가 있기 때문이다. 나는 별로 생각지도 않고 사다리를 오른다. 하지만 아예 아무 생각도 하지 않기는 정말 어렵다. 내 기억력이 뭐가 좋다는 건지 정말 모르겠다. 내 기억력에 관심 있는 사람은 닥터 로버트와 민디 러브뿐이고 그들은 정말 좋은 사람 같지는 않기 때문이다.

사다리 꼭대기에서 아래를 내려다본다. 너무 높아서 난간을 잡는다.

"조앤! 뭐 하는 거야?"

아빠와 직원이 나를 올려다본다. 아빠의 눈은 당장 튀어나올 듯하다. 직원은 셔츠에 달린 마이크에 뭐라고 떠들고 있다. 아마도 나에 대해 나쁜 말을 하고 있을 것이다.

"움직이지 마." 아빠가 말한다. "내가 올라갈게."

이제 사람들이 조금 모여든다. 관객들. 아빠가 사다리로 올라와 나를 좁은 공간에 앉힌다. 아빠가 아빠를 보라고 하지만 나는 그러지 못한다.

"조앤, 제발. 무슨 일이야?"

"피곤해. 하지만 졸리는 건 아냐."

"무슨 말이야? 무슨 말인지 모르겠다."

"옛날로 돌아갔으면 좋겠어."

"알아."

"아니, 아빠는 몰라. 아빠는 잊어버렸어."

"아냐, 잊지 않았어. 맹세해."

나는 고개를 든다. 아빠를 믿고 싶다.

"이리 와." 아빠가 나를 꼭 안아준다.

A Day in the Life

(인생의 하루)

36

나는 그의 얼굴을 톡톡 두드린다. 시드. 장난 그만해. 일어나. 나는 그의 숨소리에 귀를 기울이고 그의 맥박도 짚어본다. 그리고 그의 입에 숨을 불어넣는다. 그의 가슴을 압박한다. 그의 코를 잡고 다시 숨을 불어넣는다. 그의 가슴을 압박한다, 더 세게, 더 세게. 그의 머리를, 그의 몸을 들려고 한다. 너무 무겁다. 전화를 찾는다. 911에 전화한다. 전화를 받은 사람의 질문에 대답하고 그의 지시를 따른다. 그가 시키는 모든 것을 한다. 전화를 끊는다. 포치에 가서 사이렌 소리가 나는지 귀를 기울인다. 집 안으로 다시 들어온다. 그를 흔든다, 소리를 지른다······.

난 눈을 뜬다. 악몽을 완전히 떨쳐내지 못한다. 악몽이 지금 일어난 일이 아님을 깨닫지 못한다.

잠시 후에야 내가 베로니카의 집에 있는 접이식 소파에 누워 있음을 기억해낸다.

이불을 옆으로 밀어내고 일어나 앉는다. 이마의 땀을 닦는다. 창

문은 열려 있지만 바람은 들어오지 않는다. 발을 소파 아래로 내리
자 시원한 타일 바닥에 닿는다.

지난 며칠 동안 내 꿈은 무서울 정도로 생생했다. 머리에서 쫓아
낸 기억과 이미지들이 다시 침입해왔다. 마치 지연된 인생을 사는
것처럼. 몇 달 전에 죽은 그가 이제야 나를 아프게 한다.

커피메이커에 메모지가 꽂혀 있다. '금요일이야! 오늘 밤에 나가자.'

소년 같은 필체가 조앤을 생각나게 한다. 저지를 떠난 이후 조앤
이 훨씬 더 보고 싶다. 조앤은 아주 진지한 반면 베로니카는 좀처럼
진지하지 않지만, 베로니카와 조앤은 너무나 다르지만, 그래도 난
둘 다 가족이라고 생각한다. 내가 책임져야 하는 가족. 내 어린 여동
생이 나 없이도 잘 지내기를 바란다.

1주일간 베로니카와 지내면서 하루를 제외하고는 매일 밤 밖에
나갔다. 그녀의 세상에서는 매일이 금요일 같다. 이렇게 결코 끝나
지 않는 파티가 나만을 위한 것이 아니었다면 말이다.

놀랍게도 매일 밤늦게까지 놀고도 베로니카는 멀쩡하다. 아침마
다 알람 소리와 함께 일어나 정각에 출근한다. 베로니카는 리조트에
서 고객 상담을 책임진다. 매일 그녀가 출근하면 나는 섬을 배회한
다. 갤러리나 앤티크 숍을 기웃거리고 공원 벤치에서 새를 관찰하고
노천카페에서 커피를 마신다. 때로 목적지도 없이 한가하게 어슬렁
거린다.

이른 저녁 베로니카가 집에 돌아오면 간단히 저녁을 먹고 아주 늦
게까지 밖에 머문다. 이렇게 기나긴 밤들 덕분에 내 머리와 심장은

혼란스러울 틈이 없다. 그녀와 시드가 나도 모르게 나눈 중요한 대화에 대해서는 아직 물어보지 못했다. 어쨌든 여전히 아버지가 되는 일이 가능하다는 것은 알게 되었다. 가끔은 페이지가 그런 말을 하지 않았으면 좋았을 거라는 생각도 든다. 잃어버린 연인의 일부를 부활시킬, 대단히 복잡한 마지막 방법이 있음을 알고도 무시하기는 불가능하다.

그래서 난 베로니카의 좁은 부엌에 졸린 듯이 서서 오늘 오후에는 시장에 가야겠다고 결심한다. 오늘 밤 내 여동생과 나는 집에서 제대로 밥을 먹을 것이다. 오늘 밤 축제가 시작되기 전에 말이다.

"감동받았어." 베로니카가 말한다. 우리는 쿠션을 엉덩이에 깔고 커피 테이블 양쪽에 책상다리로 앉아 있다.

그녀가 입에 만새기와 검은 쌀을 가득 넣고 칭찬하듯이 고개를 끄덕인다. "뭔가 달콤한 맛도 나는데?" 그녀가 말한다.

"네이블 오렌지야."

"그래? 나라면 생각도 못했겠네."

"맛있다니 기쁘다." 내가 말한다. "인터넷에서 레시피를 찾았어."

난 시드에게 요리해주는 것을 좋아했다. 일을 하거나 오디션을 보지 않는 날에는 요리를 했다. 흥미로운 칵테일을 찾아 인터넷을 뒤지거나, 옻나무 또는 타마린드 페이스트처럼 내가 들어본 적이 없는 식재료들을 찾아 홀푸즈로 모험을 나가곤 했다. 내가 검증되지 않은 음식을 요리한 것도 몇 달 만이다.

"언제든 요리해줘." 베로니카가 말한다. "정말 몇 년 만에 먹어본, 최고의 집밥이야."

"몇 년 만에 먹어본 유일한 집밥은 아니고? 조미료가 소금과 후추 뿐이던데."

베로니카가 내 말에 뜨끔한 듯이 어깨를 으쓱인다. "오빠는 나쁜 남자는 아니네."

"뭐?"

"「롱 암」에서. 오빠가 그 남자를 죽일 거라고는 생각 못했어. 눈에 그런 게 없잖아."

"날 우습게 보지 마." 내가 말한다.

"우습게 안 보는데."

베로니카가 화제를 바꾼다. 바람이 빠져서 자전거를 탈 수가 없다는 것이다. "원래는 팀이 자전거 타이어에 바람을 넣었거든." 그녀가 설명한다. "그가 타이어에 공기를 가득 넣어줬다고. 난 항상 잊어버려."

"내가 넣어줄게."

베로니카가 칭찬하듯 미소를 짓는다.

"그 사람이랑은 어떻게 된 거야?" 내가 슬쩍 묻는다. "처음에는 굉장히 진지한 관계로 보였는데."

"그랬지. 여기로 이사한 직후 그를 만났어. 그가 사람들을 소개해 줬고 그들과는 지금도 잘 지내. 게다가 리조트에서 일자리도 구해줬고. 그는 나의 전부였지. 하지만 왠지 숨이 막히기 시작했어."

그녀는 무심하게 말한다. 자신의 이야기보다 음식에 더 흥미 있는 듯하다.

"그럼 네가 헤어지자고 했어?"

"응." 베로니카가 말한다. "그런데 여긴 정말 작은 마을이라서 조금 성가시기는 해. 우리가 아직 그와 마주치지 않은 게 신기하다니까."

"언제 데이트를 시작했는데?"

그녀가 머릿속으로 계산한다. "12월 중순쯤에."

난 잠깐 말을 멈추고 음료를 마신다. "그리고 새해 무렵에 시드니가 난자를 기증해달라고 했지, 그지?"

처음으로 여동생이 당황한 듯하다. 몇 초 만에 그녀가 원래의 모습을 되찾는다.

"아무것도 말하지 말라고 했어." 베로니카가 말한다. "오빠가 화낼 거라고."

"화나지 않았어. 내가 안다는 걸 네게 알려주려는 거야."

베로니카가 아무 말도 못하고 나를 쳐다만 본다. "그와 오빠가 정말 마음에 드는 사람을 찾아냈다고 했어. 에이전시에서 소개받았다고. 내게 부담 갖지 말라고 했어."

그 말이 정말이면 좋았을 텐데. "우린 에이전시에서 아무도 찾아내지 못했어. 그는 네가 불편해하는 것이 싫었던 거야." 풀이 죽은 베로니카의 얼굴을 보면, 어쨌든 그의 바람은 이루어졌던 모양이다.

베로니카가 자신의 접시를 내려다본다. 그녀는 아직 포크를 들고 있지만 관심은 다른 곳에 가 있다. "그가 그렇게 전화한 후에는 다른 이야기를 듣지 못했어. 그래서 엄마에게 물어봤어. 엄마는 오빠네가 모든 것을 보류 중이라고 했어."

"나만 그랬지. 어쨌든 엄마 말이 맞아."

"그는 오빠가 내게 전화할 거라고 했어. 그래서 오빠 전화를 기다 렸어. 왜 전화하지 않았어?"

난 무슨 말을 할지 고민한다. 하지만 결국 "몰라"라고만 한다.

베로니카가 접시에 포크를 내려놓고 내게로 기어온다. 그녀의 팔 이 내 어깨와 목을 감싼다. "미안해."

나도 그래. 난 1년 전, 아니, 7개월 전에 전화했어야 한다. 그렇게 많은 기회와 시간이 있었는데. 지금은 이렇게나 간단해 보이는 것 을. 나는 전화를 하고 그녀는 대답을 하고. 우리는 잠시 그동안의 이 야기를 나누고 나는 모든 것을 솔직하게 털어놓는다. 내가 아빠가 되는 것이 얼마나 무서운지 말한다. 그녀가 이겨내야 한다고 말한 다. 의심을 품는 것이 당연하다고, 시드와 페이지가 내게 했던 말을 해준다. 그녀는 나를 사랑한다면서 뭐든 해주겠다고 한다. 시드는 마라에게 의지할 필요가 없었던 것이다.

물론 그때는 상황이 이렇게 흘러가지 않았을지도 모른다. 어쩌면 베로니카는 싫다고 했을 것이다. 그래도 난 마음의 평화라도 얻었겠 지. 우리는 시도했고 물어봤으니까. 우리는 미련 없이 다음 후보를 찾았을 것이다. 우리의 완벽한 짝이 나타날 때까지 결코 멈추지 않 고 계속 찾았을 것이다.

그래도 완벽한 사람을 찾지 못했다면 어쩔 수 없고. 우리가 노력했다는 것에 만족하고 편안히 잠자리에 들었을 테니까. 우리는 진실했다. 우리는 정직했다. 우리는 모든 것을 터놓았다. 우리는 서로를 믿었다. 서로를 믿는다는 것이 얼마나 희귀한 일인데. 우리는 운이 좋았다. 우리는 그렇게 서로를 위로할 수도 있었을 텐데.

"괜찮아?" 베로니카가 묻는다. 다들 내가 괜찮은지 궁금해한다.

난 대답 대신 이렇게 말한다. 100퍼센트의 진심을 담아. "이제 나갈 준비 됐어."

37

파도가 밀려오는 모래밭에는 나홀로다. 물이 내 발을 적신다. 덕분에 뜨거운 태양 아래에서도 시원하다.

눈을 좌우로 돌려보면 요트들이 보이기 때문에 사실 나는 혼자가 아니다. 돌아서면 줄넘기 두 개의 길이만큼 떨어진 곳에 엄마 아빠가 있다. 해변 의자에서 엄마는 책을 읽고 있고 아빠는 귀에 이어버드를 꽂은 채 자고 있다. 엄마가 원하던 휴가는 아니다. 그런 휴가는 내년에나 가능하다. 하지만 아빠는 홈디포의 사다리에서 나를 내려주고는 당장 휴가를 떠나야겠다고 생각했다.

아빠가 주말에 콜드 스프링 하버에 우리를 데려와 캐넌힐을 보여준 것은 정말 잘한 일이다. 캐넌힐은 존 레넌과 그의 가족이 도시를 떠나 휴가를 즐기고 싶을 때마다 찾아온 저택이다. 하지만 내 머리는 평소처럼 움직이고 있다. 그러니까 존 레넌과 관련된 새로운 장소를 방문함으로써 예전에 내가 다녀왔던, 존 레넌과 관련된 다른 장소들이 머릿속에 떠오른다는 의미다. 당연히 나랑 그곳들을 방문했던 사람들도 떠오른다. 그 말은 내가 다시 그를 생각하고 있다는 의미이기도 하다. 그의 이름을 말하고 싶지도 않다. 그는 나를 잊었는데, 난 그를 결코 잊을 수가 없다니 너무 불공평하다.

갑자기 엄마가 말을 거는 바람에 나는 깜짝 놀란다. "수영할래?"

"아니."

엄마가 원피스 수영복 위로 팔짱을 끼고는 내가 무엇을 보는지 바다 쪽을 바라본다. "아름답다."

난 여기 없는 것에 대해 주로 생각하기 때문에 여기 있는 것에 대해 생각하기가 어렵다. 누군가를 마지막으로 만날 때는 마지막을 알려주는 뭔가가 있으면 좋겠다. 그래야 그 사람에게 좀 더 관심을 가질 수 있을 테니까.

2013년 7월 30일 화요일. 우리는 뉴욕 시에서 타고 온 지하철에서 내린다. 개빈 아저씨는 나를 업고 언덕을 오른다. 아저씨가 나를 내려주고 우리는 우리 골목으로 들어선다. 엄마가 계단에서 기다린다. 엄마가 우리에게 달려와 나를 안는다. 엄마는 나를 집으로 데려가 내 방으로 보낸다. 아주 순식간의 일이라서 개빈 아저씨를 한 번 더 바라볼 생각도 못한다.

"이리 와." 엄마가 말한다. "수영하자."

엄마가 내 손을 잡고 물로 걸어 들어간다. 우리는 내 발이 바닥에 닿지 않을 때까지 물속을 걷는다. 그러다 나는 발차기를 시작한다. 엄마는 머리를 뒤로 젖히고 팔을 벌리고는 물 위를 둥둥 떠다닌다. 나도 엄마를 따라 한다. 우리는 하늘을 바라본다. 내가 처음 물에 뜨는 법을 배우던 때가 생각난다. 내 엉덩이가 가라앉지 않게 수영 강사가 받쳐주었는데.

엄마가 무슨 말을 한다. 하지만 내 귀가 물에 잠겨 있어서 잘 들리지 않는다. 난 머리를 들고 귀에서 물을 털어낸다. "뭐라고 했어?"

엄마는 더는 물에 떠 있지 않다. 엄마는 물을 발로 차고 나도 물을 발로 찬다. "우리가 잘못 생각하는 것일지도 모른다고."

무슨 말인지 모르겠다. "우리?"

"그래." 엄마가 해변의 아빠를 돌아본다. "우리는 서로에게 좌절하지. 하지만 우리는 자신만의 장점과 약점을 지니고 있잖아? 그러니까 상대방에게 맞지 않는 뭔가를 강요하는 대신 그 사람이 잘하는 것을 하게 내버려두는 편이 낫겠지."

나도 해변을 돌아본다. 이제 아빠는 잡지를 읽지 않는다. 어쿠스틱 기타인 깁슨을 연주하고 있다. 아빠가 상자 안에 넣지 않은 유일한 기타다.

"아빠는 창작을 하는 동안 가장 행복해하지." 엄마가 말한다. "그게 아빠가 가장 잘하는 일이야."

아빠는 구름 위에 오른 듯한 표정이다. 때로 구름은 해를 가리기 때문에 나는 구름을 좋아하지 않는다. 하지만 아빠가 구름 위에 있을 때는 구름이 싫지 않다. 그건 아빠가 음악에 빠졌다는 뜻이니까. 아빠가 자신이 어디 있는지도 잊었다는 뜻이니까. 그런 망각은 나도 정말 좋아한다.

"그리고 네가 제일 잘하는 것은 기억이지." 엄마가 나를 본다. "넌 때로 짜증이 나겠지. 하지만 아무도 너처럼 기억하지 못해. 넌 그들에게 그런 것을 기대하면 안 돼. 기억은 사람들이 잘하는 일이 아니니까. 기억은 네가 잘하는 일이야. 당연히 중요한 일이지."

엄마가 윙크를 하고 다시 머리를 물속에 담근다. 다시 물 위로 올라온 엄마는 머리카락이 단정해졌다. 그래서 세상에서 가장 예쁜 생물로 보인다. 나도 엄마처럼 다른 생물이 되고 싶다. 나는 코를 잡고 물로 들어간다. 마치 어둠과 고요 속을 미끄러지는 바다코끼리처럼. 숨이 가빠서 물 위로 올라와 눈을 뜬다. 왠지 해가 좀 더 밝아진 듯하다.

웨이트리스가 접시를 치운 다음 디저트를 먹을 거냐고 묻는다. 아빠는 먹겠다고 대답한다. 기쁘게도 우리 자리는 창문 옆이다. 해가 하늘에서 오렌지색과 자주색의 소용돌이를 만들며 예쁘게 저녁 인사를 한다.

콜드 스프링 하버는 운이 좋은 곳이 틀림없다. 존 레넌은 '더블 팬터지' 앨범에 수록된 노래를 대부분 여기서 작곡했고, 덕분에 유일한 그래미 상을 받았기 때문이다. 초대형 아티스트인 빌리 조엘도 이곳의 이름을 붙인 앨범을 냈다. 난 그의 음악을 좋아하지 않지만 말이다. 아까 아빠가 차에서 빌리 조엘의 음악을 틀려고 했다. 하지만 아빠는 그의 노래 가운데 「위 디든트 스타트 더 파이어We Didn't Start the Fire」만 좋아하고 나는 이제 그 노래를 좋아하지 않는다. 정말로 불을 지른 누군가를 기억나게 하기 때문이다.

아빠는 디저트로 커피를 주문하지만 엄마는 아직 와인을 마신다. 노동절이 지나지 않았기 때문에 엄마는 하얀 새 바지를 입고 있다. 노동절 이후에 무슨 일이 벌어졌는지는 모르겠지만, 어쨌든 엄마는 그 규칙들을 따르고 싶어 한다. 엄마는 한 손으로 머리카락을 만진다. 아마 손가락을 빗으로 쓰는 모양이다. 엄마는 빗을 가져오지 않았다. 엄마의 예쁜 지갑에 넣기에는 너무 크기 때문이다.

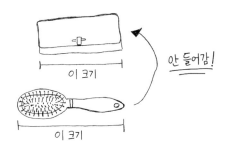

엄마가 와인 잔을 돌리면서 아빠를 본다. 엄마는 시선을 돌리지 않는다.

"왜?" 아빠가 말한다.

"스튜디오를 그냥 둬야겠어." 엄마가 말한다.

나는 눈을 번쩍 뜬다. 간절히 듣고 싶었던 말이기 때문이다. 아빠는 충격을 받은 듯하다. 아빠 혼자 들어냈던 무거운 상자들을 이제는 다시 스튜디오 안으로 옮겨야 하니까. "뭐라는 거야?" 아빠가 말한다.

"오늘 해변에서 기타를 치는 당신을 봤어." 엄마가 말한다. "정말 오랫동안 그런 모습을 보지 못했어. 당신은 정말 행복해 보였어. 당신에게서 그런 행복을 빼앗고 싶지 않아. 내가 원한 건 그런 것이 아니야. 내가 원한 건 이런 거야. 일도 프로젝트도 방해물도 없이 우리 셋이 함께하는 것. 1년 중에 며칠이라도 이렇게 함께할 수 있다면 난 만족해. 다른 평범한 사람들처럼 가끔 쉬고 싶을 뿐이야. 당신도 함께. 난 당신이 필요해. 우린 당신이 필요해."

우리가 아빠의 대답을 기다리는데 웨이트리스가 온다. 그녀가 우리에게 파이와 아이스크림을 나눠 주고 아빠 앞에는 뜨거운 커피를 내려놓는다. 아빠가 그녀에게 미소를 짓는다. 그녀가 가고 나자 아빠가 말한다. "더 많이 노력할게. 약속해. 그리고 이런 주말 휴가도 더 많이 갖고. 옛날에 왔어야 하는데." 아빠가 김이 나는 머그잔을 들어 올린다. "하지만 스튜디오를 남겨둘 수는 없어."

"난 괜찮아, 올리. 정말이야. 스튜디오가 당신만 행복하게 해준다면."

"행복하게 해주지 않아." 아빠가 커피를 마시고 조심스럽게 머그잔을 내려놓는다. "오늘은 내가 원해서 기타를 연주한 첫날로 기억될 거야. 일 때문에 연주한 것도 아니고 돈 때문에 연주한 것도 아니지. 내 연주는 무언가를 얻기 위한 것이 아니었어. 그냥 재미를 위한 것이었지. 내가 처음 연주를 시작한 이유도 그거였어. 다시 그런 기분을 느껴서 좋았어. 더 이상 그런 압박감이 없어서." 아빠가 커피를 내려다본다. 커피는 영화의 크레딧을 띄울 수 있을 만큼 검은색이다. "이런 식이 좋아."

아빠는 엄마에게 미소 짓지만 난 아빠의 말이 마음에 들지 않는다. 잠깐 동안 내 간절한 바람이 실현될 것처럼 보였다. 동물보호소에서 내가 어떤 개를 케이지에서 꺼내달라고 하고 개를 쓰다듬어주면서 그 개가 꼬리를 흔들며 새로운 집이 생길 거라는 기대감에 들뜨게 하지만 갑자기 엄마가 새로운 개를 데려가는 것은 너무 빠르다며 개를 다시 케이지로 돌려보냈을 때처럼(2010년 9월 4일 토요일).

다른 테이블의 여자가 나를 쳐다본다. 내 얼굴에 초콜릿이 묻었나, 아니면 나도 모르게 내가 울고 있나. 햇빛도 비치지 않는데 그녀가 눈을 가늘게 뜬다. 정말 무섭다. 나는 눈을 피하려 하지만 왠지 그럴 수가 없다.

이제 그녀가 일어나서 테이블에 냅킨을 떨군다. 그녀는 우리 테이블로 다가오고 나는 얼굴을 닦는다. 이제 그녀가 엄마 옆에 서서 나를 쳐다본다. "너를 아는데."

난 초조하게 나를 손가락으로 가리킨다.

"안다고!" 그녀가 다시 말한다. "「민디 러브 쇼」에 나왔잖아. 넌 기억력이 뛰어난 아이지." 그녀가 손을 뻗는다. "만나서 반가워."

나는 그녀와 악수를 하면서도 무슨 말을 해야 할지 모르겠다. 그녀는 혼자서도 신나게 말하기 때문에 별로 상관은 없지만.

"이 말만 할게. 넌 정말 대단해. 정말 놀라워. 조앤, 맞지?"

"네." 내 말투가 마음에 들지 않는다. 너무 얌전하다. 난 목소리를 높인다. "내 이름은 조앤 레넌이에요."

난 호텔 방의 책상에 앉아 아빠의 노트북을 쓴다. 아빠의 발에서 냄새가 나지만 아빠가 아주 편안해 보이기 때문에 그냥 내버려두기로 한다. 아빠와 엄마는 침대에 누워 있고 엄마는 아빠의 팔을 베고 있다. 때로 엄마는 아주 크고 강해 보이지만 아빠 곁에서는 절대 그렇게 보이지 않는다.

아빠가 스튜디오를 닫을 거라고 말한 뒤, 나는 기분이 아주 나빴다. 물론 나를 알아보는 사람이 나타나기 전까지만. 덕분에 내가 이름을 부르고 싶지 않은 내 파트너가 나를 뉴욕으로 데려갔을 때 두 명의 여자가 그를 알아보고 사진을 찍자고 했던 것이 기억났다. 이제 나는 그와 우리 노래를 생각한다. 과거는 뒤에 남겨두고 다시 시작하자는 노래를 불렀던 그를. 하지만 나는 과거를 뒤에 남겨둘 수가 없기 때문에 그의 말을 이해하지 못했다. 그러다 저녁을 먹는 동안 아빠에게 음악에 대한 이야기를 들으면서 우리 노래의 가사를 조금 다르게 해석하게 되었다. 아빠는 새로운 직업을 얻었고 음악의 나날은 끝났다고 말했다. 하지만 이제 아빠는 다른 방식으로 음악에 되돌아갔다. 기쁘게. 그래서 나도 마침내 깨닫게 되었다. 내가 이름을 부르고 싶지 않은 내 파트너는 '기분이 좋아질 때까지 과거는 뒤에 남겨두었다가 다시 돌아가'라는 말을 노래에 넣고 싶었지만 가사가 너무 길어져서 그냥 '과거는 뒤에 남겨둬'라고 줄였을 거라는 사실을.

그리고 그 가사는 호수인지 항구인지에서 발로 함께 물을 차는 동안 엄마가 내게 했던 말을 생각하게 한다. 그래서 나는 엄마의 충고대로 내가 가장 잘하는 일을 하기로 한다. 바로 기억하는 것.

난 아빠에게 내 파트너의 이메일 주소를 물어본 다음 자판을 두드리기 시작한다. 내 파트너는 제대로 기억하도록 도와줄 누군가가 필요해 보였다. 엄마의 말이나 내가 지켜본 것으로 판단하건대, 그는 혼자 기억하는 일을 잘하지 못하기 때문이다.

그래서 나는 모든 것에 대해 자세히 쓰고는 '보내기' 버튼을 클릭한다. 나의 뇌를 가득 채운 것들이 전선을 지나고 우주를 가로질러 그의 뇌를 가득 채우도록. 이제 그는 과거로 돌아가도 괜찮다는 것을 알아차렸을 것이다. 과거에는 두 번씩 봐도 괜찮은 것들이 있기 때문이다.

38

어느 밴드가 음악('섬 음악'이라고밖에 묘사하지 못하겠다)을 연주하는 동안 난 모래밭에서 춤을 춘다. 가수가 나지막한 야외무대에서 맨발로 노래하는데도 스피커 옆의 여자를 제외하면 아무도 관심이 없다. 다른 사람들은 무대에 등을 돌리고 있다. 소리에 젖어들고 진동을 느끼면서도 소리나 진동의 원천에는 관심이 없다.

베로니카가 내 옆에서 어깨를 흔들고 춤을 추며 몇 분마다 내게 손을 뻗는다. 마치 지금 벌어지는 일이 실제라는 것을, 내가 정말로 플로리다에 그녀와 함께 있다는 것을 확인하려는 것처럼. 아직은 이곳 외에 머물고 싶은 곳이 없다. 하지만 완전히 자연스럽게 내린 결정은 아니다. 어느 정도는 선택이다. 지금 나오는 음악은 가사로, 분위기로 모든 것이 괜찮아질 거라고, 괜찮아질 거라고 주장한다. 이번만은 그 감정을 떨쳐버리지 않기로 한다. 난 이렇게 '걱정하지 말고 행복해지자'는 식의 음악을 좋아하지 않는다. 날것의 감정을 품은, 솔직한 노래를 좋아한다. 진실됨과 진정성을 지닌 노래. 조앤과 내가 만들려던 노래. 하지만 오늘 밤에는 베로니카와 시드처럼 되고 싶다. 지금 흘러나오는 음악은 삶의 비극을 의도적으로 무시하자는 메시지가 아니라 그럼에도 불구하고 용감하게 낙천주의를 선택하자는 메시지를 담고 있다고 믿고 싶다. 오늘 밤만은 모든 것이 괜찮아질 거라고 믿고 싶다.

난 열대풍의 술집에서 맥주를 두 개 집은 다음 군중을 헤치고 베로니카에게 간다. 그리고 맥주를 건네며 베로니카의 귀에 소리를 지른다. "페이지가 그래도 해보라고 하더라."

"뭘?" 베로니카도 소리를 지른다.

난 베로니카에게 생각할 시간을 주기 위해 맥주를 마신다. 그러고는 그녀가 내 말을 알아차리고 눈을 크게 뜨는지 살펴본다.

이제야 그녀가 내 말을 알아듣는다. 아니, 내 말을 알아들은 것이 분명하다. 그렇지 않으면 그녀가 내 팔을 잡아끌고 조용한 곳으로 가지는 않았을 테니까. 우리는 밴드 음악 대신 바닷소리가 들리는 곳으로 간다. 그녀가 나를 마주 본다. "좋아. 내 대답은 '좋아'야. 하자. 내가 할게."

그래서 내가 애초에 베로니카에게 부탁하지 않았던 것이다. 그녀는 목적지가 어디인지, 항해에 얼마나 시간이 걸리지도 모른 채 충동적으로 배에 뛰어오르니까.

"쉽게 말하지 마." 내가 말한다. "네게는 엄청난 희생이야. 그냥 난자를 넘겨주는 것이 아니라고."

"알아." 베로니카는 물러서지 않는다. "어떤 일이 있어도 상관없어."

그녀가 내 제안을 완전히 이해한 것인지 모르겠다. 내가 이해하고 있는지도 모르겠고. "내가 진짜로 아빠가 되려는 건지는 모르겠어." 내가 말한다. "그냥 알려주는 거야. 아직 어떻게 될지는 몰라. 난 아이를 어떻게 돌보는지도 모르고."

"힘내. 오빠는 알아. 아이들과 잘 지내잖아."

"언제부터?"

그녀가 내 손을 잡고 벤치에 앉는다. "내 기억이 있을 때부터. 어린 시절 오빠는 엄마의 가게에서 가져온 상자로 정말 섬세한 인형의 집을 만들어줬어. 그리고 주간 어린이 캠프에서 일할 때는 항상 과일 아이스크림을 가져다주었고. 그리고 내가 무서워할 때는 오빠 침대에서 재워줬어. 내가 밤새도록 오빠를 차는데도 말이야. 난 오빠에게 방과 후에 공원에 데려다달라고 했지만 오빠는 항상 싫다고 했지. 오빠는 더욱 멋진 일들을 해야 한다면서. 하지만 결국은 나를 공원에 데려갔어. 내가 조금 자라고 오빠가 LA에 있을 때는 내 첫 번째 남자친구에게 전화해서 뭐라고 했는지 알아? 내게 예의를 지키라고 했어. 오빠는 부하들도 있다면서 말이야. 그래서 그는 사람들이 있는 데서는 나와 키스하기 싫어했지."

내가 그런 말을 했다는 것이 믿기지 않는지, 아니면 남자친구가 내 말을 고분고분 들은 것이 믿기지 않는지 베로니카가 고개를 흔든다. "정말, 난 할 수 있어. 오빠도 그냥 아이인데도 항상 배려심 깊게 나를 돌봐주고 지켜주고 함께 있어주었어. 함께 있지 않을 때조차도."

태생적으로 불안정하던 베로니카가 언제 이런 긍정성과 통찰력과 감사하는 마음을 갖게 되었을까. 아마 나도 이런 변화에 어느 정도 역할을 했을 것이다.

"그리고 내 자전거 타이어에 바람도 넣어주고." 그녀가 명랑하게 덧붙인다. "오빠, 솔직히 오빠만큼 좋은 아빠 후보는 없어. 그리고 이렇게 오랫동안 주저한다는 건 오빠가 아빠라는 역할을 그만큼 진지하게 고민한다는 뜻이기도 하고."

나는 내 맥주를 찾는다. 내 옆의 땅바닥에 놓여 있다. "네 말은 고맙지만 나 혼자서는 불가능해."

"뭐 어때?" 베로니카가 말한다. "엄마도 우리를 혼자 키웠잖아. 그것도 상당히 훌륭하게."

나는 맥주도 삼키고 동생의 말도 삼킨다. "그래, 그랬지. 하지만 엄마의 선택은 아니었어."

"맞아." 베로니카가 샌들 신은 발을 앞으로 뻗는다.

멀리 그 밴드가 보인다. 하얀 전구들이 무도장 위에 줄줄이 매달려 있다. 난 우리 둘을 만든 남자를, 긴 침묵 끝에 그가 어떻게 말할지를 생각한다. 그냥 편히 앉아 기다리는 것은 인내가 아니다. 인내란 견디는 것이다. 그리고 일을 끝내는 것이다.

"그 아이는 정말 힘들 거야." 내가 말한다. "부모가 오빠와 여동생일 테니까."

"그래, 한 명은 동성애자이고 한 명은 이성애자이고. 게다가 둘 다 결혼도 하지 않았지. 완전히 엉망일 거야. 대단하겠지."

검은 하늘에 별이 가득하다. '난 우주로 항해할 수도 있어요. 하지만 별조차 흔적을 남기죠.' 이 가사가 몇 주 만에 의미가 변했다. 당시 나는 아버지의 죽음을 결코 극복하지 못했던 것처럼 시드에게서도 놓여나지 못했다는 사실에 한탄했다. 하지만 그 기억들을 언제까지나 회피하는 것은 불가능하다. 그리고 그것이 나쁜 것만은 아니다. 사실 지금도 나는 시드를 생각한다. 그가 자신이 시작했던, 이런 미친 계획에 대해 뭐라고 말할지를. 난 아주 조금 용감해진 느낌이라고 그에게 말해야겠다.

"오빠가 어떤 결정을 내리든." 베로니카가 말한다. "내가 한편이 되어줄게."

난 영원히 기다릴 수는 없다. 난 행복한 순간이 그날 아침에도 계속될 거라고 생각했다. 하지만 착각이었다. 그래서 난 베로니카에게 말해야 한다. "사랑해."

놀란 동생이 나를 바라본다.

"네가 알았으면 좋겠어."

동생이 내 어깨에 머리를 기대고 나는 별을 올려다본다. 이미 오래전에 사라졌지만 아직도 이곳에서 빛나는 수백만 개의 별을. 리마인더, 리마인더, 리마인더.

검은 하늘이 멀리서 바다와 하나가 된다. 수평선에서 일어난 파도가 모래밭에 부서진다. "수영하자."

"지금?" 그녀가 묻는다.

"그래." 내가 말한다. "지금."

신발과 셔츠를 벗고 물에 들어가 파도 아래로 잠수한다. 파도가 내 몸을 재빨리 지나간다. 갑자기 세상이 검고 공허해진다. 무게도 사라진다.

물 위로 올라와 해변을 본다. 속옷만 입은 베로니카가 물 가장자리에서 머뭇거리는 모습이 희미하게 보인다.

"어서." 내가 소리친다. "그냥 뛰어들어."

그녀는 물 위에 얼굴과 금발만 남을 때까지 바다로 걸어 들어온다. 난 물 밑으로 들어가 무턱대고 그녀에게로 헤엄친다. 내가 물 위로 올라가자 베로니카가 비명을 지르며 내 얼굴에 물을 튀긴다.

"물 밑으로 들어가." 내가 외친다.

"싫어. 추워."

"춥다고? 물속은 욕조 같은데."

난 그녀를 잡는다.

"그만해! 오빠, 정말이야!" 그녀가 도망간다. "나갈 거야."

하지만 나는 아직 준비가 되지 않았다. 두 발로 걸을 준비가 되지 않았다. 난 기분 좋게 파도에 떠밀려다닌다.

"조심해, 오빠." 베로니카의 목소리가 멀리서 들려온다. "내 말 들려? 너무 멀리 가지 마."

어둠 때문에 해변으로 헤엄쳐가는 그녀가 거의 보이지 않는다. 그동안 나는 점점 육지에서 멀어진다. 더 깊이. 더 깊이. 자연의 고요함에 감싸인 이곳은 평화롭다. 이제 내 카드는 테이블에 모두 놓았고 내가 할 말은 모두 했다. 그러니 이런 잠깐의 평온함 속에서 떠나는 것도 괜찮지 않을까? 끝없는 바다로 뛰어들어 그와, 첫 만남 이후 지금까지, 그리고 앞으로도 항상 가장 좋은 친구일 그와 재회하는 것이다. 나를 계속 떠 있게 했던 사람. 나는 홀로 해보려고 했다. 정말로. 하지만 너무 지쳤다. 팔찌도 너무 무겁고.

갑자기 꺼칠꺼칠한 뭔가가 내 다리를 긁고 급하게 지나간다. 정신이 번쩍 든다. 나는 물속을 내려다본다. 아무것도 보이지 않는다. 바다는 검은색이다. 난 긴장한 채로 가만히 떠 있다. 몇 초가 지나간다. 파도 소리 외에는 아무 소리도 들리지 않는다. 이상한 움직임은 없다. 심장이 진정되기 시작한다. 내 상상일 뿐, 아무것도 아니다. 난 완전히 혼자다.

하지만 사실은 그렇지 않다. 내 여동생이 해변에서 기다리고 있기 때문이다. 점처럼 작은 모습. 잘 보이지 않지만 손을 흔드는 것 같다. 그냥 인사를 하는 걸까? 아니면 돌아오라는 걸까?

다시 뭔가가 내 발을 긁는다. 착각이 아니다. 물속에 뭔가가 있다.

난 팔과 다리로 수면을 헤치며 해변으로 헤엄친다. 아주 멀리에 베로니카가 보인다. 난 조금 전에, 마침내 모든 것이 괜찮아진 순간에 운명을 거스르려 했다. 어떻게 그럴 수가 있지? 난 베로니카에게로 헤엄친다. 헤엄친다.

다시 내 발에, 발가락에 뭔가가 스친다. 난 돌아보고, 또 돌아본다. 지느러미, 주둥이, 가벼운 충돌, 잠적. 이제 아무것도 없다. 해변에는 동생이 기다리고 있지만 난 움직이지 못한다. 물속에서 또다시 뭔가가 나를 찌른다. 나는 내 자리를 빼앗기지 않으려고 사방으로 발길

질을 한다.

다시 물이 갈라지더니 그놈이 물 위로 떠오른다. 거대하다. 코, 수염, 갈색. 우락부락하다. 어둠 속에서 두 개의 거대한 송곳니가 마치 하얀 검처럼 반짝인다. 송곳니가 아니라 엄니다. 물론 엄니. 바다코끼리. 바다코끼리. 이럴 수가.

녀석은 물 밑으로 내려간다. 난 사방을 둘러보면서 녀석이 다시 물 위로 나오기를 기다린다. 하지만 아무것도 없다. 고요뿐이다. 그러다 극심한 공포가 엄습한다. 난 해변으로 미친 듯이 헤엄친다.

마침내 베로니카 앞에 도착한다. 그녀는 자신의 몸을 껴안은 채 떨고 있다. "멀리 가지 말랬잖아. 오빠 때문에 무서웠어."

난 가쁜 숨을 몰아쉰다. "너도 봤어?"

"뭘?"

"저기에."

"아니." 베로니카는 바다가 아닌, 내 얼굴을 쳐다본다. "괜찮아?"

난 바다로 고개를 돌린다. 바라본다. 바라본다. 좀 더 바라본다.

그러다 그녀에게, 그리고 내 말을 들을 누군가에게 말한다. "그래. 난 괜찮아."

받는 사람 : 개빈 윈터스

제목 : 중요한 열 가지 이유

친애하는 블랙버드에게

아저씨는 아빠가 되는 것을 무서워한다면서요? 엄마에게 들었어요. 아마 아저씨가 제대로 기억하지 못해서일 거예요. 전에 아저씨가 기억하는 것을 도와달라고 했죠? 이번에도 내가 아저씨를 도와줄게요. 사실 나는 리스트 만드는 것도 좋아하거든요.

아저씨가 좋은 아빠가 될 수밖에 없는 열 가지 이유가 있어요.

1. 아저씨는 내 이름을 기억했어요(7월 9일 화요일).

2. 아저씨는 내 옷이 마음에 든다고 했어요(7월 10일 수요일).

3. 아저씨는 길을 건널 때는 내 손을 잡아주었고 내가 난생처음 택시를 잡게 해주었어요. 어떻게 변화를 시도하는지도 가르쳐주었죠. 또한 존 레넌이 그냥 노래만 만든 것이 아니라 커피도 마시고 약국에도 갔다는 것을 알려주었어요(7월 16일 화요일).

4. 아저씨는 내게 플레인 베이글, 부드러운 프레첼(7월 16일 화요일), 프렌치프라이(7월 22일 월요일)를 사줬어요. 내게 피자를 먹어보게도

했고요*(7월 16일 화요일)*.

5. 아저씨는 내 그림이 마음에 든다고 했어요*(7월 10일 수요일)*.

6. 아저씨는 머리가 아프거나 침대에 누워 있을 때도 항상 손가락 신호를 해줬어요*(7월 16일 화요일)*.

7. 아저씨는 항상 진실을 말했어요. 내 노래가 아저씨를 울게 하지 않는다거나*(7월 10일 수요일)* 내 가사가 별로라거나*(7월 11일 목요일)* 내가 아마 대회에서 우승하지 못할 거라는 이야기도요*(7월 25일 목요일)*. 아저씨는 때로 조금 심술궂기는 하지만 그래도 나를 어른처럼 대해주고 내 노래도 멋지게 만들어주었으니까 괜찮아요. 아저씨는 항상 솔직했기 때문에 나 같은 사람은 만난 적이 없다는 말도 믿을 수가 있었어요*(7월 30일 화요일)*.

8. 아저씨는 나를 데리러 「민디 러브 쇼」에 왔어요*(7월 30일 화요일)*.

9. 아저씨는 기분 좋은 긴장감에 대해 가르쳐줬고*(7월 16일 화요일)* 난 마침내 그것을 느꼈어요*(7월 30일 화요일)*.

10. 아저씨는 생각이 떠오르기를 빈둥빈둥 기다리기보다는 마침내 생각이 떠올랐을 때를 놓치지 말아야 한다는 것을 보여줬어요 *(7월 18일 목요일)*.

11. 내가 좋은 가사가 떠오를 때마다 아저씨가 받아줬어요.

12. 아저씨는 내 기억을 정말 잘 들어주었고 질문도 해주었어요. 의사와 토크쇼 진행자를 제외하면 아저씨만 내 말에 귀를 기울여줬어요.

13. 아저씨는 영국 억양으로 말할 수 있어요.

14. 아저씨는 존 레넌과 폴 매카트니에 대해 많이 알아요.

15. 아저씨가 보여준 록 스타의 표정은 최고였어요.

16. 아저씨는 목소리가 멋져요. 노래만 하기에는 아까운 목소리예요. 침대 옆에서 책을 읽어주면 멋질 거예요.

17. 난 이 세상에서 아빠를 가장 사랑해요. 아빠가 무슨 일을 하고 무슨 말을 하고 어디를 가든 사랑하죠. 그러니까 아저씨도 아빠가 되는 것을 걱정하지 마세요.

18. 아저씨는 내 파트너예요. 난 아저씨가 나를 잊지 않았다는 것을 알아요.

미안해요, 열 가지가 넘었네요.

사랑을 담아서,
바다코끼리가

Don't Let Me Down

(나를 실망시키지 말아줘)

아빠의 낡은 워크맨에 카세트테이프를 넣는다. '되감기' 버튼을 누르자 테이프가 끽 소리를 내며 앞으로 감긴다. 두툼한 '플레이' 버튼을 누른다. 쉭쉭거리는 소리 사이로 조앤 할머니의 피아노 소리와 목소리가 들린다. 눈을 감는다. 그리고 할머니가 내 방에서 콘서트를 열고 있다고 상상한다.

할머니가 손을 건반에서, 발을 페달에서 떼고는 한숨을 쉰다. 맛있는 음료를 마시거나 정말 행복한 웃음을 터뜨린 후에, 아니면 멋진 기억을 떠올린 후에 짓는 한숨이다.

녹음은 끝났지만 테이프는 아직 돌아간다. 난 계속 쉭쉭 소리가 나게 내버려둔다. 할머니가 아직 여기 있는 느낌이다.

"할머니가 내 노래를 들었으면 좋겠어요."

워크맨의 플라스틱 창 너머로 테이프가 돌아간다.

"그 노래가 할머니의 마음 깊이 들어갔으면 좋겠어요."

아빠는 내가 할머니의 기억을 지니고 있다고 말한다. 아빠는 내 HSAM에 대해 말하는 것이 아니다. 그냥 내 이름에 할머니의 기억이 담겨 있다는 것이다.

"할머니 때문에 우승하고 싶어요. 반드시 우승할 거예요."

나는 귀를 기울인다.

"저기요? 할머니?"

테이프는 점점 느리게 돌다가 딸깍 소리가 난다. 쉭쉭 소리도 멈춘다. 테이프가 끝까지 감긴 것이다.

방문이 열린다. "준비됐니?"

아빠는 끈이 달린 부츠에 타이트한 청바지와 셔츠, 그리고 검은 재킷을 입었다. 정말 멋지다. 스튜디오를 닫기 전에는, 그리고 아래층에 어떤 숙녀가 이사 오기 전에는 뉴욕에서 미팅이 있을 때마다 그렇게 옷을 입곤 했다. 아래층에 이사 들어온 숙녀의 이름은 팸이고 거의 집에 없다. 주중에는 다른 나라에 있는 토론토에서 일을 하기 때문이다. 그녀는 우리에게 마음껏 마당을 쓰라고 했다. 또한 그녀는 아빠의 '조용한 방'을 없애지 않았다. 옷을 보관하기에 좋다면서 말이다. 그녀는 내 이름의 첫 글자들이 아직 콘센트 위에 남아 있다고 했다.

아빠가 내 뒤에서 테이프 플레이어를 들여다본다. 그러고는 내 머리카락을 잡아당기는 척한다. "우승하지 못해도 괜찮아?"

"그런 생각은 하고 싶지 않아." 내가 말한다.

"그냥 기억해둬. 예술은 주관적인 거야. 사람들은 서로 다른 것을 좋아해."

"어떤 사람은 폴 매카트니를 좋아하고 어떤 사람은 존 레넌을 좋아하는 것처럼?"

"그리고 어떤 사람은 둘 다 좋아하지."

"나는 폴 매카트니도 좋아." 내가 말한다.

"나도 그래." 아빠가 말한다. "난 비틀즈가 전부 좋아."

아빠가 내 머리에 입을 맞추고 문으로 걸어간다.

"무슨 일이 있든." 아빠가 말한다. "난 네가 정말 자랑스러워. 너도 너를 자랑스러워하기를 바란다. 좋은 음악도 계속 만들고. 그 후에 벌어지는 일은 너도 어쩔 수 없는 거야. 아무도 관심이 없는 듯하고 너도 전혀 기대되지 않을 때라도 누군가는 네 음악을 들으니까. 그러니까 계속해나가는 거야. 그게 가장 힘든 일이기는 하지만. 그래도 누가 알겠어? 누가 알겠냐고."

그 말이 울려 퍼진다. 기타 소리처럼. 어느 여름날, 엄마 아빠와 함께 저녁을 먹고 있었다. 그런데 낯선 사람이 우리에게 다가왔다. 그러고는 나를 TV에서 봤다면서 악수를 하자고 했다(2013년 8월 17일 토요일). 그 후로는 누가 알겠냐는 아빠의 말이 더욱 실감난다.

아빠가 문을 두드린다. 드러머가 아니라 도망갈 곳을 찾아 창문에 몸을 부딪치는 벌처럼. "차를 가져올게." 아빠가 밖으로 나간다.

세상에 HSAM을 지닌 사람은 30명도 되지 않지만 '위대한 미래의 작사·작곡가 콘테스트'에서 우승할 수 있는 사람도 세상에 열 명뿐이다. 그중에는 나도 포함된다. 내가 기억력보다는 음악에서 더욱 특별하다는 의미다. (최종 후보 중에는 여러 사람으로 구성된 팀도 있지만 그들은 한 명으로 계산해야 한다. 내가 이렇게 계산을 잘하는 것을 보면 엄마가 자랑스러워할 것이다.)

아빠는 누군가가 '솔직히'라고 말하는 것을 싫어한다. 그것은 그 사람이 거짓말을 하고 있거나 거짓말을 시작할 거라는 뜻이기 때문이다. 그래도 난 그 말을 쓰고 싶다. 솔직히 나는 최종 후보에 오를 줄은 몰랐다. 내 눈을 깜박여서 TV가 꺼지기를 바라거나 다리를 잃은 강아지의 다리가 다시 자라기를 바라는 것처럼 내가 간절히 바라는 것은 절대 이루어지지 않기 때문이다.

"힘내. 할 수 있어!"

좀 더 솔직히 말하자면, 난 내 음악의 나날도 끝났을지 모른다고 생각했다. 뭔가를 간절히 원한다는 것은 정말 피곤한 일이고 금지된 일까지도 해야 하기 때문이다. 예를 들면 혼자 뉴욕에도 가고. 그리고 정말, 정말 솔직히 말하자면, 지난 두 달 반 동안은 그 대회에 대해 별로 생각하지 않았다. 아빠는 우리를 식스플래그스에 데려갔고, 할아버지는 나를 악기 가게에 데려가 새 기타를 사주었고, 엄마는 나를 치과나 하퍼의 집(수영장이 있다)이나 문구점(학교 준비물을 사기 위해서다)에 데리고 다녔다. 정말 바빴다. 그리고 학교에 다니고, 예전보다 훨씬 멋진 노래들을 작곡하고, 바다코끼리가 해안에서 헤엄을 치는 것을 지켜보았다. 결국 바다코끼리는 캐나다 노바스코샤에서 잡혔지만.

그래서 아빠가 10월 25일 금요일, 그러니까 오늘 뉴욕 시에서 열리는 시상식에 나를 초대하는 이메일을 받았을 때는 나도 깜짝 놀랐다. 그 대회가 다시 중요해졌다. 아빠가 무슨 말을 하든 우승해야겠다는 생각도 했다. 아빠는 지난 몇 주일 동안 내게 정말 잘해주었다. 하지만 아직도 아빠나 엄마나 다른 누군가를 믿지 못하겠다. 지금 나는 세상에서 가장 바쁜 소녀일지 모른다. 그래도 언젠가 사람들에게 기억될 만큼 중요한 사람이 되겠다는 꿈은 잊지 않을 것이다.

난 바닥에서 일어난다. 옷을 털고 기다란 거울 속의 나를 본다. 감청색과 빨간색 원피스에 반짝이는 컨버스화와 머리핀. 그것들은 거기 있지만 진짜가 아니다. 내 생각이 다른 곳에 머물고 있기 때문이다. 내 생각은 항상 다른 곳에 있지만 마침내 나는 내 기분에 걸맞은 표정을 찾아낸다.

난 어떻게 록 스타의 표정을 짓는지 이미 알고 있었던 것 같다. 아마 거울로는 보이지 않는 표정일 것이다. 선글라스 때문에 자신이 정말 어떤 모습인지 보이지 않는 것처럼. 록 스타의 표정은 오직 다른 사람들에게만 보인다.

아빠가 도착했다고 말한다. 하지만 이곳일 리가 없다. 레드 카펫도 없고 기자도 없고 카메라도 없고 현수막도 없기 때문이다. 뚱뚱한 경비 아저씨만 클립보드를 들고 있다.

아빠가 경비 아저씨에게 우리 이름을 알려주고 그는 짜증스럽게 이름을 확인한다. 그는 내 손에 크게 'X' 자를 그린다. 그가 나를 먹어치우기 전에 서둘러 그곳을 지나간다.

우리는 붐비는 프런트 바를 지나간다. 아빠는 이곳에서 아빠의 밴드와 공연했던 이야기를 하지만 너무 시끄러워서 거의 들리지 않는다. 여기 오기까지의 여정을 생각해본다. 내 파트너와 노래를 만들어 최종 후보에 오른 다음 홀랜드 터널을 지나고 이스트빌리지라는 곳을 걸어 마침내 이 작은 밀실에 들어서기까지를. 이 방은 의자와 붉은 커튼을 갖춘 거대한 극장이 아니라 접이식 의자와 나지막한 천장(머리가 부딪히지 않게 몸을 숙이고 싶어지게 하는 천장)이 있는 동굴처럼 보인다. 사운드부스 뒤쪽에 긴 머리의 남자가 앉아 있을 뿐, 아무도 없다. 그는 휴대전화를 들여다보느라 우리에게 인사도 하지 않았다.

"잘못 왔나 봐." 내가 말한다.

"아냐." 아빠가 의자 첫 줄에 붙은 '수상 후보자석'이라고 적인 종잇조각을 가리킨다. 내가 혼자가 아니도록 아빠가 나와 함께 앉고 엄마는 뒤쪽의 의자에 앉는다.

차가운 공기가 천장 어딘가에서 흘러나온다. 난 내 몸을 끌어안는다. 여기는 터틀백 동물원을 제외하면 내가 와본 가장 외로운 곳일지 모른다. 터틀백 동물원에서는 파충류가 벽에 뚫린 각자의 구멍에 숨어 있었는데.

앞쪽 방과 이어진 문들이 열리고 사람들이 들어온다. 그들은 의자에 앉기도 하고 뒤쪽에 서기도 한다. 첫 줄의 의자들도 채워진다. 그런데 다른 후보자들은 나와 전혀 비슷해 보이지 않는다. 내가 여기서 가장 나이가 어리다는 사실에 행복해야겠지만, 별로 그렇지 않다. 난 항상, 심지어 HSAM을 지닌 사람들 중에서도 가장 어렸다. 이번만은 다른 사람들과 비슷하고 싶었는데. 다들 내가 얼마나 진지하고 중요한지를 알아주었으면 좋겠다.

아빠가 속삭인다. "내가 말했지? 이들 중에는 오랫동안 음악을 해온 사람도 있어. 그들과 달리 너는 앞으로 나갈 다른 대회가 많아. 네 앞에는 기나긴 인생이 펼쳐져 있다고. 사랑해. 알지, 그지?"

"응, 아빠."

난 목을 빼고 주위를 둘러본다. 이제 모두 들어온 모양이다. 더 이상 아무도 들어오지 않는다.

지금까지는 내 상상과 완전히 다르다. 금속 의자는 얼음처럼 차갑고 음향 담당자는 최악의 음악을 틀었으며 어디에도 팸플릿은 보이지 않는다. 연극 공연장이나 결혼식장에 가면 언제 무슨 일이 있을지를 알려주는 팸플릿을 주는데. 의자 아래에는 먼지와 납작해진 담배꽁초뿐이다. 왜 이런 곳에서 '위대한 미래의 작사·작곡가'를 발표하는 걸까. 이 대회에서 우승하면 내 노래가 전 세계에 알려질 거라고 생각했는데. 엄청난 실수였던 걸까. 지금 나는 누군가를 믿는 것이 실수라는 것을 배우고 있다. 사람들은 정말 흥분되는 뭔가에 대해 떠들고는 완전히 다른 행동을 하기 때문이다. 난 더러운 바닥으로 미끄러져 내려가 네 발로 의자들 아래를 기어간 다음 굶주린 경비 아저씨를 지나 택시, 어쩌면 애디사 아저씨의 택시를 부르고 싶다. 그렇게 저지시티의 집으로 돌아가고 싶다. 시상식이 이게 뭐냐고.

"실례할게."

난 똑바로 앉는다. 내가 아는 단 한 명의 가짜 영국인이 나타났다. 아저씨의 얼굴은 매끈하고 머리카락은 길었으며 보조개는 움푹하다. 아저씨는 손바닥을 날개처럼 퍼덕인다.

나도 그에게 손가락 신호를 보낸다.

"내 자리를 맡아줘서 고마워." 개빈 아저씨가 아빠에게 말한다. 아빠가 뭐라고 대답하지만 난 개빈 아저씨에게 정신이 팔려 듣지 못한다. 이것이 마지막으로 개빈 아저씨를 보는 것이라면 하나도 빠짐없이 봐두고 싶다. 재킷의 소매 단추는 풀었고 청바지 밑단은 많이 접었고 벨트의 버클은 녹슨 듯하고 왼손의 맥주병에는 브루클린이라는 상표가 붙었고 오른팔은 그냥 내리고 있고 시드니 아저씨의 팔찌가 있던 오른쪽 손목은 비어 있다.

난 개빈 윈터스 아저씨를 만나기 전부터 엄마 아빠와 시드니 아저씨와 TV를 통해 그에 대해 많이 듣고 보았다. 그다음에는 내가 직접 개빈 아저씨를 알아가게 되었다. 그러다 아저씨가 사라졌다. 하지만 아직도 엄마 아빠와 TV를 통해 아저씨에 대해 보고 듣는다. 그래서 아저씨는 가버렸어도 결코 가버린 것이 아니었다. 아저씨가 지금 정말로 여기 있는 것일까. 아니면 그냥 기억일까. 난 아저씨의 손을 만진다. 아저씨는 아빠의 말을 들으며 아래를 내려다보고는 내 손을 꼭 잡는다. 이제는 화가 나지 않는다. 아저씨는 여기에 오겠다고 약속했고 정말로 왔기 때문이다. 난 아저씨의 손을 느끼면서 이것이 진짜임을 깨닫는다.

아빠가 시계를 본다. "다 되었네." 아빠가 몸을 숙이고 나를 세게 끌어안는다. 숨이 막힌다. 아빠는 개빈 아저씨의 어깨를 두드리고 엄마에게 간다.

개빈 아저씨가 아빠 자리에 앉는다. "기분은 어때?"

"좋아요."

"좋아 보이지 않는데." 아저씨가 내 머리카락을 엉클어뜨린다.

"그만해요."

"긴장 풀어. 더 엉클어질수록 더 멋지다고. 네가 상에는 신경 쓰지 않는다는 것을 보여주니까."

"하지만 신경 쓰는 걸요."

아저씨가 맥주를 한 모금 마시는 순간 그의 보조개가 조금 희미해진다. 기타가 있으면 긴장이 조금 풀릴 텐데. 아빠가 기타를 가져오지 못하게 했다. 모든 최종 후보자가 공연자는 아니라면서. 그들은 거의 작곡가나 작사가이기 때문에 나도 기타 대신 소감문을 준비해야 한다고 했다. 내가 우승할 경우를 대비해서 말이다.

난 원피스 주머니에 넣어둔 종잇조각을 만져본다. 엄마가 소감문을 쓰도록 도와주었다. 난 종이를 꺼내 다시 읽어본다. 뒤에서 엄마가 환하게 미소 짓고 나도 엄마에게 미소를 짓는다. 하지만 내 미소는 그리 환하지 않다.

다시 앞을 보니 무대에 두 명의 여자가 나와 있다. 한 명은 어른 애니(고아 소녀의 이야기를 다룬 영화 「애니Annie」의 주인공 소녀 - 옮긴이) 같고, 다른 한 명은 길고 하얀 머리카락을 웨딩케이크처럼 겹겹이 정수리에 쌓아올렸다. 2011년 8월 23일 화요일, 저지시티에 지진이 났을 때처럼 내 의자가 떨리기 시작한다. 바닥이 갈라지고 천장이 무너지고 내가 찌그러지면 오늘 누가 우승하는지도 결코 모를 것이다. 그래서 나는 의자를 단단히 잡는다. 하지만 지진이 아니다. 그냥 내 무릎이 떨리는 것이다.

애니가 마이크 높이에 맞게 턱을 든다. "안녕하세요." 그녀는 사람들이 조용해지길 기다린다. "제1회 위대한 미래의 작사·작곡가 콘테스트 시상식에 오신 것을 환영합니다."

애니가 잠깐 말을 멈춘다. 사람들이 환호성을 올리고 박수를 친다.

"여러분이 알고 계시듯 코럴과 저는 블로그가 있습니다. 우리는 거의 모든 것에 생각이 일치하지 않습니다. 그런 불일치는 우리가 바라듯 음악과 예술과 문화 같은 것에 대한 흥미로운 토론으로 이어지죠. 하지만 우리의 생각이 일치하는 한 가지가 있었습니다. 바로 가수들에게는 엄청난 관심이 쏟아지는 반면 창작자들에게는 거의 관심이 주어지지 않는다는 것입니다. 우리는 스토리와 스토리텔러를 정말 좋아합니다. 또한 우리 고향인 뉴욕과 뉴저지도 정말 좋아하고요. 우리는 우리의 뒷마당, 바로 이곳에 수많은 재능이 숨어 있다는 것을 알고 있었습니다. 우리는 여러분을 찾아내어 유명해지도록 돕고 싶었습니다."

나는 개빈 아저씨를 보고 개빈 아저씨도 나를 본다. 그의 얼굴은 '해냈어'라고 말하지만 나는 잘 모르겠다. 우리는 다시 무대를 본다.

웨딩케이크 여자가 마이크를 받는다. "우리는 출품작 수에 놀랐습니다. 열 곡을 추려내기가 정말 어려웠지요. 그래도 우리는 최선을 다했고 마침내 여기까지 왔습니다. 앞줄에는 최종 우승 후보 열 팀이 앉아 있습니다. 그들에게 성원을 보내주세요."

난 인사할 준비가 되었지만 아무도 일어나지 않는다. 나도 그냥 앉아 있기로 한다.

"최종 후보들은 스폰서들이 제공한 상품권, 음악 이용권, 잡지 구독권 등을 부상으로 받게 됩니다. 끝내주죠."

탈락자들을 위한 상이 있을 줄은 몰랐다. 끝내준다.

"그리고 우승 곡은 우리 블로그에 올릴 거고, 우리의 협력 사이트에서 스트리밍될 거예요. 또한 짐 뮤직이 상금 5,000달러를 수여할 겁니다."

상금으로 아빠의 스튜디오를 살리기에는 너무 늦었다. 하지만 로스앤젤레스에는 갈 수 있겠지? 개빈 아저씨는 그곳이 엔터테인먼트의 수도라고 했다. 한마디로 나를 위한 곳이라는 뜻이다.

애니가 마이크를 자기 쪽으로 돌린다. "다들 우승자를 보기 위해 여기 오셨죠? 하지만 그 전에 알려드릴 몇 가지가 있습니다."

슈트 차림의 뾰족한 남자가 무대에 올라 수많은 사람을 하나하나 부르며 감사 인사를 한다. 그러고는 다시 애니가 나온다. 그녀는 누군가를 무대로 불러낸다. 그들의 블로그에 '무게감을 더해준' 위대한 아티스트라고 하는데 내 눈에는 별로 대단해 보이지 않는다. 대머리인 그는 배가 나왔기에 어쿠스틱 기타를 연주하려면 팔을 잔뜩 앞으로 뻗어야 한다. 게다가 목소리는 병든 새 같다. 별로 인상적이지 않다. 이건 록 스타가 아니다.

최악의 사실은 내가 그의 노래를 모른다는 것이다. 그가 그렇게 대단하다면, 그의 음악이 대회 웹사이트에 나왔다면 나도 알아야 하고 다른 사람들도 알아야 하지 않나.

마침내 지겨운 노래가 끝난다. 애니는 그가 무대를 내려가도록 돕는다. 왜 혼자 못 내려가는 거지?

"위대한 비스크 웨더비에게 다시 한 번 박수를 보내주세요."

무섭게도 나는 박수를 치고 있다. 그가 잘해서가 아니다. 그냥 착해지고 싶어서. 그런데 모든 박수가 그런 거라면 어쩌지? 착해지기 위한 거짓말이라면? 개빈 아저씨도 박수를 치고 있다.

애니는 무대로 다른 뮤지션을 부른다. 그가 훨씬 더 멋져 보인다. 그는 유명한 싱어송라이터 같지만 난 그의 음악에 귀를 기울이지 못한다. 내 머릿속과 몸에서 너무 많은 일이 벌어지고 있기 때문이다. 정말 오줌이 마렵다.

그 싱어송라이터가 노래를 마치고 다시 여자들이 마이크를 잡는다. "이제 계속 진행하겠습니다." 애니가 말한다. "3등 상과 2등 상을 발표하겠습니다. 수상자는 자리에서 일어나 인사해주세요."

우리가 인사해야겠지. 그래, 그럴 거야. 내 다리가 움직여야 할 텐데.

애니가 종이를 들여다보고 난 개빈 아저씨의 손을 잡는다.

"바로 발표하겠습니다." 애니가 말한다. "3등은 「퀴버Quiver」를 만든 올센 T. 드로렌스입니다."

올센은 안경을 쓰고 있는, 얼빠진 남자다. 그가 일어서다가 나지막한 천장에 머리가 부딪힐 뻔했다. 내 심장이 딱따구리처럼 쪼아댄다. 나는 개빈 아저씨에게 말한다. "오줌 마려워요."

"그럴 때가 아닌데."

"가야 해요."

"그럼 시상식을 놓칠 거야." 개빈 아저씨가 말한다.

"상관없어요."

"그냥 참아."

"그럴 수 없어요."

"할 수 있어."

그때 애니가 2등을 발표한다. 그녀가 두 명의 이름을 말한다.

"깁슨과 렌." 애니가 말한다. "그들은 「세 번째 기회Third Chance」라는 애절한 노래를 만들었습니다. 눈물 없이는 듣지 못할 노래죠. 저도 눈물이 났습니다."

사람들을 울게 하는 노래. 난 개빈 아저씨에게 그런 노래가 필요하다고 했지만 아저씨는 내 말을 듣지 않았다. 그런 노래는 잊으라면서. 나쁜 충고였다. 우는 것은 기억하는 것이기 때문이다. 그리고 여자애들, 때로는 아빠들도 울기 때문이다. 예전에 아빠가 할머니를 보고 돌아가는 길에 차에서 울었던 것처럼.

하지만 아직 끝나지 않았다. 거의 끝나가기는 하지만. 이제 한 명의 수상자만 남았다. 혹시. 혹시. 자, 애니, 그냥 내 이름을 불러요.

애니가 목을 가다듬고 나는 머리를 무릎으로 숙인다. "그리고 이제 우리 모두가 기다린 순간입니다."

아빠는 내 손을 잡은 다음 주최자를 지나고 테이블에서 시끄럽게 떠드는 사람들을 지나고 쟁반을 들고 있는 웨이터들을 지나쳐서 유리문으로 간다. 유리문에는 하얀 커튼이 달려 있어서 밖이 보이지 않는다.

"배고프지 않아." 내가 말한다.

"먹지 않아도 돼." 아빠가 말한다.

"모두 어디 있어?"

난생처음으로 무슨 일이 벌어졌는지 하나도 기억나지 않는다. 사실 정확히 두 가지는 기억난다. 하나는 우승한 소녀의 이름이다. 빅토리(승리 - 옮긴이) 같은 이름은 아주 이상한데다 불공평하기 때문이다. 또 하나는 애니와 웨딩케이크가 모든 우승 후보들과 사진을 찍었다는 것과 다들 개빈 아저씨와 단둘이만 사진을 찍고 싶어 했다는 것이다. 그들은 이런 한심한 대회에 개빈이 나타났다는 사실을 믿지 못했다. 빅토리가 예쁜지 못생겼는지는 기억나지 않는다. 아마 아주

예뻤을 것이다. 5,000달러짜리 수표가 아주 컸는지, 아니면 주머니에 들어갈 만큼 작았는지도 기억나지 않는다. 우리가 상을 받지 못한 순간 개빈 아저씨가 내 귀에 뭐라고 했는지도 기억나지 않는다. 우리가 어떻게 그곳을 나와 바깥에 있는지도, 아빠가 나를 형편없는 레스토랑으로 데려가면서 무슨 말을 했는지도 기억나지 않는다. 평범한 두뇌를 갖는다는 것이 이런 것이구나. 싫다.

"기대해." 아빠가 말한다.

뭘 기대하지? 방금 무슨 이야기를 나눴는지도 기억나지 않는다.

레스토랑의 문이 열린다. 엄마, 할아버지, 삼촌, 두 이모, 개빈 아저씨가 있다. 나머지 사람들은 모르겠다. 소년처럼 짧은 머리에 커다란 링 귀걸이를 하고 있는 여자, 버튼다운 셔츠에 스웨터를 입은 심각한 표정의 남자, 금발에 멋지게 피부를 태운 여자.

개빈 아저씨가 벽에 기대어둔 커다란 비닐 봉투를 든다. 아저씨가 다른 손을 내게 뻗고는 사람들에게 말한다. "금방 다녀올게요."

우리는 부산한 어둠 속으로 걸어 나가 건물 앞에 선다.

"우리는 몇 등이에요?" 내가 묻는다.

"그건 중요하지 않아."

"아니, 중요해요. 10등과 4등은 엄청 다르잖아요."

"그건 그냥 의견일 뿐이야."

"하지만 10등은 꼴찌예요." 내가 말한다.

"누가 신경 쓰겠니?" 개빈 아저씨가 말한다. "수천 명이 노래를 제출했어. 너는 정말 대단해."

우리 주위에는 도시 사람들이 걸어 다닌다. 그들은 웃기는 옷에 냄새나는 담배를 들고 귀에는 주렁주렁 전선을 매달았다.

"아저씨가 도와주지 않았다면 불가능한 일이에요." 내가 말한다.

"그래서 뭐? 다들 어떻게든 도움을 받잖아."

"그건 중요하지 않아요, 그죠? 아무도 상관하지 않아요. 아무도 그 사람의 이름을 기억하지 않으니까요."

"누구의 이름?" 개빈 아저씨가 묻는다.

"무대에서 노래를 부른 사람이요. 그들은 그가 아주 대단한 사람이라고 했지만 아무도 그의 이름과 음악을 몰라요. 마찬가지로 아무도 아빠나 나를 모르고 아무도 우릴 기억하지 않을 거예요. 너무 슬퍼서 더는 생각할 수도 없어요."

뉴스에서 들었다. 눈사태가 있을 때는 눈이 콘크리트처럼 단단해진다고. 지금 기분이 그렇다. 사방이 온통 콘크리트뿐이다. 갈 곳도 없고 아무 생각도 없다.

"네게 보여주고 싶은 것이 있어."

개빈 아저씨가 커다란 비닐 봉투에서 나무 쟁반 같은 것을 꺼낸다. 그러고는 비닐을 벗기고 쟁반을 뒤집는다. 쟁반이 아니다.

"네 거야." 개빈 아저씨가 말한다.

"내 친구가 화가야." 개빈 아저씨가 말한다. "원래는 시드니의 친구지. 어제 그녀를 찾아가 이걸 그려달라고 했어."

"새의 날개에 있는 건 뭐예요?" 내가 묻는다.

"붕대."

"다쳤어요?"

"그래. 하지만 나아가고 있어. 그리고 여기 귀퉁이에 보이지?"

그가 가로등 쪽으로 그림을 들어 올린다. 난 그림으로 다가간다. 모두 대문자로 쓰인 글자가 보인다. IMAGINE(이매진).

온몸이 오싹하다. 춥지 않은데도 오싹하다.

"이건 너와 시드니의 공통점이야." 개빈 아저씨가 말한다. "넌 믿지."

아저씨는 가로등 아래에서 눈부시게 반짝인다. 카메라가 있다면 아저씨의 사진을 찍을 텐데. 그러면 아빠가 그 사진으로 포스터를 만들어줄 것이다. 나는 그 포스터를 방에 붙여두고 밤마다 잠들기 전에 바라볼 것이다. 하지만 괜찮다. 내게는 이미 카메라가 있으니까.

"고마워요." 내가 말한다.

"아니. 내가 고마워."

아저씨가 이마를 긁고 입을 작게 움직인다. 난 초조할 때면 뺨 안쪽을 씹는다. "너도 알지만, 난 항상 궁금했어." 아저씨가 말한다. "존 레넌의 음악이 정말 그렇게 좋니? 아니면 아빠가 좋아해서 따라 좋아하는 거니?"

난 생각해본다. 잘 모르겠다. "우리가 우리만의 특별한 것을 가지고 있는 것이 좋아요."

개빈 아저씨가 미소 짓는다. "나도 좋아."

아저씨는 레스토랑으로 돌아가려고 한다. 하지만 지금은 파티를 벌일 기분이 아니다. 게다가 개빈 아저씨는 내 파트너이고 그를 되찾기까지 오랜 시간이 걸렸기 때문에 다른 사람들과 개빈 아저씨를 나누고 싶지 않다.

"우리는 계속 노래를 만들어야 해요." 내가 말한다.

"그래야지."

"우리 이름은 리마인더스라고 해요."

"맘에 들어." 개빈 아저씨가 말한다. "좋은 이름이야."

"우리에게는 한 곡이 필요해요. 그거면 돼요. 전 세계 사람이 잊지 못할 한 곡."

아저씨가 나를 본다. 아주 한참 동안. 그러다 이렇게 말한다. "'신'의 목소리를 들었어. 네 노래를 들은 첫날, 우리는 그 노래에 대해 이야기했지. 마법에 대해서 말이야."

나는 사람들이 기억을 떠올리는 것이 좋다.

"존이 노래에서 뭐라고 했는지 알아?" 개빈 아저씨가 말한다.

모른다.

"그는 바다코끼리였지만 이제는 아니라고 했어. 이제 그는 존이야. 자기 자신 말이야. 다들 엘비스, 비틀즈, 지머맨 같은 사람들을 실제보다 부풀리지. 지머맨이 누군지 알아? 밥 딜런이야. 어쨌든 그들은 신화가 되었지. 난 내 이름을 윈터스로 정했어. 원래 난 디핀도프 중에 한 명이야. 디핀도프는 내 가족이야. 존의 말도 그런 의미야. 그는 가족에 대해 이야기해. 정말 중요한 것은 자신과 요코라고." 그는 레스토랑을 가리킨다. "저 안에서 기다리는 사람들, 그들이 중요한 사람들이야. 다른 사람들이 중요한 것이 아니라."

아저씨가 계속 나를 쳐다볼 것만 같다. 난 미소를 지으려고 하지만 눈물이 멈추지 않는다. "아저씨에게 안녕이라고 말하고 싶지 않아요."

그가 나를 안고는 뭔가를 약속한다. 이제 모든 것이 뒤집힌다. 그래, 이거야. 춤추는 노래와 우는 노래가 하나로 포개진 듯하다.

할아버지는 힘센 두 팔로 나를 안고는 사인을 해주지 않으면 멀리

던지겠다고 했다. 멀리 던져지면 재밌겠다는 생각이 들었다. 그래서 사인을 해줄지 말지 한참을 고민한다.

개빈 아저씨는 자신의 에이전트라는 진지한 표정의 남자에게 나를 데려간다. "칼, 당신의 새로운 아티스트야." 개빈 아저씨가 말한다. 칼 아저씨는 나에 대해 들었다면서 내가 아주 사진발을 잘 받는다고 말한다. 사진발은 기분 나쁜 말로 들리지만 사실은 기분 좋은 말이다.

개빈 아저씨는 아저씨의 엄마에게 나를 데려간다. 소년처럼 짧은 머리의 할머니는 꽃다발을 건넨다. 할머니는 약도 치지 않는 정원에서 꺾은 꽃으로 만든 꽃다발이라고 아주 신나게 자랑한다. 그러고는 어린 시절의 개빈 아저씨도 나 같았다고 말해준다. 나는 무슨 말이냐고 묻는다. 할머니는 "네겐 스타의 자질이 있다"고 말한다. 개빈 아저씨는 눈동자를 굴리지만 난 그 말이 아주 마음에 든다.

그리고 개빈 아저씨는 또 다른 낯선 사람에게로 나를 데려간다. 그녀의 눈은 개빈 아저씨처럼 연하늘색이다. 난 그녀와 악수를 하려고 하지만 그녀는 하이파이브를 하자고 한다. 그녀는 내 옷이 아주 맘에 든다고 한다. 그녀의 이름은 베로니카다. 그녀는 딸이고 여동생이며 곧 엄마가 된다고 한다. 하지만 배가 부르지 않는 방법으로. 개빈 아저씨는 아기에게 아버지의 이름을 붙여줄 거라고 한다. 남자아이든 여자아이든 상관없는 이름이니까. 나와 아기 시드니는 열 살쯤 나이 차이가 나겠지만 그래도 좋은 친구가 되기를 바란다.

엄마와 아빠가 기념일 같은 표정으로 서로를 쳐다본다. 영원히 내가 가장 좋아하는 뮤지션일 아빠가 엄마의 어깨에 아주 익숙한 방식으로 머리를 기댄다. 우리가 엄마에게 느끼는 감정을 아빠도 느끼는 듯하다. 엄마가 나를 안아주거나 내가 자랑스럽다고 말할 때면 느껴지는 감정 말이다.

이제 개빈 아저씨가 물 잔을 두드리기 시작한다. 사람들이 대화를 멈춘다. 아빠가 테이블 아래로 손을 뻗어 어떤 상자를 연다. 그러고는 깁슨 기타를 꺼내 내게 건넨다. 뭘 하라는 거지?

"연주해." 아빠가 말한다.

연주할 기분이 아니었다. 하지만 개빈 아저씨의 에이전트에게 좋은 인상을 주고 싶다. 어깨에 기타를 걸고 나서 머릿속에 가장 먼저 떠오르는 곡을 연주한다. 존 레넌의 「룩 앳 미Look at Me」다.

"그거 말고." 아빠가 말한다. "네 노래."

난 물을 마시고 깊게 숨을 들이쉰다. 그러고는 G코드를 잡는다. 시드니 아저씨의 기타 픽이 없기 때문에 아빠가 가르쳐준 대로 손끝으로 기타를 친다. 줄을 내려다본다. 손 밑에서 줄이 떨리는 것이 느껴진다.

누군가의 의자가 삐걱거린다. 할아버지의 의자다. 할아버지가 할머니의 어깨를 두드리고 그녀의 손을 잡는다. 그들은 한쪽으로 가서 춤을 추기 시작한다. 할아버지가 할머니를 빙빙 돌리고 할머니의 몸을 아래로 내린다. 할머니가 웃는다.

난 연주를 멈추고 개빈 아저씨의 노래를 기다린다. 마침내 아저씨가 노래를 시작한다. 아저씨의 목소리에 내 심장이 두근거린다. 이제 우리는 함께 연주한다. 그리고 모두 여기 있다. 많은 눈들이. 내게 소중한 사람들이 노래를 하고 미소를 짓고 춤을 추고 눈물을 흘린다. 내일은 모르겠다. 존이 그랬다. 내일은 결코 모른다고. 그래도 지금은 다들 나를 보고 있다. 정말로 나를 보는 듯하다. 나는 이들과 영원히 함께하고 싶다. 방법이 있을 것이다. 난 이들을 나만의 상자에 담아둘 것이다. 항상 안전하게 지키면서. 그것이 내가 하는 일이니까. 기억하는 것.

| 감사의 말 |

여기까지 정말 오랜 시간이 걸렸다. 많은 분의 도움이 없었다면 결코 여기에 이르지 못했을 것이다.

주디스 클레인, 프란체스카 메인, 어맨다 브라우어 등 현명하고 우아한 편집자들로 구성된 헌신적인 편집 팀에 감사한다. 그들은 변함없는 믿음과 독특한 세련됨과 깊은 사랑으로 나와 이 책을 믿어주고 길러주었다. "여러분 모두를 정말 좋아합니다." 이 소설을 만들어준 리틀브라운 출판사의 니콜 듀이와 루시 킴, 그리고 트레이시로에게 감사한다. 그리고 이 책을 응원하고 출판해준 해외 출판사들에도 깊이 감사한다.

내가 준비되기도 전에 나를 믿어주고 진짜 작가로 만들어준, 섬세한 에이전트 제프 클라인먼에게 감사한다. 그는 내가 생각한 곳보다 더 멀리까지 나를 힘차게 밀어주었다. 몰리 자파, 로렐라 벨리, 실비 라비노 등 열정적으로 이 책을 변호해준 특별한 분들에게 감사한다.

초고에 대해 날카로운 비평을 아끼지 않은 브렌트 모나한, 젠 독

톨스키, 젠 노싱턴에게 감사한다. 그리고 마이크 에미크, 매트 슈만, 제이슨 컵, 케이트 록랜드, 마이클 록랜드, 존 맥개리, 멜리사 니글리오 젤레이드, 에일린 드노빌, 크리스 몰티즈, 조이 아배지, 캐런 해니 등 내게 글을 쓰도록 격려해준 분들에게 감사한다.

아리엘 엑스텃, 데이비드 헨리 스테리, 크리스 골드버그, 우에보스 란체로스 북클럽에 감사한다. 창의적인 피드백뿐만 아니라 법적 조언도 해준 에드 파파로와 해리스 캐츠에게 감사한다.

'매우 뛰어난 자전적 기억력HSAM'에 대해서는 질 프라이스의 『모든 것을 기억하는 여자』와 마릴루 헨너의 『토털 메모리 메이크오버Total Memory Makeover』를 참고했다. 댄 새비지의 『키드The Kid』와 제리 마호니의 『마미맨Mommy Man』은 부모가 되려는 동성 커플이 어떤 문제에 직면하는지에 대한 통찰을 제공했다. 다른 중요한 영역들에 대해 배움을 주었던 어맨다와 애리아나 몬델리, 카라 프랭클린, 미셸 채프먼, 올리비아 젤레이드, 댄 코플린, 랠프 해넌에게 감사한다. '히바치 팬케이크'를 만들어준 대니얼 베이커와 조앤의 글씨를 제공해준 시드니 젤레이드에게도 감사한다.

내 음악을 열정적으로 들어주는 분들에게 감사한다. 그들은 나의 첫 독자가 되어주었을 뿐만 아니라 내가 계속 목소리를 내도록 격려해준다. 그리고 나와 함께 음악을 만들며 또 다른 유형의 스토리텔링을 도와준 사람들에게 감사한다.

내가 하는 일이라면 무엇이든 도움을 아끼지 않는 가족에게 감사한다. 에리카, 마리, 마이크. 에미크 가, 베이커 가, 캐터리나 가, 젤레이드 가. 항상 나를 자신들처럼 챙겨준 멜과 로이스. 특히 나의 평범하지 않은 진로에 대해 한 번도 의문을 제기하지 않은 밸런타인과 조앤에게 감사한다.

매일 나를 존재하게 하고 영감까지 주는 하퍼와 레넌에게 감사한다. 끔찍한 하루를 소재로 삼도록 허락해준 H에게 더욱 감사한다. 그리고 무엇보다 인내와 지성을 갖고 기꺼이 꿈에 동참해준 질에게 감사한다. 내가 이 세상에서 무엇을 하고 싶고, 무엇이 되고 싶고, 무엇을 갖고 싶다면 모두 당신 때문이야.

'리마인더'는 추억을 떠올리게 하고 기억을 일깨워주는 뭔가를 의미한다. 달력에 그려놓은 동그라미, 어딘가에서 찍은 사진, 수첩에 붙여놓은 포스트잇, 여행지에서 사온 기념품, 누군가가 부른 노래……. 추억이 깃들고 기억이 담긴 것은 모두 리마인더다. 하지만 추억과 기억이 항상 좋은 것만은 아니다. 아무리 아름다운 추억과 기억이라 해도 거기에는 왠지 아련한 애수가 따르기 때문이다. 리마인더는 우리가 떠올리고 싶은 것만이 아니라 잊고 싶은 것마저 일깨우는 셈이다.

여기, 아무것도 잊지 못하는 소녀가 있다. 아무리 사소한 일이라도 소녀의 머릿속 상자에 들어가면 절대 사라지지 않는다. 소녀는 자신이 아무도 잊지 못하는 것처럼 다른 사람들도 자신을 기억해주기를 바란다. 하지만 아빠는 기타 수업이 끝난 후에 소녀를 잊어버리고 데리러 오지 않는다. 소녀와 이름이 같은 할머니는 치매에 걸려 소녀의 이름조차 기억하지 못한다. 소녀는 굳게 결심한다. 반드시 엄청나게 유명해져서 모두가 자신을 잊지 못하게 하겠다고.

여기, 모든 것을 잊고 싶은 남자가 있다. 그는 어느 날 갑자기 죽어버린 연인과 관련된 것이라면 무엇이든 지워버리고 싶다. 그는 연인의 기억이 담긴 물건들을 모조리 불태워버리고 연인과 함께 살던 집에서 도망쳐 나온다. 하지만 그는 전혀 예상하지 못했던 곳에서 자신이 전혀 몰랐던 연인의 모습과 다시 만나게 된다. 그는 금단의 열매에 끌리듯 자신이 모르는 연인의 모습을 하나씩 마주하며 연인에 대한 기억을 수집하기 시작한다.

기억에 대해 서로 다른 상처를 가진 소녀와 남자는 기억을 매개로 서로에게 끌리고 결국에는 함께 노래를 만들게 된다. 소녀를 유명하게 만들어주고 남자의 상처를 치유해줄, 기억에 관한 노래를. 그래서 그들이 함께 노래를 완성해가는 과정은 시련이자 성장이다.

노래가 완성되어가는 동안 소녀는 아빠가 꿈을 접고 현실과 타협하는 모습을 힘들게 지켜봐야 한다. 남자는 남자대로 죽은 연인에게 다른 사람이 있었던 것은 아닌지 나날이 커져가는 의심 속에서 고통스러워해야 한다. 소녀는 아빠의 꿈을 지키기 위해 홀로 일탈을 감행하고, 남자는 연인의 미스터리를 풀기 위해 이리저리 방황한다. 결국 소녀는 자신이 이해하기 힘든 어른들만의 사정이 있음을 어렴풋이 깨달아가고, 남자는 살아남은 자의 뒤늦은 후회에 빠져든다. 하지만 그들이 용감하게 직면한 현실이 잔인한 것만은 아니다.

리마인더를 피해 다니는 남자와 존재 자체가 리마인더인 소녀의 이야기는 기억이라는 것을 색다른 시각으로 보게 한다. 그리고 남자가 지우고 싶었던 기억이 사실은 영원하길 바랐던 사랑이었음을 깨닫게도 한다. 기억의 모순일까, 사랑의 모순일까? 아니면 인간 존재의 모순일까?

리마인더스

초판 1쇄 인쇄 ｜ 2019년 3월 21일
초판 1쇄 발행 ｜ 2019년 3월 27일

지은이 ｜ 밸 에미크
옮긴이 ｜ 윤정숙
펴낸이 ｜ 박남숙

펴낸곳 ｜ 소소의책
출판등록 ｜ 2017년 5월 10일 제2017-000117호
주소 ｜ 03961 서울특별시 마포구 방울내로9길 24 301호(망원동)
전화 ｜ 02-324-7488
팩스 ｜ 02-324-7489
이메일 ｜ sosopub@sosokorea.com

ISBN 979-11-88941-19-3 03840
책값은 뒤표지에 있습니다.

이 도서의 국립중앙도서관 출판예정도서목록(CIP)은 서지정보유통지원시스템 홈페이지(http://seoji.nl.go.kr)와
국가자료공동목록시스템(http://www.nl.go.kr/kolisnet)에서 이용하실 수 있습니다. (CIP제어번호 : CIP2019008734)